紫式部日記

現代語訳付き

紫式部
山本淳子＝訳注

角川文庫 16417

凡例

一　本書は、最善本である宮内庁書陵部蔵（黒川家旧蔵）『紫日記』を底本とする。

一　底本の本文は可能な限り尊重したが、場合により『紫式部日記切』・『紫式部日記絵巻』詞書（絵詞）および近世流布版本の本文を参照した箇所がある。参考にした版本とは次の諸本であり、本書中では一括して「流布本」と記した。

群書類従本　紫式部日記傍注　紫式部日記註釈　紫式部日記解

一　底本を改訂した箇所については、できる限り脚注に示し、また後には「本文校訂表」を掲げた。

一　本文の表記は読みやすさを考えて次のように整えた。

1　仮名遣いは歴史的仮名遣いに統一した。また助動詞で「ん」「けん」「らん」と記されたものは、「む」「けむ」「らむ」に改めた。
2　濁点と句読点を付した。
3　送り仮名の足りない箇所には補った。
4　漢字の当て字は通行のものに改めた。また適宜漢字に読み仮名を付した。
5　適宜仮名に漢字をあて、また漢字を仮名に改めた。
6　会話・心内語・消息・引用箇所は「　」でくくった。
7　和歌は二字下げで記した。

8　底本中の傍注・割注（役職名の後の人名等）は後人により付されたものであるが、読解の役に立つので小字にして記した。
9　役職名で「の」を入れて読むものには、底本にない場合でも「の」を補った。
10　反復記号は、漢字一字繰り返しの場合のみ「々」を用い、そのほかは字や語を繰り返して示した。

一　底本は上下二冊に分かれているが、それぞれの巻末勘物《かんもつ》（注）はいずれも省略した。
一　読みやすさのため、底本の全体を六十九の節に分けて掲げ、標題を付した。
一　現代語訳は、現代文としての分かりやすさを第一に考えて作成した。そのため、底本の一文を複数の文に分けて訳した箇所や、底本とは語順を換えて訳した箇所、語を補って訳した箇所などがある。
一　脚注は、語句・衣装調度・官職名・人間関係・時代背景・心理などについて、本文の理解に役立つよう努めた。また注として長文にわたるものは補注とした。
一　和歌については、脚注には技巧・事情・心理等を示し、解釈は現代語訳に示した。
一　巻末には解説・主要登場人物紹介・系図・略年表を付した。
一　本書の訳注においては、多くを先行研究によった。学恩に心から感謝したい。

目次

紫式部日記

（＊印は「主要登場人物紹介」の人物）

一　出産の秋、到来〜中宮の姿

秋の[1]けはひ入り立つままに、[2]土御門殿《つちみかどどの》のありさま、いはむかたなくをかし。池のわたりの梢ども、遣水《やりみづ》のほとりの草むら、おのがじし色づきわたりつつ、おほかたの空も艶《えん》[3]なるに[4]もてはやされて、[5]不断の御読経《みどきやう》の声々、あはれまさりけり。やうやう涼《すず》しき風の[6]けはひに、例の絶えせぬ水のおとなひ、夜もすがら聞[7]きまがはさる。

[8]*御前《おまへ》にも、近う候《さぶら》ふ[9]人々はかなき物語するを聞こしめしつつ、[10]悩ましうおはしますべかめるを、さりげなくもて隠させ給へる御有様などの、いとさらなることなれど、憂き世の慰めには、かかる*御前をこそ尋ね参るべかりけれと、

1 雰囲気。可視的な「けしき」より広義。補注一。
2 藤原道長の邸宅。中宮彰子が出産のため滞在中。
3 色彩的だ。秋晴・夕焼の色。
4 自然が中宮出産の季節到来を知らせ、人事を応援する。
5 二十四時間絶え間なく行われる読経。十二人の僧が一時（二時間）ずつ輪番で担当。ここでは中宮安産を祈る。
6 底本「気色」。『紫式部日記切』により校訂。
7 風と水の音が混じる。漢詩文の常套的発想。
8 中宮彰子。補注二。
9 女房たち。
10 彰子は九月に出産予定で、七月には妊娠八ヵ月。
11 日常抱いている思い。
12 底本「忘らるにも」。『紫式部日記切』により校訂。
13 現を忘れた心を客観視し、不思議なほどの感動と認める。
14 廂の間と外とを仕切る大きく

[11]現《うつ》し心をばひきたがへ、たとしへなくよろづ[12]忘らるるも、
[13]かつはあやし。
　まだ夜ふかきほどの月さし曇り、木《こ》の下をぐらきに、「[14]御格子《みかうし》参《まゐ》りなばや」「[15]女官《にようくわん》は今まで候はじ」「[16]蔵人《くらうど》、参れ」など言ひしろふほどに、[17]後夜の鉦《かね》打ち驚かして、[18]五壇の御修《みず》法《ほふ》の[19]時始めつ。我も我もとうちあげたる[20]伴僧の声々《こゑごゑ》、遠《とほ》く近く聞きわたされたるほど、おどろおどろしく尊《たふと》し。
　[21]観音院の僧正、東《ひむがし》の対より二十人の伴僧を率ゐて御加持《ごかぢ》参り給ふ足音《あしおと》、[22]渡殿《わたどの》の橋のとどろとどろと踏み鳴らさるるさへぞ、ことごとの気配には似ぬ。
　[23]法住寺《ほふぢゆうじ》の座主は馬場《むまば》の御殿《おとど》、[24]浄土寺《じやうどじ》の僧都《そうづ》は文殿などに、うち連れたる浄衣《じやうえ》姿にて、ゆゑゆゑしき唐橋どもを渡りつつ、木の間を分けて帰《かへ》り入るほども、遥かに見やらるる心

て重い蔀戸。今は加持のために開ける。
15　朝廷の下級女性官人。補注三。
16　女蔵人。中宮に仕えた下級女房で、宿直も務める。
17　五壇の御修法で日に六度行う勤行の一つ。
18　不動明王を中央に、大威徳・軍荼利・金剛夜叉・降三世の五大明王像を並べ、数十人の僧が祈禱する修法。
19　注17の勤行。
20　修法で中心となる僧に従い読経などを勤める下級の僧。
21　不動明王担当の権僧正勝算。僧正は朝廷の定めた僧尼管理役「僧綱」の最高職。以下僧都・律師と続く。補注四。
22　五壇法の場は土御門殿の東対。勤行の後、渡り廊下を通って彰子御座所の寝殿に移動、御体近くで加持を行う。
23　流布本本文「法性寺」に従えば、その最高職にあった慶円。補注四。

地してあはれなり。[25]斉祇《さいぎ》阿闍梨《あざり》も大威徳《だいゐとく》を敬ひて腰をかがめたり。

人々参りつれば、夜も明けぬ。

二　朝霧の中の贈答〜道長の威風

[1]渡殿の戸口の局《つぼね》に見出だせば、ほのうちきりたる朝《あした》の露もまだ落ちぬに、[2*]殿ありかせ給ひて、[3]御随身召して[4]遣水払はせ給ふ。[5]橋の南なる[6]女郎花《をみなへし》のいみじう盛りなるを、一枝折《を》らせ給《たま》ひて、几帳《きちやう》の上よりさし覗《のぞ》かせ給へる御さまの、いと恥づかしげなるに、我が[7]朝顔《あさがほ》の思ひ知らるれば、

24　全現存本で「へんちし」。『御産部類記』により校訂。僧は明救。補注四。
25　底本・流布本「さいさ」。『御産部類記』の大威徳担当に従う。道長の異母兄道綱の男。この寛弘五（一〇〇八）年二十六歳。補注四。

1　紫式部が土御門殿内に与えられた控え室。寝殿と東対を結ぶ渡殿の東端、東の戸口にあたる一間か。
2　藤原道長。四十三歳。長徳二（九九六）年より内覧に左大臣を兼ねる。
3　警護のため、大臣や近衛の将官に、勅命により特に与えられた武官。ここでは私的に従者として使っている。
4　庭のせせらぎを滞りなく流れさせることが、主の管理能力と家の繁栄を示す。
5　寝殿と東対を結ぶ南の透渡殿。

「これ。[8]遅《おそ》くてはわろからむ」

とのたまはするにことつけて、硯《すずり》のもとに寄りぬ。

[9]女郎花盛りの色を見るからに露の分きける身こそ知ら
るれ

「あな、疾《と》」

と微笑《ほほゑ》みて、硯召し出《い》づ。

[10]白露は分きても置《お》かじ女郎花心からにや色の染むらむ

三　しめやかなる夕暮れ～若き頼通《よりみち》の雅

しめやかなる夕暮れに、[1]*宰相の君と二人、物語してゐた

6　秋の七草の一つ。美が女性を圧倒する「女郎圧し」が原義という。
7　朝起きたばかりの顔。あまり他人に見せないので、プライベートな意味合いを持つ。
8　女房としての速やかな返答を要求する。
9　女郎花と比較して我が身を謙遜する。卑下は上下関係がある贈答での常套的方法。
10　自らの意志を強く持てと、女房としての紫式部を鼓舞する。返事の早さへの評価同様、主人の視点からの詠歌。補注一。

1　中宮の上臈女房。道長の異母兄道綱（蜻蛉日記作者の子）の女、豊子。これから生まれる中宮の子の乳母となる。

るに、[2*]殿の宇治殿三位の君、簾《すだれ》のつま引き上げてゐ給ふ。年のほどよりは、いとおとなしく、心にくきさまして、

「人はなほ、心ばへこそ難きものなめれ」

など、[3]世の物語しめじめとしておはするけはひ、幼《をさな》しと人のあなづり聞こゆるこそ悪しけれと、恥づかしげに見ゆ。うちとけぬほどにて、

「[4]多《おほ》かる野辺に」

とうち誦《ずん》じて立ち給ひにし様こそ、[5]物語にほめたる男の心地しはべりしか。

　[6]かばかりなることの、うち思ひ出でらるるもあり、その折はをかしきことの、過ぎぬれば忘るるもあるはいかなるぞ。

2　藤原道長の長男、頼通。母は彰子と同じ源倫子。時に十七歳。「宇治殿」は後人注記。
3　男女関係の話題。
4　人口に膾炙した古歌の一節を別れ際の挨拶とする。いかにも雅な態度。補注一。
5　物語の価値観を実在の人物に適用して褒める。『伊勢物語』初段、初冠の昔男が古歌「陸奥のしのぶもぢずり誰ゆゑに乱れそめにし我ならなくに」を踏まえた歌を詠むように、時宜を逃さず古歌で教養を披露することは物語世界で雅と賞賛された。頼通の若さにもふさわしい褒め方。
6　本作品が後日に書いた回顧録であること、話題の選択は記憶によることを示す。

四　八月～待機する貴顕たち

[1]播磨《はりま》の守《かみ》碁の[2]負けわざしける日、あからさまにまかでて、後にぞ[3]御盤のさまなど見給へしかば、華足《けそく》などゆゑゆゑしくして、[4]洲浜《すはま》のほとりの水に、書き交ぜたり。

[5]紀《き》の国《くに》のしららの浜に拾ふてふこの石こそは巌《いはほ》ともな
れ

扇《あふぎ》どももをかしきを、[6]その頃は人々持たり。

[7]八月二十余日の程よりは、[8]上達部《かんだちめ》・殿上人ども、さるべきは皆宿直《とのゐ》がちにて、橋の上《うへ》、対の簀子《すのこ》などに、皆うたた寝をしつつ、はかなう遊び明かす。琴・笛《ふえ》の音などにはたどたどしき若人《わかうど》たちの、[9]読経《どきやう》争ひ・[10]今様歌《いまやううた》ども、所につ

1　未詳。寛弘五年の守藤原行成、権守藤原有国、六年の守平生昌とも。
2　勝負事の敗者が勝者側に贈り物やご馳走をすること。
3　盤上に風景等を立体的に飾った物。この負けわざの贈り物。
4　盤上に歌の「しららの浜」を造り、波打ち際の水に金泥などで和歌を散らし書きした。
5　「この石」に「碁の石」を掛ける。第三句「拾ふてふ」の伝聞は本歌「心あてにしららの浜に拾ふ石の巌とならむ世をしこそ待て」（夫木抄・二十二・一〇二〇九・詞書「天禄三（四）年五月資子内親王家歌合」）を指す。補注一。
6　負けわざ当時とも、本歌が詠まれた天禄四年ともされる。補注二。
7　彰子の出産日まで一ヶ月を切り臨戦態勢に。
8　上達部は公卿の別称。大臣・大中納言・参議・非参議三位。貴

けてはをかしかりけり。[11]*宮の大夫《だいぶ》斉信《ただのぶ》・[12]*左の宰相の中将《ちゆうじやう》経房《つねふさ》・[13]*兵衛《ひやうゑ》の督《かみ》・美濃《みの》の少将《せうしやう》[14]*済政《なりまさ》などして遊び給ふ夜もあり。わざとの御遊びは、殿*おぼすやうやあらむ、せさせ給はず。[15]年ごろ里居《さとゐ》したる人々の、中絶えを思ひおこしつつ、参《まゐ》り集ふけはひ騒《さわ》がしうて、その頃はしめやかなることなし。

五　八月二十六日～若宮乳母の美しさ

[1]二十六日、[2]御薫物《たきもの》合はせ果てて、人々にも配らせ給ふ。

族社会の頂点にある政治家たち。殿上人は、四位から六位で清涼殿の殿上の間に上がることを許された官人。
9　経の声や読み方を競う。
10　伝統的な風俗歌や朗詠などに対し、当時新流行の歌謡。
11　中宮職の長官。藤原斉信。
12　源経房。
13　源憲定。
14　源済政。道長の妻源倫子の兄弟である源時中の子で、管弦の名手。
15　数年来自宅に戻っていた女房たち。この一大事に参集、挨拶などで家が沸き立つ。

1　八月二十六日。
2　練り香を調合した。麝香・白檀・丁子などの原料を混ぜ、蜜をつなぎとして丸め、しばらく土中まろがしゐたる人々あまた集ひゐたり。

[3]上よりおるる道に、[4*]弁の宰相の君の戸口をさし覗きたれば、昼寝し給へるほどなりけり。[5]萩・[6]紫苑《しをん》、[7]いろいろの衣に、[8]濃きが[9]打ち目心異なるを上に着て、[10]顔《かほ》はひき入れて、硯の箱に枕して臥《ふ》し給へる額つき、いとらうたげになまめかし。[11]絵に描きたるものの姫君の心地すれば、口覆《おほ》ひを引きやりて、

「[12]物語の女の心地もし給へるかな」

と言ふに、見上げて、

「もの狂ほしの御さまや。寝たる人を心地なく驚かすものか」

とて、少し起き上がり給へる顔のうち赤み給へるなど、こ[13]まかにをかしうこそ侍《はべ》りしか。

で寝かせて作る。その完成品を、女房に配り与えた。

3　彰子御前から紫式部が局に下がる途中。

4　第三節注1の「宰相の君」と同。局は紫式部と同じ渡殿の一間。

5　袿の重ね色目。布が薄いため裏地の色が表に透けて合成色となる。萩は表蘇芳・裏青とも、表紫・裏白とも諸説。

6　袿の重ね色目。表紫・裏萌黄とも、表薄色・裏青とも。5・6共に秋の色目。

7　色とりどりの袿。

8　「濃き」は濃い紅か紫。羽織った打ち衣の色。

9　砧で打って出した光沢。

10　顔は装束に埋もれて額だけが覗く。

11　物語絵の中の美しい姫君。第三節の頼通同様に物語の視点から賛美する。

12　補注一。

13　端整だ。細部まで整った様子。

大かたもよき人の、折《をり》からにまたこよなく優るわざなりけり。

六　九月九日朝～中宮の母倫子の気遣い

九日[1]、菊の綿[2]を、兵部のおもと[3]の持て来て、「これ、殿の上[4*]《うへ》の、とりわきて[5]。『いとよう老い拭《のご》ひ捨て給へ』と、のたまはせつる」とあれば、

「菊の露若ゆばかりに袖触れて花のあるじに千代は譲らむ[6]」

とて返し奉らむとするほどに、

1　九月九日。重陽の節句。
2　菊の着せ綿。重陽の花である菊花が延命の力を持つということにあやかり、前夜から花に綿を置いて香と露を染みこませ、九日朝に顔を拭いて若返りを願った。
3　中宮女房。素性は未詳。「おもと」は女房に付ける敬称。
4　道長の妻で彰子の母源倫子。紫式部とはまたいとこの関係。四十五歳。
5　とりわけ。特に紫式部にと用意したもの。
6　「つゆ」に「露」と「ほんの少し（若やぐ）」の意を掛ける。主家への謙譲の歌。補注一。
7　彰子の御座所に来ていた倫子が自室に戻った。兵部のおもとの言葉。

[7]「あなたに帰《かへ》り渡らせ給ひぬ」

とあれば、[8]用無さにとどめつ。

七　九月九日夜〜兆し

その夜さり、御前《おまへ》に参りたれば、月をかしき程にて、[1]端に、御簾《みす》の下より[2]裳《も》のすそなどほころびいづるほどほどに、[3*]小少将《こせうしやう》の君・[4*]大納言の君など候《さぶら》ひ給ふ。[5]御火取に、[6]ひと日《ひ》の薫物[7]とうでて[8]試みさせ給ふ。[9]御前の有様のをかしさ、蔦《つた》の色の心もとなきなど、口々聞こえさするに、[10]例よりも悩ましき御けしきにおはしませば、[11]御加持《ごかぢ》どもも参るかたな

8　私的に倫子に詠んだ和歌ではなく、彰子や女房の前で披露されることを期待したものだったので、自室の倫子に贈っても意味がなかったということか。

1　端は奥の逆。室内で外に近く、この場合は月の見える位置。
2　女房装束の一つ。腰にまとい後ろに長く引く。
3　中宮の上﨟女房。補注一。
4　中宮の上﨟女房。補注二。
5　香をたく道具。火取香炉。
6　八月二十六日に調合を終え女房たちに下賜した練香。第五節。
7　取り出して。
8　新調の香を初めて試す。
9　庭の景色の趣、蔦の紅葉が待ち遠しいことなど。秋がいよいよ深まっている。
10　彰子の体調に変化。出産兆す。
11　中宮様に御加持を差し上げる部屋だが、そこへ。下の「入り

り、騒がしき心地して入りぬ。人の呼べば局《つぼね》[12]におりて、しばしと思ひしかど寝にけり。夜中ばかりより、騒ぎたちて[13]ののしる。

八　九月十日〜御産始まる

十日の[1]、まだほのぼのとするに、御《お》しつらひ[2]変はる。白き御帳《みちやう》[3]に移らせ給ふ。殿[4*]より始め奉りて、君達《きんだち》*、四位・五位どもたち騒ぎて、御帳のかたびら掛け、御座《おまし》ども持て違ふ程いと騒がし。

日ひと日、いと心もとなげに、起《お》き伏し暮らさせ給ひつ。

ぬ」の説明のための挿入句。
12 紫式部の局。彰子の状態は急を要しなかったのだろう。
13 宮司などから招集された関係者が来訪、邸宅は出産準備にかかる。紫式部は局からその声を聞いている。補注三。

1 九月十日の夜明け前。補注一。
2 室内の家具・調度・装飾を、白木や白布のものに換える。御産の際の風習。
3 御帳台。貴人用に室内に設置した小寝室・座所。台上に畳二枚を敷き四隅に柱を立てて帳を垂らす。内部は八尺四方で、四畳半より一回り狭い程度。
4 道長、彰子の弟（頼通・教通）、官人ら男手が動員され出産用の帳台を設営する。

[5]御物怪《もののけ》どもかりうつし、限りなく騒ぎののしる。[6]月ごろ、そこら候ひつる殿のうちの僧をばさらにもいはず、山々寺々を尋《たづ》ねて、験者《げんざ》といふ限りは残るなく参り集ひ、[7]三世《みよ》の仏も、いかに翔《かけ》り給ふらむと思ひやらる。[8]陰陽師《おんやうじ》とて、世にある限り召し集めて、八百万《やほよろづ》の神も耳ふり立てぬはあらじと見えきこゆ。[9]御誦経《みずきやう》の使《つかひ》立ち騒ぎ暮らし、その夜も明けぬ。

[10]御帳の東面《ひむがしおもて》は、内裏《うち》の女房参り集ひて候ふ。西には、御物怪うつりたる人々、[11]御屏風《みびやうぶ》一よろひをひきつぼね、局口には几帳を立てつつ、験者あづかりあづかりののしりゐたり。南には、[12]やむごとなき僧正《そうじやう》・僧都《そうづ》重なりゐて、不動尊の生き給へるかたちをも、呼びいであらはしつべう、頼みみ、恨みみ、声《こゑ》皆嗄《か》れわたりにたる、いといみじう聞こ

5　彰子に憑く邪霊をかり出して別の囮に憑かせる。当時、病や難産は死者や動物の邪霊が憑いて起こすと考えられた。
6　既に数ヶ月来、僧多数が雇い入れられて邸内にいるが、さらに加持祈禱体制を強化。
7　前世・現世・来世すべての仏。下の「八百万の神」と対。
8　陰陽道の使い手。吉凶を占い、祓いで邪悪を鎮める。官人として陰陽寮に所属する者も、市中で私的に活動する者も、両方を兼ねる者もいる。
9　道長からの使者。寺院に読経を依頼に行く。
10　ここから御帳台の四方の人員配置。東側には天皇付きの女房たちが出向。『栄華物語』は天皇が心配して遣わしたとする。
11　屏風一双と几帳で囲いを作り、その中で物の怪調伏を行う。
12　地位ある僧らが不動明王も出現せんばかりに祈禱。僧正・僧都は第一節注21。

ゆ。北[13]の御障子《みさうじ》と御帳とのはざま、いと狭《せば》き程に、四十余人ぞ、後に数ふればゐたりける。いささかみじろきもせられず、気《け》あがりて物ぞおぼえぬや。今、里より参《まゐ》る人々は、[14]なかなかゐこめられず、裳の裾、衣《きぬ》の袖行くらむかたも知らず。[15]さるべき大人《おとな》などは忍びて泣き惑ふ。

九　九月十一日未明〜大事を見守る人々

十一日の暁に、[1]北の御障子、二間はなちて、廂《ひさし》に移らせ給ふ。御簾などもえかけあへねば、御几帳《みきちやう》をおし重ねておはします。[2]僧正・[3]きやうてふ僧都・[4]法務僧都など候ひて加持参る。[5]院源僧都、昨日書かせ給ひし[6]御願書《ごぐわんしよ》に、いみじき

13　母屋北端と北廂の間を仕切る襖。御帳台との間隔は柱一間分（約3㍍）なかっただろう。
14　せっかく参上したのに、人で混雑して中に入れてもらえない。
15　普段は落ち着いている年かさの女房たちだが、古参ゆえに彰子を思う気持ちが厚く、涙を隠しつつも平静を失っている。

1　第八節注13の襖障子を柱二間分外し産所を北廂の間に移動。産事を嫌うという日遊神が母屋に宿った（御堂関白記注）ため。
2　僧綱（国による僧尼管理機関）最高位である僧正の雅慶か、または権僧正勝算。
3　「ちやうてふ」の誤りか。ならば興福寺別当権大僧都定澄。
4　東寺権法務で権大僧都の済信。倫子の異母兄。法務は、僧綱とは別に密教僧尼を統括する僧官。
5　権少僧都。道長主催の土御門

ことども書き加へて、読みあげつづけたる言《こと》の葉の、あはれに尊《たふと》く、頼もしげなること限りなきに、殿*のうちそへて仏念《ねん》じきこえ給ふほどの頼もしく、さりともとは思ひながら、いみじうかなしきに、みな人涙を[7]えおしいれず、「ゆゆしう」「[8]からな」など、かたみに言ひながらぞ、えせきあへざりける。

人気《ひとげ》多《おほ》く混みてはいとど御心地も苦しうおはしますらむとて、[9]南・東面に出《い》ださせ給うて、さるべき限り、この二間のもとには候ふ。[10*]殿の上《うへ》・[11*]讃岐《さぬき》の宰相《さいしやう》の君・[12*]内蔵《くら》の命部《みやうぶ》、[13]御几帳の内に、[14]仁和《にんな》寺《じ》の僧都の君・[15]三井《みゐ》寺《でら》の内供《ないぐ》の君も召し入れたり。殿のよろづにののしらせ給ふ御声に、僧も消たれて音《おと》せぬやうなり。

[16]いま一間にゐたる人々、[17*]大納言の君、[18*]小少将の君、[19*]宮の

殿法華三十講で講師を務めるなど、道長からの信任が厚い。
6　願文。漢文で神仏への願い事をしたためたもの。
7　無理に押し込むことができない。流布本「えほしあへず」。ならば涙を乾かせない意。出産という大事に涙は縁起が悪い。
8　「からな泣きそ」の略。
9　女房たちを御帳台の南側や東側に移動させた。
10　倫子。彰子の母。
11　第三節注1・第五節注4の女房。これから生まれる子の乳母。
12　中宮女房。助産役を務めるか。
13　彰子の産所を囲った几帳。
14　注4の済信。彰子の伯父。
15　永円。致平親王の子で、母は倫子の姉妹。彰子のいとこ。三井寺は園城寺。内供は宮中で国家安泰・御体安穏を祈る内供奉僧の略。
16　注1で二間開け放たれたうち、産所の隣の一間。
17　彰子のいとこ。第七節注4。
18　彰子のいとこ。第七節注3。

内侍《ないし》、[20]弁の内侍、[21]中務《なかつかさ》の君、[22]大輔《たいふ》の命婦、[23]大式部のおもと、殿の宣旨《せんじ》よ。いと年経たる人々の限りにて、心を惑はしたる気色どものいと理《ことわり》なるに、[24]まだ見奉り慣るる程なけれど、類《たぐひ》なくいみじと、心ひとつにおぼゆ。

また、[25]このうしろのきはに立てたる几帳の外《と》に、[26]内侍の督《かみ》の中務の乳母《めのと》・[27]姫君の少納言の乳母・[28]いと姫君の小式部[*]の乳母など押し入り来て、御帳二つがうしろの細道を、え人も通《とほ》らず。

行き違ひみじろく人々は、その顔なども見わかれず。[29]殿の君達・[30]宰相の中将兼隆《かねたか》・[31]四位の少将雅通《まさみち》などをばさらにもいはず、[32]左の宰相の中将経房・[33]宮の大夫など、例はけどほき人々さへ、御几帳のかみよりともすれば覗《のぞ》きつつ、腫《は》れたる目どもを見ゆるも、よろづの恥《はぢ》忘れたり。いただき

19　この「内侍」は内裏の内侍司の女官でなく、中宮付き女房内の役職。女房三役（宣旨・内侍・御匣殿）の一つで内務を司る。女房は橘良芸子。
20　この「内侍」は内裏の内侍司女官で、掌侍のこと。彰子女房と兼職している。
21　中宮の古参女房。中務の命婦とも。
22　中宮の古参女房。
23　彰子と道長の女房を兼ねた女房。道長付き女房として三役の一「宣旨」。
24　紫式部もこの一間にいる。記録役を命ぜられていたゆえか。
25　産所の次の間（紫式部たちがいる）の、後ろ側。
26　道長と倫子の二女、妍子の乳母。藤原惟風の妻高子。
27　道長と倫子の三女、威子の乳母。出自未詳。
28　道長と倫子の四女、嬉子の乳母で道長家女房。
29　彰子の弟の頼通や教通ら。

にはうちまきを雪のやうに降りかかり、おししぼみたる衣[34]のいかに見苦しかりけむと、のちにぞをかしき。[35]

30 藤原兼隆。
31 源雅通。
32 源経房。
33 藤原斉信。
34 邪気払いのために撒く米。
35 後に我に返り気づく。補注一。

十　九月十一日午の刻～男子誕生

御[1]いただきの御髪《みぐし》おろし奉り御忌むこと受けさせ奉り給ふほど、くれ惑ひたる心地に、こはいかなることとあさましう悲しきに、平[2]らかにせさせ給ひて、後[3]のことまだしきほど、さばかり広き母屋《もや》・南の廂・高欄《かうらん》のほどまで立ち込みたる僧も俗も、今一《ひと》よりとよみて、額《ぬか》をつく。

1 御産は前々日からの長時間にわたっている。万一に備え、仏の加護のために受戒させる。形だけだがやはり臨終出家めいて忌まわしく感じられる。補注一。
2 無事出産。
3 後産。出産後十分程度で、胎盤などが出る。一条天皇の故皇后定子は後産で死亡した。

東面なる人々[4]は、殿上人に交じりたるやうにて、小中将[5*]の君の、左の頭の中将[6*]に見合はせてあきれたりしさまを、後にぞ人々言ひ出でて笑ふ。化粧《けさう》[7]などのたゆみなくなまめかしき人にて、暁に顔《かほ》づくりしたりけるを、泣き腫れ、涙にところどころ濡れ損なはれて、あさましうその人となん見えざりし。宰相[8*]の君の顔変わりし給へる様などこそ、いと珍《めづ》らかに侍《はべ》りしか。[9]ましていかなりけむ。されど、その際《きは》に見し人の有様の、[10]かたみに覚えざりしなん、かしこかりし。

[11]今とせさせ給ふ程、御《おほん》物怪のねたみののしる声などのむくつけさよ。[12]源の蔵人《くらうど》には心誉阿闍梨《しんよあざり》[13*]、[14]兵衛の蔵人にはそ[15]うそといふ人、[16]右近の蔵人には法住寺[17*]の律師《りし》、宮の内侍*のつぼねには[18]ちそう阿闍梨をあづけたれば、物怪《もののけ》にひきたふ

4 内裏女房と、中宮女房の一部。
5 中宮女房の一人。
6 源頼定。
7 紫式部の鋭い観察。だが中宮を心配して我を忘れたことは女房として忠義な態度でもある。
8 紫式部は、産所にいる讃岐の宰相の君を隣の間から覗き見たものか。
9 自分はましてみっともなかったろうと顧みる。
10 部分否定。互いには覚えていない。
11 出産の瞬間。注2の時間に戻って記し直す。
12 物の怪調伏のためのよりましを準備した、中宮の女蔵人。出自未詳。
13 調伏担当の験者。
14 中宮の女蔵人。出自未詳。
15 調伏担当の験者。未詳。「といふ」とあることから、式部にとり疎遠な人物か、または当時のメモが曖昧だったか。
16 中宮の女蔵人。出自未詳。

されて、いといとほしかりければ、[19]＊念覚《ねんがく》阿闍梨を召し加《くは》へてぞののしる。阿闍梨の験《げん》の薄きにあらず、御物怪のいみじうこはきなりけり。宰相の君の[20]をぎ人に[21]＊叡効《えいかう》を添へたるに、夜一夜ののしり明かして声も嗄れにけり。御物怪移れと召し出でたる人々も、皆うつらで、騒《さわ》がれけり。

[22]午《むま》の時に、空晴れて朝日さし出でたる心地す。平らかにおはします嬉しさの類ひも無きに、[23]男にさへおはしましける喜び、いかがはなのめならむ。昨日しほれ暮らし、今朝のほど秋霧におぼほれつる女房など、みな立ちあかれつつ休む。御前《おまへ》には、[24]うちねびたる人々の、かかる折節《をりふし》つきづきしき候《さぶら》ふ。

17　調伏担当の験者、尋光。
18　調伏担当の験者。未詳。
19　「ちそう阿闍梨」の調伏の加勢役を務めた験者。
20　「招人（をきびと）」とも。祈禱により物の怪を招き寄せる験者のこと。
21　調伏担当の験者。
22　再度出産の瞬間を振り返る。「午の時、平安に男子を産み給ふ」（御堂関白記・寛弘五年九月十一日）。既に正午前後だが、心に光明がさしたことを「朝日」と表現。第六十八節注9。
23　安産に加え、皇位を継承できる男子だったことで一同歓喜。
24　年輩で慣れた女房。御産・儀式などの経験を積んでいる。

十一　九月十一日午後～それぞれの思い

殿*もうへ*も[1]あなたに渡らせ給うて、[2]月ごろ御修法《みずほふ》・読経《どきやう》に候ひ、昨日今日《きのふけふ》召しにて参《まゐ》り集ひつる僧の[3]布施給ひ、[4]医師《くすし》・陰陽師《おんやうじ》など、道々のしるしあらはれたる、[5]禄《ろく》給はせ、[6]うちには、[7]御湯殿《みゆどの》の儀式など、かねてまうけさせ給ふべし。[8]人の局々《つぼねつぼね》には、大《おほ》きやかなる袋・包《つつ》みども持て違ひ、唐《から》衣《ぎぬ》の[9]縫ひ物、裳《も》、[10]ひき結び・[11]螺鈿《らでん》縫ひ物けしからぬまでし[12]てひきかくし、「扇《あふぎ》を持て来《こ》ぬかな」など言ひかはしつつ、けさうじつくらふ。

[13]例の渡殿より見やれば、[14]妻戸の前に、[15]宮*の大夫・[16]春宮*の大夫など、さらぬ上達部《かんだちめ》も、あまた候ひ給ふ。殿*出でさせ

1　寝殿から別室へ退く。
2　冒頭場面の不断の御読経担当僧など数ヶ月来の奉仕者にも、御産開始後招集した者たちにも。
3　僧への謝礼。
4　医師。民間医もいるがここでは典薬寮職員が往診したのだろう。診療には薬湯や針を用いる。
5　謝礼・ほうび。
6　邸の内々。
7　皇子女の誕生時、産湯を使わせる公的な儀式。
8　女房たち。
9　刺繡。
10　組み糸を結んで作る飾り。
11　螺鈿は貝殻の内側の光沢部分を使った工芸。これを刺繡で縫いつけ裳の飾りに用いた。
12　せっかく凝らした趣向を周囲に見られないように隠す。
13　紫式部の局。第二節注1。
14　寝殿の簀子から東廂の間に入る妻戸。渡殿から寝殿に向かって正面に位置する。
15　中宮大夫藤原斉信。

給ひて、[17]日ごろうづもれつる遣水《やりみづ》つくろはせ給ふ。人々の御けしきども心地よげなり。心のうちに思ふことあらむ人も、ただ今はまぎれぬべき世のけはひなるうちにも、*宮の大夫、ことさらにも笑みほこり給はねど、人よりまさる嬉しさの、おのづから色にいづるぞことわりなる。右の[18]*宰相《さいしやう》の中将は、[19]*権中納言《ごんちゆうなごん》とたはぶれして、対の簀子《すのこ》にゐ給へり。内より[20]御佩刀《みはかし》もてまゐれる[21]*頭の中将頼定《よりさだ》、[22]けふ伊勢《いせ》の奉《みて》幣使《ぐらづかひ》、[23]帰る程、昇るまじければ、立ちながらぞ、平らかにおはします御有様奏せさせ給ふ。禄なども給ひける。そのことは見ず。

[24]御ほぞの緒《を》は*殿のうへ。[25]御乳《ち》つけは[26]*橘《たちばな》の三位徳子。御乳母、もとより候ひむつまじう心よいかたとて、[27]*大左《おほさ》衛門《ゑもん》のおもとつかうまつる。備中《びつちゆう》の守《かみ》[28]宗時《むねとき》の朝臣《あそん》のむすめ、

16 東宮職の長官。藤原懐平。
17 再び邸内管理に当たる。
18 藤原兼隆。
19 藤原隆家。補注一。
20 皇子誕生の際、帝から贈られる守り刀。
21 源頼定。第十節注6。
22 毎年九月十一日は伊勢神宮に幣を奉る使いを発する日。
23 道長は、御産を見届けた頼定が一旦内裏に帰る際、御産のケガレを内裏で伊勢使に伝染させぬよう、昇殿せず庭前で奏上せよと指示していた。補注二。
24 臍の緒を切る役。補注三。
25 最初に形だけ授乳する役。
26 底本「つな子」を校訂。「徳」が崩し字体の似た「綱」に誤記され、後に仮名で転写されたか。橘徳子は内裏女房。
27 中宮女房。
28 「宗時」は「道時」の誤か。
29 弁官で蔵人を兼職した者。藤原広業。

蔵人[29]*の弁の妻《め》。

十二　九月十一日酉の刻～御湯殿の儀

御湯殿は酉《とり》[1]の時とか。火ともして、宮のしもべ[2]、緑の衣[3]の上《うへ》に、白き当色《たうじき》[4]きて御湯参る。その桶《をけ》据ゑたる台など、みな白き覆《おほ》ひしたり。をはり[5]のかみちかみつ・宮のさぶらひ[6]の長《をさ》なる仲信《なかのぶ》[7]かきて、御簾《みす》のもとに参る。みづし[8]二人、きよい子[9]の命婦《みやうぶ》・播磨とりつぎて、うめつつ、女房二人、大木工《おほもく》[10]・馬《むま》汲みわたして、御瓫《ほとぎ》[11]十六に余れば、いる[12]。薄物[13]の表着《うはぎ》、かとり[14]の裳・唐衣、釵子《さいし》[15]さして、白き元結[16]したり。頭《かしら》つき映えてをかしく見ゆ。御湯殿[17]は宰相*の君、御む

1　午後六時前後。
2　中宮職の下級職員。
3　官人は位により衣の色が定められていた。緑色は六位と七位。
4　公式行事で支給される制服。
5　「おはり」は誤で「おりへのかみ」藤原親光か。補注一。
6　中宮職の下級職員で雑務にあたった「侍」の長、六人部（むとべ）仲信。
7　底本「きて」。『栄華物語』により校訂。「舁く」。二人で両側から持ち上げ運ぶ。
8　みづしは「水係」の意。底本「二」。「二人」の略と見て校訂。
9　二人とも中宮女房。出自未詳。
10　二人とも中宮女房。出自未詳。
11　口の狭い素焼きのかめ。
12　底本「いか」を校訂。浴槽に注ぎ入れる。
13　薄絹。軽くて透けて見える。
14　目の細かい堅織りの薄絹。

かへ湯、*大納言の君源廉子[18]、湯巻姿[19]どもの、例ならず、さまことにをかしげなり。

[20]*宮は*殿抱き奉り給ひて、御佩刀*小少将の君、虎[21]のかしら*宮の内侍取りて御さきに参る。唐衣は松の実の紋、裳は海[22]《かい》浦《ふ》を織りて大海の摺《す》りめにかたどれり。腰[23]は薄物、唐草を縫ひたり。*少将の君は、秋の草むら・蝶《てふ》・鳥などを[24]白銀《しろかね》して作りかかやかしたり。[25]織物《おりもの》は限りありて、人の心にしくべいやうのなければ、腰ばかりを例にたがへるなめり。

[26]*殿の君達《きんだち》ふたところ・[27]*源少将雅通など、うちまきを投げののしり、われ高う打ち鳴らさむと争ひ騒ぐ。浄土寺[28]の僧《そう》都《づ》、[29]護身《ごしん》に候ひ給ふかしらにも目にも当たるべければ、扇をささげて、若き人に笑はる。

[30]文読む博士、[31]*蔵人の弁広業《ひろなり》、高欄《かうらん》のもとに立ちて、史記[32]

15　正装に使う髪留め。頭頂部の髪をつまみ束ねた根本に、装飾も兼ねてピン状に指した。
16　髪を束ねる紐。
17　御湯殿はお湯をかける役、御迎へ湯はそれを助けて新生児を預かったり支えたりする役。
18　底本「遍子」。『御産部類記』により校訂。
19　腰に濡れ防止の生絹を巻いた姿。
20　彰子が産んだ一条天皇二男。
21　虎の頭骨を、邪気払いのため枕上に置いた。一説にはお湯に影を映したとも、浸したとも。
22　裳の定番は摺模様「大海」（波に貝などの吉祥模様）だが、今回は白一色の制限があるので、色摺りでなく白糸織物の「海浦（大海に同）」として似せた。
23　裳のベルト部。腰の背側に当てる大腰と背後に二本流す引腰。
24　銀糸での刺繍・銀泥での彩色、銀板細工縫い付けなど諸説。
25　補注二。

の一巻《いっくわん》を読む。弦打ち[33]二十人、五位十人、六位十人、二《ふた》なみに立ちわたれり。

夜《よ》[34]さりの御湯殿とてもさまばかり、しきりて参る。儀式同じ。御ふみの博士ばかりや代はりけむ。伊勢の守[35]*致時《むねとき》の博士とか。例の孝経[36]なるべし。また挙周《たかちか》[37]*は史記文帝の巻をぞ読むなりし。七日[38]のほどかはるがはる。

26 頼通と教通。
27 源雅通。
28 底本「へんちし」。第一節注24同様の誤記と見て校訂。ただ『御産部類記』には勝算とある。
29 護持僧。お湯を加持して若宮を守る役。
30 産湯の間、前庭で漢籍を朗読する役。
31 藤原広業。
32 前漢の司馬遷による歴史書。
33 邪気払いのため弓弦を鳴らす役。
34 当日第二回の御湯殿の儀。補注三。
35 明経博士中原致時。
36 儒教の教典の一つ。孝道を説く。
37 大江挙周。匡衡の息子。
38 御湯殿の儀は生後七日目まで朝夕行われ、読書役は三人が交代で務めた。

十三　白く輝く御前

よろづの物の曇りなく白き御前《おまへ》に、人のやうだい[1]・色あひ[2]などさへ、けちえん[3]にあらはれたるを見わたすに、よき[4]墨絵《すみゑ》に髪どもをおほしたるやうに見ゆ。いとど物はしたなくて、かかやかしき[5]心地すれば、昼はをさをさしいでず。のどやかにて、東《ひむがし》の対の局よりまうのぼる人々を見れば、色許されたる[6]は、織物の唐衣・同じ袿《うちき》どもなれば、なかなか麗《うるは》しく[7]て心々も見えず。許されぬ人も、少し大人《おとな》びたるは、かたはらいたかるべきことはとて、ただえならぬ三重五重の袿に、表着は織物、無紋[8]の唐衣すくよかに[9]して、かさねには綾[10]・薄物をしたる人もあり。

1　姿かたち。
2　顔色。一般に女房は白粉を塗っている。
3　際立って。彩色に埋もれないのではっきり見て取れる。
4　白い装束と顔色に髪だけが黒々とするのを白描画に喩える。
5　恥ずかしい。この頃の紫式部は基本的に人目を恥じがち。
6　禁色を許された女房。ここでは、上臈で織物の唐衣着用が許された女房。
7　端正だが格式重視のため皆が型どおりになっている様子。
8　織模様がない唐衣。
9　生真面目に。律儀に。皆がそれぞれの制限の中で最高の装束を目指している。結果的に、型にはまったように同じようなものとなった。
10　綾織りの絹布。縦糸と横糸の交叉方法により、織面全体に斜め模様が出る。平織より光沢がある。地紋を織り出すことも可。白地で織り、後染めする。

扇《あふぎ》など、みめには、おどろおどろしくかかやかさで、よしなからぬさまにしたり。心ばへある本文《ほんもん》[11]うち書きなどして、言[12]ひ合はせたるやうなるも、心々と思ひしかども、よはひのほど、おなじまちのはをかしと見交はしたり。人の心の思ひおくれぬけしきぞあらはに見えける。

裳《も》・唐衣《からぎぬ》の縫ひ物をばさることにて、袖ぐちにおきぐち[13]をし、裳の縫ひ目に白銀の糸を伏せ組[14]のやうにし、箔《はく》[15]をかざりて綾の紋に据ゑ、扇どものさまなどは、ただ雪深き山を月の明かきに見わたしたる心地しつつ、きらきらと、そこはかと見わたされず、鏡《かがみ》をかけたるやうなり。

11 出典のある文句。詩や和歌などの文芸作品などから抜き出した言葉。
12 扇面に嘉句を書くことは共通しても、句そのものはそれぞれが工夫を凝らしたと思っていた。しかし同年齢層の女房のものが素敵に思え、お互い見交わす。類似の中で競い合う女房心理。
13 金銀などで縁取ったり縁飾りをつけたりすること。
14 飾り縫いの一つ。布の合わせ目を表にし、左右からわざと糸を見せて縫い合わせる方法。組紐をかぶせたように見える。
15 綾の地紋に銀箔を貼る。

十四　九月十三日〜三日の産養

[1]三日にならせ給ふ夜は、[2]宮づかさ、*大夫よりはじめて[3]御産養《おほんうぶやしなひ》つかうまつる。[4]*右衛門の督《かみ》は御前の事。[5]沈《ぢん》の懸盤・白銀の御皿など、詳しくは見ず。[6]*源中納言《げんちゆうなごん》・[7]*藤宰相《とうさいしやう》は、[8]御衣《おんぞ》・御襁褓《むつき》・[9]衣筥《ころもばこ》の[10]折立《をたて》・入帷子《いれかたびら》・包み・覆ひ・下机《したづくゑ》など。同じことの、同じ[11]白さなれど、しざま、人の心々見えつつし尽くしたり。[12]*近江《あふみ》の守《かみ》たかまさは、おほかたのことどもや仕うまつるらむ。東の対の、西の廂《ひさし》は上達部の座、[13]北を上《かみ》にて二行《ふたつら》に、南の廂に、殿上人の座は西を上なり。白き綾の御屏風《みびやうぶ》どもを、母屋《もや》の御簾にそへて、外《と》ざまに立てわたしたり。

1　誕生三日目。
2　中宮職が主催者となって。
3　新生児の誕生祝い。誕生三・五・七・九日目に開催。
4　『紫式部日記絵詞』は「大夫斉信」と割注。中宮大夫藤原斉信。御膳を調進。
5　香木「沈」製の御膳。四足の台上に四角の折敷（盆）が載る。
6　『紫式部日記絵詞』は「権大夫俊賢」と割注。中宮権大夫源俊賢。
7　『紫式部日記絵詞』は「権亮実成」と割注。中宮権亮藤原実成。
8　共に皇子の産着。ここから下机まで俊賢と実成が調進。
9　8をそれぞれ入れる箱。
10　順に、衣筥の中敷き・衣筥中の進物を包んでいる布・衣筥を包む布・机に衣筥を置いた上から掛ける布・衣筥を置く机。
11　底本「くろさ」を校訂した。
12　中宮亮源高雅。
13　北を上座とし、二列で。

十五　九月十五日〜五日の産養・下々に満ちる慶び

[1]五日の夜は、殿[2*]の御産養。

[3]十五日の月くもりなくおもしろきに、池のみぎは近う、[4]かがり火どもを木の下に灯《とも》しつつ、[5]屯食《とんじき》ども立てわたす。[6]あやしき賤《しづ》の男《を》の[7]さへづりありくけしきどもまで、[8]色ふしにたちがほなり。[9]主殿《とのもり》が立ちわたれるけはひもおこたらず、昼のやうなるに、ここかしこの岩がくれ・木のもとごとにうち群れてをる上達部《かんだちめ》の[10]随身などやうの者どもさへ、おのがじし語らふべかめることは、[11]かかる世の中の光のいでおはしましたることを、[12]かげにいつしかと思ひしも、およびがほにこそ。そぞろにうち笑《ゑ》み、心地よげなるや。まして

1　誕生五日目。
2　藤原道長が主催する産養。
3　九月十五日で日付上ほぼ満月。
4　鉄製の籠に薪を入れて燃やし、庭の照明とした。底本「かがり火よも」を『紫式部日記絵詞』により校訂。
5　鏡餅を飾る三方に似た形状の台に握飯など軽食を盛り、下仕えに振る舞ったもの。
6　身分が低く卑しい男ども。庭の設営や掃除など末端の労働にあたっている。
7　声高・早口な話し方。下賤の者や地方の者の話す様に使う表現。
8　晴れがましい出来事に立ち会ったという表情。
9　宮内省主殿寮の官人。実務にあたる職員は百四十人程度で、灯燭・薪炭・湯沐など火を扱う仕事や清掃などを担当した。ここでは松明を掲げている。
10　第二節注3。客の公卿に随行し庭で待機中。
11　彰子が生んだ皇子を言う。

殿のうちの人は、何ばかりの数にしもあらぬ[13]五位どもなども、そこはかとなく腰もうちかがめて行きちがひ、いそがしげなるさまして、[14]時にあひがほなり。

十六　五日の産養〜御膳の用意

[1]御《お》膳《もの》参《まゐ》るとて、女房八人、[2]一つ色に装束《さうぞ》きて、[3]髪あげ、白き元結して、白き[4]御盤もてつづき参る。こよひの[5]御まかなひは*宮の内侍、いと[6]ものものしく、あざやかなるやうだいに、元結ばえしたる髪の[7]さがりば、つねよりもあらまほしきさまして、扇にはづれたる[8]かたはらめなど、いと[9]きよ

『紫式部日記』では誕生時以降何度も「光」と表現。
12　陰ながらの意。「光」の縁語で表現。
13　五位は貴族の最低位。ただし紫式部の父藤原為時もこの時五位。
14　ご時世。良い時流。

1　中宮の御膳を運ぶ。
2　白一色。
3　御膳に関わる際の髪型。前髪をつまんで頭頂部で結び、釵子を挿す。
4　食器を置く台。
5　お給仕。中宮の傍で直接食事の世話をする。
6　堂々たる様子。存在感がある。
7　左右に分けた前髪の、肩辺りで切り揃えた端。
8　横顔。
9　本質が輝く「きよら」に次ぐ、整った外見の美しさ。第五十節注18。

げに侍《はべ》りしかな。

髪あげたる女房は

[10*]源式部加賀《かが》の守景《かげ》ふが女《むすめ》[11*]小左衛門故備中の守道ときが女・[12*]小兵衛《こひやうゑ》左京のかみ明理《あきまさ》女・[13*]大輔伊勢の祭主《さいしゅ》すけちかが女・[14]大馬《おほむま》左衛門の大夫よりのぶが女・[15*]小馬左衛門の佐道《すけみち》のぶが女 [16*]小兵部《こひやうぶ》蔵人なるなかちかが女 [17]小木工《こもく》木工のぜう平のぶよしといひけむ人の女なり

かたちなどをかしき若人《わかうど》の限りにて、さしむかひつつゐ渡りたりしは、いと見るかひこそ侍りしか。例は、御膳参るとて髪上ぐることをぞするを、かかる折《をり》とて、[18]さりぬべき人々を選らみ給へりしを、[19]「心うし」「いみじ」と、うれへ泣きなど、[20]ゆゆしきまでぞ見侍りし。

[21]御帳《みちやう》の東おもて二間ばかりに、三十余人ゐ並みたりし人々のけはひこそ見ものなりしか。

10 中宮女房。「景ふ」は不明。『紫式部日記絵詞』は「しけのふ」とする。源重文か。
11 中宮女房。第十一節注27「大左衛門」の妹か。
12 中宮女房。源明理女。
13 中宮女房、歌人の伊勢大輔。
14 中宮女房。藤原頼信女。
15 中宮女房。高階道順女。
16 中宮女房。藤原庶政女。
17 中宮女房。平のぶよしは未詳。
18 産養という晴儀にふさわしい見栄えのする女房を選んだ。
19 まだ経験も浅く晴儀で衆目を浴びることが恥ずかしい。
20 祝いの儀式なのに泣くのは縁起でもない。第二十七節注13。
21 中宮の御張台。
22 儀式を盛り上げる飾り御膳。美麗な食器や盛り付けに細工を凝らすなどした鑑賞用の食膳。
23 後宮の下級女官。御膳運びや雑役を担当した。
24 水・粥に関する職務を担当する下級女官。

[22]威儀《ゐぎ》の御膳は[23]采女《うねめ》ども参る。戸口のかたに、御湯殿の隔ての御屏風に重ねて、また南むきに立てて、白き御厨子《みづし》一よろひに参り据ゑたり。夜更くるままに、月のくまなきに、采女・[24]水司《もひとり》・[25]御髪《みぐし》あげども、[26]殿司《とのもり》・[27]掃司《かむもり》の女官《にようくわん》、顔《かほ》も知らぬをり。[28]みかど司《づかさ》などやうのものにやあらむ、[29]おろそかに装束《さうぞ》き化粧じつつ、おどろの髪ざし、おほやけおほやけしきさまして、寝殿の東《ひむがし》の廊・渡殿の戸口まで、ひまもなくおし混みてゐたれば、人もえ通りかよはず。

十七　五日の産養～御前のありさま

御膳参り果てて、女房、御簾《みす》のもとに出《い》で居たり。火影《ほかげ》

25　理髪役の下級女官。
26　火燭・油などに関する職務を担当する下級女官。
27　掃除や敷物の設営などを職務とする下級女官。第一節補注三。
28　宮中諸門の鍵の管理を職務とする下級女官。
29　粗末な身なりだが、それなりに儀式ばって簪を角のように挿している。補注一。

1　唐衣と裳を続き模様にして小塩山の小松原を刺繍した。小塩山は平安京の西に位置する山。補注一。
2　藤原済家。道長の家司。
3　特別な工夫をせず。
4　銀粉を膠で練ったもの。

にきらきらと見えわたる中にも、*大式部のおもとの裳《も》[1]・唐《から》衣《ぎぬ》、小《を》塩《しほ》山の小松原を縫ひたるさまいとをかし。*大式部は陸奥《みちのくに》[2]の守の妻《め》、殿の宣旨《せんじ》よ。*大輔の命婦《みやうぶ》は、唐衣は手[3]もふれず、裳を白銀《しろかね》[4]の泥《でい》して、いとあざやかに大海《おほうみ》に摺《す》りたるこそ、けちえん[5]ならぬものから、めやすけれ。*弁の内侍の、裳に白銀の洲浜、鶴を立てたるしざま珍《めづら》し。裳の縫物も、松が枝の齢《よはひ》[6]をあらそはせたる心ばへかどかどし[7]。*少将のおもとの、これらには劣りなる白銀の箔《はく》を、人々つきしろふ[8]。少将のおもとといふは、信濃《しなの》[9]の守佐光《すけみつ》が妹、殿の古人なり。

その夜の御前《おまへ》の有様の、いと人に見せまほしければ、夜《よ》[10]居《ゐ》の僧のさぶらふ御屏風《みびやうぶ》を押し開けて、「この世には、かうめでたきこと、またえ見給はじ」と、いひ侍りしかば、「あなかしこあなかしこ」と、本尊をばおきて、手をおし

5 非常に目立つ様子。
6 鶴と松という、長寿を競い合うめでたい柄でそろえる心遣い。
7 気が利いている。美的評価よりも、女房としての心遣いを評価。
8 つついて合図する。ここでは批判・軽侮の意味。装束の貧しさより、少将が古参でありながら特段の工夫もしないという無配慮を非難するのであろう。
9 藤原佐光。一条天皇の母、故東三条院詮子に長く仕えた。
10 夜間に貴人の加持祈禱にあたり、護身を勤める僧。護るべき対象の居住空間内に本尊を置き屏風で囲い、そこで祈禱する。任務上貴人の内情に触れることも多い。
11 三日の産養同様、東対の西廂に用意された。補注二。
12 東対と寝殿を結ぶ透渡殿上に座を移し、くつろいだ宴となる。
13 遊戯の一種。二個の賽を筒に入れて振り出し、出た目で勝負を決める。賞品を賭ける。
14 紙が攤の賞品。かみ（上、上

すりてぞよろこび侍りし。

上達部、[11]座をたちて、[12]御橋の上にまゐり給ふ。殿*をはじめ奉りて[13]攤《だ》うち給ふ。[14]かみの争ひいとまさなし。[15]歌どもあり。[16]「女房、杯《さかづき》」などあるを、いかがは言ふべきなど、[17]口口思ひ試みる。

[18]めづらしき光さしそふさかづきはもちながらこそ千代もめぐらめ

「[19]*四条の大納言にさしいでむほど、歌をばさるものにて、[20]声《こわ》使ひ用意要るべし」など[21]ささめきあらそふほどに、ことおほくて、夜いたう更けぬればにや、とりわきてもささでまかで給ふ。

禄《ろく》ども、上達部《かんだちめ》には、女の装束《さうぞく》に、[22]御衣《おんぞ》・御襁褓《むつき》や添ひたらむ。殿上の四位は、袷《あはせ》一かさね、[23]袴《はかま》。五位は袿《うちき》一かさ

達部）が紙を争うという掛詞。
15　公卿たちが和歌を詠み、藤原行成が序をしたためた（御産部類記・不知記B）。
16　「女房、杯を取れ」の意。杯を受けると飲み干して一芸を披露するのが宴席の習慣。女房が、自分達にも酒盃が回り歌を要求されると予想した。
17　ぶつぶつ呟いては、歌を作ったり読み上げる練習をしたりする。
18　祝賀の歌。底本「千代を」を『紫式部日記絵詞』により校訂した。「めづらしき光」は新生の若宮をいう。「さしそふ」に光がさらに差すことと杯に酒を注すことの両意、「さかづき」に「杯」と「月」、「もちながら」に「持ち」と当夜の「望月」、「めぐらめ」に酒盃が巡ることと月の巡ることの両意を掛ける。「光」「さす」「もち」「めぐる」は月の縁語。補注三。
19　藤原公任。従二位中納言。寛弘六年に権大納言となった。

ね。六位は袴一具ぞ見えし。

十八　九月十六日〜舟遊び

[1]またの夜、月いとおもしろく、頃[2]さへをかしきに、若き[3]人は舟に乗りて遊ぶ。色々[4]なる折よりも、同じさまに装束《さうぞ》きたるやうだい、髪のほど、曇りなく見ゆ。小大輔[5]*・源式*部・宮木の侍従・*五節《ごせち》の弁・右近・小兵衛*・小衛門《こゑもん》・馬《むま》・

20 歌を読み上げる声の大きさや調子。
21 皆でささやき合う。
22 どちらも産着。産養にちなんだ引き出物。
23 「袴。五位は袿一かさね」は底本に無いが『紫式部日記絵詞』により校訂した。

1 九月十六日。
2 十六日はほぼ満月であることに加え、秋は名月の季節。
3 若い女房。
4 産後七日間は白一色を保つ。装束が色とりどりである時に比べ、皆が白一色である今は、かえって個々人の違いがはっきり見える。
5 以下「伊勢人」まで十人は彰子付きの若女房。小大輔は底本「小大ゆふ」を『紫式部日記絵詞』により校訂。
6 廂の間の、庭に近いところに

やすらひ・伊勢人など、[6]端近く居たるを、[7]左の宰相の中将・*[8]殿の中将の君いざなひ出で給ひて、*[9]右の宰相の中将兼隆に、棹《さを》させて、舟にのせ給ふ。[10]かたへはすべりとどまりて、さすがにうらやましくやあらむ、見出だしつつゐたり。いと白き庭に、月の光り合ひたるやうだい、かたちもをかしきやうなる。

「[11]北の陣《ぢん》に車あまたあり」といふは、[12]うへ人どもなりけり。*[13]藤三位を始めにて、[14]侍従の命婦・藤少将の命婦・馬の命婦・左近の命婦・*筑前《ちくぜむ》の命婦・[15]少輔《せう》の命婦・近江の命婦などぞ聞こえ侍りし。[16]詳しく見知らぬ人々なれば、ひがごとも侍らむかし。[17]舟の人々も惑ひ入りぬ。*[18]殿出でゐ給ひて、おぼすことなき御けしきに、もてはやしたはぶれ給ふ。[19]贈り物ども、品々に給ふ。

いた。
7　源経房。
8　道長と倫子の間の二男、教通。
9　藤原兼隆。
10　「端近く居たる」女房たちの一部。
11　土御門殿北門の警備用詰所。
12　ここでは、内裏女房たち。続く「藤三位」以下のこと。
13　藤原繁子。道長の兄である故道兼の妻で、一条天皇の乳母。娘の尊子は一条天皇の女御。
14　以下近江の命婦まで七人、藤三位と共に土御門殿を訪れた内裏女房。なお「命婦」は中臈女房にあたる。
15　少輔の命婦、底本に無し。『紫式部日記絵詞』により補う。
16　紫式部にとって天皇付き女房は疎遠な存在だった。
17　舟遊びをしていた彰子付き若女房たち。内裏女房を迎える態勢をとらなくてはならない。
18　道長。内裏女房たちを歓待する。ここからも、これら内裏女房

十九　九月十七日～御帳台の彰子

[1]七日の夜は、[2]おほやけの御産養《おほんうぶやしなひ》。[3]*蔵人の少将道雅《みちまさ》を御使《つかひ》にて、[4]物の数々書きたる文、[5]柳筥《やなぎばこ》に入れてまゐれり。やがて返《かへ》し給ふ。[6]勧学院《くわんがくゐん》の衆ども、[7]歩みしてまゐれる、[8]見参《げざむ》の文どもまた啓す。返し給ふ。禄ども給ふべし。こよひの儀式は、ことにまさりておどろおどろしくののしる。

[9]御帳《みちやう》のうちをのぞきまゐりたれば、かく[10]国の親ともて騒《さわ》がれ給ひ、[11]うるはしき御けしきにも見えさせ給はず、すこ

たちの政治的存在感が推測される。前節等の下級女官とは全く違う。

19 道長から内裏女房への手土産。

1 誕生七日目。九月十七日。

2 朝廷主催の産養。

3 藤原道雅。伊周の息子。

4 若宮への祝いの品の目録。

5 柳を白木の棒状にして並べ、生糸で結び合わせて作った箱。

6 大学別曹の一つ。藤原氏一門の学生のために作られた寄宿舎。「衆」はその寄宿生たち。

7 若宮誕生を祝して参上し、決まった作法に従い練り歩く。『権記』等によれば三日の産養でのこと。補注一。

8 歩みに参加した学生の名簿。

9 彰子の御帳台。

10 国母。国民の母の意で皇后を言う場合と、天皇の母を言う場合がある。補注二。

11 整った美しさ。格式ばってい

しうち悩み、面やせて、おほとのごもれる御有様、常よりも[12]あえかに、若くうつくしげなり。小さき[13]灯炉《とうろ》を、御帳のうちにかけたれば、くまもなきに、いとどしき御色あひの、そこひもしらずきよらなるに、こちたき御ぐしは、結ひてまさらせ給ふわざなりけりと思ふ。[14]かけまくもいとさらなれば、えぞかきつづけ侍《はべ》らぬ。

おほかたのことどもは、ひと日の同じ事。[15]上達部の禄は、御簾の内より、女装束、宮の御衣など添へていだす。[16]殿上人、[17]*頭二人をはじめて、寄りつつ取る。[18]おほやけの禄は[19]大《おほ》袿《うちき》・[20]衾《ふすま》・[21]腰差など、例のおほやけざまなるべし。御乳つけつかうまつりし*橘の三位の贈り物、例の女装束に、織物の[22]細長添へて、白銀の衣筥、つつみなどもやがて白きにや。また包みたる物添へてなどぞ聞き侍りし。詳しくは見侍ら

ることをもいう。後の「美し」はかわいらしい美しさ。
12 か弱い。華奢な様。堂々たる政治的立場とは別の、彰子の素顔を見取る、紫式部の母性的まなざし。
13 照明器具。木枠に紙や紗を貼り、中に火をともして吊るした。
14 口にするのも。言うことも。
15 中宮から公卿への引き出物。
16 殿上人への禄は。
17 蔵人の頭二人。頭の中将源頼定と頭の弁源道方。
18 朝廷からの引き出物。
19 禄用のサイズの大きな袿。下賜された者が仕立て直す。
20 夜具。眠る時体に掛ける物。
21 巻絹。絹を巻いた反物。賜ると腰に挿すのでこう呼ぶ。
22 重ね袿の上に羽織る上着。衽(平らに置いた時、左右前身ごろの重なる部分)が無く、細長い形状のもの。
23 誕生八日目。九月十八日。
24 白一色の期間が終わり、普段

ず。

八日、人々、[23]色々装束《さうぞ》きかへたり。[24]

二十　九月十九日〜九日の産養

[1]九日夜は、[2*]春宮の権の大夫仕うまつり[3]給ふ。白き御厨子《みづし》ひとよろひに、[4]参《まゐ》り据ゑたり。儀式いとさまことに今めかし。[5]白銀《しろかね》の御衣筥、海浦を打ち出《い》でて、蓬莱《ほうらい》など例の事なれど、今めかしうこまかにをかしきを、取り放ちて[6]はまねび尽くすべきにもあらぬこそわろけれ。

今宵は、おもて朽木形[7]の几帳《きちやう》、例のさまにて、人々は濃[8]き打ち物を上に着たり。めづらしくて心にくくなまめいて

通りの色とりどりの装束に着替える。

1　誕生九日目。九月十九日。
2　東宮職の権大夫、藤原頼通。中宮の弟。道長の長男。
3　産養を主催する。
4　頼通調達の御膳や祝いの品々を。
5　最先端の趣向であったことを二度の「今めかし」で強調。いかにも若い頼通主催の祝らしい。
6　取り立てて一つ一つをありのままに描写しつくせない。
7　白い几帳から、表に「朽木形」文様が刷り出されたいつもの几帳に戻っている。
8　砧で打って光沢を出した、濃き色の袿を、重ね袿の一番上に着ている。「濃き色」は濃い紅か紫。
9　薄物の唐衣が透けて、下の袿の光沢まで明らか。

見ゆ。透[9]きたる唐衣《からぎぬ》どもに、つやつやとおしわたして見えたる、また、人の姿も、さやかにぞ見えなされける。

[10]こまのおもとといふ人の恥《はぢ》見侍りし夜なり。

二十一　十月十余日まで～好々爺《こうこうや》道長

[1]十月十余日までも、御帳出でさせ給はず。[2]西の傍なる御《お》座《まし》に、夜も昼もさぶらふ。

殿[3]の、夜中にも暁にも参り給ひつつ、御乳母《めのと》の懐を引き[4]探させ給ふに、うちとけて寝たる時などは、何[5]心もなくおぼほれておどろくも、いといとほしく見ゆ。心[6]もとなき御ほどを、我[7]が心をやりて捧げうつくしみ給ふも、こと[8]わり

10　補注一。

1　産後約一ヶ月間、中宮は御帳台の中で体を休めた。

2　御帳台西側の、中宮が昼の御座として使うべき場所に、紫式部たち女房が常駐する。

3　藤原道長。

4　乳母の懐には皇子が抱かれている。

5　乳母は何の心の用意もなく、寝ぼけて眼を覚ます。

6　生後一ヶ月で柔らかく、手荒に扱えずはらはらする様子。

7　道長は自分のしたいように孫を扱い、満悦である。

8　道長の政治的野心や、彰子入内後男子誕生を待ちわびた年月を知る女房たちには、尋常でない可

にめでたし。

ある時はわりなきわざ[9]しかけ奉り給へるを、御紐《ひも》[10]ひき解きて、御几帳のうしろにてあぶらせ給ふ。

「あはれ[11]、この宮の御しとに濡るるは、嬉しきわざかな。この濡れたるあぶるこそ、思ふやうなる心地すれ」

と、喜ばせ給ふ。

二十二　行幸前〜沈む心

中務の宮具平親王[1]わたりの御ことを、御心に入れて、そなたの心寄せある人[2]とおぼして、語らはせ給ふも、まことに心の内は思ひゐたること多かり[3]。

愛がりようも当然だと理解できる。
9　困ったこと。ここでは、皇子が道長におしっこをひっかけること。
10　直衣の首周りの紐。
11　ああ。感嘆詞。心からの感慨に浸る。

1　道長は息子頼通と具平親王女隆姫女王との結婚を望んでいた。
2　紫式部の父為時は自ら具平親王家の「旧僕（昔からの下僕）」と称し、懇意な漢詩仲間でもあった（本朝麗藻）。
3　これを皮切りに、主家の晴事から自己の内心へと話題が転換。
4　九月二十五日に天皇からの発案があり、土御門殿行幸が決まっていた（御堂関白記）。

行幸《ぎやうかう》[4] 近くなりぬとて、殿の内をいよいよ造り磨かせ給ふ。世におもしろき菊の根をたづねつつ掘りてまゐる。色々[5]うつろひたるも、黄なるが見どころあるも、さまざまに植ゑたてたるも、朝霧の絶え間に見渡したるは、げに[6]老《おい》もしぞきぬべき心地するに、[7]なぞや。[8]まして、思ふことの少しもなのめなる身ならましかば、すきずきしくももてなし、若やぎて、常なき世をもすぐしてまし。[9]めでたきこと、おもしろきことを見聞くにつけても、ただ[10]思ひかけたりし心の引くかたのみ強くて、もの憂く、思はずに、嘆かしきことのまさるぞ、いと苦しき。

いかで、いまはなほ物忘れしなむ、思ひ甲斐《がひ》もなし、罪[11]も深かなりなど、明けたてばうち眺めて、[12]水鳥どもの思ふこと無げに遊び合へるを見る。

5　白菊が、寒さにより花弁先端から鮮紫色に変化したもの。変化の段階により紫色の度合いが様々。
6　中国の伝説から、菊は仙境の花で延命の効果を持つとされた。道長は若宮・天皇の長寿を祈る趣向として自邸に仙境を現出させた。
7　強い疑問。なぜ私の気分は外界とくい違うのだろう。
8　「まして況や（今の私のようでなく）物思いがせいぜい人並みの身であったら、風流に若やいで無常の世を過ごすだろうに（今の私にはできない）」と反実仮想する。
9　美しい菊を見ても華やげない自分の心の在り方を凝視し詳述。
10　心に抱き続けている思い。気に掛けていること。具体的内容は明記しない。補注一。
11　底本「深くなり」を『紫式部日記絵詞』により校訂。一つの思いに深く捕らわれることは仏教では罪障にあたる。
12　土御門殿の池に群れる水鳥。

[13]水鳥を水の上《うへ》とやよそに見むわれも浮きたる世をすぐ
しつつ

かれも、さこそ[14]心をやりて遊ぶと見ゆれど、[15]身はいと苦しかんなりと、思ひよそへらる。

[16]*小少将の君の、文おこせたる返《かへ》りごと書くに、時雨の、さとかきくらせば、使《つかひ》も急ぐ。「また空のけしきもうち騒《さわ》ぎてなむ」とて、[17]腰折《を》れたることや書き混ぜたりけむ。暗うなりにたるに、[18]たちかへり、[19]いたう濃染紙《こぜんし》に、

[20]雲間なくながむる空もかきくらしいかにしのぶる時雨
なるらむ

書きつらむことも覚えず、

[21]ことわりの時雨の空は雲間あれどながむる袖ぞかわく
間も無き

13 独詠。水鳥の、水の上に浮いた（浮かれた・不安定な）状況に我が身の同じ「浮きたる」現実を重ねる。「浮き」は「憂き」を掛ける。
14 外見は気に掛かることもなく遊んでいるかに見える。
15 「身」は、「世」という現実を生きる自分自身。現実の当人。
16 中宮女房で紫式部の親友。里下がりしていたが紫式部に手紙を送ってきた。補注二。
17 腰折れ歌。一般に下手な歌を言う。第五十五節注14参照。
18 再び。夕方になってもう一度手紙のやり取りが繰り返される。
19 濃い紫のぼかし染めを施した紙。
20 小少将の君の歌。「雲の切れ間が無い」意の「雲間なく」に「間断なく」の意の「間なく（眺むる）」を掛ける。
21 紫式部の二度目の返歌。

二十三　十月十六日　行幸～天皇到着

[1]その日、新しく造られたる船[2]ども、さし寄せさせてご覧[3]ず。[4]龍頭鷁首《れうとうげきしゅ》の生けるかたち思ひやられて、鮮やかに麗《うるは》し。[5]行幸は辰《たつ》の時と、まだ暁より人々けさうじ心づかひす。[6]上達部《かんだちめ》の御座は西の対なれば、こなたは例のやうに騒がしうもあらず、[7]*内侍の督《かん》の殿の御かたに、なかなか人々の装《さう》束《ぞく》などもいみじう整へ給ふと聞こゆ。

暁に少将の君*参り給へり。もろともに頭《かしら》けづりなどす。[8]例の、さいふとも日たけなむと、たゆき心どもはたゆたひて、

1　十月十六日、行幸当日。以下の行幸記事は作品の行事中で最長。
2　楽人に池の船上から演奏させ、天皇を音楽で迎える趣向。
3　道長が点検する。
4　龍も鷁も中国の想像上の生物。その頭部をかたどった飾りを船首に付け、二艘一対の装飾船とする。楽船とする場合は龍頭の船が唐楽、鷁首の船が高麗楽を担当した。
5　天皇の土御門殿着は午前八時前後の予定だった。
6　西の対の南廂に公卿、西の中門廊に殿上人の座が設けられた。
7　彰子の妹、妍子。十五歳。西の対を常の御座所としていたか。
8　行事は遅延するのが常態であった。この日の天皇の出発も午一刻（午前十一時）で、事実遅延している。だが紫式部たちは日たけた時刻にも油断していた。
9　扇が平凡なのでほかの物を調達する予定で、人に頼んでいた。

「[9]扇《あふぎ》のいとなほなほしきを、また人に言ひたる、持て来なむ」

と待ちゐたるに、[10]鼓《つづみ》の音《おと》を聞きつけて急ぎ参る、様悪しき。

[11]御《み》輿《こし》迎へ奉る船楽《ふながく》いとおもしろし。寄するを見れば、[12]駕《か》輿丁《よちやう》の、[13]さる身の程ながら階《はし》よりのぼりていと苦しげにうつぶし臥《ふ》せる、

「[14]何の異《こと》ごとなる、[15]貴きまじらひも、[16]身の程限りあるに、いと安げなしかし」

と見る。

10 行幸では雅楽寮の奏者が行列に随行し、路辺で演奏した。その鼓の音から、天皇一行が土御門殿に近づいたと知られる。

11 天皇の鳳輦が土御門殿西中門から南庭に入ると、注2の船が演奏を開始して出迎えた。

12 鳳輦の担ぎ手。朝廷の下部。

13 天皇は寝殿簀子に鳳輦を乗りつけ出御する。駕輿丁は鳳輦の轅を肩にして階を上ると、体を屈して轅を寝殿簀子に置き、天皇出御の間その体勢で待機する。前方担ぎ手はほぼ這いつくばる姿勢。「さる身の程」とはそうした業務を当然とされた境遇。後の注16「身の程」と対応。

14 反語。何が違おう、同様だ。

15 自らの宮仕え。中宮女房は駕輿丁に比べはるかに身分が高い。

16 女房にも女房なりの決まった仕事があり苦労が絶えないと思い至る。

二十四　行幸～内侍の威風

[1]御帳《みちやう》の西面に[2]御座《おまし》をしつらひて、南の廂《ひさし》の東《ひむがし》の間に、御《ご》椅子《いし》を立てたる、それより一間隔てて東にあれたるきはに、北南のつまに御簾《みす》をかけ隔てて女房のゐたる南の柱もとより、すだれをすこし引き上げて、*内侍二人いづ。その日の髪あげ麗しき姿、[3]唐絵《からゑ》ををかしげに描きたるやうなり。[4]*左衛門《さいもん》の内侍[5]御《み》佩刀《はかし》とる。[6]青《あを》色の無紋の唐衣《からぎぬ》、[7]裾濃《すそご》の裳《も》、[8]領布《ひれ》・裙帯《くんたい》は[9]浮線綾《ふせんれう》を[10]櫨緂《はじだん》に染めたり。表着《うはぎ》は[11]菊の五重、[12]掻練《かいねり》はくれなゐ、姿つき、もてなし、[13]いささかはづれて見ゆるかたはらめ、はなやかに[14]きよげなり。

*弁の内侍は[15]しるしの御筥《はこ》。くれなゐに[16]葡萄染《えびぞめ》の織物《おりもの》の袿《うちき》、

1　中宮の御帳台。
2　天皇の玉座。
3　中国の題材を中国の手法で描いた絵画。補注一。
4　天皇付きの掌侍で中宮付きと兼職していた女房。第五十九節注1。
5　天皇の身から離さず、外出時にも持参された三種の神器の一つ、いわゆる草薙剣。
6　現在の青緑色の唐衣。禁色の一つ。
7　ぼかし染めで、裾に向かうに従って濃くなるもの。
8　領布はショール状に肩にかけた薄絹。奈良期より用いる。裙帯は裳の両腰から垂らした紐。
9　文様の線を浮き出させた綾織。
10　櫨（赤黄色）と白の段染め。
11　「菊」はかさね色目。「五重」には諸説あるが、ここでは五枚着用と読む。補注二。
12　表着と袿の間に着る練絹。
13　扇で隠した端から覗く横顔。
14　清らは最高の美、清げはそれ

裳・唐衣は、さきの同じ事。いとささやかにをかしげなる人の、つつましげに、少しつつみたるぞ、[17]心ぐるしう見える。扇より始めて、好みましたりと見ゆ。領布は[18]楝緂《あふちだん》。夢のやうに[19]もこよひのたつほど、よそほひ、[20]昔天降《くだ》りけむをとめごの姿も、かくやありけむとまでおぼゆ。

[21]近衛司《このゑづかさ》、いとつきづきしき姿して御輿のことども行ふ、いときらきらし。[22]*頭の中将、御佩刀など執りて内侍*に伝ふ。

に準ずる。

15 注5と同じ三種の神器の一つ、八坂瓊勾玉の入った箱。

16 袿が皆葡萄染（縦糸紅・横糸紫）の織物か。「表着」の誤りか。

17 見ていて心が苦しくなる様。痛々しい。

18 楝（薄紫）と白の段染め。

19 「もこよひ」は翻る、「のたつ」は背筋を伸ばし立つこと。

20 補注三。

21 近衛府は武官中でも天皇を間近で警護する役。特に祭・行幸での上官の供奉姿は華々しい。

22 頭中将は蔵人頭左近衛権中将源頼定だが実際のこの役は右近衛権中将藤原兼隆。藤中将の誤記か。

二十五　行幸〜女房たちの装束

御簾の中を見わたせば、[1]色ゆるされたる人々は、例の青色・赤色の唐衣に、地摺《ぢずり》の裳、表着は、おしわたして[2]蘇芳《すはう》の織物なり。ただ[3]*馬《むま》の中将ぞ[4]葡萄染を着て侍《はべ》りし。[5]打物どもは、濃き薄き紅葉をこきまぜたるやうにて、[6]中なる衣ども、例の、[7]くちなしの濃き薄き、[8]紫苑《しをん》色、[9]うら青き菊を、もしは三重など、心々なり。

[10]綾ゆるされぬは、例のおとなおとなしきは、[11]無紋の青色、もしは蘇芳などみな[12]五重にて、[13]かさねどもはみな綾なり。[14]大海《おほうみ》の摺裳の、水のいろはなやかに、あざあざとして、[15]腰どもは[16]固紋をぞおほくはしたる。袿は[17]菊の三重五重にて、

1　禁色を許された女房。以下の青色・赤色の織物の唐衣と地摺（白地に摺模様）の裳の着用が女房禁色の代表。
2　縦糸・横糸共に黒ずんだ紫紅色の織物。『衣服令』では紫に次ぐ高貴な色とされた。
3　中宮女房。左馬頭藤原相尹女。第三十八節注9・10。
4　縦糸紅、横糸紫の織物。
5　砧で打って光沢を出した打衣。
6　下に着込んだ袿。
7　それぞれの袿の重ね（表裏）色目。梔子は表裏とも黄色。
8　重ね色目。表紫・裏蘇芳など諸説。
9　重ね色目。裏が青の菊重ねは、表黄（黄菊）表紅（紅菊）など各種。
10　注1「色ゆるされたる人々」以外の人々。
11　唐衣の描写。無紋は織物でも綾織でもない平絹。
12　唐衣を五枚重ねていたと解する。補注一。

織物はせず。

[18]若き人は菊の五重の唐衣を心々にしたり。[19]上《うへ》は白く、青きがうへをば蘇芳、ひとへは青きもあり。上薄蘇芳、つぎつぎ濃き蘇芳、中に白きまぜたるも、すべて、しざまをかしきのみぞ、かどかどしく見ゆる。

いひしらず、めづらしくおどろおどろしき扇ども見ゆ。うちとけたるをりこそ、まほならぬかたちもうちまじりて見えわかれけれ、心を尽くしてつくろひ化粧《けさう》じ、劣らじとしたてたる、[20]女絵《をんなゑ》のをかしきにいとよう似て、年の程のおとなび、いと若きけじめ、髪の少しおとろへたるけしき、またさかりのこちたきが、わきまへばかり見わたさる。さては、[21]扇よりかみの額つきぞ、あやしく人のかたちをしなじなしくも、下りてももてなすところなんめる。かかるな

13 五枚重ねのうち下の四枚。
14 裳の描写。波の模様をくっきりと刷りだしている。
15 裳のベルト部分や引腰部分。
16 先染糸を使う織物で模様を浮き出させず固く織ったもの。
17 表裏重ね色目が「菊」の袿を三枚か五枚重ねたか、または袿三枚か五枚で「菊」の襲ね色目にした。
18 綾ゆるされぬ女房のうち若い女房たち。「菊の五重の唐衣」は、注19の色目描写により、唐衣を五枚着用していると解する。
19 「菊の五重の唐衣」の重ね部分の配色。
20 物語絵など、主に女性が手元に置いて親しんだ大和絵。
21 顔を隠した扇の上から覗く額の感じ。
22 内裏女房で以前から中宮女房と兼職している五人。前節の左衛門内侍と弁内侍、本節に見える筑前命婦と左京命婦、そして御まかなひの橘の三位。

かにすぐれたりと見ゆるこそ限りなきならめ。
[22]かねてより、上の女房、*宮にかけて候《さぶら》ふ五人は、参《まゐ》り集ひて候ふ。*内侍《ないし》二人、*命婦《みやうぶ》二人、御まかなひの人ひとり。[23]おもの参るとて、*筑前・*左京《さきやう》ひともとの髪あげて、内侍の出《い》で入るすみの柱もとより出づ。これは[24]よろしき天女なり。
*左京は[25]青色に柳の無紋の唐衣、*筑前は菊の[26]五重の唐衣、裳は例の摺裳なり。御まかなひ、[27]*橘の三位。[28]青色の唐衣、唐綾の黄なる菊の袿ぞ、表着なんめる。ひともとあげたり。柱がくれにて、まほにも見えず。

23　御膳を運ぶので髪を結い上げる。天皇に簡単な朝干飯を供したもの。天皇は普段巳の刻（午前十時前後）に朝干飯をとる。
24　まずまず。最高級でもないが悪くはないとの評価。
25　上に青色の平絹の唐衣、その下に数枚の唐衣を着重ねて、柳の襲ね色目にしている。
26　唐衣を五枚着て菊の襲ね色目にしている。注18。
27　一条天皇の乳母、橘徳子。若宮の誕生時には乳付け役を務めた。
28　橘三位は禁色を許され、青色の織物の唐衣を着用。唐衣のすぐ下には表着として、唐綾製で重ね色目「黄菊」（表黄、裏青）の袿を着ている。

二十六　行幸〜父子のご対面

[1]*殿、*若宮抱き奉り給ひて、御前《おまへ》にいで奉り給ふ。[2]*うへ抱き移し奉らせ給ふ程、[3]いささか泣かせ給ふ御声《こゑ》、いと若し。[4]*弁の宰相《さいしやう》の君、[5]御佩刀とりて参り給へり。母屋《もや》の中戸より西に、[6]*殿のうへおはするかたにぞ、*若宮はおはしまさせ給ふ。

[7]*うへ外《と》にいでさせ給ひてぞ、*宰相の君はこなたに帰《かへ》りて、「いと[8]顕証《けそう》に、はしたなき心地しつる」と、げに面《おもて》うちあかみてゐ給へる顔《かほ》、こまかにをかしげなり。衣の色も、人よりけに着はやし給へり。

1　藤原道長。
2　「余抱き奉り、上又抱き奉り給ふ（御堂関白記・同日）」。天皇が抱き取り父子の初対面。
3　『御堂関白記』『小右記』等男性日記にない微細で鮮明な描写。
4　中宮女房で、若宮の乳母。
5　天皇から下賜された親王の守り刀。
6　道長の妻倫子のもとに親王が移される。
7　天皇。
8　顕わに衆目を浴び、恥ずかしい気持ち。

二十七　行幸〜新親王家の誉れ

暮れゆくままに楽どもいとおもしろし。上達部《かんだちめ》、御前に候ひ給ふ。[1]万歳楽《まんざいらく》・[2]太平楽《たいへいらく》・[3]賀殿《かてん》などいふ舞ども。[4]長慶子《ちやうげいし》[5]をまかで音声《おんじやう》に遊びて、[6]山のさきの道をまふほど、遠《とほ》くなりゆくままに、笛《ふえ》の音《ね》も鼓《つづみ》のおとも、松風も木深《こぶか》く吹きあはせていとおもしろし。

[7]いとよくはらはれたる遣水《やりみづ》の、心地ゆきたるけしきして、池の水、波たち騒《さわ》ぎ、そぞろ寒きに、*うへの、[8]御袙《あこめ》ただ二つ奉りたり。[9]*左京の命婦の、おのが寒かめるままに、いとほしがりきこえさするを、人々はしのびて笑ふ。[10]*筑前の命婦は、

1　舞楽の曲名。唐楽の代表的な一曲。平調。四人または六人舞。めでたい席で演奏されることが多い。

2　舞楽の曲名。万歳楽と共に唐楽の代表的な一曲。太食調。四人舞。

3　唐楽の曲名。壱越調。四人舞。当日の記録類には記されない。

4　唐楽の曲名。太食調。舞は付いていない。源博雅の作。

5　舞楽が終わり舞い人が退場する時の音楽。長慶子が一般的。

6　楽船が池の中島の向こう（南）側の水路に回り込む時。観衆の前から姿を消してゆく位置。

7　遣水への言及は作品中四度目。滞りない遣水は邸内の管理が行き届いていることを象徴する。

8　男性の着衣としての袙は、単衣と下襲の間に着込むもの。枚数で寒暖を調節する。補注一。

9　内裏女房。第二十五節注22。以前から中宮女房と兼務している五人のうちの一人。

「[11]*故院のおはしましし時、[12]この殿の行幸はいと度々ありしことなり。その折《をり》、かの折」

など思ひ出でて言ふを、[13]ゆゆしきこともありぬべかめれば、わづらはしとて、ことにあへしらはず、几帳《きちやう》へだててあるなめり。

「あはれ、いかなりけむ」

などだにいふ人あらば、うちこぼしつべかめり。

[14]御前の御遊び始まりて、いとおもしろきに、*若宮の御声うつくしう聞こえ給ふ。*右の大臣《おとど》、

「[15]万歳楽、御声にあひてなん聞こゆる」

と、もてはやしきこえ給ふ。[16]*左衛門の督《かみ》など、

「[17]万歳、千秋」

と、もろ声に誦《ずん》じて、[18]*あるじのおほい殿、

10 注9と同。また第十八節の内裏女房中にも名がみえる。

11 東三条院詮子。一条天皇の母で道長の姉。土御門殿に住んでいたことがあった。長保三（一〇〇一）年に崩御。

12 一条天皇が土御門殿の母を訪ねた行幸。補注二。

13 底本「ゆかしきこと」。文意と流布本により校訂した。祝いの席で涙を流されては縁起が悪い。

14 今節冒頭の楽は庭の池の船楽。今度は天皇御前での管弦の演奏が始まった。

15 御前の楽が若宮の声の伴奏として合っている。若宮、ひいては道長・彰子・天皇への追従。

16 藤原公任。第十七節注19では寛弘六年の役職で「四条の大納言」と呼ばれた。

17 底本・流布本「万歳楽、千秋楽」。朗詠として誦する際には、『栄華物語』引用本文のように「万歳、千秋」と言ったと考えられ、校訂した。「嘉辰令月歓無極、

「あはれ、さきざきの行幸を、などて面目《めいぼく》ありと思ひ給へけむ。[19]かかりけることも侍《はべ》りけるものを」と、酔《ゑ》ひ泣きし給ふ。さらなることなれど、御みづからもおぼし知るこそ、いとめでたけれ。

*殿はあなたに出でさせ給ふ。[20]*上は入らせ給ひて、*右の大臣を御前に召して、[21]筆とりてかき給ふ。宮司《みやづかさ》、殿の家司《けいし》のさるべきかぎり加階す。*頭の弁して案内《あない》は奏せさせ給ふめり。

[22]新しき宮の御よろこびに、[23]氏《うぢ》の上達部ひき連れて拝し奉り給ふ。[24]藤原ながら門《かど》わかれたるは、列にも[25]立ち給はざりけり。次に、[26]別当《べたう》になりたる*右衛門の督、[27]*大宮《おほみや》の大夫よ、*宮の亮《すけ》、加階したる*侍従の宰相、つぎつぎの人*舞踏す。

[28]*宮の御方に入らせ給ひて程もなきに、

万歳千秋楽未央」（和漢朗詠集・下・祝）の佳句。
18 藤原道長。
19 補注三。
20 天皇は元の母屋の座に戻る。
21 天皇の命により、右大臣が筆を執って、加階の名簿を書く。
22 若宮をこの日新たに「敦成親王」とする親王宣下があった。
23 藤原氏の公卿。
24 藤原氏でも門流が別の人。
25 底本「立ちさりけり」を校訂。
26 敦成親王家家司別当。別当は広義では本官以外の職を兼務すること。この意で親王家別当となったのは二十人（御産部類記・不知記B）。第二十八節注4。一方狭義では諸寺・諸司・家司の長官を意味する。右衛門の督藤原斉信は家司長官になった。
27 中宮を若宮と区別して大宮と呼ぶ。
28 天皇はようやく中宮の御帳台に入るが、程もなく還御。

「夜いたうふけぬ。御輿寄《みこし》す」

とののしれば出でさせ給ひぬ。

二十八　十月十七日〜後朝の文

またのあしたに[1]、内の御使《つかひ》[2]*、朝霧も晴れぬに参れり。うちやすみ過して見ずなりにけり。今日《けふ》ぞ始めて剃い[3]奉らせ給ふ。ことさらに行幸の後とて。

またその日、宮の家司[4]*、別当・おもと人など職定《しき》まりけり。かねても聞かで、ねたきこと[5]おほかり。

日ごろの御しつらひ[6]例ならずやつれたりしを、あらたまりて、御前の有様いとあらまほし。年ごろ心もとなく[7]見奉

1　行幸の翌朝。
2　帝から、前日逢った妻、中宮への後朝の使い。後朝の文は早く出すのが愛情の指標とされた。
3　髪を剃ぐ。行幸では誕生後そのままの姿を天皇に見せようとしたか。
4　二十七節注26の広義参照。別当は第一家の職員。おもと人は侍者。
5　残念なこと。含みのある言い方。紫式部にはこの人事で身内が選ばれることへの期待などがあったか。
6　行幸で寝殿を開放仕様にするため、しばらく中宮御座所の調度や装飾を簡素にしていたか。ようやく元に戻り中宮御座所らしくなった。

り給ひける御事のうちあひて、明けたてば、殿*・うへ*も参《まゐ》り給ひつつ、もてかしづききこえ給ふにほひ[8]いと心ことなり。

二十九　十月十七日夕刻～中宮の大夫ら、局を訪う

暮れて、月いとおもしろきに、宮の亮[1]*、女房に会ひてとりわきたる[2]慶《よろこ》びも啓せさせむとにやあらむ、妻戸[3]のわたりも御湯殿のけはひに濡れ、人の音《おと》もせざりければ、この渡殿[4]の東《ひむがし》のつまなる宮の内侍*の局《つぼね》に立ち寄りて、「ここにや」[5]と案内し給ふ。宰相[6]*は中[7]の間によりて、まださ[8]さぬ格子《かうし》のかみ押《お》し上げて「おはすや」などあれど、出《い》でぬに、大夫[9]*

7　親王の誕生は道長家にとって数年来の悲願。彰子の父も母もしょっちゅうやってきては孫を可愛がる。
8　威光。栄花。晴れやかさ。

1　中宮権亮の藤原実成。
2　行幸賞で従三位となった挨拶。
3　寝殿東廂南側の妻戸。その内側は中宮と中宮付き女房の居所。
4　寝殿東北簀子から東対に伸びる渡廊下。紫式部の局があった。第二節注1。
5　こちらにいらっしゃいますか。
6　注1と同。実成は参議（宰相）右中将中宮権亮。
7　渡殿は三間ありそれぞれ局とされていたらしい。その中央の間。折しも紫式部はここにいた。
8　部戸。下ろしたが掛金は差していなかった。
9　中宮大夫の藤原斉信。

「ここにや」とのたまふにさへ、聞きしのばむもことごととしきやうなれば、はかなきいらへなどす。いと思ふことなげなる御けしきどもなり。「わが御いらへはせず、大夫[10]のを心ことにもてなし聞こゆ。ことわりながらわろし。かかるところに、上臈《じやうらふ》のけじめ、いたうは分くものか」とあはめ給ふ。[11]「今日の尊《たふと》さ」[12]など声をかしううたふ。

夜更くるままに月いと明かし。「格子のもと取りさけよ」[13]と責め給へど、いと下《くだ》りて上達部のゐ給はむも、かかる所と言ひながらかたはらいたし。「若やかなる人こそ、ものの程知らぬやうにあだへたるも、罪許さるれ、何か、あざればまし」と思へば放たず。

10 実成の言葉。
11 非難する。とがめる。ここでは戯れて詰っている。
12 催馬楽「安名尊」の一節。「あなたふと、けふのたふとさや」と歌い出す祝儀性の強い歌。昨夜の盛況の名残。
13 二枚格子の下部は取り付け式になっている。それを取り外せということ。格子を外すと御簾越しのくつろいだ対話となる。

三十　十一月一日　五十日の祝い〜若宮の御膳

御[1]五十日《いか》は霜月のついたちの日。例の、人々のしたててまうのぼり集ひたる御前《おまへ》の有様、絵《ゑ》[2]に描きたる物合《ものあはせ》の所にぞ、いとよう似て侍りし。

[3]御帳《みちやう》の東の御座《おまし》のきはに、御几帳を奥の御障子《みさうじ》より廂《ひさし》の柱までひまもあらせず立てきりて、南おもてに御前の物は参り据ゑたり。西によりて大宮[4]*のおもの、例の沈《ぢん》の折敷《をしき》・[5]何くれの台なりけむかし。そなたのことは見ず。御まかなひ[6]*宰相《さいしやう》の君讃岐、とりつぐ女房も釵子《さいし》・元結などしたり。*若宮の御まかなひは、*大納言の君。東に寄りて参り据ゑたり。[7]小さき御台・御皿ども・御箸《はし》の台・洲浜なども、雛遊《ひひな》

1　敦成親王誕生五十日の祝い。正確にはこの前日が五十日めだが日柄の悪さから十一月一日にしたという（小右記）。
2　物合は集団で行うゲームの一つ。左右二組に分かれ、歌・花・扇などを出し合い優劣を競う。十世紀から大々的に行われ、参加者の衣装、場の調度品、その後の宴会などに趣向が凝らされた。その模様が描かれた絵。
3　中宮の御帳台の東側の御座所。その東の端に、母屋の北端から南端まで几帳を立て並べた。
4　中宮彰子の御膳。
5　「何くれの」に「趣向・由緒・評判のある」という意を込める。「何くれの香（栄華物語六）」。
6　大江清通妻、藤原豊子。
7　敦成親王の食膳。雛遊びの道具のように小さい。

びの具と見ゆ。[8]それより東の間の廂の御簾《みす》少し上げて、弁*の内侍・中務*の命婦・小中将*の君など、さべい限りぞ取り次ぎつつ参る。奥[9]にゐて詳《くは》しうは見侍らず。

[10]今宵《こよひ》*少輔の乳母《めのと》色許さる。正しき様うちしたり。宮*抱き奉れり。御帳の内にて、殿[11]*のうへ抱き移し奉り給ひて、ゐざり出でさせ給へる火影《ほかげ》の御さまけはひ、ことにめでたし。[12]赤いろの唐の御衣《おんぞ》・地摺《ぢずり》の御裳うるはしく装束《さうぞ》き給へるも[13]かたじけなくもあはれに見ゆ。大宮*は葡萄染《えびぞめ》の五重の御衣、蘇芳《すはう》の御小袿《こうちき》奉れり。殿[14]*、もちひは参り給ふ。

8　母屋と東廂南側の間の御簾。
9　紫式部は母屋の北側の奥まった所にいた。そのため後段のように倫子の様子がよく観察されている。
10　当日禁色を許されたのは「讃岐守大江清通が女、左衛門佐源為善が妻（栄華物語八）」。敦成親王の乳母の一人。注6の宰相の君とは母子か、または継母子。一説に、夫は源為善ではなく、一条天皇乳母橘三位の甥、橘為義かともいう。
11　道長妻。源倫子。
12　倫子は禁色の赤色唐衣・地摺裳を着用し正装している。
13　女房としては主人筋の思いに立ち入るなど畏れ多いことだが、紫式部は倫子の心の内が思いやられ胸がいっぱいになってしまった。
14　「戌二点（午後七時半）余供餅（御堂関白記）」。

三十一　五十日の祝い～公卿ら合流

[1]上達部《かんだちめ》の座は、例の東の対の西おもてなり。[2*]いま二ところの大臣も参り給へり。[3]橋の上に参りて、また酔ひ乱れてののしり給ふ。

[4]折櫃物《をりびつもの》・籠物《こもの》どもなど、殿の御かたより、[5]まうち君達とり続きて参れる、[6]高欄《かうらん》に続けて据ゑ渡したり。[7]たちあかしの光の心もとなければ、[8*]四位の少将などを呼び寄せて、[9]脂《し》燭《そく》ささせて人々は見る。[10]内の台盤所にもて参るべきに、明日よりは[11]御物忌とて、今宵皆急ぎて取り払ひつつ。

*宮の大夫、[12]御簾のもとに参りて「上達部御前《おまへ》に召さむ」

1　東対の屋の西側の簀子・廂が公卿・殿上人の座にあてられた（小右記）。
2　左大臣道長以外の右大臣藤原顕光と内大臣藤原公季。
3　公卿の席である東対と中宮・親王の席のある寝殿東側をつなぐ渡殿。南北二か所あるが、ここでは南側の透渡殿だろう。
4　檜の薄板でできた折詰様の物や籠に入った物。御馳走・果物・飾り物などが入れられ、一旦飾られた後、天皇に献上される。
5　「まへつきみ（前つ君）」と同。天皇の前に仕える臣下の高官。ここでは道長家家司たち。「地下四位五位執之（小右記）」。
6　寝殿の東・南側簀子の高欄に沿ってずらりと並べた。
7　松明。当夜は新月で暗いうえ、松明は主殿寮仕丁が手に持つが、彼らは身分上庭にいて御殿に上がれないので、高欄付近は薄暗い。
8　源雅通。倫子の兄源時通男。
9　簡易照明具。長さ五十センチ

と啓し給ふ。

「聞こしめしつ」[13]

とあれば、殿*よりはじめ奉りて皆参り給ふ。階《はし》[14]の東《ひむがし》の間を上にて、東の妻戸の前まで居給へり。女房、二重三重づつ居わたされたり。御簾どもを、その間にあたりて居給へる人々、寄りつつ巻き上げ給ふ。

ほどの松の木の棒の先に油を塗り火を灯す。
10 内裏で天皇の食事を置いた部屋。通常は清涼殿にある。
11 天皇の物忌期間。物忌は、陰陽道で慎むべき期間。外出・来客・手紙等が制限されるため、贈り物等は前日に運び入れなくてはならない。
12 中宮・親王・女房たちの席である寝殿の御簾。
13 言ったのは女房。大夫の言葉を中宮に伝え、中宮の承諾の意を大夫に伝える。
14 寝殿中央の階隠しの間東端を上座にして。底本は「間を上にて、東の」無し。目移りによる脱と見て、『紫式部日記絵詞』により補う。

三十二　五十日の祝い～酔い乱れる公卿たち

*大納言の君、*宰相の君、*小少将の君、*宮の内侍と居《ゐ》給《たま》へり。[1]*右の大臣《おとど》寄りて、御几帳[2]のほころび引き断ち、[3]乱れ給ふ。「[4]さだ過ぎたり」と[5]つきしろふも知らず、[6]扇《あふぎ》を取り、戯《たはぶ》れごとのはしたなきも多かり。[7]*大夫かはらけとりて、[8]そなたに出《い》で給へり。「[9]美濃《みの》山」歌ひて、御遊びさまばかりなれど、いとおもしろし。

その次の間の、東の柱もとに、[10]*右大将寄りて、[11]衣《きぬ》のつま・袖口数へ給へるけしき、人よりことなり。酔ひの紛れを侮《あなづ》り聞こえ、また誰とかはなど思ひ侍《はべ》りて、はかなきことどもいふに、いみじくざれ今めく人よりも、げに[12]いと恥

1　右大臣藤原顕光。
2　几帳の二枚の垂れ布の、中央でかがった箇所を引きちぎる。
3　酒乱の振る舞い。補注一。
4　いい年だ。顕光は六十五歳。
5　つつき合って悪口を言う。
6　扇で顔を隠させないため。
7　中宮大夫、藤原斉信。
8　顕光と女房のいる方。補注二。
9　催馬楽。歌詞は「美濃山にしじに生ひたる玉柏豊の明かりにあふが楽しさや　あふが楽しさや」とめでたい内容。
10　右大将藤原実資。権大納言。
11　女房の装束のへりや袖口の枚数を数える。補注三。
12　底本「いと恥づかしげに」無し。『紫式部日記絵詞』により補う。
13　杯が回ってくると飲み干して芸を披露するのが宴の作法。
14　底本「ことならひの」。『同絵詞』により校訂。
15　神楽歌「千歳法」か。千歳・万歳を連呼する祝い歌。

づかしげにこそおはすべかめりしか。[13]杯《さかづき》の順《ずん》の来るを、*大将はおぢ給へど、例の[14]ことなしびの「[15]千歳万代《ちとせよろづよ》」にて過ぎぬ。

[16]*左衛門の督《かみ》、

「あなかしこ、[17]このわたりに若紫やさぶらふ」

[18]とうかがひ給ふ。[19]源氏にるべき人も見え給はぬに、かの上はまいていかでものし給はむと、聞き居たり。

「[20]*三位の亮《すけ》、かはらけとれ」

などあるに、[21]*侍従の宰相立ちて、[22]*内の大臣のおはすれば、下より出でたるを見て、*大臣酔い泣きし給ふ。[23]*権中納言、隅の間の柱もとに寄りて、兵部のおもと[24]引こしろひ、聞きにくき戯れ声も、[25]*殿のたまはず。

16 藤原公任。中納言。
17 『源氏物語』女主人公若紫の名で紫式部を呼んだ。補注四。
18 紫式部を探して声をかけた。
19 底本「源氏にかかるへき」を『紫式部日記絵詞』により校訂。光源氏に似た人もこの場にいない。まして況やと、女主人公と我が身が匹敵すべくもないことを言う。
20 道長の言葉。「三位の亮」は藤原実成。
21 注20の藤原実成。中宮権亮。
22 内大臣、藤原公季。実成の父。補注五。
23 藤原隆家。故定子の弟。兄の伊周は呼ばれていない。補注六。
24 強く引っ張る。
25 「のたまはす」「のたまはず」両方の読みが可能。ここでは後者に読み、道長が隆家をたしなめないと解釈する。補注七。

三十三　五十日の祝い～道長の野心

おそろしかるべき夜の御酔《ゑ》ひなめりと見て、こと果つるままに、*宰相《さいしやう》の君に言ひ合はせて、隠れなむとするに、[1]東おもてに[2]*殿の君達・[3]*宰相の中将など入りて騒がしければ、二人[4]御帳《みちやう》のうしろに居隠れたるを、[5]取り払はせ給ひて、二人ながら捕らへ据ゑさせ給へり。

[6]「和歌一つづつ仕うまつれ。さらば許さむ」

とのたまはす。[7]いとわびしく怖ろしければ聞こゆ。

[8]いかにいかが数へやるべき八千歳のあまり久しき君が
御代をば

「あはれ、仕うまつれるかな」

1　母屋の東側。東廂と東簀子敷。
2　藤原頼通・教通ら。
3　宰相中将には右近衛中将源経房がいるが、ここでは年齢や道長の息子たちとの親しさから兼隆だろう。
4　中宮の御帳台。
5　紫式部たちは身を隠すために几帳を立てていたが、それが取り払われた。
6　道長の言葉。二人とも和歌を一首ずつ読めば、隠れていたことを許す。主人として女房を厳しく管理する。
7　底本「いとわしく」。『紫式部日記絵詞』により校訂。「いとはしく」とする本もある。
8　「いかに」に「如何に」と「五十日に」を掛ける。補注一。

と、二たびばかり誦《ずん》ぜさせ給ひて、[9]いと疾《と》うのたまはせたる。

[10]あしたづのよはひしあらば君が代の千歳の数も数え取りてむ

さばかり酔ひ給へる御心地にも、[11]おぼしけることのさまなれば、いとあはれに、ことわりなり。げにかくもてはやし聞こえ給ふにこそは、よろづの[12]飾りもまさらせ給ふめれ。[13]千代もあくまじき御ゆくすゑの、[14]数ならぬ心地にだに思ひ続けらる。

9　道長が即座に返歌。歌の内容と共に強い意欲を感じさせる。

10　親王の長寿を予祝した紫式部歌を受け、それを見守る自身の長寿を希求する。補注一。

11　道長が長年心に抱き続けてきた悲願を思い、歌ににじむ野心を深く理解する。

12　ここでの「飾り」は、親王が現在身に受けている、目に見えるきらびやかさ全般を言う。それに対して、道長の後見こそ「実」であり、親王に付加される様々の華々しい「飾り」も道長の存在によって輝きを増す。補注二。

13　親王の将来。言外に立太子・即位をほのめかす。

14　私のような人の数にも入らぬ者の心。へりくだった表現。補注三。

三十四　五十日の祝い～倫子の不機嫌

「[1]宮の御前《おまへ》、きこしめすや。仕うまつれり」

と、[2]われぼめし給ひて、「宮の御[3]ててにてまろわろからず、[4]まろが娘にて宮わろくおはしまさず。[5]母もまた[6]幸ひありと思ひて、笑ひ給ふめり。[7]よい男は持たりかしと思ひたんめり」

と、戯《たは》ぶれ聞こえ給ふも、こよなき御酔ひの紛れなりと見ゆ。さることもなければ、[8]騒《さわ》がしき心地はしながら、[9]めでたくのみ聞きゐさせ給ふ。[10]殿のうへ聞きにくしとおぼすにや、渡らせ給ひぬるけしきなれば、

「送りせずとて、母うらみ給はむものぞ」

1　道長が中宮に話しかける。
2　自詠「あしたづの」を自賛。
3　「てて」は父を言う幼児語。大人が言う場合は、ごくくつろいだ場面で使う。
4　「まろ」は最も一般的な自称語。階級・男女・長幼を問わず使う。男子の自称語には他に「余」「我」などもあるが、ここでは道長は、中宮との身分関係等を意識せず話している。
5　中宮の母。道長の妻の源倫子。
6　「幸ひ」は幸運。幸福とは違い、自己の実力以外で得る望外の利。
7　よい夫を持ったものだ。倫子の幸運は自分と結婚した男運によると自慢する。
8　紫式部の気持ち。ここに至るまでの倫子の実質的貢献を無視した道長の口調に、はらはらしている。
9　中宮の様子。父の冗談を聞き流している。
10　倫子。道長の無礼な言葉が聞

とて、[11]急ぎて御帳の内を通《とほ》らせ給ふ。

「*宮、[12]なめしとおぼすらむ。[13]親のあればこそ子もかしこけれ」

と、うちつぶやき給ふを、[14]人々笑ひきこゆ。

三十五　十一月上旬～御冊子作り

[1]入らせ給ふべきことも近うなりぬれど、[2]人々はうちつぎつつ心のどかならぬに、*御前には、[3]御《み》冊子《さうし》作り営ませ給ふ

き捨てならず、退室する様子。
11　中宮は外に出ているので御帳台は無人。その中を駆け抜ける。あわてて妻を追う様。
12　道長は皇族である中宮から見て臣下。御帳台に上がることも失礼に当たる。
13　親がいてこそ娘のお前も立派にしていられるのだぞ。父親の存在を権威づけて、体裁を取り繕う。
14　女房たち。妻の力が強い道長夫婦の関係は、内輪では普段より熟知されており、ほほえましい笑いを誘った。補注一。

1　中宮の内裏への還御。「なりぬれど」は、「御前には」以下の内容に続く。
2　女房は還御準備に気ぜわしい。
3　冊子は糸綴じ本。新本を作成する。彰子自身の所持本ではなく、天皇と共に読むための手土産と推測される。補注一。
4　紫式部の行為。夜が明けると

とて、[4]明けたてば、先《ま》づ向かひさぶらひて、[5]色々の紙選《え》り整へて、[6]物語の本ども添へつつ、所々に[7]ふみ書き配る。かつは、[8]綴《と》ぢ集めしたたむるを役にて、明かし暮らす。

「[9]なぞの子持ちか、冷きにかかるわざはせさせ給ふ」

と聞こえ給ふものから、[10]よき薄様《うすやう》ども、筆・墨など持て参り給ひつつ、御硯《すずり》をさへ持て参り給へれば、[11]取らせ給へるを、惜《を》しみののしりて、

「[12]物の具にて向かひさぶらひて、かかるわざしいづ」

とさいなむ。されど、[13]よきつぎ、墨・筆など給はせたり。

局《つぼね》に、物語の本ども[14]取りにやりて隠し置きたるを、御前にあるほどに[15]やをらおはしまいて、あさらせ給ひて、みな[16]*内侍の督《かん》の殿に奉り給ひてけり。[17]よろしう書きかへたりしはみなひき失ひて、心もとなき名をぞとり侍《はべ》りけむかし。

すぐさま、中宮立会いのもとで作業。
5 色とりどりの紙。書写の料紙。
6 冊子の内容は物語だった。その書写のもとになる親本。紫式部が管理している様子から『源氏物語』と見られる。
7 清書を依頼する書状。
8 清書されて戻ってきた料紙を綴じて冊子本の体裁にする。
9 道長の言葉。彰子はまだ産後間もなく、陰暦十一月上旬の底冷えは体にこたえる。
10 ごく薄手の雁皮紙。上質で高価な品。道長も応援している。
11 中宮が紫式部に下賜する。
12 「物の具」は装束を完全に整えた姿。ここでは体裁よく構えることの比喩。
13 不明。一説に墨挟みのこと。
14 自宅から持って来させて、局に置いていた『源氏物語』。
15 道長の行動。紫式部の局に忍び込んだ。
16 道長と倫子の二女、妍子。

＊若宮は、御物語などせさせ給ふ。[18]＊うちに心もとなくおぼしめす、ことわりなりかし。

三十六　十一月中旬～物思い

御前の池に、[1]水鳥どもの日々に多くなりゆくを見つつ、「入らせ給はぬさきに雪降らなむ、[2]この御前の有様いかにをかしからむ」[3]と思ふに、あからさまにまかでたるほど、[4]二日ばかりありてしも雪は降るものか。[5]見どころもなきふるさとの木立を見るにも、[6]ものむつかしう思ひ乱れて。

年ごろつれづれに眺め明かし暮らしつつ、[7]花鳥の色をも[8]

17　書き換え後の本は注6のもので、清書者のもとに分散した。書き換え前の草稿本がそっくり妍子のもとに渡った。
18　「ばぶばぶ」など乳児の発する意味のない声。喃語。

1　土御門殿の庭。渡り鳥が増えて冬を知らせる。
2　中宮が内裏に還御せぬ間の、土御門殿滞在中に。
3　初雪が降ればいい。「なむ」は希求の終助詞。
4　ほんのちょっと自宅に戻った。
5　「ものか」は感動の終助詞。ここでは驚きと落胆の思い。
6　紫式部の自宅。堤中納言兼輔邸か。補注一。
7　ここ数年間。夫の死後、喪失感に鬱屈した日々のこと。夫藤原宣孝は長保三（一〇〇一）年四月二十五日没（尊卑文脈）。
8　季節の風物も感興を誘わず、ただ時間の経過を知るのみ。引き音をも、春秋に行き交ふ空のけしき、月の影、霜雪《しもゆき》を見て、そのとき来にけりとばかり思ひわきつつ、「いかにやいかに」[9]とばかり、行く末の心細さはやるかたなきものから、はかなき物語[10]などにつけてうち語らふ人、同じ心なる[11]は、あはれに書きかはし、すこしけ遠き[12]、便りどもを尋ねても言ひけるを、ただこれ[13]を様々にあへしらひ、そぞろごとにつれづれをば慰めつつ、世にあるべき人かずとは思はずながら、さしあたりて、恥づかし[14]、いみじと思ひ知るかたばかり逃れたりしを、さも[15]残ることなく思ひ知る身の憂さかな。

9　「世の中をかく言ひ言ひの果て果てはいかにやいかにならむとすらむ（拾遺集・哀傷・読人不知・一三一四）」を引き歌にする。無常厭世の思い。
10　文芸としての物語一般。物語は下級の文芸と認識されていた。
11　同じ感覚で物語に感動できる人。
12　あまり身近ではない人。物語をめぐり交際圏が広がる。
13　「これ」は物語。読後感の語り合い、習作、その紹介、手直しなど、様々の活動を行った。この中に『源氏物語』誕生の経緯もある。
14　「恥づかし」は社会性の感覚。自宅で物語活動にいそしむ間、紫式部は同類の物語愛好者と交際するだけで、社会に直面しなかった。
15　現状。宮仕えに出て、引け目や辛さを思い知った。「身」はその現実に縛られた自己をいう。
歌があるか。補注二。

三十七　物思い～変わってしまった私

試みに、物語[1]をとりて見れど、見しやうにもおぼえず、あさまし[2]く、[3]あはれなりし人の語らひしあたりも、[4]われをいかに面なく心浅きものと思ひ落とすらむと推し量るに、それ[5]さへいと恥づかしくて、[6]えおとづれやらず。心[7]にくからむと思ひたる人は、[8]おほぞうにては文や散らすらむなど、[9]疑はるべかめれば、「いかでかは、わが心の内あるさまをも深う推し量らむ」と、ことわりにていと[10]あいなければ、中絶ゆとなけれど、おのづから書き絶ゆるもあまた。

住[11]み定まらずなりにたりとも思ひやりつつ、おとなひ来

1　出仕前に耽溺した物語。『源氏物語』を含むか。
2　自分の感覚がすっかり変わってしまったことを自覚し驚く。
3　第三十六節注11「同じ心なる」人の類。里居時代、しみじみと心を割って語り合った友。
4　宮仕え女房は世間ずれして慎みがないとの一般通念があり、出仕を恥とする考えも強かった。
5　「それ」の指示対象が難。かつての友の心内を邪推することを指すと見ておく。
6　自分からは連絡ができない。文を送るなどのこと。
7　自ら奥ゆかしくあろうと考えている人。紫式部との親交よりも自分の体面を大切にする人。
8　「おほぞう」は、いいかげん。女房暮らしは、主人宅での共同生活のためプライバシーが無く、手紙を盗み見られることが常態だった（第五十二節）。
9　私は疑われているに違いない。
10　友人から疑われているという

る人もかたうなどしつつ、すべて、はかなきことにふれても、[12]あらぬ世に来たる心地ぞ、ここにてしもうちまさり、ものあはれなりける。

ただ、[13]えさらずうち語らひ、少しも心とめて思ふ、こまやかにものを言ひ通ふ、さしあたりておのづからむつび語らふ人ばかりを、少しもなつかしく思ふぞ、[14]ものはかなきや。

[15]*大納言の君の、夜々は御前《おまへ》にいと近う臥《ふ》し給ひつつ、物語し給ひしけはひの恋《こひ》しきも、なほ[16]世にしたがひぬる心か。

[17]浮寝せし水の上《うへ》のみ恋しくて鴨の上毛《うはげ》にさえぞ劣らぬ

返し、

[18]うち払ふ友無き頃の寝覚めにはつがひし鴛鴦《をし》ぞ夜半《よは》に恋しき

紫式部の推測は無根拠。だがそう推測するだけで不快になり関係を断つ。紫式部は自己の想像に自己が縛られる自縄自縛に陥っている。

11　紫式部の居所が定まらない。中宮女房は中宮と共に住まいを変える。

12　見知らぬ世界に来たような疎外感。しかし実際に変わったのは、自宅でなく紫式部自身。

13　やむをえず交際している同僚女房。今は彼女たちが自分の友だと気づく。

14　変わってしまった自分の心を、移ろいやすいと自嘲する。

15　中宮女房。彰子の母方いとこ。

16　「世」は自己をとりまく現実世界。宮仕え女房という現実に馴化してしまった我が心を自覚。

17　紫式部の大納言の君への歌。「浮寝」「水の上」「鴨の上毛」は縁語。「浮き」に「憂き」を掛ける。「浮寝」は女房達が御前で仮寝する様。「さえ」は動詞「冴ゆる」の名詞形で「冷え」の意。一書きざまなどさへいとをかしきを、まほにもおはする人かなと見る。

「雪を御覧じて、をりしもまかでたることをなむいみじく[19]にくませ給ふ」と、[20]人々も、のたまへり。[21]*殿のうへの御消《せう》息《そこ》には、「*まろが[22]とどめしたびなれば、ことさらに急ぎまかでて、『とく参らむ』とありしも空言にて、程経るなめり」と、のたまはせたれば、たはぶれにてもさ[23]聞こえさせ、[24]給はせしことなれば、忝《かたじけな》くて参りぬ。

人寝の寒さに凍えること。
18 大納言の君の返歌。「うち払ふ」は水鳥の羽毛におりる霜を払う意。紫式部の歌の「鴨」を「鴛鴦」に変え二人の友情を強調。
19 中宮が、初雪の時に紫式部が不在であることを残念がった。補注一。
20 中宮女房達からも消息。
21 倫子から紫式部への直々の手紙。里の友とは途絶えた紫式部に宮仕え先から幾つも文が来る。
22 「とどめし」は補注二。「たび」は今回の紫式部の里下がり。
23 紫式部が倫子に「とく参らむ」と申し上げたこと。
24 倫子が手紙を下さったこと。

三十八　十一月十七日～一条院内裏へ還御

[1]入らせ給ふは十七日なり。戌《いぬ》[2]の時など聞きつれど、やうやう夜ふけぬ。皆[3]髪上げつつゐたる人、三十余人、その顔《かほ》ども見え分かず。母屋《もや》の東面《ひむがしおもて》、東の廂《ひさし》に、内裏の女房も十余人、南の廂の妻戸隔ててゐたり。

御輿《みこし》[4]には宮の宣旨[5]*乗る。糸毛[6]の御車に殿*のうへ、少輔[7]*の乳母《めのと》*若宮抱き奉りて乗る。大納言*・宰相*の君、黄金造り[8]に、次の車に小少将*・宮の内侍*、次に馬《むま》*の中将と乗りたる[9]を、「[10]わろき人と乗りたり」と思ひたりしこそ、「あなことごとし」と、いとどかかる有様[11]むつかしう思ひ侍りしか。

殿司《とのもり》の侍従の君・弁*の内侍、次に左衛門*の内侍・殿*の宣

1 中宮が内裏に入る。還御。還啓とも言う。この時は一条院内裏に戻った。
2 午後八時前後。
3 還御は重要な公的儀式なので正装する。
4 中宮の乗る輿。葱花輦か。
5 中宮の役付き女房。天皇からの宣旨を伝える、女房筆頭職。以下女房達等の乗車順を記す。
6 車体外装を絹糸で飾った豪華な牛車。
7 敦成親王の乳母の一人。大江清通女。
8 黄金色の飾りを付した牛車。
9 紫式部が馬の中将と同車した。
10 「わろし」は他と比較してよくないさま。劣った人。馬の中将は紫式部を見下げており、この時もそれを顔に表したのだろう。
11 不愉快。
12 乗車順。女房としての席次。これにより、紫式部は中宮女房中で十指に入る地位にあったと知られる。

旨式部とまでは、次第[12]しりて、次々は例の心々にぞ乗りける。

月[13]のくまなきに、いみじのわざやと思ひつつ、足を空なり。馬の中将の君を先にたてたれば、行方《ゆくへ》[14]も知らずたどたどしきさまこそ、我[15]がうしろを見る人恥づかしくも思ひ知らるれ。

三十九　一条院内裏～何ばかりの里人か

細殿[1]の三の口に入りて臥したれば、小少将[2]*の君もおはして、なほかかる[3]有様の憂きことを語らひつつ、すくみたる[4]衣《きぬ》ども押しやり、厚ごえたる着重ねて、火取に火をかき入

13　月の光で丸見えの中を、ひどいことだ。内裏に着き牛車から降りた後は、官人たちの見守る中を歩かなくてはならない。一般に当時の女性は人目にさらされることに不慣れで、紫式部も羞恥心を捨てられない。

14　馬の中将の歩き振り。左右へふらふらしつつ歩いている。

15　自分の後ろ姿も同様におぼつかないのだろうと意識される。

1　「細殿」は、廂の間など細長い部屋。「三の口」はその三番目の戸口。

2　中宮女房。紫式部とは最も仲がよい。

3　寒夜の移動、衆目を浴びての歩行、仮寝などを言うか。

4　寒さで硬くなった装束。

れて、身も冷えにけるもののはしたなさを言ふに、侍従の[5]*宰相・左[6]*の宰相の中将・公信《きんのぶ》[7]*の中将など、次々に寄り来つつとぶらふも、いとなかなかなり[8]。今宵は無きものと思はれてやみなばやと思ふを、人に問ひ聞き給へるなるべし。

[9]「いとあしたにまゐり侍らむ。今宵はたへがたく、身もすくみて侍り」

など、ことなしびつつ[10]、こなたの陣《ぢん》[11]のかたより出《い》づ。おのがじし家路《いへぢ》と急ぐも、「何ばかりの里人ぞは」[12]と思ひ送らる。わが身に寄せては侍らず[13]、おほかたの世の有様、小少*将の君の、いとあてにをかしげにて、世を憂しと思ひしみてゐ給へるを見侍るなり。父君よりこと始まりて[14]、人の程よりは、幸《さいは》ひ[15]のこよなくおくれ給へるなんめりかし。

5　中宮権亮、藤原実成。
6　左近衛中将、源経房。
7　右近衛権中将、藤原公信。
8　礼儀は分かるがかえって迷惑だ。
9　男達の言葉。帰る言い訳。
10　紫式部たちの迷惑そうな顔に反応して、さりげなく訪問を切り上げる。
11　警備の者の詰め所。
12　どんなにいい奥様がいるのだか。「里人」は宮仕えをせず家にいる女性。ここでは、いわゆる専業主婦である妻。
13　自分にひきつけてではございません。主婦寄りでない思いを抱いたことへの説明。自分が寡婦であることが理由ではないと言う。
14　小少将の君の父、源時通は永延元（九八七）年に出家。小少将の子供時代であろう。
15　幸福ではなく幸運。女性の場合、家族・結婚運が多い。

四十　十一月十八日～還御の手土産

[1]よべの御おくり物、今朝ぞこまかに御覧ずる。[2]御櫛《くし》の筥《はこ》のうちの具ども、いひつくし見やらむかたもなし。手筥一よろひ、かたつかたには[3]白き色紙つくりたる御冊《みさう》子《し》ども、[4]古今・後撰集・拾遺抄。[5]その部どもは五帖《でふ》につくりつつ、[6]*侍従の中納言行成その時大弁・[7]延幹《えんかん》と、おのおの冊子ひとつに、四巻をあてつつ、書かせ給へり。表紙《へうし》は[8]羅、[9]紐おなじ唐の組、[10]懸け子の上に入れたり。下には[11]能宣《よしのぶ》・[12]元輔《もとすけ》やうの、いにしへいまの歌よみどもの家々の集書きたり。延幹と[13]近澄の君と書きたるはさるもの

1　道長が昨夜彰子に持ち帰らせた贈り物。
2　髪を整える道具一式の入った箱。中の道具は櫛・笄など。
3　白い料紙を綴った冊子。当時本はそれぞれが高価な宝物であった。
4　『古今集』・『後撰集』・『拾遺集』の三代集。補注一。
5　「部」は歌集。「帖」は冊子を数える単位。一作品が五冊に分けられ、それぞれの冊子に四巻ずつ書写した。三代集は各々二十巻。
6　藤原行成。三蹟の一人。「行成その時大弁」は後人注記。補注二。
7　能書家の僧。陽成天皇の曾孫。
8　極めて繊細な織り方の薄絹。
9　表紙と同じ羅を中国風の組紐に編んだもの。
10　「懸け子」は、外箱の縁に懸ける仕組みになっている内箱のこと。和歌集の箱は二段式になっていた。
11　大中臣能宣。『後撰集』撰者

にて、[14]これはただけ近うもてつかはせ給ふべき、見しらぬものどもにしなさせ給へる、いまめかしうさまことなり。

四十一　十一月二十日〜五節の舞姫参入

五節[1]は二十日[2]に参る。侍従の宰相[3*]に、舞姫《まひめ》の装束《さうぞく》などつかはす。右の宰相《さいしやう》の中将[4*]の、五節にかづら申されたる[5]つかはすついでに、筥一よろひに薫物《たきもの》入れて、心葉、梅の枝を

「梨壺の五人」の一人。彰子の女房伊勢の大輔の祖父。

12　清原元輔。『後撰集』撰者「梨壺の五人」の一人。清少納言の父。

13　清原近澄かとも、注6藤原行成の異名かともされるが、不明。ただ文脈からは『古今集』以下三代集の冊子の書き手と読める。

14　下段にある家々の集のこと。和歌集でも種類により格式が違う。

1　五節の舞姫。五節は新嘗祭・大嘗会の出し物の一つ。公卿二方と受領二方から一人ずつ、計四人（大嘗会では公卿三方で計五人）の舞姫が仕立てられ、内裏で舞う。十一月中の丑の日から辰の日にかけて四日間の行事。補注一。

2　十一月二十日。丑の日にあたり「帳台の試み」が行われる。常寧殿で帳台の天皇を前に舞姫がリハーサルを行う。舞姫らはこの日

して、[6]いどみ聞こえたり。

俄《には》かに営むつねの年よりも、挑みましたる聞こえあれば、[7]東の、御前《おまへ》のむかひなる立蔀《たてじとみ》に、ひまもなくうち渡しつつともしたる灯の光、昼よりもはしたなげなるに、[8]歩みいるさまども、あさましう、「つれなのわざや」とのみ思へど、人の上《うへ》とのみおぼえず。ただから殿上人の[9]ひたおもてにさしむかひ、脂燭《しそく》ささぬばかりぞかし。[10]屛幔《へいまん》ひきおひやるとすれど、おほかたのけしきは、おなじごとぞ見るらむと[11]思ひ出づるも、まづ胸ふたがる。

[12]*業遠《なりとほ》の朝臣の[13]かしづき、[14]錦の唐衣《からぎぬ》、闇の夜にも、ものにまぎれずめづらしう見ゆ。[15]きぬがちに、みじろきもたをやかならずぞ見ゆる。殿上人心ことにもてかしづく。[16]こなたに*うへもわたらせ給ひて御覧ず。[17]*殿もしのびて、

から宮中に滞在する。
3 藤原実成。舞姫担当の公卿。中宮権亮で中宮の後援が手厚い。
4 藤原兼隆。舞姫担当の公卿。彰子のいとこで日頃より道長家に出入りし親しい。
5 舞姫たちの飾り「日蔭鬘」を中宮に所望してきた。
6 挑発した。兼隆の対抗心をかきたてた。
7 東の対にあって、東北の対の中宮御座所と向かい合う位置の立蔀。「立蔀」は目隠しのため庭に立てた板。その向うを舞姫が参入する。
8 舞姫たちが歩いて入って来る。
9 直に顔を合わせること。
10 幔幕。舞姫の周りに廻らす。
11 例えば内裏還御の際の月下の移動などが思い出される。
12 高階業遠。舞姫担当の受領。
13 「かしづき」は底本「よしつき」を改めた。舞姫の世話係の女房。舞姫一人に多数付けられる。
14 『史記』「項羽紀」の故事「衣

[18]遣戸《やりど》より北におはしませば、心にまかせたらずうるさし。[19]*中清《なかきよ》のは、たけどもひとしくととのひ、いと[20]みやびかに心にくきけはひ、人におとらずとさだめらる。*右の宰相の中将の、あるべきかぎりはみなしたり。[21]樋洗《ひすまし》のふたりととのひたるさまぞ、さとびたりと人ほほゑむなりし。はてに、[22]*藤宰相の、思ひなしにいまめかしく心ことなり。かしづき十人あり。[23]又廂《またびさし》の御簾《みす》おろして、こぼれいでたる衣の褄《つま》ども、[24]したりがほに思へるさまどもよりは見どころまさりて、火影《ほかげ》に見えわたさる。

錦夜行」を踏まえる表現。
15 分厚く重ね着した様。
16 中宮御座所に帝も来ている。
17 藤原道長。
18 中宮御座所の引き戸。場所は不明。女房たちの近くだったか。
19 藤原中清。舞姫担当の受領。
20 鄙びた尾張の守である中清が仕立てたにもかかわらず。
21 便器掃除係の童女。
22 注3と同。
23 孫廂。廂の間の外にさらに張り出した廂の間。
24 得意顔。趣向を鼻に掛ける顔。

四十二　十一月二十一日～御前の試み

[1]寅の日のあした、[2]殿上人参る。つねの事なれど、[3]月ごろにさとびにけるにや、[4]わか人たちのめづらしと思へるけしきなり。[5]さるは、[6]摺《す》れる衣も見えずかし。

[7]その夜さり、[8]*春宮の亮《すけ》めして薫物《たきもの》たまふ。大きやかなる筥一つに、高う入れさせ給へり。[9]*尾張へは*殿のうへぞつかはしける。その夜は、[10]御前の試みとか、[11]うへにわたらせ給ひて御覧ず。[12]*若宮おはしませば、うちまきしのしる、つねにことなる心地す。

ものうければ、しばしやすらひて、ありさまにしたがひてまゐらむと思ひてゐたるに、*小兵衛・*小兵部なども炭櫃《すびつ》

1　十一月二十一日。
2　寅の日は日中に殿上の淵酔（清涼殿殿上間で行われる天皇主催の酒宴）が催される関係で、中宮御座所にも参上したものだろう。
3　女房達は中宮に随い七月から十一月まで宮中を離れていた。
4　若い女房達。
5　とはいえ。しかし。
6　白地に藍で草木や鳥の模様を刷った、新嘗祭（卯の日）と豊明節会（辰の日）専用の衣装。小忌の衣とも。寅の日はまだ節会の本番でないので着用されない。
7　夜になって。
8　丹波守高階業遠。今回受領分の五節を担当する一人。春宮の権亮。
9　尾張守藤原中清。舞姫担当者四人のうち最も地位が低く、皇室・中宮との関係も薄いせいか、労いの品も倫子が贈る。
10　舞姫が清涼殿で天皇を前に舞うリハーサル。この時は一条院内裏の中殿で行った。

にゐて、「いと狭ければ、はかばかしう物も見え侍《はべ》らず」などいふほどに、[13]*殿おはしまして、「などてかうて過ぐしてはゐたる。いざもろともに」と、せめたてさせ給ひて、心にもあらずまうのぼりたり。

舞姫どもの、いかにくるしからむと見ゆるに、*尾張の守《かみ》のぞ、心地あしがりていぬる、[14]夢のやうに見ゆるものかな。ことはてて下《お》りさせ給ひぬ。

このごろの君達《きんだち》は、ただ[15]五節所《ごせちどころ》のをかしきことを語る。「簾《すだれ》のはし、[16]帽額《もかう》さへ心々にかはりて、いでゐたる頭《かしら》つき、もてなすけはひなどさへ、[17]さらにかよはず、さまざまになむある」と[18]聞きにくく語る。

11　中宮が一条院の仮清涼殿（中殿）に参上して。
12　敦成親王も同行するので、邪気払いのため米を撒く。
13　道長が中宮御座所に顔を出し女房を促す。本作品は道長をしばしばこうした管理者として描く。
14　現実でないように。現代語のように楽しい夢想だけをいうのではなく、悪夢をも意味する。
15　五節舞姫の控室。五節の局とも。底本「節所のをからきこと」。流布本により校訂した。
16　簾の上部に横長に掛け渡す飾り布。
17　全く似通わず。同じものが全然なく。
18　若い君達が五節に興奮して騒ぎ立てる様が、五節の舞姫たちの身にしてみれば我慢できず、聞いていられないと感じたのだろう。

四十三　十一月二十二日～童女御覧

[1]かからぬ年だに、[2]御覧の日の童女《わらは》の心地、よもはおろかならざるものを、ましていかならむなど、[3]心もとなくゆかしきに、[4]歩み並びつつ出《い》で来たるはあいなく胸つぶれて、いとほしくこそあれ。さるは、とりわきて深う[5]心寄すべき辺りも無しかし。

[6]我も我もと、さばかり人の思ひてさし出でたることとなればにや、目移りつつ、劣《おと》りまさり、けざやかにも見えわかず。今めかしき人の目にこそ、ふと物のけじめも見取るべかめれ、ただかくもりなき[7]昼中に、扇《あふぎ》もはかばかしくも持たせず、[8]そこらの君達の立ちまじりたるに、[9]さてもあり

1　第四十一節に、今年は「俄かに営むつねの年よりも、挑みましたる聞こえあれば」とある。
2　卯の日、舞姫に付き添う童女と下仕えが天皇に謁見する「童女御覧」が行われる。寛弘五年は十一月二十二日。
3　じれったく、早く見たい。この時までは紫式部も行事を心待ちにしている。
4　童女が下仕えと並んで入場。
5　舞姫担当者四方のうち、紫式部が応援するところ。
6　担当者が誰も彼も皆心を尽くして仕立てた。
7　童女御覧は日中に行われる。
8　「そこら」は、大勢。見物に来ている君達のこと。
9　そうしなくてはならない役割、覚悟。「身の程」は身分の意ではなく、それ相応の立場の意。決まった仕事を与えられた境遇。第二十三節注16。
10　偏屈だ。童女御覧を素直に楽しめない自分を客観視して言う。

ぬべき身の程、心もちゐといひながら、人に劣らじと争ふ心地も、いかに臆《おく》すらむと、あいなくかたはらいたきぞ、[10]かたくなしきや。

*丹波《たんば》の守の童女の[11]青《あを》い白橡《しらつるばみ》の[12]汗衫《かざみ》、をかしと思ひたるに、*藤宰相の童女は[13]赤色を着せて、[14]下仕《しもづか》への唐衣に青色をおしかへしたる、[15]ねたげなり。童女のかたちも、[16]一人はいとまほには見えず。[17]*宰相の中将は、童女いとそびやかに、髪どもをかし。[18]慣れすぎたる一人を、いかにぞや、人の言ひし。みな[19]濃き袙《あこめ》に、表着《うはぎ》は心々なり。[20]汗衫は五重なる中に、*尾張はただ葡萄染《えびぞめ》を着せたり。なかなかゆゑゆゑしく心あるさまして、物の色あひ、つやなど、いとすぐれたり。下仕への中にいと顔すぐれたる、[21]扇取るとて六位の蔵人《くらうど》ども寄るに、心と投げやりたるこそ、やさしきものからあまり女

11　白橡は「団栗色」の意で、青白橡と赤白橡がある。その前者。青白橡は苅安と紫草で染め、まだ青い団栗の色にしたもの。
12　一般に童女の着る晴れ着。女房の裳唐衣に相当する正装。表着または袙の上に着用した。
13　注11に対する赤白橡。黄櫨と茜で染める。実った団栗の色。
14　童女の汗衫と下仕えの唐衣を違う白橡色で対照させた趣向。
15　「ねたげなり」の読みにより、二つの解釈がある。一に、藤宰相の童女らを見て丹波守の童女らが妬ましそうだ。もう一に、藤宰相の童女らは素敵過ぎて憎らしいほどの様子だ。ここでは後者と取る。
16　一方は。丹波守から出された童女のこと。
17　藤原兼隆の童女と下仕え。
18　「慣れすぎたる〜言ひし」が底本無し。『紫式部日記絵詞』により補う。この「一人」は宰相中将の童女。
19　童女全員が濃い紅か紫の袙。

にはあらぬかと見ゆれ。

我らを、かれがやうにて出でゐよとあらば、またさてもさまよひ歩くばかりぞかし。[22]かうまで立ち出でむとは思ひかけきやは。されど、目に見す見すあさましきものは、人の心なりければ、今より後のおもなさは、ただ馴れに馴れすぎ、[23]ひたおもてにならむ、安しかしと、[24]身のありさまの夢のやうに思ひ続けられて、[25]あるまじきことにさへ思ひかかりて、ゆゆしくおぼゆれば、[26]目とまることも例のなかりけり。

袙は成人女性の袿にあたる。

20 汗衫を五枚重ねて着せて、尾張は五枚とも葡萄染め一色に統一していたということか。

21 天皇が御覧になるため、下仕えは扇を顔から外す。六位蔵人はその扇を一時受け取る役。

22 意識が目の前の童女らを離れ、今の自己を思う。過去には思いもよらなかったはしたない自分になっていると痛感。

23 目前の童女や下仕えのように、扇もかざさず顔をさらすこと。

24 自分の行く末が嫌な夢のように次々と想像される。

25 あってはならないこと。具体的には不明だが、女房が辿りつく不埒な状況。この時点の紫式部にはおぞましい想像である。

26 目前の行事に集中できない事が常態だったという。補注一。

四十四　五節〜左京の君いじめ

*侍従の宰相《さいしやう》の五節局《ごせちつぼね》、*宮の御前のただ見渡すばかりなり。[1]立部のかみより、[2]音《おと》に聞く簾の端も見ゆ。人のものいふ声《こゑ》もほの聞こゆ。

「[3]かの女御の御かたに[4]左京馬といふ人なむ、いと馴れてまじりたる」

と、[5]*宰相の中将むかし見知りて語り給ふを、

「[6]一夜かの[7]かひつくろひにてゐたりし、東《ひむがし》なりしなむ左京」

と、[8]*源少将も見知りたりしを、物のよすがありて伝へ聞きたる[9]人々、

1　第四十一節注7の立部。侍従の宰相実成の五節局の庭にある。
2　「簾」は底本「もたれ」を流布本により校訂。第四十二節注15のように、各五節所がその調度に至るまで評判だった。実成の五節所については第四十一節注23にも。
3　一条天皇女御義子。実成の姉。
4　出自不明。義子の元女房。義子は長徳二（九九六）年入内。一〇〇五年頃出仕の紫式部は左京の最盛期を知らない様子。
5　藤原兼隆。
6　先夜。二十日の五節参入以降のいつのことかは不明。
7　底本「かひつくのひ」を流布本により校訂。理髪係。補注一。
8　源雅通。彰子の母方いとこ。
9　彰子付き女房達で、かつての左京の君を知っている人々。
10　おもしろいじゃないの。いじめの衝動を掻きたてられている。
11　気づかぬ顔はしないでおきましょう。後の「あらはさむ」という行為につながる。

「[10]をかしうもありけるかな」

と言ひつつ、

——いざ、[11]知らず顔《がほ》にはあらじ、[12]昔心にくだちて見馴らしけむ内裏わたりを、かかるさまにてやは出で立つべき。[13]忍ぶと思ふらむを、あらはさむ——

の心にて、御前《おまへ》に扇どもあまたさぶらふなかに、[14]蓬萊《ほうらい》つくりたるをしも選《え》りたる、心ばへあるべし、見知りけむやは。[15]筥《はこ》の蓋《ふた》に広げて、[16]日蔭《ひかげ》をまろめて、[17]反らいたる櫛《くし》ども、白き[18]物忌して[19]つまづまを結ひそへたり。

「すこし[20]さだすぎ給ひにたるわたりにて、[21]櫛の反りざまなむなほなほしき」

と、[22]君達《きんだち》のたまへば、いまやうのさま悪しきまでつまも合はせたる反らしざまして、[23]黒方をおしまろがして、ふつつ

12 義子女房時代は内裏でお高くとまっていた左京なのに、今「かひつくろひ」という貧相な役で現れるとは、あまりに厚顔無恥。
13 左京は隠れおおせているつもりだろうが、こちらから挨拶してやろう。「あらはす」は包み隠さずに言うこと。補注二。
14 贈り物の扇に、中国伝説の不老不死の仙境、蓬萊山の図柄の物をわざわざ選ぶ。補注三。
15 贈答には一般に硯箱の蓋を用いた。
16 日蔭鬘。五節舞姫等が装飾に付ける。かいつくろいはつけないが、五節に事寄せるため。
17 背の部分を反らした櫛。
18 白い薄様の紙を重ねて切ったもの。五節童女が髪に飾る。
19 櫛の端と端を結わえた。
20 女盛りを過ぎた年配。
21 櫛の背を反らすのは若者向きなので、年配者には嫌み。
22 兼隆・雅通など。なお兼隆はこの五節で実成と張り合う関係。

かにしりさき切りて、[24]白き紙一かさねに立文にしたり。[25]*大輔のおもとして書きつけさす。

[26]おほかりし豊《とよ》の宮人さしわきてしるき日かげをあはれ
とぞ見し

[27]*御前には、

「同じくは、をかしきさまにしなして、扇などもあまたこそ」

と、のたまはすれど、

「[28]おどろおどろしからむも、ことのさまに合はざるべし。わざとつかはすにては、しのびやかにけしきばませ給ふべきにも侍らず。これはかかるわたくしごとにこそ」

と聞こえさせて、[29]顔しるかるまじき局の人して、

「これ[30]中納言の君の御文。[31]女御殿より左京の君に奉らむ」

23　練香の一種。丁子・沈・白檀などを調合したもので、奥ゆかしいイメージという（源氏物語・梅枝）。

24　白い紙を二枚重ね、黒方を包んで縦長に巻き、上下を折り返した。立文は正式な書状の形式。和歌は内側の紙に書いたものか。

25　伊勢の大輔。大中臣輔親の女。この年春に初出仕した、紫式部の後輩女房。

26　左京の君への歌。紫式部の作（紫式部集）。「おほかり」と「豊の宮人」の「豊」、「さしわきて」の「さし（差し）」と「日かげ（日蔭、日光）」が縁語。補注四。

27　中宮彰子。贈り物をするなら立派にするようにと、いかにもおっとりと言う。彰子は女房たちの悪意を全く知らない。

28　彰子を言いくるめる言葉。

29　実成側に顔が明らかでない、中宮女房が局で使っている私的な召使い。

30　不明。義子に仕える女房の名

と、高[32]やかにさしおきつ。ひきとどめられたらむこそ見ぐるしけれと思ふに、走り来たり。女[33]の声にて、

「いづこより入り来つる」

と問ふなりつるは、女御殿のと、疑ひなく思ふなるべし。

四十五　五節直後～祭の後の寂しさ

何[1]ばかりの、耳とどむることも無かりつる日ごろなれど、五節過ぎぬと思ふ内裏わたりのけはひ、うちつけにさうざ[2]うしきを、[3]巳《み》の日の夜の調楽《てうがく》は、げにをかしかりけり。若やかなる殿上人など、いかになごりつれづれならむ。

か。左京の君を騙すため、その場だけ名を借りたもの。

31　女御義子から左京の君への贈り物と騙った。

32　大声で口上を述べて置いてきた。

33　左京の君の声か。もとの主人である義子からの贈り物と解して受け取った様子。

1　五節の期間を振り返る。

2　にわかに。五節の賑わしさとうって変わった日常の印象。

3　五節後の巳の日に、賀茂臨時祭に備えた、雅楽の最終リハーサルを行う。

4　道長と、その妻高松殿源明子との間の息子たち。頼宗・顕信、能信など。

5　女房の局への出入りを許されて。これ以前には出入りが禁じられていた。

6　「間なし（絶え間なく）」に強

高松[4]の小君達さへ、こたみ入らせ給ひし夜よりは、女房[5]許されて、間[6]のみなく通《とほ》りありき給へば、いとどはしたなげなりや。さだ過ぎぬるをかうけ[7]にてぞ隠ろふる。五節恋《こひ》しなどもことに思ひたらず、やすらひ*、小兵衛*などや、その裳《も》の裾・汗衫《かざみ》にまつはれ[8]てぞ、小鳥[9]のやうにさへづりざれおはさうずめる。

四十六　十一月二十八日〜賀茂の臨時の祭

臨時[1]の祭の使《つかひ》は、殿[2]*の権の中将の君なり。その日は御物[3]忌なれば、殿[4]*、御宿直《とのゐ》せさせ給へり。上達部《かんだちめ》も舞人[5]の君達もこもりて、夜ひと夜、細殿[6]わたりいともの騒《さわ》がしきけは

調の意の「のみ」が入った形。
7 高家とも豪家とも書く。頼り。よりどころ。ここでは、口実。
8 底本「まつはれのてそ」を校訂した。
9 高松の小君達が若い女房にじゃれつき、若者らしい高い声で落ち着きなく騒ぐさま。

1 賀茂臨時祭。十一月下の酉の日に行われる。寛弘五年は十一月二十八日。「使」は天皇の名代として賀茂社に参詣し、幣を奉り宣命を読む役。
2 道長と倫子の間の二男、教通。
3 「物忌」は陰陽道で特に身を慎まなくてはならない期間。外出や来客を避ける。「御物忌」は天皇の物忌。
4 天皇が物忌に入ると内裏への

ひしたり。

[7]つとめて、[8*]内の大殿の御随身、この殿の御随身にさし取らせていにける、[9]ありし筥の蓋に[10]白銀《しろかね》の冊子《さうし》筥を据ゑたり。鏡押し入れて、[11]沈《ぢん》の櫛・白銀の[12]笄《かうがい》など、[13*]使の君の鬢《びん》かかせ給ふべきけしきをしたり。筥の蓋に[14]葦手にうち出《い》でたるは、[15]日蔭の返事《かへりごと》なめり。文字二つ落《お》ちてあやしうことの心たがひてもあるかなと見えしは、[16]かの*大臣《おとど》の、*宮よりと心得《こころえ》給ひて、からうことごとしくしなし給へるなりけりとぞ聞き侍《はべ》りし。[17]はかなかりしたはぶれわざを、いとほしうことごとしうこそ。

*殿のうへもまうのぼりて物御覧ず。*使の君の藤かざして、いとものものしく大人び給へるを、[18*]内蔵《くら》の命婦《みやうぶ》は、舞人《まひ》には目も見やらず、うちまもりうちまもりぞ泣きける。

出入りができなくなるので、物忌前夜から内裏に泊まり込む。
5 賀茂臨時祭で舞人を務める若者たち。
6 第三十九節注1。一条院内裏で紫式部たち女房にあてがわれた細長い大部屋。東北対の廂の間であろう。これを仕切って局としている。この夜は宿直の男性たちが来訪するなどで慌ただしい。
7 祭当日の早朝。
8 内大臣藤原公季。侍従宰相実成・弘徽殿女御義子の父。
9 第四十四節注15。中宮女房たちが左京の君に贈った箱の蓋。
10 銀製の、冊子本を入れる箱。
11 香木「沈」製の櫛。木質が堅く上等の品。
12 理髪道具。髪を掻きあげるのに使う箸状の物。
13 贈り物は教通の整髪のためにと心遣いされた物らしい。
14 装束・調度品などに装飾模様として描かれた文字。
15 先日左京の君に贈った和歌

御物忌なれば、御社[19]より丑《うし》のときにぞ還《かへ》り参《まゐ》れば、御神楽《みかぐら》などもさまばかりなり。兼時《かねとき》[20]が、去年《こぞ》まではいとつきづきしげなりしを、こよなく衰へたる振る舞ひぞ、見知るまじき人のうへなれど、あはれに、思ひよそへらるること多《おほ》く侍る。

「おほかりし」への返歌らしい。補注一。
16 公季が、先日の贈り物を中宮からのものと勘違いした。
17 紫式部は、左京への仕打ちをいじめと認識していない。
18 教通の乳母。中宮の出産場面では助産役を務めていた。
19 当日は宮中物忌なので、翌日になるのを待って帰参。当時の日付は丑の刻と寅の刻の間に変わる。
20 尾張兼時。舞の名手。補注二。

四十七　十二月二十九日～場違いの思い

師走[1]の二十九日に参る。初めて[2]参りしも今宵のことぞかし。いみじくも夢路《ゆめぢ》[3]にまどはれしかなと思ひ出づれば、こよなくたち馴れにけるも、[4]うとましの身のほどやとおぼゆ。

1 十二月二十九日。紫式部はしばらく退出していた。
2 初出仕も十二月二十九日の夜だったと思い出す。補注一。
3 忘我の様。初出仕時点の状態。
4 女房生活に慣れた現在の自分に、嫌悪感がこみあげる。

夜いたう更けにけり。[5]御物忌におはしましければ、御前《おまへ》にも参らず、心細くてうち臥《ふ》したるに、前なる人々の、

「内裏わたりはなほいと気配異なりけり。里にては、いまは寝なましものを、さも[6]いざとき[7]履《くつ》のしげさかな」

と、[8]色めかしく言ひゐたるを聞く。

[9]年暮れてわがよふけゆく風の音《おと》に心のうちのすさまじきかな

とぞ、[10]ひとりごたれし。

四十八　十二月三十日～盗賊事件

[1]つごもりの夜、[2]追儺《ついな》はいと疾く果てぬれば、[3]歯黒め付け

5　中宮が物忌。外からの来訪を忌避するので、紫式部は職場に戻った挨拶にも参上できない。

6　底本「かさとき」を『紫式部日記絵詞』により校訂した。

7　靴音。戸外を歩く足音。

8　色ごとの含みのある言い方。ここから、この女房の言う「履」が女房の局を訪れる男の靴音だったとわかる。

9　紫式部の独詠。「年」と「よ（世）」、「暮れ」と「よ（夜）」と「ふけゆく」が縁語。『玉葉集』（冬・一〇三六）に入集。

10　つい独り言を言ってしまった。一人で歌を呟いたもの。

1　月の最終日。十二月三十日で、寛弘五年の大晦日。

2　大晦日に内裏で行われる行事。清々しく新年を迎えるために邪気

など、はかなき繕ひどもすとて、うちとけゐたるに、弁*の内侍来て、物語して臥し給へり。[4]内匠《たくみ》の蔵人《くらうど》は[5]長押《なげし》の下にゐて、[6]あてきが縫ふ物の[7]重ねひねり教《をし》へなど、[8]つくづくとしゐたるに、[9]御前のかたにいみじくののしる。[10]*内侍起《お》こせど、とみにも起きず。[11]人の泣き騒ぐ音の聞こゆるに、いとゆゆしく、ものおぼえず。[12]火かと思へど、さにはあらず。

[13]「内匠の君いざいざ」

と先におしたてて、

[14]「ともかうも、宮*、下におはします、先《ま》づ参りて見奉らむ」

と、内侍*を荒らかにつき驚かして、三人震ふ震ふ、足も空にて参りたれば、[15]裸なる人ぞ二人ゐたる。[16]*靫負《ゆげひ》・小兵部*なりけり。[17]かくなりけりと見るに、いよいよむくつけし。

を追い払うもの。「鬼やらひ」とも「儺やらひ」ともいう。
3 酢酸・鉄・タンニンなどから成る黒い液で歯を染める化粧。鉄漿（かね）。お歯黒。
4 中宮に仕える女蔵人。
5 長押には現在の鴨居にあたる上長押と、敷居にあたる下長押がある。ここでは後者。女蔵人と童女は一段下座の部屋にいる。
6 中宮に仕える童女。
7 裁縫の一技法。糸で縫い合わせず糊を塗ってひねることにより、布地を一枚に合わせるもの。
8 ここでは、静謐なさま。
9 中宮御座所の方で大声がする。
10 弁の内侍。もう寝ている。
11 大声に次いで泣き声も。
12 火事かと思ったが違う。
13 紫式部の言葉。
14 何より御座所の中宮が心配。
15 裸体。何も身に纏わない姿。
16 二人とも中宮の女蔵人。
17 盗賊に襲われたのだと知る。

御厨子所《みづし》[18]の人も、みな出で、宮のさぶらひ[19]も、滝口《たきぐち》[20]も、儺やらひ[21]果てけるままに、みなまかでにけり。手を叩きののしれど、いらへする人もなし。御膳宿《おものやどり》[22]の刀自《とじ》を呼び出でたるに、

「殿上に兵部の丞《じょう》[23*]といふ蔵人、呼べ呼べ」

と、恥《はぢ》[24]も忘れて口づから言ひたれば、たづねけれど、まかでにけり。つらきこと限りなし。式部の丞資業《すけなり》[25*]ぞ参りて、所々のさし油ども、ただ一人さし入れられてありく。人々、ものおぼえず向かひゐたるもあり。うへ[26*]より御使などあり。いみじうおそろしうこそ侍りしか。納殿《をさめどの》[27]にある御衣《おんぞ》とり出でさせて、この人々にたまふ。朔日《ついたち》[28]の装束《さうぞく》は盗らざりければ、さりげもなくてあれど、裸姿は忘られず。「おそろしきものから、をかしう」[29]とも言はず。

18　宮中において食事を整える役の官人。
19　中宮職に仕えて雑務・警備にあたる侍。
20　蔵人所に属し、清涼殿の滝口を詰所として警護に当たる武士。
21　注2「追儺」と同。
22　配膳室の下級女官。
23　紫式部の弟藤原惟規のこと。
24　階級のかけ離れた御膳宿の刀自に、人を介せず直接口をきくのは下品との感覚があった。
25　六位蔵人、藤原資業。
26　天皇からの見舞いの使い。
27　内裏で調度や衣類を収納・保管した場所。
28　元日の晴れ着。
29　翌日になれば恐怖の中におかしみも感じられたが、不謹慎なので口に出さない。

ず。

四十九　寛弘六年正月〜女房たちの正月装束

[1]正月一日、[2]言忌もしあへず。[3]坎日《かんにち》なりければ、*若宮の[4]御戴餅《いただきもちひ》のこと停まりぬ。三日ぞまうのぼらせ給ふ。ことしの[5]御まかなひは*大納言の君。[6]装束、朔日の日は[7]紅《くれなゐ》・葡萄染《えびぞめ》、唐衣《からぎぬ》は赤色、地摺《ぢずり》の裳《も》。二日、[8]紅梅の織物、[9]掻練《かいねり》は濃き、青《あを》色の唐衣、[10]色摺の裳。三日は、[11]唐綾の桜がさね、唐衣は[12]蘇《す》芳《はう》の織物。[13]掻練は濃きを着る日は紅はなかに、紅を着る日は濃きをなかになど、例のことなり。[14]萌黄《もえぎ》・蘇芳・山吹の濃き薄き・紅梅・薄色など、つねの色々を[15]ひとたびに六

1　寛弘六年元日。
2　縁起の悪い言葉を避けること。昨晩の盗賊の興奮が鎮まらない。
3　陰陽道で慎むべき凶日。
4　年頭の吉日に、幼児の成長と幸福を祈り、頭頂部に餅をあてがって祝言を唱える行事。
5　正月に屠蘇酒を飲む「御薬の儀」で、中宮の給仕を務める役。「陪膳」とも。
6　以下、大納言の君の三が日の装束を列挙。第六十五節注2。
7　紅の掻練に葡萄染めの表着。
8　織物の色目。縦糸紅・横糸白。その表着を着用した。
9　掻練は絹の練糸の織物。打衣と同じく袿と表着の間に着る。色は赤が原則。「濃き」は濃い紅か紫。
10　多色刷りの裳。
11　表着の説明。唐綾は中国風の

つばかりと、表着《うはぎ》とぞ、いとさまよきほどに侍《はべ》る。
[16]＊宰相《さいしやう》の君の、御佩刀《みはかし》とりて、＊殿のいだき奉らせ給へるにつづきて、まう上り給ふ。[17]紅の三重五重、三重五重とまぜつつ、おなじ色のうちたる七重に、ひとへを縫ひかさね、かさねまぜつつ、上《うへ》におなじ色の固紋の五重、袿《うちき》、葡萄染の浮紋のかたぎの紋を織りたる、縫ひざまさへかどかどし。[18]三重がさねの裳、[19]赤色の唐衣、菱の紋を織りて、しざまもいと唐めいたり。いとをかしげに髪などもつねよりつくろひまして、やうだいもてなし、らうらうしくをかし。丈だちよきほどに、ふくらかなる人の、顔《かほ》いと[20]こまかに、にほひをかしげなり。
＊大納言の君は、いとささやかに、小さしといふべきかたなる人の、白ううつくしげに、つぶつぶとこえたるが、う

綾織。桜重ねは重ね色目で表白・裏紫。
12 縦糸・横糸共に蘇芳（紫色）で織り上げたもの。
13 搔練の表裏の通例。
14 袿の説明。すべて重ね色目。萌黄は表裏薄緑、蘇芳は表薄蘇芳・裏濃蘇芳、山吹は表朽葉・裏黄、紅梅は表紅梅・裏蘇芳、薄色は表薄縹・裏白。他の女房と違い陪膳役は日常の色目を纏ったので「つねの色々」という。第六十五節注2。
15 袿を六枚六種の色で着たか。
16 戴餅の場面。
17 宰相の君の装束。袿・打衣・表着については補注一。
18 裳は通常一重だが、それを三重にしたもの。
19 赤色の織物唐衣は禁色。紋様については底本「ひえ」を「ひし（菱）」の誤記と見て校訂した。
20 整っている。端整だ。
21 背が高い。
22 小柄な人。

はべはいと[21]そびやかに、髪、たけに三寸ばかりあまりたる裾つき、髪ざしなどぞ、すべて似るものなくこまかにうつくしき。顔もいとらうらうしく、もてなしなど、らうたげになよびかなり。

*宣旨の君は、[22]ささやけ人の、いとほそやかにそびえて、髪のすぢこまかにきよらにて、[23]生ひさがりの末《すゑ》より一尺ばかりあまり給へり。いと心はづかしげに、きはもなくあてなるさまし給へり。物よりさし歩みて出《い》でおはしたるも、[24]わづらはしう心づかひせらるる心地す。あてなる人はかうこそあらめと、心ざまものうちのたまへるもおぼゆ。

23 「生ひさがり」は長く伸びた髪の毛先。「末より」の末は装束の裾と解する。
24 宣旨の君の「宣旨」は中宮女房の筆頭職。第三十八節の一条院還御でも中宮の輿に同乗していた。姿を現わせば、周りはつい緊張し気疲れする。

五十　消息体～女房たちの横顔

[1]このついでに、[2]人のかたちを語り聞こえさせば、物言ひさがなくやはべるべき。[3]ただいまをや。[4]さしあたりたる人のことは煩はし。「いかにぞや」など、少しも[5]かたほなるは言ひ侍らじ。

[6*]宰相の君は、北野《きたの》の三位のよ、ふくらかに、いとやうだい[7]こまめかしう、かどかどしきかたちしたる人の、[8]うちゐたるよりも見もてゆくにこよなくうちまさり、らうらうじくて、[9]口つきに、恥づかしげさも、にほひやかなることも添ひたり。もてなしなどいと美々しく、華やかにぞ見え給へる。心ざまもいとめやすく、[10]心うつくしきものから、ま

1　宰相の君（道綱女）・大納言の君・宮の宣旨の容姿を紹介したついでに。補注一。
2　女房の容姿。紫式部が読み手にそれを「語り聞こえさせ」ると言う。以下の語り口調と対応。
3　現在の同僚。
4　顔を突き合わせている人。
5　欠点がある人のこと。
6　「宰相の君」という女房は複数いた。北野の三位さんの方よ、と語り口調で説明。「北野の三位」と通称された藤原遠度の女のこと。
7　「こまめかしう」を校訂して「こめかしう」「いまめかしう」とする注釈もあるが、「こまか」と同根の語でいかにも端整な外見という意と取る。
8　初対面よりも見慣れるにつれて美しく感じられてくるタイプ。
9　口元。高貴さと華やかさが同居する、二面性の魅力の持ち主。
10　口元と同様に性格にも可愛さと高貴さの両面を持つ。
11　倫子のきょうだい、源時通の

たいと恥づかしきところ添ひたり。

[11*]小少将の君は、そこはかとなくあてになまめかしう、二[12]月ばかりのしだり柳の様したり。やうだいいとうつくしげに、もてなし心にくく、心ばへなども、[13]わが心とは思ひとるかたもなきやうに物づつみをし、いと世をはぢらひ、あまり[14]見ぐるしきまで児《こ》めい給へり。[15]腹きたなき人、悪しざまにもてなし言ひつくる人あらば、やがてそれに思ひ入りて、身をも失ひつべく、あえかにわりなきところつい給へるぞ、あまり[16]うしろめたげなる。

[17*]宮の内侍ぞ、またいと[18]きよげなる人。[19]丈だちいとよきほどなるが、[20]ゐたるさま、姿つき、[21]いとものものしく今めいたるやうだいにて、こまかに、とりたててをかしげにも見えぬものから、いとものきよげに[22]そびそびしく、[23]なか高き

女。中宮女房中では紫式部の親友的存在。

12 『源氏物語』若菜下に見える女三の宮描写に通う。補注二。

13 自分の意志で何かを決めることができないほど控え目。

14 見ていてつらくなる。守ってやりたい気持ちにさせる。

15 意地悪な人。

16 気にかかる。「見ぐるし」同様、紫式部を心配にさせる。

17 中宮女房中で、内務に当たる「内侍」役を務めている女房。

18 最高の美は「きよら」。「きよげ」はそれに次ぐ。宮の内侍描写に三度用いるキーワード。

19 背丈。

20 座っている様。

21 存在感がある。役付き女房なのでそこにいるだけで他を圧するのか。第四十九節注24、同じく役付き女房の宣旨の君にも似た記述がされている。

22 聳え立つ感じ。すらりとしている。

顔して、色のあはひ、白さなど、人にすぐれたり。頭《かしら》つき・髪《かん》ざし・額つきなどぞ、あなものきよげと見えて、はなやかに愛敬《あいぎやう》づきたる。ただありにもてなして、心ざまなどもめやすく、露ばかりいづかたざまにも[24]後めたいかたなく、すべてさこそあらめと、[25]人の例《ためし》にしつべき人がらなり。[26]艶《えん》がりよしめくかたはなし。

[27]*式部のおもとは[28]おとうとなり。いとふくらけさ過ぎて肥えたる人の、色いと白くにほひて、顔ぞいとこまかによくはべる。髪もいみじくうるはしくて、長くはあらざるべし、[29]つくろひたるわざして宮には参《まゐ》る。太りたるやうだいのいとをかしげにも侍りしかな。まみ、額つきなど、まことにきよげなる、うち笑みたる愛敬も多かり。

23 鼻筋の通った顔。顔立ちの具体的な描写は珍しい。
24 気になる所。心配な所。
25 女房の手本。
26 風流を気取ったり由緒ありげに見せる所。以下の消息体では一貫して避けるべき行為とされる。第五十六節注6の清少納言評「艶になりぬる人は」と対照。
27 中宮女房。橘忠範妻か。「おもと」は尊称。
28 男女を問わず年下のきょうだいを言う。ここでは妹。
29 長くはない髪を、付け毛やかもじなどで整えた。式部のおもとには外見描写しかなく、性格に関する記述が見えない。

五十一　若女房たちと女房の資質

[1]若人《わかうど》のなかにかたちよしと思へるは、[2]*小大輔、*源式部など。*大輔はささやかなる人の、やうだいいとまめかしきさまして髪うるはしく、もとはいとこちたくて、丈に一尺余あまりたりけるを、落ち細りて侍り。顔も[3]かどかどしう、「あなをかしの人や」とぞ見えて侍る。かたちは直すべきところなし。

*源式部は、丈よきほどにそびやかなるほどにて、顔こまやかに、[4]見るままにいとをかしくらうたげなるけはひ、ものきよく[5]かわらかに、[6]人のむすめとおぼゆるさましたり。

[7]*小兵衛・少弐《せうに》なども、いときよげに侍り。それらは、殿上

1　若い女房。
2　中宮女房。二人とも第十八節注3九月十六日夜「若き人は舟に乗りて遊ぶ」として名が挙がる。また六十八節注7、寛弘七年正月十五日敦良親王五十日儀の食事の取り次ぎ役も共に行う。
3　利発そうな顔。「かど」は才覚。
4　見れば見るほど。見るにつれ。
5　さっぱりした様子。爽やか。
6　良家のお嬢さん。
7　どちらも中宮女房。小兵衛は第四十五節で高松の小君達に戯れられているのが記される。少弐は出自不明。

人の[8]見残す少なかなり。誰《たれ》も、とりはづしては隠れなけれど、[9]人ぐまをも用意《ようい》するに、隠れてぞ侍《はべ》るかし。

[10]宮木の侍従こそいとこまかにをかしげなりし人。いと小さく、ほそく、なほ童《わらは》にてあらせまほしきさまを、[11]心と老いつき、やつしてやみ侍りにし。髪の、袿《うちき》にすこしあまりて、末《すゑ》をいとはなやかにそぎて参り侍りしぞ、[12]はてのたびなりける。顔《かほ》もいとよかりき。

[13]*五節の弁といふ人侍り。[14]平中納言の、むすめにしてかしづくと聞き侍りし人。絵《ゑ》にかいたる顔して、額いたうはれたる人の、目《ま》じりいたうひきて、顔も「ここはや」と見ゆるところなく、いろ白う、手つき腕つき、いとをかしげに、髪は、見はじめ侍りし春は、丈に一尺ばかり余りて、こちたくおほかりげなりしが、あさましう分けたるやうに落ち

8　見逃す。「見る」は恋の対象として接する。
9　小大輔から少弐の四人以外の中宮女房たちは、人目が無くても油断せず身を隠している。四人との差異は外見や魅力の有無でなく、人前に出るか出ないか。他にも美しい女房がいることをほのめかすとともに、第五十二節以下の批評にもつながる。
10　中宮女房。第十八節で舟遊び。
11　自ら老けこんで、出家して中宮女房をやめてしまった。寛弘五年九月以降、この箇所執筆までの間のこと。
12　紫式部の会った最後の姿。
13　中宮女房。第十八節で舟遊び。
14　平惟仲が養女として可愛がった。惟仲は藤三位繁子の夫。寛弘二年五月、大宰権帥赴任中に客死している。
15　底本「ほめられす」を校訂した。
16　中宮女房。第十六節注15で五日の産養に奉仕。高階道順女。

て、すそもさすがに[15]ほそらず、長さはすこし余りて侍るめり。

[16]小馬《こむま》といふ人、髪いと長く侍り。むかしはよき若人、いまは[17]琴柱《ことぢ》に膠《にかは》さすやうにてこそ里居《さとゐ》して侍るなれ。

[18]かう言ひ言ひて、[19]心ばせぞかたう侍るかし。それもとりどりに、いとわろきもなし。またすぐれてをかしう、心重く、[20]かどゆゑも、よしも、うしろやすさも、みな具することはかたし。さまざま、いづれをかとるべきとおぼゆるぞ多く侍る。[21]さもけしからずも侍ることどもかな。

17　頑固一点張りのことの比喩。漢籍に典拠のある表現。補注一。
18　前節冒頭「このついでに、人のかたちを語り聞こえさせば」と呼応。
19　女房たちの容姿に対して、気立て。ここでは人間・女性としてでなく女房としての適性を言う。
20　かど（才覚）・ゆゑ（教養）・よし（風情）・うしろやすさ（仕事を安心して任せられる能力）を全て兼ね備えるのを理想とする。とくに最後の「うしろやすさ」から、女房としての適性を論じているとわかる。
21　同僚女房を批評する自らを生意気と叱る。こうして一旦慎むことで、逆に以下にも批評を続ける立場を確保する。

五十二　中宮女房たちのハンディと問題点
～もっと風情を

斎院[1*]に、中将[2*]の君といふ人侍るなりと聞き侍る、たよりありて、人[3]のもとに書きかはしたる文を、みそかに人の取りて見せ侍りし。いとこそ艶[4]に、われのみ世にはもののゆゑ知り、心深き、たぐひはあらじ、すべて世の人は心も肝[5]も無きやうに思ひて侍るべかめる、見侍りしに、すずろに心やましう[6]、「おほやけ腹[7]」とか、よからぬ人のいふやうに、にくくこそ思う給へられしか。文書きにもあれ、「歌などのをかしからむは、わが院[8*]よりほかに誰か見しり給ふ人のあらむ。世にをかしき人の生《お》ひいでば、わが院《ゐん》[*]のみこそ御覧じ知るべけれ」

1　賀茂の斎院。賀茂神社に仕える未婚の皇女または女王。この頃は、村上天皇皇女の選子内親王。円融天皇から後一条天皇の代まで五十七年間勤め、大斎院と呼ばれた。補注一。
2　斎院の女房。斎院長官源為理女。母は大江雅致女（和泉式部の姉妹）。紫式部の弟藤原惟規の恋人か（後拾遺集）。補注二。
3　紫式部の弟惟規か。下の「人」は別人。家の女房などか。
4　第五十節注26から続く価値観。殊更に風流ぶるのはよくない。
5　思慮を意味する語「心肝」を分けて強調した表現。
6　不愉快だ。おもしろくない。
7　公憤。自分が当事者でない事柄で腹を立てる。義憤。
8　中将が仕える大斎院選子。
9　大斎院その人の尊さは認めない訳にいかない。補注一。
10　いかにも風情がある。
11　場所柄。大斎院の文化活動が活発なのは、女房の質でなく、環などぞ侍る。

[9]げにことわりなれど、わがかたざまのことをさしもいはば、斎院より出《い》で来たる歌の、優れて良しと見ゆるもことに侍らず。ただいとをかしう、[10]よしよししうはおはすべかめる[11]所のやうなり。[12]さぶらふ人を比べていどまむには、[13]この見給ふるわたりの人に、かならずしも[14]かれはまさらじを。

[15]常に入りたちて見る人もなし。をかしき夕月夜《ゆふづくよ》、ゆゑある有明、花のたより、時鳥《ほととぎす》のたづねどころに[16]まゐりたれば、院*はいと御心のゆゑおはして、所のさまは[17]いと世離れ神《かん》さびたり。また[18]まぎるることもなし。[19]上にまうのぼらせ給ふ、もしは殿*なむ参り給ふ、御宿直《とのゐ》なるなど、もの騒《さわ》がしき折《をり》もまじらず[20]もてつけ、[21]おのづからしか好む所となりぬれば、艶なることどもを尽くさむ中に、[22]何の奥《あう》なき言ひ過ぐしを

境が要因だと論を転換する。
12 仕える女房達。
13 紫式部の周りの中宮女房達。
14 大斎院の女房達。
15 大斎院御所の環境を言う。京域外に在り人の出入りが少ない。
16 紫式部も、実際に大斎院の御所を訪ねたことがあった。
17 神に仕える仕事柄漂う雰囲気をいう。
18 忙しくて取り込む。雑事に気を取られる。
19 中宮が天皇御前に参上する。
20 動詞「もてつく」。きちんと体裁を整える意。
21 「しか」は「をかしき夕月夜～時鳥のたづねどころ」を指す。
22 どんな浅はかな言い間違いをすることがあろうか。斎院は環境が手伝うので、女房も風流を行うのに失敗が無いという。

かはし侍らむ。
[23]かういと埋《む》もれ木を折り入れたる心ばせにて、かの院*にまじらひ侍らば、そこにて知らぬ男に[24]出であひ、もの言ふとも、[25]人の奥なき名を言ひおほすべきならずなど、[26]心ゆるがして、おのづからなまめき習ひ侍りなむをや。まして若き人の、かたちにつけて、年よはひにつつましきことなきが、おのおの心に入れて懸想《けさう》だち、物をも言はむと好みだちたらむは、こよなう人に劣《おと》るも侍るまじ。
されど、[27]内裏わたりにて、明け暮れ見ならし、[28]きしろひ給ふ女御《にようご》・后《きさい》おはせず、[29]その御かた、かの細殿と言ひ並ぶる御あたりもなく、男も女も、いどましきこともなきにうちとけ、[30]宮*のやうとして、色めかしきをば、いとあはあはしとおぼしめいたれば、[31]少しよろしからむと思ふ人は、お

23　土に埋もれて化石化した木をさらに折って埋めたような気性。内気な自分を謙遜してこう言った。「埋もれ木」だけで世間から引っ込み価値のない存在の喩となるが、それをさらに強調。
24　応対に出て話す。
25　世人が私に、浅はかだとの評判を負わせることもなかろう。環境が風流なので多少調子に乗って風流をしても許される。
26　心を鼓舞して。勇気を奮って。
27　ここから中宮女房たちの環境。職場は基本的に内裏である。
28　競争相手の女御・后。寛弘年間、一条天皇には彰子以外に三人の女御がいるが彰子と並び立つ存在感はない。后はかつて定子がいたが、長保二（一〇〇〇）年に崩御。補注三。
29　后妃は「弘徽殿の女御」などと居住する御殿の名で呼ばれる。細殿は細長い部屋を言い、通常は女房が仕切って局とする区画。寛弘二年以降内裏は一条院など里内裏

ぼろけにて出でゐ侍らず。[32]心やすく、もの恥《はぢ》せず、とあらむかからむの名をも惜《を》しまぬ人、はた異なる心ばせのぶるもなくやは。たださやうの人のやすきままに、立ち寄りてうち語らへば「[33]*中宮の人埋もれたり」もしは「用意《ようい》なし」なども言ひ侍るなるべし。[34]上臈《じやうらふ》・中臈のほどぞ、あまりひき入り[35]ざうずめきてのみ侍るめる。さのみして、*宮の御ため、[36]ものの飾りにはあらず、見苦しとも見侍り。

　これらを、かく知りて侍るやうなれど、人はみなとりどりにて、こよなう劣りまさることも侍らず。そのこと良ければ、かのことおくれなどぞ侍るめるかし。されど、[37]若人だに重りかならむとまめだち侍るめる世に、見苦しう戯《ざ》れ侍らむも、いとかたはならむ。ただおほかたを、[38]いとかく情なからずもがなと見侍り。

なので手狭で、通常とは御殿の割り振りも違っていたのだろう。
30　彰子の在り方。
31　中宮の価値観に沿い、少しでも欠点の少ない女房たらんと心がける女房。
32　注31の女房とは別種の女房。気軽に応対に出、世評を気にせず男性との対話もこなす者たち。
33　注31の女房は引っ込み過ぎと批判され、注32の女房は思慮がないと批判される。
34　女房中の階級が上または中の人々。
35　見たところまるで貴人のような振る舞いばかり。
36　挿入句。大層なお飾りでもあるまいに、というニュアンス。この「飾り」は実質を伴わないお飾りの意。紫式部は女房を飾りでなく実務者であるべきと考えている。第三十三節補注二参照。
37　上臈らに一定の理解を示す。
38　結局、中宮女房に風情が欠けていることは否めない。補注四。

五十三　消極性の原因

[1]さるは、[*]宮の御心あかぬところなく、らうらうじく心にくくおはしますものを、あまり[2]ものづつみせさせ給へる御心に、[3]「何とも言ひ出でじ」「言ひ出でたらむも、[4]後やすく恥なき人は世に難いもの」と[5]おぼしならひたり。

げに、[6]物の折など、[7]なかなかなることし出でたる、おくれたるには劣りたるわざなりかし。ことに深き用意なき人の、[8]所につけてわれは顔《がほ》なるが、[9]なまひがひがしきことども、物の折に言ひ出だしたりけるを、[10]まだいと幼きほどにおはしまして、「世にならうかたはなり」と聞こしめし[11]おぼ

1　それというのは。そもそも。前節で「いとかく情なからずもがな」と嘆いたような無粋な事態に至った理由を説明。
2　遠慮。抑制。
3　何も口出しするまい。
4　安心して仕事が任せられ、主人が恥をかかない女房はめったにいない。彰子は有能な女房に恵まれず、女房に期待していない。
5　そう思う習慣がついてしまっている。永年の経験による。
6　大切な折。行事など。
7　中途半端なさかしらで、むしろしないほうがましな行為。
8　その職場内では大きな顔をしていた女房。どこに所属していた女房かは不明。
9　どうも間違ったこと。
10　彰子の年齢。入内前や少女期の出来事であった可能性もある。
11　心にしみてそう感じた。

ほしみにければ、[12]ただことなる咎《とが》なくて過ぐすを、ただめやすきことにおぼしたる御けしきに、[13]うち児《こ》めいたる人のむすめどもは、みないとようかなひ聞こえさせたるほどに、[14]かくならひにけるとぞ心得て侍る。

[15]今はやうやう大人びさせ給ふままに、[16]世のあべきさま、[17]人の心の善きも悪しきも、過ぎたるもおくれたるも、みな御覧じ知りて、この宮*わたりのことを殿上人も何も目慣れて、[18]「ことにをかしきことなし」と思ひ言ふべかめりと、みなしろしめいたり。

さりとて、心にくくもあり果てず、[19]とりはづせば、いと[20]あはつけいことも出でくるものから、[21]情なく引き入りたる、「かうしてもあらなむ」と[22]おぼしのたまはすれど、その習ひなほり難く、また今様《いまやう》の君達《きんだち》といふもの、[23]たふるるかた

12　中宮は、大過なければ安心ということを信条にして今に至る。
13　子どものような良家のお嬢様女房。彰子の上﨟・中﨟。補注一。
14　前節で指摘したような、応対にも出ない無粋な勤務態度。
15　消息体執筆現在の寛弘七年には、彰子は二十三歳。
16　彰子後宮のあるべき姿。
17　女房の気立てを言う。
18　男性貴族たちの批判は、前節注33の「中宮の人埋もれたり」「用意なし」だけに終わらず、面白味を欠く気質自体が不評だった。
19　うっかり失敗すると。
20　浮ついている。軽率だ。
21　前節で指摘した無粋な状態。
22　口に出して指示しているのに。彰子はかつて指図をしなかったのに、中宮として成長した。
23　膝を折って屈従する。自分をおいて相手に合わせる。中宮後宮にいる時は中宮後宮の雰囲気に倣って、生真面目にしか振る舞わない。

にて、ある限り皆まめ人なり。斎院*などやうの所にて、月をも見、花をも愛《め》づる、ひたぶるの艶なることは、おのづ[24]から求め、思ひても言ふらむ。朝夕[25]たちまじり、ゆかしげなきわたりに、ただごと[26]をも聞き寄せ、うち言ひ、もしはをかしきこと[27]をも言ひかけられていらへ恥なからずすべき人なむ、世に難く[28]なりにたるをぞ、人々は言ひ侍《はべ》るめる。みづから[29]え見侍らぬことなれば、え知らずかし。

24 その場所柄に合わせ、おのずと風流に振る舞う。
25 男性貴族が朝から晩までを過ごす内裏。中宮後宮の在り処。
26 普通の言葉を聞いても、言葉尻をとらえるなどして洒落た会話に転じ、ぱっとお洒落に言い返す。気のきいた会話。
27 風流な問いかけに面目ある答えができる、当意即妙の女房。
28 めったにいなくなった。「なりにたる」は、以前にはいたニュアンス。定子時代が記憶にあろう。
29 本当にかってそうした良き女房がいたかどうかは、見ていないのでわからないと言う。紫式部は定子時代には未出仕。

五十四　消極性の実害

[1]必ず、人の立ち寄り、はかなきいらへを[2]せむからに、憎いことを[3]ひき出でむぞあやしき。[4]いとようさてもありぬべきことなり。[5]これを人の心有り難しとは言ふに侍るめり。などか必ずしも、面憎く引き入りたらむがかしこからむ。人などて、[6]ひたたけてさまよひ[7]さし出づべきぞ。よきほどに、折々《をりをり》の有様にしたがひて用ゐむことの、いと難きなるべし。

まづは、[8]*宮の大夫参り給ひて、[9]啓せさせ給ふべきことありける折に、いと[10]あえかに児めい給ふ上臈たちは、対面し給ふこと難し。また会ひても何事をか、はかばかしくのた

1　「ひき出でむ」にかかる。
2　するだけのことで。したばかりに。
3　引き起こす。しでかす。
4　「いとよう」するのが「さてもありぬべき」。うまくして当然。
5　応対は基本業務だが、適切な応対はなかなかできない。
6　混（ひたた）く。だらしなく行動する。みだりに行う。
7　でしゃばる。分や節度を超えて出過ぎる。
8　中宮大夫、藤原斉信。
9　女房に取り次がせ中宮に奏上させるべきこと。中宮職の重要な公事であることもしばしばだろう。
10　かよわい。頼りない。しっかりしていない。

まふべくも見えず。[11]言葉の足るまじきにもあらず、心の及《およ》ぶまじきにも侍らねど、[12]つつまし、恥づかしと思ふに、ひがごともせらるるを、[13]あいなし、[14]すべて聞かれじと、[15]ほのかなるけはひをも見えじ。

[16]ほかの人はさぞ侍らざなる。[17]かかるまじらひなりぬれば、こよなきあて人も皆世に従ふなるを、[18]ただ姫君ながらのもてなしにぞ、皆ものし給ふ。下﨟のいであふをば、[19]*大納言心よからずと思ひ給ふたなれば、[20]さるべき人々里にまかで、局《つぼね》なるもわりなき暇《いとま》にさはる折々は、[21]対面する人なくて、まかで給ふときも侍るなり。

そのほかの上達部《かんだちめ》、*宮の御かたに参《まゐ》り馴れ、物をも啓せさせ給ふは、[22]おのおの心よせの人、おのづからとりどりにほの知りつつ、その人無い折は[23]すさまじげに思ひて立ち出

11 言葉遣いの面も気遣いの面も、本来の能力は十分あるはずだが。
12 気後れする、恥ずかしい。そんなお嬢様的価値観にとらわれた精神面が失敗を引き起こす。
13 「あいなし」は内心の複雑微妙な違和感を表す語。嫌だ、どうせ無駄だ。失敗経験が、接遇を忌避する気持ちを引き起こす。
14 一言も聞かれたくない。
15 自分が居る様子も見られまいとする。いないように振る舞ってやりすごすのだから、居留守である。
16 よその職場の女房達。紫式部は他の職場から情報を得ていた。
17 宮仕え。女房という仕事。
18 中宮の上﨟女房達は。
19 大納言は斉信。寛弘六年三月権大納言。中宮職長官として、格の高い女房に応対されて当然との認識。
20 それなりの格があり、中宮大夫にきちんと応対もできる女房。
21 結局誰も大夫に応対する者が

づる人々の、事にふれつつ、この宮わたりのこと、「埋[24]もれたり」などいふべかめるも、ことわりに侍り。

斎院[25]*わたりの人も、これをおとしめ思ふなるべし。さり[26]とて、我が方の見どころあり、ほかの人は目も見しらじ、ものをも聞きとどめじと、思ひあなづらむぞ、またわりなき。[27]すべて人をもどくかたは易く、わが心を用ゐむことは難かべいわざを、さは思はで、まづわれさかしに、人を無きになし、世をそしるほどに、心のきはのみこそ見えあらはるめれ。

いと御覧ぜさせまほしう侍りし文書きかな。人の隠しおきたりけるを盗みて、みそかに見せて、とりかへし侍りにしかば、ねたうこそ。

おらず、大夫は帰ってしまうと聞く。「なり」は伝聞。
22　それぞれに贔屓にしている取り次ぎ女房。
23　あてのはずれた思いで、それ以上他の女房の応対を求めず立ち去る。
24　第五十二節注33で提示した上臈女房への世評。ここまでその実態を確認し分析してきた。
25　第五十二節には、斎院の中将の君の手紙は「すべて世の人」を見下している様子だとはあったが、中宮女房を名指しにして見下したとは記されていない。
26　中宮女房の実務の問題から中将の君の思い上がりの問題へと話をずらす。
27　一般論へと話を広げる。中将の君批判を正当化するとともに、これ以降の、過度な自己主張（われさかし・われかしこ）を批判し抑制と能力発揮の両立を尊重する論へと話題をつなげる。

五十五　才女批評～和泉式部と赤染衛門

[1]*和泉式部《いづみしきぶ》といふ人こそ、おもしろう[2]書きかはしける。されど、*和泉はけしからぬ[3]かたこそあれ、うちとけて文はしり書きたるに、そのかたの才《ざえ》ある人、はかない言葉のにほひも見え侍るめり。歌は、いとをかしきこと。ものおぼえ[4]、歌のことわり[5]、まことの歌よみざまにこそ侍らざめれ、口にまかせたる言《こと》どもに、必ずをかしき一ふしの目にとまる詠み添へ侍り。それだに、人の詠みたらむ[6]歌難じことわりゐたらむは、「いでや[7]さまで心は得じ。口にいと歌の詠まるるなめり」とぞ見えたるすぢに侍るかし。「恥づかしげ[8]の歌よみや」とはおぼえ侍らず。

1　大江雅致女。歌人。『紫式部日記』の執筆現在で既に『拾遺集』に入集。為尊親王・敦道親王との恋と死別を経て寛弘六年から中宮彰子に出仕か。補注一。
2　芸術的な文通を交わした。文末の「人なれ」が省略された形。
3　文通相手とのいきさつにこそよくない点があるが。為尊・敦道両親王との醜聞は広く世に知られていた（栄華物語・赤染衛門集等）。第五十二節注30で触れた中宮の潔癖さに配慮。補注二。
4　古歌など和歌に関する知識。
5　和歌に関する理論。
6　他人の歌を批評している時は。
7　知識と理論あってこそ真の歌人という考え方に立つ。天才だけでは不十分。補注二。
8　最高品格の歌人ではない。後の赤染評の「それこそ恥づかしき口つき」と対照。補注二。
9　大江匡衡。丹波守補任は寛弘七年三月三十日。本箇所および作品の成立時期に関わる記述。

丹波[9]の守《かみ》の北[10]の方をば、宮*・殿*などのわたりには、「匡《まさ》[11]衡《ひら》衛門」とぞいひ侍る。ことにやむごとなきほどならねど、まことにゆゑゆゑしく[12]、歌よみとてよろづのことにつけて詠み[13]ちらさねど、聞こえたる限りは、はかなきをりふしのことも、それこそ恥づかしき口つきに侍れ。ややもせば、腰[14]離れぬばかり折れかかりたる歌を詠み出《い》で、えもいはぬよしばみ[15]ごとしても、われかしこに思ひたる人、憎くもいとほしくもおぼえ侍るわざなり。

10 匡衡の妻、赤染衛門。彰子の母源倫子の結婚前からの女房で、寛弘七年には推定年齢五十歳前後。既に一流歌人として知られる。
11 夫の名を付けてあだ名にされていた。良い夫婦仲を話題にして、和泉式部の「けしからぬかたこそあれ」と対照。
12 いかにも上品で本格派。「ゆゑ」は風流の内面的資質。注15の「よし（ばみごと）」が風流の表現技術を言うのに対する。
13 次節清少納言評の「真名書き散らし」と対照。
14 「腰句（第三句）」までとそれ以下がつながらぬ「腰折れ」を強調した言い方。
15 「ばむ」は見た目を言う。いかにも風流そうに見せかける。

五十六　才女批評〜清少納言・そして自己

[1]＊清少納言《せいせうなごん》こそ、したり顔《がほ》にいみじう侍りける人。さばかりさかしだち、[2]真名書き散らして侍るほども、[3]よく見れば、まだいと足らぬこと多《おほ》かり。

かく、[4]人に異ならむと思ひ好める人は、[5]必ず見劣《みおと》りし、行末《ゆくすゑ》うたてのみ侍《はべ》るは。[6]艶になりぬる人は、[7]いとすごうすずろなる折も、もののあはれにすすみ、をかしきことも見過ぐさぬほどに、おのづから、[8]さるまじくあだなるさまにもなるに侍るべし。そのあだになりぬる人の果て、いかでかはよく侍らむ。

[9]かく、かたがたにつけて、一ふしの思ひ出でらるべきこ

1　清原元輔女。一条天皇の故皇后定子時代を代表する女房。『枕草子』を定子存命中から書き始め、定子の長保二年の崩御後も書き続ける。補注一。
2　真名、つまり漢字を書き散らす。『枕草子』で漢文素養を披瀝していることか。漢才の話題ここから開始。注25以下において、紫式部自身の漢学との付き合い方の話へと引き受けられる。
3　紫式部の目から見ると知識不足の点が多い。補注二。
4　人と違っていたいと志向する。
5　他人との違いを追求するあまり、だんだん周りから浮いてきて共感を得られなくなる。
6　底本「え心に」を校訂した。「艶」は風流に染まりきった人。第五十節注26から見える、消息体で要注意とされる事柄の一つ。
7　寒々として風流に程遠い折にも風流がる。補注三。
8　風流として的外れで実質を伴わない様子になる。

となくて過ぐし侍りぬる人[10]の、ことに行く末の頼みもなきこそ、慰め思ふかただに侍らねど、[11]心すごうもてなす身ぞとだに思ひ侍らじ。その心なほ失《う》せぬにや、もの思ひまさる秋の夜も、端に出でゐて眺めば、いとど、[12]『月やいにしへほめてけむ』と見えたる有様を催《もよほ》すやうに侍るべし、[13]世の人の忌むと言ひ侍る咎《とが》をも、必ずわたり侍りなむ」と憚《はばか》られて、少し奥に引き入りてぞ、さすがに心の内にはつきせず思ひ続けられ侍る。

風の涼しき夕暮、聞きよからぬひとり琴《ごと》をかき鳴らしては、「[14]嘆き加はる」と聞き知る人やあらむと、ゆゆしくなどおぼえ侍るこそ、[15]をこにもあはれにも侍りけれ。

さるは、あやしう黒みすすけたる[16]曹司《ざうし》に、[17]箏《さう》の琴・[18]和琴[19]しらべながら、心に入れて「[20]雨ふる日、琴柱《ことぢ》倒《たふ》せ」なども

9　このように諸方面から見て。三才女を評した目で、ここからは自分を見る。
10　紫式部自身を指す。
11　寒々とした心で生きる身とはせめて思いたくない。やはり風流（艶）に心が傾く。
12　月が昔は褒めてくれた我が身。引き歌があるか。未詳。
13　月を見るのは忌まわしいこととの伝承があった。補注四。
14　「わび人の住むべき宿と見るなへに嘆き加はる琴のねぞする」（古今集・雑下・良岑宗貞・九八五）による。
15　今さら人聞きを気にする我を自嘲し、また憐れむ。
16　自宅の部屋。紫式部の自室。
17　十三弦の琴（こと）。
18　日本古来の六弦琴。やまとごと。
19　調律し、琴柱を立てたままで。
20　湿気の高い日には、弦が緩むのを防ぐために琴柱を倒せ。
21　物を載せておくための置き戸

いひ侍らぬままに、塵《ちり》つもりて、よせ立てたりし厨子《づし》[21]と柱のはざまに、首[22]さし入れつつ琵琶も左右にたてて侍り。

大《おほ》きなる厨子一よろひに、隙もなく積みて侍るもの、ひとつにはふる歌[23]・物語のえもいはず虫の巣になりにたる、む[24]つかしく這ひ散れば、開けて見る人も侍らず。片つかたに、書《ふみ》[25]ども、わざと置《お》き重ねし人[26]も侍らずなりにし後、手触る人もことに無し。それらをつれづれせめて余りぬるとき、一つ二つ引き出でて見侍るを、女房[27]集まりて、「御《お》[28]前《まへ》[29]はかくおはすれば、御さいはひは少なきなり。なでふ女[30]が真名書《まんなぶみ》は読む。昔[31]は経《きやう》読むをだに人は制しき」と、しり[32]うごち言ふを聞き侍るにも、「物[33]忌みける人の、行く末いのち長かるめるよしども見えぬためしなり」と、言はまほしく侍れど、思ひ[34]隈《ぐま》無きやうなり。こと[35]はたさもあり。

棚。
22 琵琶の首。柄からその端にかけての部分。
23 古い歌や物語の書物。
24 気持ち悪く紙魚が四散する。
25 漢籍。
26 紫式部の亡夫、藤原宣孝。
27 紫式部の家の女房たち。
28 女主人である紫式部のこと。
29 このように漢籍など読むから御運が拙ないのだ。女性の漢籍読書と不運を結びつける考え方。注33で紫式部がこの言葉を「物忌みける人」と類似に扱っていることによれば、一種の迷信か。
30 何だって女が漢籍など読むのだか。強い疑問または反語の意。平安中期の一般通念。補注五。
31 昔は女性がお経を読むことすら止めろと注意されたのに。経典は漢字・漢文で書かれているから。補注六。
32 陰口を言う。
33 縁起担ぎをした人が長生きした例はない。

五十七　人付き合いの極意〜「おいらか」への自己陶冶

よろづのこと、人によりてことごとなり。誇りかにきらきらしく、心地よげに見ゆる人あり。よろづ[1]つれづれなる人の、紛ることと無きままに、[2]古き反古ひき探し、[3]行ひがちに、[4]口ひひらかし、数珠《ずず》の音《おと》高きなど、いと心づきなく見ゆるわざなりと思う給へて、心にまかせつべきことをさへ、ただ[5]わが使ふ人の目に憚《はばか》り、心につつむ。まして[6]人の中にまじりては、言はまほしきことも侍れど、

34　女房への思いやりに欠ける。
35　実際女房が言ったとおり。夫に死なれ男運が悪いのは事実。反論のしようがない。

1　前節に「つれづれせめて余りぬる」とある。埋められぬ空虚や寂しさを心に抱えた人。
2　過去の手紙類。思い出に浸る具。
3　仏道修行に傾倒する様。
4　口をぺちゃぺちゃと動かして物を言う。ここではせわしなく経を唱える様。
5　自分の使用人である、紫式部の家の女房。
6　同僚女房たち。ここから職場内での在り方の論。
7　いやいや。言いたいという自分の心を抑える。
8　理解してくれない人には、たとえ言っても自分の言いたいことが伝わらないので無益だ。
9　人をこきおろし自分ばかり偉

「[7]いでや」と思ほえ、[8]心得《う》まじき人には言ひて益《やく》なかるべし、[9]物もどきうちし「われは」と思へる人の前にてはうるさければ、もの言ふことももの憂く侍り。ことにいとしも[10]物のかたがた得たる人は難し。ただ、[11]わが心の立てつる筋をとらへて、人をば無きになすなめり。

[12]それ、[13]心よりほかのわが面影を「恥づ」と見れど、[14]えさらずさし向ひまじりゐたることだにあり。「[15]しかしかさへもどかれじ」と、恥づかしきにはあらねど、むつかしと思ひて、[16]惚《ほ》け痴《し》れたる人にいとどなりはてて侍れば、「かうは推《お》しはからざりき。いと[17]艶に恥づかしく、[18]人見えにくげに、[19]そばそばしきさまして、物語好み、[20]よしめき、歌がちに、人を人とも思はず、ねたげに、見おとさむものとなむ、みな人々言ひ思ひつつ憎みしを、[21]見るには、あや

ぶる人には、何か言っても批判されるだけなので、煩わしい。
10 物事のあれこれを会得した人。複数の方面に優秀な人。
11 自分が決めた価値基準。
12 注11のように振る舞う人。
13 引き歌による表現。補注一。実は宮仕えなど「心よりほか」で不本意な私なのだが、その顔を見て相手は「紫式部は私の前に出て恐縮している」と思い込んでいる。
14 避けられず。
15 相手は「物もどき」する型の女房。こきおろされたくない。引け目からでなく、面倒なのが本音。
16 ぼけてものわからない人間になりきっていた。相手をかわすための演技。
17 風流気取りで。「艶」は消息体で要注意とされる事柄。
18 近づきにくい。
19 よそよそしい。
20 由緒ありげに見せる。第五十節注26参照。「艶がりよしめく」は悪しき態度とされる。

しきまで[22]おいらかに、こと人かとなむおぼゆる」とぞ、みな言ひ侍るに、[23]恥づかしく、「人にかう[24]おいらけ者と見落とされにける」とは思ひ侍れど、ただ「[25]これぞわが心」と[26]習ひもてなし侍る有様、[27]*宮の御前も、

「いとうちとけては見えじとなむ思ひしかど、人よりけにむつまじうなりにたるこそ」

と、のたまはする折々《をりをり》侍り。

[28]くせぐせしく、やさしだち、恥ぢられ奉る人にもそばめたてられで侍らまし。

21 会ってみると。
22 おっとりしている。人当たりが穏やかだ。補注二。
23 「おいらか」と言われたことが恥ずかしいのではない。同僚という社会とその中の自己という関係に気付き、今までの自己を恥じたもの。
24 「おいらか」からの造語。補注二。
25 これこそ我が本性。注16のような演技ではない。補注二。
26 習得に努める。彰子女房の価値観に合わせて自己陶冶した。
27 中宮彰子。紫式部は努力によって彰子の評価を勝ち得た。
28 ひと癖あり、優雅な雰囲気を纏い、引け目を感じてしまう人。注16「惚け痴れ」の際とは違い、相手を認め尊重する「恥」の感覚を持つ姿勢へと紫式部が変化。

五十八　すべて人はおいらかに～自律こそ処世の鍵

[1]様良う、すべて人はおいらかに、すこし[2]心おきてのどかに、おちゐぬるをもととしてこそ、[3]ゆゑもよしもをかしく、うしろやすけれ。もしは、[4]色めかしくあだあだしけれど、本性《ほんじやう》の人がらくせなく、[5]かたはらのため見えにくきさませずだになりぬれば、にくうは侍《はべ》るまじ。

[6]われはと、くすしくならひもち、けしきことごとしくなりぬる人は、たちゐにつけて、[7]われ用意《ようい》せらるるほどに、その人には、目とどまる。目をしとどめつれば必ず、物をいふ言葉のなかにも、来てゐるふるまひ、立ちていくうしろでにも、必ず癖は見つけらるるわざに侍り。[8]物いひすこ

1　雰囲気良く、すべて女房は人当たり穏やかに。外見というより、他人に与える印象の問題。
2　心構え。物事に対する料簡。
3　第五十一節注20参照。「ゆゑ」「よし」は女房にとって重要。しかも注意が必要な要素。
4　色好み風で一見軽薄でも、本性が素直な場合、他意がないので「おいらか」たりうる。
5　傍の人から見てみっともない態度さえとらなければ。
6　消息体を通じて「われは」という過度の自己主張は欠点とされる。「われさかし」「われかしこ」も同類。「くすしく」は「珍妙・変」ということ。自己を恃むあまり風変わりな態度が習い性になっている。清少納言評に重なる。
7　見る方も特別な目で見るので。
8　言うことが多少食い違った人。時により主張がぶれるなど。
9　人のことをこきおろす人。
10　中傷や悪い噂などつまらない言葉を、本人の耳に入らないよう

しうち合はずなりぬる人と、[9]人の上《うへ》うちおとしめつる人とは、まして耳も目もたてらるるわざにこそ侍るべけれ。人の癖無き限りは、いかで、[10]はかなき言の葉をも聞こえじとつつみ、[11]なげの情つくらまほしう侍り。

人、進みて憎いことし出《い》でつるは、[12]わろきことを過ちたらむも、いひ笑はむに、はばかりなうおぼえ侍り。いと心よからむ人は、[13]われをにくむとも、われはなほ、人を思ひうしろむべけれど、[14]いとさしもえあらず。慈悲深うおはする仏だに、[15]三宝そしる罪は浅しとやは説い給ふなる。まいて、かばかりに濁り深き世の人は、[16]なほつらき人はつらかりぬべし。

それを、われまさりていはむと、いみじき言の葉を言ひ告げ、向ひゐてけしき悪しうまもり交はすとも、[17]さはあら

に包み隠し。
11 「なげ」はかりそめ。たとえ形だけの情けでも、かけてやりたい気になる。
12 はっきり悪いことは「あし」。「わろし」は良くないだけだが、する人が人だと扱いが違う。
13 自分を誰かが嫌っても、その人を思いやり面倒をみる。
14 普通はそうもできない。そんなに優しくはなれない。
15 仏・法（仏説）・僧。仏教が宝とする三要素。
16 自分に対して薄情な相手には、やはり自分も薄情になってしまうのが当然だろう。
17 全伝本「とも」だが「も」は衍か。
18 心の程度。自分が感情を外に出すか、内に秘めるかで、相手の出方も変わる。それを弁えて自己を律するかどうかに、その人の精神的品格が表れる。

ずもて隠し、うはべはなだらかなるとのけじめぞ、心[18]のほどは見え侍るかし。

五十九　漢才の用い方

[1]左衛門《さいもん》の内侍《ないし》といふ人侍り。あやしう、すずろによからず思ひけるも、え知り侍らぬ心憂きしりうごと[2]の、多《おほ》う聞こえ侍りし。

うち[3*]の上の、源氏の物語人に読ませ給ひつつ聞こしめしけるに、

「この人は日本紀《にほんぎ》[4]をこそ読み給ふべけれ[5]。まことに[6]才《ざえ》あるべし」

1 内裏女房で掌侍。第二十四節注4。また第二十五節注22に、弁内侍らと共に中宮女房を兼ねていると記される。
2 陰口。当人不在の場での悪口。
3 一条天皇。
4 日本書紀。六国史一般とは解釈しない。十一世紀に六国史一般を日本紀と読んだ確実な例は見出せない。
5 （公の日本紀講筵で、官人たちに）読み説いて下さらなくてはならない。冗談口。補注一。
6 実に漢学の素養がありそうだ。「才」は漢詩文の素養・学識。
7 天皇の「まことに才あるべし」を断定的に言った。補注二。
8 日本紀講筵の講師役女房。もしくは、日本紀講筵会場の意。

と、のたまはせけるを、ふと推《お》しはかりに、「いみじうなむ[7]才がある」と、殿上人などに言ひちらして、「[8]日本紀の御局《みつぼね》」とぞ[9]つけたりける、いと[10]をかしくぞ侍る。[11]この古里の女の前にてだにつつみ侍るものを、[12]さる所にて[13]才さかし出で侍らむよ。

[14]この式*部の丞《じょう》といふ人の、[15]童《わらは》にて書読《ふみよ》み侍りし時、聞きならひつつ、かの人は遅う読みとり、忘るるところをも、あやしきまでぞさとく侍りしかば、[16]書に心入れたる親は、

「口惜しう。[17]男子《をのこご》にて持たらぬこそ、幸ひなかりけれ」

とぞ、つねに嘆かれ侍りし。

それを、「[18]男だに、才がりぬる人は、いかにぞや、[19]はなやかならずのみ侍るめるよ」と、やうやう人の言ふも聞きとめて後、「[20]一」といふ文字をだに書きわたし侍らず、い

9　あだなを付けた。
10　笑止千万だ。
11　第五十七節注5。家の女房の前でも遠慮しているとあった。
12　日本紀講筵などという公の場。
13　学識をひけらかす。「さかしだつ」同様、消息体で紫式部が悪として嫌悪する行為。
14　うちの式部の丞（式部省三等官）。紫式部の同母弟、惟規。
15　子どもで漢籍を朗読していた時。幼学の様子。
16　漢籍の学問に熱心な父親。藤原為時。一条朝の文士十傑に数えられる（続本朝往生伝）。第六十六節注4。
17　お前が男子でないのが私の不運だ。男子ならば漢才を生かした官吏登用の道があるが、女性に漢才があっても生かしようがないと考えたもの。補注三。
18　男性でさえ、学才をひけらかした人は。「才がり」は注13「才さかし出で」と同じ、慎むべき自己顕示的行為。

と[21]てづつにあさましく侍り。

読みし書《ふみ》などいひけむもの、目にもとどめずなりて侍りしに、いよいよ[22]かかること聞き侍りしかば、「いかに人も伝へ聞きて憎むらむ」と恥づかしさに、[23]御屏風《みびやうぶ》の上《かみ》に書きたることをだに読まぬ顔《かほ》をし侍りしを、*宮の、御前《おまへ》にて[24]文集《ぶんしふ》のところどころ読ませ給ひなどして、[25]さるさまのこと知ろしめさまほしげにおぼいたりしかば、いとしのびて、人のさぶらはぬもののひまひまに、[26]おととしの夏頃より、[27]楽府《がふ》といふ書二巻《くわん》をぞ、しどけながら教《をし》へたてきこえさせて侍る。隠し侍り。*宮もしのびさせ給ひしかど、[28]*殿も*うちもけしきを知らせ給ひて、[29]御書どもをめでたう書かせ給ひてぞ、殿は奉らせ給ふ。

まことにかう読ませ給ひなどすること、はた[30]かのもの言

19 栄達しない。ぱっとしない。
20 一と言う字の横棒も引かない。漢字を書かないことを誇張して言う。
21 不調法だ。無能だ。
22 左衛門内侍の言いふらした悪口。
23 御前の屏風で、画賛や色紙形に漢詩が書かれているもの。
24 白居易の詩文集『白氏文集』。
25 漢文方面のことを知りたげなご様子だ。底本「知ろしめさせ」を『紫式部日記絵詞』により校訂した。
26 この箇所の執筆が寛弘七年なので、一昨年は寛弘五年。補注四。
27 楽府は通常、漢詩の一形式を言うが、ここでは固有名詞で『白氏文集』の巻三と四の二巻を占める作品集「新楽府」を指す。五十首の詩から成る。補注五。
28 道長も一条天皇も。
29 道長は能書家に命じて漢籍を美しく書写させた豪華本を作り、中宮を応援した。

ひの内侍は、え聞かざるべし。知りたらば、いかにそしり侍らむものと、すべて世の中、ことわざしげく、憂きものに侍りけり。

六十　出家の念願

いかに、いまは言忌[1]し侍らじ。人[2]、と言ふともかく言ふとも、ただ[3]阿弥陀仏《あみだぼとけ》にたゆみなく経《きやう》を習ひ侍らむ。世の厭《いと》はしきことは、すべて露ばかり心もとまらずなりにて侍れば、[4]聖《ひじり》にならむに懈怠《けたい》すべうも侍らず。ただひたみちに背きても、[5]雲に乗らぬほどのたゆたふべきやうなむ侍るべかなる。それにやすらひ侍るなり。[6]年もはたよきほどになり

30　例の口やかましい左衛門の内侍。

1　不吉な言葉を慎むこと。

2　人があれこれ言おうとも。第五十七節注3以下に、人に遠慮して信心を控えているとあった。

3　極楽浄土の主。一切衆生を救う悲願を持つ。阿弥陀の名を唱えれば、誰でも死後極楽に往生できるとされた。仏に経を習うことは不可能だが、言葉のあや。

4　聖は僧の中で隠遁修行する者を特に言う。ここでは尼で、俗世と断絶して仏道に励む者。

5　まだ阿弥陀仏に迎えられ雲に乗って往生しない間。死ぬまでの間。

6　出家の似合う年齢になってきた。三十七歳の厄年などか。

もてまかる。いたうこれより老いほれて、はた[7]目暗うて経よまず、心もいとどたゆさまさり侍らむものを、心深き人まねのやうに侍れど、いまはただ、[8]かかるかたのことをぞ思ひ給ふる。それ、[9]罪深き人は、また必ずしも叶《かな》ひ侍《はべ》らじ。[10]さきの世知らるることのみ多う侍れば、よろづにつけてぞ悲しく侍る。

六十一　御文にえ書き続け侍らぬことを　〜消息体跋文

[1]御文にえ書き続け侍らぬことを、よきもあしきも、世にあること身の上《うへ》の憂へにても、残らず聞こえさせおかまほしう侍るぞかし。[2]けしからぬ人を思ひ聞えさすとても、[3]か

7　目が霞む。老眼のことか。
8　仏道方面のこと。
9　私のように罪障の深い人間。仏教は女性を罪深い存在と見た。
10　前世で悪業を積んだと思い知らされる。現世は前世の行為の善悪を反映して宿世が定まっているという因果応報の考え方。

1　手紙には書き連ねられない内容を。以上の消息体は少なくとも通常の手紙ではないということだが、手紙同様に、誰かに宛てた形をとり挨拶で終わる。
2　感心しない人を思い浮かべながら申したとは言え。斎院の中将・清少納言・左衛門内侍など。
3　こんなにひどいこと。右三人への記述は歯に衣着せぬもの。
4　無益な言葉。役にたたぬ話。

かるべいことやは侍る。

されど、つれづれにおはしますらむ。また、つれづれの心を御覧ぜよ。また、おぼさむことの、いとから[4]益《やく》なしごと多《おほ》からずとも、書かせ給へ。見給へむ。

夢にても[5]散り侍らば、いといみじからむ。[6]耳も多《おほ》くぞ侍る。このころ[7]反古もみな破《や》り焼き失ひ、[8]雛《ひひな》などの屋作りにこの春し侍りにし後、人の文も侍らず。「[9]紙にはわざと書かじ」と思ひ侍るぞ、[10]いとやつれたる。[11]ことわろきかたには侍らず。ことさらによ。

ご覧じては、[12]疾《と》うたまはらむ。[13]え読み侍らぬ所々、文字落としぞ侍らむ。それは[14]何かは、ご覧じも漏らさせ給へかし。

かく[15]世の人ごとのうへを思ひ思ひ、[16]果てにとぢめ侍れば、

5　手紙が別の人に読まれること。
6　底本「又ゝ」。「みゝ」の誤写と見て校訂。聞き耳を立てている人も多い。
7　書き損じの紙や過去の手紙類。
8　お雛様ごっこの御殿。
9　新しい紙にことさらには書くまい。文書や日記や文学作品の書写等に反古の裏面（紙背）を利用することはしばしばあった。
10　ひどくみすぼらしくなっている。少ない枚数の反古に細かい字でびっしり書かれた様子などを言うか。
11　良くない方法ではなく、わざとそうしたのだ。注9のように通常の方法ではあった。
12　早く頂きましょう。すぐ返して下さい、ということ。
13　読めない箇所や脱字。自分の書いたものへの謙辞。
14　いえなに。感動詞的に言う。
15　世の人言。噂。評判。
16　結局終わるのですから。ここが一連の文章の締めであること。

[17]身を[18]思ひすてぬ心の、さも深う侍るべきかな。[19]なせむとにか侍らむ。

六十二　年月日不明記事～法要・舟楽・漢詩の素養

[1]十一日の暁、[2]御《み》堂《だう》へわたらせ給ふ。御車には殿*のうへ、人々は舟にのりてさし渡りけり。[3]それにはおくれて、ようさり参る。[4]けう華《げ》おこなふ所、[5]山・寺の作法うつして、[6]大《おほい》懺悔《さんげ》す。[7]しらいたうなど多う絵《ゑ》に描いて、興《きよう》じあそび給ふ。上達部《かんだちめ》おほくはまかで給ひて、すこしぞとまり給へる。

17　「身」は世の中を生きる自己。
18　見捨てぬ心。出家したいなどと言った一方で世評を気にし、まだまだ我が身が捨てきれない。
19　何せむとにか。我ながらどうしようというのか。矛盾した自分自身を自嘲する。

1　再び記録文体となる。補注一。
2　土御門殿の庭園内、池の南畔に建てられていた御堂。毎年五月恒例の法華三十講を始め、多くの法要の会場となった。
3　紫式部は他の女房より遅れてその日夕刻に御堂に上った。
4　「教化」と見て仏前での讃歌朗唱をいうとも、「行華」と見て散華のための花の配布をいうとも。ここでは後者と解した。
5　「山」は延暦寺、「寺」は三井寺。天台宗の二大勢力。
6　懺悔文を読み上げて過去の罪の滅罪を祈るもの。「阿弥陀懺法」

後夜《ごや》[8]の御導師《おほんだうし》[9]、教化《けうげ》ども説相[10]みな心々、二十人ながら、宮[11]*のかくておはしますよしを、[12]こちかひきしな言葉[13]絶えて笑はるることもあまたあり。

ことはてて、殿上人舟にのりて、みな漕ぎ続きて遊ぶ。御堂の東《ひむがし》のつま、北向に押し開けたる戸の前、池に造りおろしたる階《はし》の高欄《かうらん》をおさへて、*宮の大夫はゐ給へり。*殿あからさまに参らせ給へるほど、*宰相《さいしやう》の君など物語して、御前なれば、うちとけぬ用意《ようい》、内[14]も外《と》もをかしきほどなり。月[15]おぼろにさし出《い》でて、若やかなる君達《きんだち》、今様《いまやう》[16]歌うたふも、舟に乗りおほせたるを、若うをかしく聞こゆるに、*大蔵卿《おほくらきやう》[17]の、[18]おふなおふなまじりて、さすがに声《こゑ》うち添へむもつつましきにや、しのびやかにてゐたるうしろでの、をかしう見ゆれば、御簾《みす》[19]のうちの人もみそかに笑ふ。「舟[20]

の作法の一つ。

7　未詳。「白印塔」かとの説に従う。遊んでいるのは中夜と後夜の勤行の間の休憩時間のため。

8　一日を六つに分けたうち、夜半から朝までの間に行う、その日最終の勤行。記録等に依れば時刻は必ずしも一定しない。

9　後夜担当の僧。通常は一人。

10　教化で朗唱する讃の内容や歌いぶり、説教の仕方。

11　中宮の功徳。一説に、中宮が身重であることとも。導師たちが教化朗唱する内容である。

12　未詳。本文に乱れがある。

13　時に言葉に詰まる。注10から推しても、即興の朗唱か。

14　内の宰相の君も、外の中宮大夫も、節度を弁えた上品な態度。

15　雲間から覗いたか。十一日の月は午後三時頃に上り午前三時頃に沈む。

16　催馬楽等に対し、最新流行の歌。

17　藤原正光。天徳元（九五七）

のうちにや老をばかこつらむ」といひたるを、聞きつけ給へるにや、大夫[*]「徐[21]福文成誑誕《きやうたん》多し」とうち誦《ずん》じ給ふ声も、さまも、こよなういまめかしく見ゆ。「池[22]のうき草」とうたひて、笛など吹き合はせたる、暁がたの風のけはひさへぞ心ことなる。はかないことも、所柄折《をり》柄なりけり。

六十三　年月日不明記事～源氏の物語と訪問者

源氏[1]の物語、御前《おまへ》[2]にあるを、殿[*]の御覧じて、例のすずろ[3]ごとども出できたるついでに、梅《むめ》の下に敷かれたる紙に書かせ給へる、

[4]すきものと名にし立てれば見る人の折《を》らで過ぐるはあ

年生まれで、時に年齢は五十過ぎ。
18 躍起になって。ここでは、年も憚らずに。
19 御堂の簾中の女房。紫式部も。
20 舟の中で老いを嘆いているのかしら。『白氏文集』「新楽府」の一首を典拠とする。補注二。
21 紫式部の機知に反応。補注二。
22 今様歌の一節だろう。

1 記事の年時不明。『源氏物語』に関わるエピソード。前の法要の記事とは連続性が認められず、断片記事とされる。「源氏の物語」は『源氏物語』の原題か、または当時の通称。
2 中宮の前に置かれていた。
3 いつものとりとめない冗談。
4 道長の和歌。「(梅の)酸き物」に「(色恋沙汰の)好き者」、「見る人」に梅見の人と恋人を掛け、「折る」に「枝を手折る」と「女性を我がものにする」意をか

らじとぞ思ふ

給はせたれば、

「人[5]にまだ折られぬものを誰《たれ》かこのすきものぞとは口
　　ならしけむ
めざましう」

と聞こゆ。

渡殿[6]に寝たる夜、戸を叩く人ありと聞けど、おそろしさに音《おと》もせで明かしたるつとめて、

夜[7]もすがら水鶏《くひな》よりけになくなくぞ真木の戸口に叩き
　　わびつる

返し、

ただ[8]ならじとばかり叩く水鶏ゆゑあけてはいかにくや
　　しからまし

ける。なおこの歌が酸い梅を詠むことから、梅は懐妊中の彰子のために用意されていた果実と考え、この記事の時期を寛弘五年または六年夏とする説がある。

5　紫式部の返歌。道長歌を受けて梅の意と色恋の意を重ねる。「折られぬ」に「枝を手折られぬ」と「男性に我が物にされぬ」意、「すきもの」に「酸き物」と「好き者」、「口ならし」に「（酸っぱくて）口鳴らし」と言い習わす意の「口慣らし」を掛ける。

6　直前のエピソードと関係するか否かは不明。渡殿は土御門殿においては紫式部の局があった場所。補注一。

7　『新勅撰集』（恋五・一〇一九）に法成寺入道前摂政太政大臣（道長）歌として入集。「なくなく」に「鳴く鳴く」と「泣く泣く」、「叩き」に水鶏が鳴く意と戸を叩く意を掛ける。

8　紫式部の返歌。注7歌の返歌として『新勅撰集』入集。「とば

六十四　寛弘七年正月〜二親王の戴餅

ことし[1]正月三日まで、宮たち[2*]の、御戴餅《いただきもちひ》[3]に日々[4]にまうのぼらせ給ふ御供に、みな上臈《じやうらふ》も参る。左衛門の督《かみ》[5*]抱《いだ》い奉り給うて、殿[*]、餅はとりつぎて、うへ[*]に奉らせ給ふ。二間[6]の東《ひむがし》の戸にむかひて、うへ[7*]の戴かせ奉らせ給ふなり。おりのぼらせ給ふ儀式、見ものなり。大宮[8*]はのぼらせ給はず。

かり」に「戸ばかり」と「と言わんばかり」と「短時間」の意を、「あけて」に夜が明けての意と戸を開けての意を掛ける。

1　寛弘七（一〇一〇）年。
2　彰子の二人の息子で、一条天皇の二男・三男にあたる、敦成親王（三歳）と敦良親王（二歳）。敦良親王は寛弘六年十一月二十五日に誕生した。
3　正月行事。第四十九節注4。なお、天皇の長男敦康親王は既に十二歳で、幼児が対象の戴餅には参加しない。
4　毎日天皇のもとに参上なさる。
5　藤原頼通。寛弘六年三月四日に左衛門督に任ぜられた。
6　「二間」は清涼殿の一室。寛弘六年十月に一条院が焼亡し、以後枇杷殿が異内裏となっている。その殿舎のどれかを、天皇が起居

六十五　正月三が日～中宮御薬の儀と臨時客

ことしの朔日《ついたち》、[1]御まかなひ[*]宰相の君、[2]例の物の色あひなどことに、いとをかし。[3]蔵人《くらうど》は[4]内匠《たくみ》・兵庫《ひやうご》つかうまつる。髪上げたるかたちなどこそ、御まかなひはいとことに見え給へ。[5]わりなしや、[6]くすりの女官《にようくわん》にて、[7]文屋《ふや》の博士さかしだちさひらきゐたり。[8]たう薬くばれる、例のことどもなり。

二日、[9*]宮の大饗《だいきやう》はとまりて、[10]臨時客、東おもてとりはら

する清涼殿に充てている。

7　天皇が息子たちの額に餅を当てがう。

8　中宮彰子はこの儀式に欠席。第二子出産後、十二月二十六日に内裏に還ったばかりである。

1　「御薬の儀」で、中宮の給仕を務める陪膳役。第四十九節注5。

2　例によって色合いが人と異なる。御薬の儀では、一般の女房は装束の色が決められているが、「まかなひ」は通常どおり色とりどりの装束を着する。第四十九節注6以下大納言の君の装束描写参照。

3　御薬の儀で女蔵人が務める役。

4　中宮の女蔵人。内匠は第四十八節に出。兵庫は初出。

5　下の文屋の博士のでしゃばった態度についての表現。

6　御薬の儀の役の一つ。屠蘇を分配するなどの下働き。

7　「博士の命婦（別称内侍司の

ひて、例のごとしたり。上達部は、[11]傅《ふ》の大納言・[12]右大将・[13]中宮の大夫・[14]四条の大納言・[15]権中納言・[16]侍従の中納言・[17]左衛門の督《かみ》・[18]有国《ありくに》の宰相・[19]大蔵卿・[20]左兵衛の督・[21]源宰相むかひつつゐ給へり。[22]源中納言・[23]右衛門の督・[24]左右の宰相の中将は、長押《なげし》のしもに、殿上人の座の上《かみ》につき給へり。*若宮いだきいで奉り給ひて、例のことどもいはせ奉り、うつくしみきこえ給ふ。[25]うへに「[26]いと宮いだき奉らむ」と、*殿ののたまふを、いとねたきことにし給ひて、「ああ」とさいなむを、うつくしがり聞こえ給ひて、申し給へば、*右大将など興《きょう》じ聞こえ給ふ。

女史」であった文屋時子。
8 膏薬を「とうやく」と読む。御薬の儀では正月三日に典薬寮から膏薬が供される。ここでは中宮への膏薬のお下がりが女房たちに配られたのだろう。
9 中宮の大饗。正月二日に開催した公式行事。群臣が拝賀し、饗宴と禄の下賜を行う。
10 摂関・大臣家・宮家等の正月行事の一つ。客を公式に招かず、やってきた客を臨時に饗応するもの。ここでは中宮臨時客。
11 藤原道綱。
12 藤原実資。
13 藤原斉信。
14 藤原公任。
15 藤原隆家。
16 藤原行成。
17 藤原頼通。
18 藤原有国。
19 藤原正光。
20 藤原実成。
21 源頼定。
22 源俊賢。

六十六　正月二日〜殿上の子の日の宴

[1]うへに参り給ひて、[2*]うへ、殿上にいでさせ給ひて、御あそびありけり。[3*]殿、例の酔《ゑ》はせ給へり。わづらはしと思ひて、隠《かく》ろへゐたるに、「など、[4*]御てての、御まへの御遊びに召しつるに、候《さぶら》はで急ぎまかでにける。ひがみたり」など、むつからせ給ふ。「[5]許さるばかり、歌一つ仕うまつれ。

23　底本「左衛門」。重複することと席次により「右衛門」と校訂した。藤原懐平。
24　左は源経房。右は藤原兼隆。
25　道長の妻の源倫子。
26　弟宮。兄宮はこれに焼きもち。

1　客たちは枇杷院内の中宮の殿舎から、天皇の殿舎へと参上した。
2　天皇が枇杷院清涼殿の殿上の間に出御し、初子の日の宴と管弦の演奏が催された。「巡行数度、御楽数曲（御堂関白記）」。
3　道長は子の日の宴で酔い、再び中宮の殿舎へやって来た。
4　「てて」は父を言う幼児語。紫式部の父、藤原為時のこと。御前の演奏をせず退出してしまったので、偏屈だと責める。
5　第三十三節注6の場面に似る。
6　正月の最初の子の日。野に出て若菜を摘んだり、「根延び」に

*親の代りに、[6]初子《はつね》の日なり、詠め詠め」と、責めさせ給ふ。[7]うちいでむに、いとかたはならむ。

こよなからぬ御酔ひなめれば、いとど御色あひきよげに、火影《ほかげ》はなやかにあらまほしくて、[8]「年ごろ宮*のすさまじげにて、ひとところおはしますを、さうざうしく見奉りしに、かくむつかしきまで、左右《ひだりみぎ》に見奉るこそ嬉しけれ」と、おほとのごもりたる宮*たちを、引き開けつつ見奉り給ふ。[9]「野辺に小松のなかりせば」と、うち誦《ず》し給ふ。[10]あたらしからむことよりも折節の人の御有様、めでたくおぼえさせ給ふ。

[11]またの日、夕つかた、[12]いつしかと霞みたる空を、造りつづけたる軒のひまなさにて、ただ渡殿のうへのほどを、ほのかに見て、[13]*中務の乳母《めのと》と、[14]よべの御くちずさびをめでき

ちなんで小松を引いて松の長寿にあやかろうとするなどの遊びが行われた。

7 詠めと言われてすぐに詠んだとしたらその場合には、女房としてでしゃばり過ぎという欠点があることになろう。第三十三節とは紫式部の態度が違う。

8 入内以来何年も、彰子が中宮の立場にそぐわぬ不妊状態であったことを思い出し、現状をしみじみ喜ぶ。今でこそ言える心からの本音だろう。

9 「子の日する野辺に小松のなかりせば千代のためしに何を引かまし（拾遺集・春・壬生忠岑・二三）」の二句と三句。名歌を引き幼い親王たちを小松に重ねる。

10 最初に紫式部に求めたような新作和歌よりも。

11 正月三日。

12 早速。春も早々に。

13 中宮女房。弟宮の乳母。敦成親王出産時には永年勤続の上臈として分娩室の次の間にいた。

こゆ。[15]この*命婦《みやうぶ》こそ、[16]物の心得て、かどかどしくは侍《はべ》る人なれ。

六十七　正月十五日〜敦良《あつなが》親王五十日の祝いの早朝

[1]あからさまにまかでて、[2]*二の宮の御五十日《いか》は正月十五日、その暁に参るに、[3]*小少将の君、明け果ててはしたなくなりたるに参《まゐ》り給へり。[4]例の、同じ所にゐたり。二人の局《つぼね》をひとつにあはせて、かたみに里なるほども住む。ひとたびに参りては、几帳《きちやう》ば

14　昨夜道長が「野辺に小松のなかりせば」とくちずさんだこと。
15　底本・流布本「命婦そ」。文末が已然形「なれ」（全伝本異同なし）であることから校訂した。
16　物事を弁え、才覚がある。消息体でも「かど」は女房に必要な資質の一つとされていた。

1　前節の正月三が日以後、紫式部はしばらく自宅に戻っていた。
2　彰子には二男だが、正式には帝の「三の宮」。この時幼名「犬宮（御堂関白記）」。正月十六日に敦良親王と命名される（日本紀略）。「御五十日」は誕生五十日の祝。
3　中宮女房。紫式部の親友的存在。宮仕えに対する消極性は第二十三節注8の行幸場面と同様。消息体第五十節注11に風貌・性格が詳述される。
4　紫式部と小少将の君は、一条院内裏でも同室で休んでいた。第

かりをへだてにてあり。殿*ぞ笑はせ給ふ。[5]「かたみに知らぬ人も、語らはば」など、聞きにくく。されど、[6]誰もさるうとうとしきことなければ、心やすくてなむ。

六十八　敦良親王五十日〜輝く帝・后

[1]日たけてまう上る。[2]かの君*は、[3]桜の織物の袿《うちき》、赤色の唐《から》衣《ぎぬ》、例の摺裳《すりも》着給へり。[4]紅梅に萌黄《もえぎ》、柳の唐衣、裳の摺目など今めかしければ、取りも代へつべくぞ若やかなる。

[5]上人ども十七人ぞ宮の御方に参りたる。*いと宮の御まかなひは[6]*橘の三位。取り次ぐ人、端には[7]*小大輔・*源式部、内

三十九節参照。
5　互いに知らぬ恋人が愛を語らいに来たらどうするのか。
6　紫式部も小少将の君も、互いに秘密の恋人などいないので、安心だ。

1　日が高くなってから。五十日の祝は申の刻（午後四時前後）頃に始まった（御堂関白記）。
2　小少将の君。
3　桜重ね（表白・裏赤または紫）の袿に禁色である赤色の織物の唐衣、儀式の定番で同じく禁色である刷り柄の裳。
4　紫式部の装束。自身の装束描写は『紫式部日記』中初めて。紅梅重ね（表紅梅・裏蘇芳）の袿、萌黄重ね（表裏萌黄）の表着、柳重ね（表白・裏青）の唐衣（禁色でない）、刷り柄の裳（禁色）。
5　内裏の女房たち。

には*小少将。

[8]*帝・*后《きさい》、御帳《みちやう》のうちに二ところながらおはします。[9]朝日の光りあひて、まばゆきまで恥づかしげなる御前《おまへ》なり。*うへは、[10]御直衣《なほし》・小口奉り、*宮は[11]例の紅《くれなゐ》の御衣《おんぞ》、紅梅・萌黄・柳・山吹の御衣、上には葡萄染《えびぞめ》の織物の御衣、柳の上《うへ》白《しろ》の御小袿、紋も色もめづらしくいまめかしき奉れり。[12]あなたはいと顕証《けそう》なれば、[13]この奥にやをらすべりとどまりてゐたり。[14]*中務の乳母、[15]*宮抱き奉りて、御帳のはざまより南ざまに率《ゐ》て奉る。こまかに、[16]そびそびしくなどはあらぬかたちの、ただ[17]ゆるるかに、ものものしきさまうちして、さるかたに[18]人教へつべく、かどかどしきけはひぞしたる。葡萄染の織物の[19]袿、[20]無紋の青色《あを》に、桜の唐衣着たり。

その日の人の装束《さうぞく》、いづれとなく尽くしたるを、[21]袖ぐち

6　橘徳子。一条天皇の乳母で典侍。
7　端の二人は中宮の若女房。
8　御帳台が二基並べられ、帝と后は二人とも各々の御帳台に座していた。彰子を「后」と呼ぶことは『紫式部日記』中初めて。
9　朝日のように輝いて感じられた。実際の時刻は午後四時前後。
10　直衣に小口袴。寛いだ服装。
11　紅の単衣に紅梅・萌黄・柳（以上注4参照）・山吹重ね（表淡朽葉・裏黄）の袿、葡萄染めの織物の表着、柳重ねの小袿。小袿は中宮・女御等には普段着。三枚仕立ての物もあり、「上白」はその一番表側が白という意味か。
12　中宮女房たちの座。東廂で、上達部席からよく見える。
13　御帳台の北の奥まった場所。
14　第六十六節注13出。敦良親王の乳母。
15　敦良親王。
16　そびえるように高い。
17　ゆったりと落ち着いた物腰。

のあはひわろう重ねたる人しも、御前の物取り入るとて、そこらの上達部《かんだちめ》・殿上人に、さしいでてまぼられつることとぞ、のちに宰相《さいしやう》の君など、口惜《くちを》しがり給ふめりし。さるは、あしくも侍らざりき。ただあはひのさめたるなり。小大輔は紅一かさね、上《うへ》に紅梅の濃き薄き、五つを重ねたり。唐衣、桜。源式部は、濃きに、また紅梅の綾ぞきて侍るめりし。織物ならぬをわろしとにや。それあながちのこと。顕証なるにしもこそ、とりあやまちのほの見えたらむそばめをも選らせ給ふべけれ、衣の劣りまさりは言ふべきことならず。

18 底本「人をしつへく」。『紫式部日記絵詞』により校訂。補注一。
19 底本「こうちき」。小袿姿は女房の場合は略礼装にあたるので、『紫式部日記絵詞』により校訂した。
20 無地の青色の表着に、桜重ね（表白・裏赤または紫）の唐衣。
21 装束の袖口に見える配色。
22 大勢の。
23 逆説。以下は紫式部の意見。
24 ただ配色が不鮮明だった。小大輔も源式部も紅や赤や紫の同系色ばかりで、コントラストに欠ける。
25 宰相の君は、唐衣が織物でないのをいけないというのか。
26 それは無理だ。織物の唐衣は禁色で、着用には勅許が必要。
27 その過失が明らかに著しい過失である場合には。紫式部は、今回の二人はそれに当たらないと弁護している。

六十九　敦良親王五十日〜盛大な宴

餅《もちひ》[1]まゐらせ給ふことども果てて、御台[2]などまかでて、廂《ひさし》[3]の御簾《みす》上ぐるきはに、上の女房は、御帳[4]の西おもての昼の御座《おまし》に、おし重ねたるやうにて並みゐたる、三位[5]*を始めて、典侍《ないしのすけ》たちもあまた参れり。

宮の人々は、若人《わかうど》は長押[6]の下、東《ひむがし》[7]の廂の南の障子《さうじ》放ちて御簾かけたるに、上臈《じやうらふ》はゐたり。御帳[8]の東のはざまにただ少しあるに、*大納言の君・*小少将の君ゐ給へる所にたづね行きて見る。

*上は、平敷《ひらしき》[9]の御座に。御膳《おもの》まゐり据ゑたり。御前のもの[10]、したる様、言ひ尽くさむかたなし。簀子《すのこ》[11]に北向きに西を上《かみ》

1　五十日の祝いの儀式で、乳児の口に餅を含ませる場面。この日は天皇が行なった。
2　親王の食膳。
3　天皇が廂の間に出て祝いが宴に移る時、南廂の御簾を上げた（御堂関白記）。
4　二基の御帳台の西側の、天皇の日中の御座所。
5　橘の三位徳子を始め典侍たち。典侍は内侍司の次官。
6　東廂の長押から一段下がった東孫廂。
7　東廂と南廂の間にあった襖障子を取り払い御簾に替えた所。
8　母屋の御帳台と東廂の間の狭い空間。紫式部はここに移動。
9　椅子や帳台でなく、床の上に畳や敷物を敷いて天皇の座としたもの。この日は南廂に畳を置き、更に茵を敷いて設置した。
10　天皇御膳の食事と盛り付け。
11　上達部は簀子に移動し、天皇のいる北を向き西を上座として着座。

にて、上達部。[12]*左、*右、*内の大臣《おほい》殿、[13]*春宮の傅《ふ》、[14]*中宮の大夫、[15]*四条の大納言、[16]それより下はえ見侍らざりき。

[17]御遊びあり。殿上人は、[18]この対の辰巳《たつみ》にあたりたる廊《らう》にさぶらふ。[19]地下《ぢげ》は定まれり。[20]*景斉《かげまさ》の朝臣、*惟風《これかぜ》の朝臣、*行《ゆき》義《よし》、*遠理《とほまさ》などやうの人々。[21]上に、*四条の大納言拍子《はうし》とり、*頭の弁琵琶、琴は□、*左の宰相の中将笙《さう》の笛とぞ。[22]双調《さうでう》の声《こゑ》にて、[23]安名尊《あなたふと》、次に席田《むしろだ》、この殿など歌ふ。[24]曲《ごく》のものは[25]鳥の破急《はきう》を遊ぶ。[26]外《と》の座にも調子《てうし》などを吹く。歌に拍子打ちたがへてとがめらる、[27]伊勢の守にぞありし。

*右の大臣《おとど》、

「和琴《わごん》いとおもしろし」

など聞きはやし給ふ。ざれ給ふめりし果てに、[28]いみじき過ちの、いとほしきこそ。見る人の身さへひえ侍りしか。

12 左大臣は道長、右大臣は藤原顕光、内大臣は同公季。
13 底本「春宮大夫」。『紫式部日記絵詞』により校訂。藤原道綱。
14 藤原斉信。
15 藤原公任。
16 紫式部の位置からは見えなかった。ちなみに公任より下の席にいたのは藤原頼通・兼隆・実成・行成など。
17 管弦の演奏。
18 祝宴会場の枇杷院内裏東対（権記）から南に伸びた廊。東対母屋からは東南に位置する。
19 地下の演奏者の席は決まっている。通常南庭で、この時も同様。「地下」は清涼殿の殿上の間に上がることを許されない者。景斉の朝臣以下の人。
20 地下の演奏者たち。名の挙がる四人は皆楽の上手で知られる。「景斉の朝臣」は藤原景斉。「惟風の朝臣」は藤原惟風。「行義」は平行義で笛の名手。「遠理（とほまさ）」は底本「ともまさ」を御[29]贈り物笛[30]二。筥《はこ》に入れて、とぞ見侍りし。

『紫式部日記絵詞』「とをまさ」により校訂した。篳篥の名手。

21 地下に対し、殿上（東対の御殿に上がっている人）。四条の大納言は注15。頭の弁は蔵人頭右大弁の源道方で琵琶の名手。「琴は」の後は底本に脱字があると思われ、他本によっても明らかにならない。「左の宰相の中将」は源経房で笙の名手。

22 雅楽の調子の一つ。ト音を主音とする。以下の催馬楽三曲の調子。

23 いずれも催馬楽呂歌の曲名。「安名尊」は第二十九節注12。祝宴にふさわしい歌。「席田」も歌詞の一節に「鶴の　千歳をかねてぞ　遊びあへる」とありめでたい曲。「この殿」も「この殿は　むべも　むべも富みけり」で始まる祝い歌。

24 楽器演奏のみの曲。

25 「鳥」は唐楽壱越調の楽曲「迦陵頻」の通称。四人の童子が極楽に住むとされる伝説の鳥「迦陵頻伽」に扮して彩羽を付けて舞う。その「序破急」のうち「破」「急」の部分を演奏した。

26 外の地下演奏者たちの座。

27 人物未詳。底本「伊勢のうみ」を『紫式部日記絵詞』により校訂した。

28 大変な失態。『御堂関白記』によれば、折敷（食事の盆）を壊してしまった。補注一。

29 道長から天皇への贈り物。『御堂関白記』等に記載。

30 道長がこの十一日に花山院の御匣殿から譲り受けた横笛「歯二（はふたつ。葉二とも）」。「只今第一の笛」という（御堂関白記）。補注二。

本文校訂表

【凡例】

一　上から、校訂箇所の頁・行・校訂後の本文・底本の本文（括弧内）・校訂の根拠となる資料を記した。なお、仮名遣い・送り仮名・呼称や官職名中の「の」については校訂の中に含めていない。

一　校訂根拠資料の『切』は京都文化博物館・萩谷朴氏所蔵の『紫式部日記切』断簡二葉、『絵詞』は『紫式部日記絵巻』の絵詞、『流』は近世流布版本、『栄』は『栄華物語』巻八の『紫式部日記』引用箇所本文、『産』は『御産部類記』を指す。私解による場合は「意」とした。

12頁6行　けはひ（気色）『切』
13頁1行　忘らるるも（忘らるにも）『切』
13頁11行　浄土寺（へんちし）『産』
14頁1行　斉祇（さいさ）『産』
23頁9行　ひきつぼね（ひきつほめ）『流』
24頁7行　暁に（暁も）『流』
25頁1行　書き加へて（書きかへて）『流』
25頁9行　讃岐の（讃岐と）「意」
25頁13行　いま一間（いま一さ）「意」
31頁11行　徳子（つな子）「意」
32頁4行　当色きて（たうしきて）『流』
32頁6行　長（をく）『流』
32頁6行　かきて（きて）『栄』
32頁6行　もとに（ともに）『流』
32頁6行　みづし二人（二）『栄』
32頁8行　いる（いか）「意」
32頁10行　頭つき（頭つな）『流』
32頁10行　御むかへ湯（御むかへ内）『流』
33頁1行　源廉子（源遍子）『産』
33頁9行　うちまき（うちさき）『流』
33頁10行　浄土寺（へんちし）「意」
33頁11行　扇（あふ事）『流』
37頁6行　白さ（くろさ）『絵詞』
38頁4行　火ども（火よも）『絵詞』
40頁6行　小木工（小木こ）『絵詞』

41頁2行　一よろひ（ことよろひ）『流』
42頁8行　箔（はくさい）『流』
43頁6行　千代も（千代を）『絵詞』
43頁13行　袴。五位は桂一かさね（ナシ）『絵詞』
44頁5行　小大輔（小大ゆふ）『絵詞』
45頁9行　少輔の命婦（ナシ）『絵詞』
47頁12行　やがて白き（やがて白）「流」
48頁2行　装束き（さそき）『流』
51頁6行　身（事）『絵詞』
51頁12行　深かなり（深くなり）『絵詞』
52頁1行　すぐし（すこし）『絵詞』
57頁10行　摺裳の（摺物）『流』
59頁7行　青色の唐衣（青色の唐衣は）『流』
62頁3行　ゆゆしき（ゆかしき）『流』
62頁12行　万歳、千秋（万歳楽、千秋楽）『栄』
63頁10行　立ち給はざりけり（立ちさりけり）『流』
67頁11行　御皿ども（か皿とも）『絵詞』
70頁3行　間を上にて、東の（ナシ）『絵詞』
71頁11行　いと恥づかしげに（ナシ）『絵詞』

72頁2行　ことなしび（ことならひ）『絵詞』
72頁6行　になるべき人（かかるへき人）『絵詞』
73頁8行　いとわびしく（いとわしく）『絵詞』
83頁6行　乗る（の）『流』
87頁6行　薫物（まきもの）『流』
88頁1行　聞こえ（きえ）『流』
88頁10行　かしづき（よしつき）『流』
89頁1行　まかせたらず（まかせたたす）『流』
89頁3行　おとらずと（おとらす）『流』
90頁8行　御覧ず（御心も）『流』
91頁8行　をかしき（をからき）『流』
93頁7行　髪ども（髪よも）『流』
93頁8行　慣れすぎたる一人を、いかにぞや、人の言ひし。（ナシ）『絵詞』
93頁11行　すぐれたり（すくれたる）『絵詞』
93頁12行　中に（ナシ）『絵詞』
94頁6行　安しかし（安くかし）『流』
95頁3行　かみより（かみはり）『流』
95頁3行　簾（もたれ）『流』
95頁8行　かひつくろひ（かひつくのひ）『流』

97頁2行　おもと（たもと）『流』
99頁5行　まつはれてぞ（まつはれのてそ）
『流』
100頁5行　うち出で（うきいて）『流』
101頁2行　さまばかり（さはかり）『流』
102頁4行　いざときき（かさとき）『絵詞』
102頁10行　いと疾く（いととしく）『流』
104頁3行　呼び出でたる（よひいてたき）『流』
106頁7行　菱（ひえ）「意」
106頁9行　をかし（をし）『流』
107頁2行　似るもの（にきもの）『流』
108頁3行　はべるべき（はんへるへき）『流』
113頁1行　ほそらず（ほめられす）『流』
114頁5行　見せ侍り（見侍り）『流』
114頁7行　見侍りしに（見侍りし）『流』
114頁9行　思う給へ（思へたまへ）『流』
118頁10行　おはしまし（おかしまし）『流』
124頁5行　いとをかしき（とをかしき）『流』
124頁9行　口にいと（口にと）『流』
126頁2行　清少納言（さい少納言）『流』
126頁6行　艶（え心）『流』
132頁8行　ほどに（ほとも）『流』
136頁6行　知ろしめさまほしげ（知ろしめさせ
まほしけ）『絵詞』
139頁5行　耳も（又ゝも）「意」
141頁2行　笑はるること（笑はるるそと）『流』
143頁3行　誰か（誰に）『流』
146頁4行　右衛門（左衛門）「意」
146頁7行　きこえ給ふ（きこえ給た）『流』
149頁1行　命婦こそ（命婦そ）「意」
151頁5行　山吹の（山吹）『絵詞』
151頁9行　そびそびしく（そいそいしく）『絵詞』
151頁11行　教へつべく（をしつへく）『絵詞』
151頁12行　袿（こうちき）『絵詞』
153頁8行　ゐ給へる（ね給へる）『絵詞』
154頁1行　春宮の傅（春宮大夫）『絵詞』
154頁5行　遠理（ともまさ）『絵詞』
154頁9行　伊勢の守にぞありし（伊勢のうみ）
『絵詞』

補注

一

一　寛弘五（一〇〇八）年初秋、父邸土御門殿《つちみかどどの》に滞在中の中宮は懐妊しており、出産予定は晩秋九月であった。「秋のけはひ入り立つままに」という書き出しは、その出産の季節の到来を意味している。庭は邸宅の主藤原道長の権力の強大さを示し、加えて天空までもが秋特有の鮮やかな色に染まっている。それらが、道長が娘の安産を願い僧達に行わせている「不断の御読経」を引き立てている。このように土御門殿世界を、邸宅内外を問わぬ自然が安産祈願という人事を応援する、天人一体の期待と緊張に満ちた空間として描く点、この一文は、道長一家・中宮彰子の栄華を予祝する、高度に政治的な意味合いを持つ。『紫式部日記』には現存冒頭以前の部分があったが欠落したとする首欠説（詳細は「解説」）に対して、現存冒頭が元より冒頭であったとする反首欠説は、この冒頭文が日記文学の起筆としていかにもふさわしいことを第一の論拠としている。確かに改まった印象のある文章で、それには述べたような公的な視点や予祝的な叙述態度にも一因があるといえる。

二　続いて描かれる彰子は、臨月近い体のつらさを何ともなさそうに隠した、健気《けなげ》な姿である。彰子は『紫式部日記』を通じてこうした抑制的な個性の持ち主として描かれており、本場面はその典型と言える。『枕草子』は、定子の逆境の中にあってなお自己を主張し「笑ふ」姿を描くが、対照的に『紫式部日記』は彰子を、栄華の入り口にあってなお自己を抑制していたと描く。その姿を拝して、紫式部は平静を失い日常の鬱屈《うっくつ》を忘れるいっぽう、「かつはあやし（それもまた不思議なことだ）」と、視点を変えて自分を評している。憂鬱な内実を抱え、また自己を客観視することのできる紫式部にして彰子には魅了されたという、彰子賛美の文脈と読める。

　これを主人に対する言葉だけの追従と見る説もあるが、そうでないことは歴史的背景から推測し得る。彰子は一条《いちじょう》天皇に長保元（九九九）年十二歳で入内《じゅだい》、しかし天皇にはもとより寵愛《ちょうあい》する中宮定子がいた。彰子の入内の六日後、定子は天皇の第一皇子敦康《あつやす》を生み、天皇との愛情関係をより強固にした。いっぽう翌長保二年、彰子は中宮、定子は皇后となる「二后冊立」が行われ、彰子は朝廷での重みを増す。つまり、天皇にとっては定子こそが私的な情愛を交わす妻であり、彰子は政治的存在であった。同年中に定子は二女媄子を出産後に崩御したが、なおも天皇の私情は定子への追慕に占められ、容易に彰子には転じなかったとおぼしい（『栄華物語』）。

　そうした事態を背景に、道長は寛弘二（一〇〇五）年あるいは三（一〇〇六）年、紫式部を雇い入れるなど彰子後宮にてこ入れ策を講じ、寛弘四（一〇〇七）年には自ら金峯山に御嶽詣でして、彰子の懐妊を切望する思いを天皇に示した。これらの事情を経て、彰子は結婚八年で初めての懐妊を見た。紫式部は、彰子のこれまでの夫婦関係における孤独と懐妊できぬ苦悩、さらに懐妊以後は初産の不安や男子出産の重圧も加わりつつそれに耐える姿に感動したものと考える。

三　ここでは、掃司《かにもりのつかさ》の女官。後宮で格子の上げ下げや行事の設営にあたった。直接彰子中宮に仕える女房ではないが、彰子の里下がりにより土御門殿がいわば後宮の出張所となったため、出向しているもの。なお、十六世紀末の『岷江入楚』に後宮では下級女官を「にょうかん」、上級を「にょかん」と読んだとあり、この箇所もそのように読まれることが多いが、十五世紀成立の『名目鈔』には女性官人は上下皆「にょうかん」と呼ぶとある。

四『御産部類記』「後一条天皇」の「不知記B」寛弘五年九月十一日書き込みによれば、五壇法の担当は次の通り。不動尊　観音院権僧正勝算《しょうさん》、降三世《ごうざんぜ》　法性寺座主大僧正慶円《けいえん》、軍荼利《ぐんだり》　宰相房僧都心誉《しんよ》、大威徳《だいいとく》　修学院僧都斉祇《さいぎ》、金剛夜叉《こんごうやしゃ》　浄土寺僧都明救《めいぐ》。

二

一『紫式部集』は同じ贈答を載せるが、詞書《ことばがき》が微妙に異なる。

「朝霧のをかしきほどに、お前の花ども色々に乱れたる中に、女郎花《おみなえし》いと盛りに見ゆ。折しも、殿出《い》でて御覧ず。一枝折らせ給ひて、几帳のかみより『これ、ただに返すな』とて賜はせたり。

女郎花盛りの色を見るからに露の分きける身こそ知らるれ　と書き付けたるを、いととく

白露は分きても置かじ女郎花心からにや色の染むらむ」。家集の道長は多種の花の中からことさらに女郎花を選ぶ。紫式部にかけた言葉も返事の遅速でなく内容の機微を求める。また紫式部の詠歌に応じて道長が早く返している。家集の道長には恋めいた雰囲気が見て取れる。比し

て『紫式部日記』の道長は、随身を従え庭を清め、紫式部に早い詠歌を要求し褒めるなど、一家を経営するあるじとしての姿が強調されている。

三

一 「女郎花多かる野辺に宿りせばあやなくあだの名をやたちなむ」(『古今集』秋上・小野美材・二二九)を引く。紫式部らを美女に喩《たと》えておだて、同時に自分の真面目さをもアピールする一言。女郎花という素材が父道長の話題と共通。堂々たる管理者道長に対し、頼通《よりみち》については青年の雅《みやび》やかさと清潔感が強調される。

四

一 「わが君は千代に八千代にさざれ石の巌《いわお》となりて苔《こけ》のむすまで」(『古今集』賀・読み人知らず・三四三)同様、小石が岩となる「さざれ石」の発想により、歌を詠みかけた相手の長久の栄華を寿《ことほ》ぐ型の歌。本歌「心あてに」は天禄四(九七三)年、一条天皇の父円融《えんゆう》帝が姉資子内親王と催した乱碁歌合の一首。これを引いて、彰子胎内の一条天皇の子が男子で、円融皇統継承者となることを予祝する。

二 補注一の天禄四年五月の乱碁の後、円融天皇は六月、資子内親王は七月に、それぞれ新調の扇を交わすという趣向で勝ちわざと負けわざを催した(円融院扇合)。『紫式部日記』はその天禄当時の雅を想像したとも、あるいは土御門殿での碁の後、往年の趣向に倣って扇が新調されたことを言うともとれる。いずれにせよ一条天皇の父帝の風流が回顧・崇拝されている。

五

一　姫君が昼寝する場面を描いた物語「くまのの（一説こまのの）物語」が当時存在したが、現在は散逸している。「くまのの物語の絵にてあるを、『いとよく描きたる絵かな』とて御覧ず。小さき女君の、何心もなくて昼寝したまへる所を、昔のありさま思し出でて、女君（紫の上）は見たまふ。」（『源氏物語』蛍）

六

一　女房としてへりくだり、倫子の心遣いを有り難く拝しつつ、菊の露は「あるじ（倫子）」にこそ生かしてほしいという挨拶歌。第二節の道長への歌と同様に、上下関係の中でやりとりされる歌の典型として、卑下を込める。「花のあるじ」の他例として、同じ重陽《ちょうよう》に紫式部の祖父藤原雅正《まさただ》が隣家の歌人伊勢《いせ》と交わした「露だにも名だたる宿の菊ならば花のあるじや幾世なるらむ」（『後《ご》撰集《せんしゅう》』秋下・三九五）がある。なお一説では、倫子の言葉と紫式部の和歌は相手の老いを皮肉る棘《とげ》を含んでおり、背後に道長妻と妾《しょう》の敵対関係が窺《うかが》われるとされる（萩谷朴氏『紫式部日記全注釈』）。しかし菊の露はもとより加齢を前提に使うもので、右の藤原雅正歌も伊勢の長寿を詠んでいるが棘を含むわけではない。倫子と紫式部のやりとりもあてこすりとは断定できない。倫子は遠縁として紫式部の宮仕えを後見する立場にあり、二人はむしろ緊密な関係だったと見る。また紫式部は、倫子への思いが彰子の前で披露されるようにと、この歌を詠んだのだろう。倫子が自室に戻ったと聞くと歌を不要として届けなかったのはそのためである（山本利達氏『紫式部日記攷』）。

七

一　彰子の母倫子の同母兄時通女。女房名は兄弟である少将源雅通《まさみち》の役職から取られた（『紫式部日記全注釈』）。『尊卑分脈《そんぴぶんみゃく》』は倫子の兄弟源扶義《すけよし》の女とするが、父の出家後、養女になったもの（安藤重和氏「大納言の君・小少将の君をめぐって―紫式部日記人物考証―」『中古文学』63）。彰子のいとこで上臈《じょうろう》女房の一員。紫式部の親友とも言える女房。『紫式部集』には現行日記には見えない紫式部との贈答歌や、小少将の君の死後、生前の「うちとけぶみ」を見つけた紫式部の深い哀悼の歌も載る。

二　第十二節、御湯殿の儀で迎え湯を務めており、そのことが『御産部類記』「不知記B」に「源廉子左大弁扶義朝臣女子也を以て御迎へ湯を奉仕せしむ」と記される。源扶義は倫子の異母兄弟。だが『栄華物語』巻八には、大納言の君は倫子の兄弟である「くわがゆの弁（蔵人《くろうど》の弁の誤記とおぼしい）」という人物の娘とある。小学館新編日本古典文学全集『栄花物語』頭注は、大納言の君は倫子の同母兄時通（蔵人の弁を最後に出家）女で、父の出家後、おじの扶義の養女となったと推測する。本書もその説に従う。なお『栄華物語』の同じ個所には、最初源則理《のりまさ》と結婚したが離別、彰子に出仕後道長の目にとまり、寵を受けたとある。彰子のいとこで、上﨟女房。紫式部との親交も深い。

三　彰子の出産はこの時から三十六時間後。最初の兆候は急激なものでなく、腹部が張るなどの予兆だったろう。夜中の騒ぎは、周囲が動き出したもの。倫子が道長に知らせ、道長が宮司に連絡し、然《しか》るべき人々が土御門殿に集結した。「子の時許に、宮の御方従り女方来たりて云はく、『悩み御はします気有り』てへり。参入す。御気色有り。仍って東宮傅（藤原道綱《みちつな》）・大夫（中宮職大夫の藤原斉信《ただのぶ》）・権大夫（源俊賢《としかた》）に消息を遣はして云はく、『参来《まうこ》』。他の人々も多く参る。終日悩み暗し給ふ」（『御堂関白記《みどうかんぱくき》』寛弘五年九月十日）。藤原行成《ゆきなり》も「夜半許に中宮御産の気色と云々、即ち参ず」（『権記《ごんき》』寛弘五年九月九日）と記すように参上した。

八

一　「丑《うし》の刻に白木の御帳を立て鋪設す」（『権記』寛弘五年九月九日）。なお、当時日付が変わるのは丑の刻と寅の刻の境（午前三時）。御帳台設置を権記が九日のこととしているのはそのため。設置完了時には十日になっていたと考えると『紫式部日記』と整合する。

九

一　本日記は回顧録なので、基本的に時間は記事の事実時間と執筆現在という複層構造を取るが、しばしばこの箇所のように、事実と執筆の中間にあって事柄に関わった時間のことが回顧される。一つの事柄を何層にもとらえる複眼的方法。

十

一　『栄華物語』巻八の『紫式部日記』引用箇所では、この彰子の受戒時、道長が法華経を念じたとする。

十一

一　寛弘五年の権中納言は藤原忠輔《ただすけ》・斉信《ただのぶ》・隆家《たかいえ》・源俊賢の四人だが、忠輔はこの時間宮中で伊勢奉幣の用務に当たっており、斉信と俊賢は本日記では宮の大夫・源中納言と呼ばれる。したがってここは隆家。故皇后定子の弟で、その遺児で天皇の長男敦康親王に期待する立場としては、彰子の男子出産を見届けた心中は複雑だったと想像される。

二　当時は死や出血を特殊な不浄である「ケガレ」として忌み、特に神事ではこれを避けた。御産は出血を伴い、しばしば死産や産褥死もあったことから、ケガレとされた。ケガレは人を介して別の邸宅や内裏に伝染すると考えられたが、それを回避するために、建物に上がらず庭上に立ったまま用を済ませるという方法があった。彰子の御産でケガレた頼定《よりさだ》が内裏に行くと、そのままでは伊勢奉幣使《し》を汚染してしまうので、道長は頼定にこの方法を示し、頼定はそれに従って庭上で帝への出産報告を行い、折り返し御佩刀《みはかし》を持参してやってきた。『御堂関白記』同日「内より御釼を賜ふ。左近中将頼定。禄を賜ふ。触穢の人に依るなり。」

三　『栄華物語』巻八は「かくて御臍の緒は、殿の上、『これは罪得る事』と、かねては思し召しかど、ただ今の嬉しさに何事も皆思し召し忘れさせ給へり」と記す。臍《へそ》の緒を切ることが親王の身体を傷つけることになるからか。

十二

一　寛弘五年の尾張守は藤原中清なので、『紫式部日記』執筆時の寛弘七年の尾張守である藤原知光をあてるか、「をハリ」は「おり冂《へ》」の誤写と見て織部正親光とするかの二説があるが、知光は敦成《あつひら》親王誕生時右衛門佐東宮大進であり、本職・地位の高さ共に、中宮職の侍と共同作業をするにはそぐわない。（野口元大「をはりのかみちかみつ考」『日本文学』一九七二年十月）

二　「織物」は広義に糸を織った物一般をもいうが、ここでは狭義。先染めの糸を織ったもので、「錦に似て薄き物（和名抄）」という。なお「綾」は製法が違い、後染めである。装束には身分により制限があるので、ここの「織物は限りありて」も、着る女房の格によって裳《も》本体に「織物」を用いることが制限されていたと解する。小少将の君は彰子のいとこで貴種であり、女房中では重く扱われているが、それと正式な等級は別だったのだろう。いっぽう宮の内侍《ないし》は中宮女房三役の一人であり、裳に「海浦を織りて」とあるように織物の裳を許されていたと考える。なお小少将の君も寛弘七年正月（第六十八節）には上臈にのみ許された赤色の唐衣《からぎぬ》と摺《す》り裳を着用しており、この間に昇格したとおぼしい。

三　御湯殿の儀は一日に朝夕二回行われる。しかし初日の今日は、親王の誕生自体が正午頃であったため、「朝の御湯殿」が午後遅くの酉《とり》の刻、「夕の御湯殿」の開催は『御産部類記』によれば子《ね》の刻となった。

十六

一　律令制の後宮十二司は、内侍司《ないしのつかさ》以外は宇多《うだ》天皇の頃から縮小・廃止された。ここに見える水司《もいとり》や掃司《かにもり》も、整備された部署の名ではなく、その職務に当たる女官の係名である。これら女官は肉体労働を含む実務に当たり、天皇の女性秘書官に相当する内侍司の女房やキサキの知的・美的奉仕役である紫式部ら後宮女房に比べ、格段に低い身分だった。紫式部が顔も知らないほど彼女たちと疎遠なこと、身だしなみを貧相と見下していること、女官たちが正装し緊張した姿で晴儀に参加しているのはそのためである。

十七

一　小塩山の東山麓《さんろく》の大原野に鎮座する大原野神社は、桓武《かんむ》天皇の皇后藤原乙牟漏が、自らの出自である藤原氏の氏神春日明神を、長岡京遷都に際して奈良より勧請したものとされる。例祭大原野祭には勅使が送られ、中宮・東宮からも幣が奉られたほか、中宮自らが参詣《さんけい》した。大式部のおもとの氏は不明だが、ここでは主家である藤原氏、そこから立った中宮である彰子への慶祝の意を表すためにこの柄を選んだと推測される。なお小塩山は歌枕で、貫之《つらゆき》の「大原や小塩の山の小松原はやこだかかれ千代の影見む（『後撰集』慶賀・一三七三）」などが知られる。風景だけでなくこうした歌を葦手にして刺繡《ししゅう》していたとも考えられる。

二　当日は右大臣藤原顕光《あきみつ》・前参議菅原輔正・従三位非参議藤原高遠の三人を除く二十人の上達部《かんだちめ》が参会した（『小右記』同日）。輔正は八十四歳の高齢、高遠は大宰大弐で九州に赴任中なので、理由不明の欠席は顕光のみとなる。

三　紫式部の父方の伯父、藤原為頼に類歌がある。「人のかめに酒入れて杯に添へて、歌よみて出だし侍りけるに　もちながら千代をめぐらむさかづきの清き光はさしもかけなむ（『後拾遺集』雑五・一一五三）」。斎宮の女御徽子との唱和。

十九

一　勧学院《かんがくいん》は、経営・事務・管理のすべてが藤原氏一族によって行われていた。寄宿生には食物が支給され、学業優秀者には勧学院独自の学問料（奨学金）が与えられた。そうした経費の財源に大きな割合を占めたのが、藤原氏出身の大臣や中宮・皇后の寄進する封戸《ふこ》である。そのため、一族内で大臣補任や立后などがあると、勧学院の職員や寄宿生は参賀して独特の作法で慶事を祝うのが例であった。これを「勧学院の歩み」と言い、学生は参加者名簿を提出、庭に並んで再拝し禄《ろく》を与えられた。

二　彰子は中宮（皇后）であるが、生んだ若宮はまだ次期皇太子と決定した訳ではないので、ここでは「皇后」の意で「国の親」と呼ばれていると一義的には理解される。が「もて騒がれ給ひ」の語調からは、周囲の人々が早くも若宮の即位を口にし、彰子の将来を先取りして「将来の天皇の御生母」の意で言い立てているとも理解できる。紫式部はそのような様子には見えないとして彰子の別の面に注目するが、否定しつつも人々の声を拾っている点に政治性が覗《のぞ》く。

二十

一　「こまのおもと」は「少《こま》の高嶋」と呼ばれた「高嶋采女《うねめ》」であり、「恥見侍りし」とは諸卿が宴席で彼女に酔談させたことをいうとの説（益田勝実「紫式部日記の新展望」『日本文学史研究』1、昭和24年）がある。だが当該の事件は『小右記』には九月十七日に記されており日にちが違うこと、また采女に対して「おもと」という尊称はふさわしくないことから、紫式部の同僚で高階道順女の小馬の身に起こった別の事件のことかとも考えられている。

二十二

一　紫式部が詳述するのは、自己がどのような過程を辿って憂愁と苦悩に至るかの心理的プロセスである。根本に「思ひかけたりし心」があり、一般に賛美すべきもの心躍るものを見聞きしても、賛美・ときめきの方向ではなくその「思ひかけたりし心」へと心理が牽引《けんいん》され、憂愁と不如意と嘆きに至る、それが本人には苦痛なのだという。こうした心理プロセスは、心理学や精神医学などの方向から実例の確認されるものかもしれない。だが重要なのは、その心理プロセスが発動する根本原因たる「思ひかけたりし心」については、具体的な説明がなされないことである。それは『紫式部日記』を通じた姿勢である。紫式部にとって自己が憂愁を抱えた人間であることは自明な前提であり、本作品の読み手（と想定される人物）にとってもそうだったということではないか。なお、「思ひかく」の意は「心にかける」「意識する」。「予期する」「願う」などもあるがそれらに限定されない広がりを持つ。したがって「思ひかけたりし心」を「出家の願い」と解することは一面的といえる。

二　前節の好々爺《や》道長描写から続き、①具平親王関係の話題、②菊を契機にした自己省察、③小少将の君との嘆きの歌のやりとりと、行幸直前の言わば繁忙事空白期の記事が並ぶ。道長記事までの紫式部の執筆姿勢は主家とほぼ一体化した女房のものだったが、具平親王の話題からは一個人のスタンスとなる。三つの話題には直接のつながりは見えないが、①には私的関係を主家から縁故として頼りにされることの気重さ、②には表面的には浮いた女房生活の憂き内面が記され、③は女房同士の嘆きの贈答と、女房生活になじめない気分が通底する。

二十四

一　二人の内侍が天皇の印である神器の剣璽を運ぶ様は、装束の領巾《ひれ》も奈良朝の雰囲気を漂わせ、いかにも中国風。さらにその公式行事的な美麗さから中国美人画を想起したか。内裏でも私的な清涼殿には大和絵が飾られ、公的色彩の強い紫宸殿《ししんでん》には唐絵の賢聖障子が置かれていた。

二　色目には袷《あわせ》仕立ての一着について表地と裏地の色の取り合わせを言った「重ね色目」と、何枚もの衣を重ね着した装束全体での色の取り合わせを言った「襲《かさ》ね色目」の二つがある（重・襲の漢字は混用される）。ここは表着《うわぎ》なので、一着の重ね色目のはずである。重ね色目で「菊」の名が付くものは、表白・裏濃蘇芳など多種ある。だがここには「五重」とあり、一枚でなく五枚の「襲ね色目」を言うようである。一枚の袷であるはずの表着がなぜ五重なのか。まず、①実際に表着を五枚重ねて着用したとの説（阿部秋生氏『評註紫式部日記評釈』）がある。一方、近年の諸注では②装束の袖口や裾だけを装飾的に五枚重ねに仕立てた（五重のふきかえし）との説が取られることが多い。袷の裏地を大きく仕立てて縁から覗かせる「おめり」の発展技法である。②が取られるのは、大量に重ねては、装束の重さや分量により活動に支障が生じたと推測されるからである。だが②の技法は、『紫式部日記』の寛弘年間にはまだ無かったと考えられる。理由は、『栄華物語』巻二十四に描かれる妍子女房華美事件である。万寿二（一〇二五）年の正月大饗《だいきょう》で、皇太后妍子の女房たちの装束は重ね着のため厚さ一尺余りにも及び、その袖は丸まって、小ぶりの火桶を据えたようであった。「表着は五重などにしたり」との記述もあるほか、袿《うちき》を一つの色目につき五枚、三つの色目を着れば計十五枚、女房によっては計十八枚・二十枚着用していたという。この華美は道長を激怒させ、頼通が譴責《けんせき》される事態を呼んだ。もしも万寿二年に既に②の技法があったならば、妍子女房のような行き過ぎは無かっただろう。もとより、②の基盤である「おめり」技法は、十二世紀に装束が強装《こわしょう》俗《ぞく》化して布地が不透明になったことに伴い考案されたものと考えられている。したがって、寛弘年間の『紫式部日記』についても、この技法を抜きにして考えることにする。第三十二節注11（同節補注三）では藤原実資《さねすけ》が女房の袖口を数えており、ともすれば通常にない数の重ね方をする女房がいたのではないか。

以上から、この箇所では表着を五枚重ね着していたとする①説に従う。「菊」は襲ね色目となる。襲ね色目で菊の名が付く冬のものは一例「移ろい菊」で、上から青・紫・紅。なお、重ね・襲ね色目については、その色の取り合わせや並べ方に諸説がある。それについては染色家の吉岡幸雄氏から、染色原料以外の名のついた色目は「見立て」であるので、必ずしも固定したものではなく、「菊」なら「菊」のイメージの範疇《はんちゅう》と言うべきものがあり、その中で個々人がいかにも菊らしい色目を工夫したと、柔軟に考えるべきではないかとの助言を頂いた。

三　天女が天下る伝説・説話は、中国のものでは『文選』十九「高唐賦」に見える巫山の神女、日本のものでは『本朝月令《ほんちょうがつりょう》』に見られる吉野で雲気の中から天武《てんむ》天皇の前に出現した舞姫が代表的。特に後者は宮廷行事豊明節会の五節《ごせち》舞姫の起源とされる。

二十五

一　第二十四節補注二では表着が五重、ここでは唐衣《からぎぬ》が五重ととれる表現（袿の重ねについては下で「袿は菊の三重五重」と触れるので、ここはそれではない）。第二十四節補注二の考えにより、すべてそれだけの枚数を重ねて縫い合わせた物を着用したと解釈する。本節には以下にも「若き人は菊の五重の唐衣」「左京は青色に柳の無紋の唐衣」「筑前は菊の五重の唐衣」と、同様の唐衣説明がある。なお『源氏物語』「宿木」には「三重襲の唐衣」が見え『花鳥余情』は表と裏の間にもう一枚入れられている三重仕立てと考えている。また「手習」に「五重の扇」とあり、檜扇《ひおうぎ》の通常八枚ある板の一つ一つが五重になっているものと解されている。

二十七

一　陰暦十月十六日は太陽暦の十一月中・下旬。外気がそのまま入る南廂では、袙《あこめ》二枚では実際寒かっただろう。一条天皇は長保元（九九九）年七月二十五日新制十一箇条・同二年六月五日雑事三箇条・同三年閏《うるう》十二月七日雑事五箇条と、再三にわたり美服・過差を禁止する勅を打ち出している。また、国民の寒さに思いを馳せ夜具を脱いだという「寒夜脱衣譚」が伝えられる(『中外抄』)。ここでの簡素な衣服もそれらの史実や説話での政治姿勢と重なるか。

二 『日本紀略』に依《よ》れば、正暦三(九九二)年四月二十七日。道長は行幸の賞として従二位を授けられた(『公卿補任』)。また正暦四(九九三)年正月三日・同五年正月三日には正月の朝覲《ちょうきん》行幸が行われた。その後東三条院はしばらく東三条殿に居住したので朝覲行幸もそちらに行われたが、院が崩御する少し前の長保三(一〇〇一)年十月九日、女院の四十賀が土御門殿で行われ、天皇が行幸した。崩御は閏十二月二十二日、藤原行成邸で。

三 天皇が行幸するだけでも重大事だが、今回は道長の娘が后として天皇の男子を生んだことにより、しかも天皇自身の発案により行幸が行われた。天皇のこうした姿勢は、この親王がやがて天皇位に即《つ》き、道長がその摂政になるという野心に、実現可能な見通しを与えてくれるものだった。道長はもちろん、一家やそこに仕える者皆がその将来を感じ得た。

三十二

一 本場面で描写される貴族は、それぞれがその人物の最もその人らしい場面をとらえて書かれている。顕光は政界第二の重鎮にも拘らず無能で、道長からも「至愚之又至愚也」(『小右記』

長和五年正月二十七日)」などと言われていた。宴会での失態も多い(第六十九節注28・補注一参照)。この場面での酔態も女房としては迷惑このうえないが、顕光女で女御である元子と彰子との勢力関係、また道長の権力維持にとっては、顕光の無能は安心材料とも言える。

二 斉信は、中宮の大夫として当夜の祝いを混乱させたくないので、自らの芸でその場を取り繕う。斉信は長保二(一〇〇〇)年彰子の中宮冊立により中宮権大夫、同四年から大夫。彰子の成功に自らの栄達を委ねた苦節八年の後の喜びは、本日記に幾度も記されるところである。この場所では中宮の大夫として宴会の場でも気を抜かない態度が見取られている。

三 実資は日記『小右記』の書きぶりからも推し量られる、権力におもねらず筋を通す性格の持ち主。一条天皇は第二十七節補注一のように奢侈《しゃし》を慎む勅令を度々出しており、実資は中宮女房の装束が違法に華美でないかを点検していたものと考えられる。宴の場でも世の公正を図る儒教的態度が他の貴族と違うと、紫式部には思える。本日記で紫式部は儒教的価値観を重んじており、消息体での女房心得や、彰子に儒教色の強い「新楽府」を進講したと記すことなどにもそれが見て取れる。なお、女房が通常の着用枚数を逸脱していた疑いについては、第二十四節補注二・第二十五節補注一参照。

四 「わかむらさき」を「我が紫」と読む説(『紫式部日記全注釈』)は取らない。『源氏物語』

「若紫」は唐代伝奇『遊仙窟』を発想の典拠とすることがつとに指摘されている（田中隆昭氏「北山と南岳―源氏物語若紫巻の仙境的世界」『源氏物語　引用の研究』）が、公任《きんとう》の「このわたりに」なるせりふについても、『遊仙窟』で主人公張文成が神仙境の場所を訪ねたせりふ「承聞《うけたまは》る、此処《このわたり》に神仙の窟宅《いはや》有りと」の「此処に」の古訓「このわたりに」に依《よ》ると指摘されており（新間一美氏「源氏物語若紫巻と遊仙窟」『源氏物語の展望　第五輯』）、それに従いたい。そうとすれば、公任は「若紫」が『遊仙窟』を典拠とすることを知っており、それを踏まえて、原典『遊仙窟』で張文成が女主人公の住む仙境に入り込む場面、『源氏物語』で光源氏が北山で若紫と出会う場面を、自ら演じていることになる。漢文にたけた公任らしい一面が覗《のぞ》くとともに、本日記において紫式部が『源氏物語』と男性社会・学才とが近接していたことをしばしば記している点にも沿う。

五　公季《きんすえ》が感動した理由は、息子実成《さねなり》が父を慮《おもんぱか》って下座から出る作法を示したからとも、息子が道長に目を掛けられ中宮権亮として出世しつつあると見てとったからとも読める。いずれにせよ道長勢力下に甘んじているもの。

六　隆家は親王誕生直後の第十一節にも他の上達部とは別の場所にいたと記され、ここでも隅にいると記される。必ずしも常に別行動をとる訳ではないのだろうが、隆家のそうした折をとらえて記しとどめる紫式部に意図があったとも考えられる。

七　本文「のたまはす」を澄んで読むと「聞きにくき戯れ声」を道長が上げているという解釈になり、「のたまはず」と濁って読むと、「聞きにくき戯れ声」をあげた隆家に対して道長がたしなめの声をかけないという解釈になる。ここでは、道長が日頃より隆家に特に鷹揚であった（『大鏡』道隆）とされること、道長が学才ある伊周を危険視し遠ざける一方、隆家については第十一節注19等のようにしばしば邸宅に招き、懐柔を試みていた様子の見えることから、後者の読みをとった。

三十三

一　誕生五十日の祝いの日に、親王のいかにしても教え切れぬ幾久しい将来を寿《ことほ》ぐ。この「御代」の「代」は一義的には「一生」の意であり、一首は長寿を予祝するもの。しかし深読みすれば「天皇としての代」の意ともとれる微妙な語。親王が誕生した瞬間から、将来の立太子・即位・道長の摂政就任という道筋は一家の誰にも自明であり、その状況上「代」という語は自ずと二重の意味を発したと推測される。道長が「あはれ、仕うまつれるかな」と賞したのも、歌の技巧よりその点に対してであろう。したがって道長の返歌の第三句「君が代」も同じ含みを持つ。祖父として孫を見守る意欲を詠んでいると同時に、外祖父摂政として孫の天皇を見守りたいという、将来に胸を膨らませる思いが重ねられていると読める。

二「飾り」の属性は、「美観」と「表面的付加物」ということ。後者は二義的に、それには実質的な力がないことを意味する。目に見える親王の栄え（具体的には五十日祝賀当日のきらびやかさ等）はすべて付加物であり、それらは道長の意欲的後見という本質があってこそ輝いているのだという、きわめて政治的な理解である。

三「数ならぬ心地にだに」の「だに」には、自分のような一女房の分際にすら若宮の将来が予想されるのだから、まして況《いわん》や、という言外の意がこめられる。道長が後見の意欲をはっきり示したことをうけ、貴族社会が親王の将来（明言しないが立太子・即位）を確実視していることをほのめかす。同時に、そうした政治的世界の末端に属する自身を紫式部が意識していることに注意したい。

三十四

一　道長が末子ながら最高権力者内覧の地位を獲得し、今般また天皇位につくべき外孫を得たことには、倫子の貢献が大きい。倫子は宇多天皇を曾祖父とし、父源雅信は左大臣という貴種。彰子はこの母の貴種性によって、受領階級出身の母を持つ定子に対抗する魅力を得た。また倫子は、永延元（九八七）年に道長と結婚するや、邸宅（土御門殿）や装束等で夫を財政的に応援（『栄華物語』巻三）、さらに彰子を始め男子女子を次々に産んで道長の戦力とした。その功績は内助に限らず、彰子の入内後は自らしばしば内裏に出入りするなど、倫子は積極的行動によって道長の権力への道を後援する、一家の共同経営者的正妻と言える。『御堂関白記』には「女方」等の呼称で頻出する。当夜の道長の言葉は、そうした妻の功績を無化するものだったので、倫子ははっきりと不快感を表明した。この行動からも道長の反応からも、倫子の存在感は明らか。女房達は、一家がこうした力関係で栄花に至った歴史をよく弁《わきま》えて笑っているものである。

三十五

一　この御冊子や制作作業について、『御堂関白記』等の史料には記載がない。しかし『紫式部日記』による限り、この作業は還御に合わせられ、中宮自身の発案・立会いのもと、道長の協力も得ている。おそらく冊子は天皇のために制作されたもので、中宮が手元に置き、訪れた天皇と共に読んで二人の関係を深めることを希求したと思われる。当時、キサキが天皇に公式に贈る書籍は、通常漢籍。物語は文芸の中でも下級と評価されるジャンルで、その読者は所謂「女・子供」とされた。今回は第五十九節のように、一条天皇がこれ以前に『源氏物語』を読み、作者紫式部を評価していたことによるもの。なお制作された冊子が『源氏物語』のどの箇所であるかについては、玉鬘《たまかずら》十帖を当てるなど諸説ある。

三十六

一　紫式部の自宅は、結婚前・後を通じて曾祖父藤原兼輔《かねすけ》の通称堤中納言邸と推測されている。

理由は、①兼輔の子雅正《まさただ》の代からは一家が経済的に逼迫《ひっぱく》し、新しい邸宅を建設・購入する余裕がなかったと考えられること　②雅正の長男で紫式部の伯父である為頼が堤中納言邸に居住していたことから、同邸は一族内で伝領・利用されたと考えられること　③雅正の子で紫式部の父である為時《ためとき》は、紫式部の母と結婚した際婿取りされたと考えられるが、その妻とはのちに離別または死別し、彼は妻との居宅から引き上げたと考えられること　④紫式部は宣孝《のぶたか》の正妻ではなかったので、夫との同居はせず、宣孝が紫式部宅に通うのみだったと考えられることである。もしもこの寛弘五年に紫式部が里下がりした自宅を堤中納言邸とすれば、曾祖父の死後七十五年を経た建物。敷地は広大で建物も幾棟もあったと想像されるが、為時一家のみが居住したのではなく、兼輔子孫が棟を分け合って住んだのだろう。場所は土御門殿と東京極大路を隔てた斜め向いである。（角田文衞「紫式部の居宅」『角田文衞著作集七』）

二「花鳥の色をも音をも」は紫式部の祖父藤原雅正の和歌「花鳥の色をも音をもいたづらに物うかる身は過ぐすのみなり（『後撰集』夏・二一二）」によるか。『源氏物語』「桐壺」にも類似の表現が見える。

三十七

一　雪は平安京ではことに美意識の対象として愛《め》でられた。また、冬季初めて降雪があると、宮廷で宴を開くと共に、当日の出仕に対しては禄《ろく》を与えた。これを「初雪見参」という。ここでは、こうした興趣と主家忠誠の機会に紫式部が不在であったことを中宮が惜しんだと見る。

二　倫子が紫式部をどこに「とどめ」たと解釈するかで意味が変わる。土御門邸に引き止めたとすれば、手紙の内容は「私がとりやめろと言った里帰りだから、逆にあなたは言うことを聞かず長逗留《ながとうりゅう》しているのね」となじったことになる。また紫式部はこの辛口の言葉を倫子の「たはぶれ」と言っていることになる。いっぽう倫子が紫式部を里に引き止めたとすれば「私が里にとどまれと言ったから、長逗留しているのね」と、紫式部の里居を自分のせいと引き受けたことになる。また紫式部は自分が倫子の労《いたわ》りを受けながらも「すぐ帰参する」と言ったことを「たはぶれにても」と言っていることになる。とりあえずは後者の意と解する。

四十

一　『古今集』は最初の勅撰《ちよくせん》和歌集。全二十巻。延喜五（九〇五）年頃の成立で、以後平安貴族の教養の源泉となった、聖典的作品。『後撰集』は第二の勅撰和歌集。全二十巻。天暦五（九五一）年の宣旨により、その後十年の間に成立したと考えられる。『拾遺集』は第三の勅撰和歌集。成立に先立ち私撰集『拾遺抄』十巻が存在し、それをもとに寛弘二（一〇〇五）年ごろ成立したとされる。ここでは本文には『拾遺抄』とあるが、冊子五帖、一帖に四巻書写という巻数から、全二十巻の勅撰『拾遺集』だったと知られる。ために此の箇所は『拾遺集』の早期の流布実態を知る資料となっている。道長は娘に、女性に贈る物としては最も格式の高い文芸作品三作を贈ったといえる。

二　行成が権中納言となったのは寛弘六年三月四日（『公卿補任』）。後人注は、記事内容現在である寛弘五年時点とのずれに気付いて注記したもの。

四十一

一　寛弘五年の五節は十一月二十日から二十三日にかけて行われた。舞姫を出したのは、公卿《くぎょう》が参議藤原実成《さねなり》と参議藤原兼隆《かねたか》、受領が丹波守高階業遠《たかしなのなりとお》と尾張守藤原中清《なかきよ》。公卿はどちらも中宮と日頃から親交が厚く、中宮としても心遣いを見せることになる。

四十三

一　最初は童女・下仕えの行事を見ていたのに、途中から意識が別のところに行き、気がつけば自分のことを考えていて、目の前の行事は全く目に入っていない。こうした心の状態は、十月十六日の土御門殿行幸の際、天皇のお出ましと駕輿丁《かよちょう》とを見ていたのが、いつの間にか自分の身の上を考えていた場面にもあった。いずれも公的行事の場で、紫式部が私的な憂いによって、ともすれば上の空になっている状況である。紫式部は、私人から女房になったことによる環境や価値観の変動に、心が適応できていない。

四十四

一　五節では、舞姫・童女・下仕え・かしずきは、装束などを着飾り、美しく仕立てられる役柄。「かひつくろひ」はその世話係で、もっぱら理髪などを担当した下働き。かしずきと混同されがちだが、違うもの。(『枕草子』「うちは、五節の頃こそ」)

二　「あらはさむ」を「暴露してやろう」の意とする注釈が多いが、いま左京の君が下働きしているのは、彼女がもと仕えていた女御義子の弟、藤原実成の五節局《つぼね》である。おそらく実成は、五節担当にあたりベテラン女房の手助けを必要とし、姉の元女房で引退していた左京の君を頼ったと推測される。したがって、実成周辺は左京の君の過去については重々承知であり、今さらそれを暴露する意味はない。加えて、紫式部ら中宮女房がこの後行っているのは左京の君自身に歌と品を贈ることで、暴露する行為ではない。「忍ぶと思ふらむを」によれば、中宮女房達は、左京が自らを恥じて中宮女房たちから身を隠しており、今のところ気付かれていないと思っているものと推測している。「あらはさむ」は、『私たちはあなたの存在に気が付いていると』と、はっきり左京の君に言ってやりましょう」の意味と解する。左京の君への歌内容もこの意に合致する。

三　白居易《はくきょい》の新楽府「海漫漫」の、蓬莱《ほうらい》を目指して船出した若い男女が船中で老いたとの内容を踏まえるか。ならば蓬莱の図柄は「あなたはいつまでもお若いと思っていましたら、やはりあの詩と同様に年をとりましたね」という嫌みを意味する。そうした含意を持つ贈り物なので漢文素養のある人には「心ばへあるべし(おもしろいはずだ)」、しかし左京の君の教養程度では漢詩の含意は見抜けまいから「見知りけむやは(わかったものですか)」となる。

四『紫式部集』では、詞書《ことばがき》「侍従の宰相の五節の局、宮の御前いと近きに、弘徽殿《こきでん》の右京(ママ)が一夜しるきさまにてありしことなど、人々言ひ出でて、日蔭やる。さしまぎらはすべき扇などそへて」。また和歌の第三句が「さしわけて」。『紫式部日記』と違って詞書に中宮女房たちの悪意が書かれず、扇の図柄のこともない。そのため、目立つ有様でいた弘徽殿女房を思いやって顔を隠すための扇を贈った、他意のない歌とよめる。

四十六

一『栄華物語』巻八によればこの返歌は「日蔭草かかやくほどや紛ひけむ真澄の鏡曇らぬものを」(五節の際は日蔭草がまぶしくてお間違えになったのでしょう。この澄みきった鏡は曇りなく、間違いなくそちら様への御進物ですが)。『後拾遺集』雑五・一一二二に第二句「かかやくかげや」、作者藤原長能《ながとう》で入る。贈歌「おほかりし」が「新楽府」の「海漫漫」に依《よ》るのを受けて、同じ「新楽府」の「百錬鏡」に依った返歌だとも考えられている(岡部明日香氏『紫式部日記』左京の君事件の記述態度―彰子後宮の漢詩文受容の問題からの考察―」『国文学研究』142)。

二　神楽《かぐら》の人長尾張兼時《かねとき》は、舞に関わる史料が永延二（九八八）年から遺《のこ》る人（『小右記』）。同寛弘四（一〇〇七）年には「人長兼時の舞甚だ神妙（『権記』二月二十九日）」とある一方、同六年には「（兼時が）本の如くにあらず。人々哀憐の気在り。本是れ人長の上手、病重く年老いたるに依りて奉仕せず（『御堂関白記』十一月二十二日）」とされる。なお紫式部が寛弘四年の兼時を記憶していることにより、この時には既に出仕していたと知られる。

四十七

一　紫式部の初出仕の日にちは、本記事によれば十二月二十九日であった。いっぽう年次については、第九節注24箇所のように寛弘五年九月の中宮出産時に「まだ見奉り慣るるほどなけれど」とあって、新米感覚が抜けない。だが第四十六節補注二のように、寛弘四年には既に出仕していたと知られる。これらから、初出仕は寛弘二（一〇〇五）年または三（一〇〇六）年の十二月二十九日とする見方が有力である。なお『紫式部集』によれば、紫式部は出仕直後に自宅に戻り、そのまま引きこもって五月までは再出仕しなかった模様である。

四十九

一　本日記中、最も難解な装束で、全く定説を見ない。まずこの装束の説明は、①「紅の三重五重～かさねまぜつつ」②その上の「おなじ色の固紋の五重」③「袿《うちき》」の三つから成る。それぞれが説明している着衣は、本文に従えば③は袿となるが、通常数枚重ねる袿の事が一枚、しかも浮き紋の織物と記される。袿は胸元や袖に重ね色目が覗《のぞ》くもので、織物の紋様が目立つ一枚とは、通常は表着《うわぎ》である。したがって、③の本文「うちき」は「うはき」の誤記と考える。そうなると、下に①、その上に②を着用していることから、順に①袿②打衣③表着の説明となる。さて①の袿は、袷でなく単仕立ての衣を計八枚着用しているとの説に従いたい。八枚はみな紅だが、三枚と五枚、濃淡の違う二種を合わせ用いている。またそれは、打って光沢のある七枚を重ね、それに打たないで透明感のある一枚を縫い重ねたもので、光沢の有る無し二種を合わせ用いている。②の打衣は、袿と同じ紅で、糸を浮かさず固く織った「固紋」の綾を濃淡五重にして仕立てたもの（①と②中嶋朋恵氏「紫式部日記の服飾描写私見」『言語と文芸』87）。③の表着は織物。葡萄染《えびぞ》め（縦糸紅、横糸薄紫）で、糸を浮かせて、模様を刺繡《ししゅう》のように浮き出させた派手な「浮き紋」。図の「かたぎ」は「堅木」で、楢《なら》・樫《かし》・クヌギ・欅《けやき》など材質の堅い樹一般を言う。そうした樹を図案化した文様であろう。

五十

一　この箇所以下、時系列を追っていた記録（回顧録）の体裁とは違い随筆風の内容となる。文体も文末「侍り」に代表される話し言葉文体に転ずる。一般に「消息体」と呼ばれている箇所である。消息体はその末尾も「御文にえ書き続け侍らぬことを」のように手紙文めいた挨拶で締めくくられることから、実際に紫式部がしたためた私信が後人の『紫式部日記』書写過程において混入したとも、かつて考えられた（消息文竄入説）。しかし「このついで」による移行は実になだらかで、切れ目を感じさせない。「このついで」以前（第四十九節）は寛弘六年正月行事担当の女房大納言の君と宰相の君の装束の描写と、そこから少し筆が逸れた、二人の常日頃の容貌《ようぼう》、さらに筆が逸れた、中宮の最上﨟《さいじょうろう》女房宣旨の君の外見や人となりの説明である。第五十節に始まる中宮女房紹介は、まさに第四十九節の筆の逸れを受けて、「このついでに」それを更に展開させた内容となっている。後人の過失で異種の文章が継がれたものとは考えにくく、筆者紫式部の意図に依るものと考えられよう。その上で二つの可能性が考えられている。一に、紫式部が日記的部分では記しにくかった内容を、書簡体の体裁に仮託して書いたということ。二に、紫式部が『紫式部日記』を誰か身近な人物のために書写していた作業の途中に、日記作品から離れて私信のように随筆的文章を書き始めたということである。現存『紫式部日記』の成立論に直結する問題である。解説参照。

二　女楽の場面。光源氏の目による女三の宮評「人よりけに小さくうつくしげにて、ただ御衣のみある心地す。匂ひやかなる方は後れて、ただいとあてやかにをかしく、二月の中の十日ばかりの青柳の、わづかにしだり始めたらむ心地して、鶯の羽風にも乱れぬべくあえかに見えたまふ。桜の細長に、御髪は左右よりこぼれ懸かりて、柳の糸のさましたり」。

五十一

一 『史記』「藺相如伝」に「王名を以て括（人物名）を使ふは、柱に膠して瑟を鼓するが若きのみ」とある。琴柱《ことじ》は弦の音を合わせるために弦と琴本体の間に立てるもので、場所を固定してしまうと調律できない。物事にこだわり過ぎて融通の利かないことの喩《たと》え。

五十二

一 大斎院選子とその女房達の家集『大斎院前の御集』『大斎院御集』によれば、斎院では日常的に高度な風流を楽しみ、歌司・物語司といった独自の係を作るなど、活発な文化活動を行っていた。現在の紫野付近とされる御所には殿上人ら男性貴族もしばしば訪れている。その存在感の大きさは『枕草子』『大鏡』『古本説話集』等からも窺《うかが》われる。また鎌倉時代初期（一二〇〇年から一二〇一年成立）の『無名草子』は、選子から彰子への物語借用の要請が『源氏物語』創作の契機だったとの一説を記す。

二 「父の供に越の国に侍りける時、重く煩ひて、京に侍りける斎院の中将が許につかはしける　都にも恋しき人の多かればなほこのたびはいかむとぞ思ふ」（『後拾遺集』恋三・藤原惟規《のぶのり》・七六四）

三　消息体の執筆は寛弘七（一〇一〇）年。崩御して既に十年の定子は、目下のライバルではありえない。だが、それならばここは「きしろふ女御おはせず」という表現で必要かつ十分であったはずである。しかし紫式部は最後に「后」を加えて、「定子は既にいない」ことを念押ししている。生前の定子は、政治的・社会的にはさておき寵愛《ちょうあい》という点では彰子を圧する存在であったと、紫式部が認識していることを窺わせる。またこの認識は、同時代の貴族社会全体の認識であっただろう。なお、定子存命中には紫式部は出仕していない。

四　斎院との比較では、紫式部は中宮女房も資質に遜色《そんしょく》ないように述べていた。だが「されど、内裏わたりにて」以下は、口調も転じて、中宮女房に蔓延《まんえん》する油断、特に上臈《じょうろう》・中臈が引きこもって格下の女房に応対を任せ切りにする状況が、世からの悪評にも中宮への無貢献にもつながることを言って、今の風情のなさを改善すべきという強い主張に変わっている。斎院の話題は糸口に過ぎず、論の主眼は中宮女房の現状を忌憚《きたん》なく見つめ論ずることにあったと思しい。

五十三

一　『栄華物語』巻六によれば、長保元（九九九）年、彰子の入内にあたり召集された女房四十人は「いみじう選り整へさせ給へるに、かたち・心をばさらにも言はず、四位・五位のむすめと言へど、ことに交じらひわろく、成り出で清げならぬをば、あへて仕うまつらせ給ふべきにもあらず、もの清らかに、成り出で良きをと選らせ給へり」とあるように、容色や気立てはもちろんだが、基本的に貴族階級出身であること、家の交際圏が卑しくないこと、育ちのよいことが条件であった。

五十五

一　『拾遺集』は寛弘五（一〇〇八）年十一月の彰子内裏還御の際、彰子が道長から贈られた歌集の中にある。和泉式部《いずみしきぶ》は「冥きより冥き道にぞ入りぬべき遥かに照らせ山の端の月」（巻二十・哀傷・一三四二）が作者名「雅致女式部」で入集。また、和泉式部が彰子に初出仕した時については、『伊勢大輔集』（流布本系統）に「和泉式部、院に参りて始めたる夜、会ひしてものなど言へと仰せられしかば、夜ひと夜物語などし明かして、年頃かたみに心かけし程のことなど言ひ出でてつとめて、局より言ひたりし　思はむと思ひし人と思ひしに思ひしごとも思ほえしかな　返し　君を我思はざりせば我を君思はむとしも思はましやは」。歌人として、累代歌人伊勢大輔からも前々から憧《あこが》れられるような存在だったことが知られる。

二　消息体の中で紫式部が諸事を評価する基準は、消息体全体で一貫している。それは、「彰子後宮の女房として彰子を盛りたてるためにはこうあるべき」という基準である。世間的には大歌人の名の高い和泉式部でも、色恋沙汰《ざた》に潔癖な彰子の女房としてあるからには、恋愛関係の欠点は看過されない。いっぽう歌才についても、彰子自身ひいては彰子後宮の特性である抑制・品格・知性・思慮を尊重するので、一見自由奔放で新味があり情熱型の和泉式部歌は、そこからずれるものとして、最高の評価が下されない。逆に赤染衛門《あかぞめえもん》は、妻としても歌才においても一級と評価される。このように三才女批評は、紫式部があくまで彰子女房として彰子のための視点に立ち評したものであって、個人としての純粋な文学批評・人物批評ではないと見なすべきである。

五十六

一 『枕草子』は、跋文により長徳二（九九六）年頃に流布し始めたと知られる。一方成立の下限については、「右衛門尉なりける者の、えせなる男親を持たりて」に「道命阿闍梨」とあり、道命の阿闍梨補任は寛弘元年であることから、寛弘年間までは手が入れられていたとされている。また「二月つごもりごろに、風いたう吹きて」の章段末の「左兵衛督」は藤原実成と考えられているが、そうとすると実成の左兵衛督補任は寛弘六年三月なので、ほぼ『紫式部日記』現在と重なることになる。『紫式部日記』消息体の執筆当時、清少納言自身は後宮から去っていたと思われるが、このように『枕草子』の執筆・加筆・修正・流布を続けていたという点では、過去の人ではなかった。

二 『枕草子』に記されるように、定子時代の後宮では、清少納言の知識は十分通用していたといえる。が、紫式部はそれをあえて「不足」と言った。紫式部は、自分の方が清少納言より高度な知識を有することをほのめかすと同時に、清少納言が通用した時代の文化程度についても、低かったと評していることになる。それはおのずと、紫式部自身および紫式部を擁する彰子文化を高みに置くことになる。

三 『枕草子』の記事に、定子の苦境時代のできごとを取り上げながら、その寒々とした様を描かず、明るい色調で風流を描いた章段が多数存在することを彷彿《ほうふつ》とさせる。紫式部は、その違和を明るみに出し、虚と決めつけようと意図しているものか。

四 「月明に対《む》かひて往事を思ふこと莫《な》かれ、君が顔色を損ひ君が年を減ぜむ」（『白氏文集』十四・贈内）。また「大方は月をも賞でじこれぞこの積もれば人の老いとなるもの」（『古今集』雑上・在原業平・八七九）。また『竹取物語』にも「月の顔見るは忌むこと」とある。

五 平安初期には、嵯峨《さが》天皇の皇女有智子《うちこ》内親王（八〇七～八四七）の漢詩が『経国集』に載るように、自ら漢詩を作る女性も存在した。だが、天徳四（九六〇）年に催行された内裏歌合の序には「男は已に文章を闘はす、女は宜しく和歌を合はすべし（男性が漢文で闘詩を行ったからには、女性は和歌を合わせるのがよろしいでしょう）」という声が典侍や命婦といった女官から挙がったと記されており、この頃には漢詩漢文は男性のものというジェンダー的観念ができあがっていたと知られる。以後は、一部の女官を除き一般には女性は漢字漢文に疎遠なものとの考え方が通念化したとおぼしい。ただ定子の時代には、漢詩文素養を持つ定子の個性により、漢詩文素養を女性にとっても風流とする考え方が流行し、一時的に二つの相反する観念が通行した。が、定子の崩御後は再び、女性を漢字漢文素養から切り離すことが一般的規範とされていたと思われる。『源氏物語』でも漢詩の場面は「女のえ知らぬことまねぶは憎きことを（少女）」などとして漢詩自体を記すのを避けている。

六　『蜻蛉《かげろう》日記』に「あはれ、今様は、女も数珠ひきさげ、経ひきさげぬなしと聞きしとき、『あな、まさりがほな、さる物ぞ、やもめにはなるてふ』などもどきし心（中巻・天禄二年）」とある。だがこれが「経の漢字を読むとひとり者になる」などという迷信のことを言ったものか、あるいは「仏教に傾倒すると男女関係を避けるようになるので、結局ひとり者になる」というものかは不明。紫式部の家の女房の言葉との関係も不明である。

五十七

一　「夢にだに見ゆとは見えじ朝な朝なわが面影に恥づる身なれば（『古今集』恋四・伊勢・六八一）」に依《よ》る。一首の意味は「夢の中ですら、自分から現れてあなたに見られているとは見られたくない。毎朝、鏡に映る姿を恥じている私ですから」。紫式部も、自分の意志から宮仕えしてうるさ型女房の視線に身を晒《さら》しているのではない。見られているのはあくまで「心よりほか（不本意）」。しかし相手は紫式部が引き歌下の句のように「恥」じている（引け目を感じている）と思って見ている。

二「おいらか」は人間関係に角を立てないような方法・態度・性格を言い、意図的な場合も無意図的にそのようである場合も用いられる。したがって、能力と分別のある人物が物事をうまく運ぶために穏便な方法を取ることも、無能だったり幼かったりで我意のない人物が殊に意識せず行動することも、同様に「おいらか」と形容される。紫式部の「惚《ほ》け痴《し》れたる人」になりきった態度は、女房内の人間関係に角を立てないものだったため、事実として「おいらか」であった。紫式部は期せずして前者の「意図的おいらか」を行っていたことになる。だが「おいらか」には後者のような多少軽侮の対象となる場合もある。「おいらけ者」はそうしたニュアンスを持つ造語であろう。しかし紫式部は頭を切り替え、自ら真に意図的な「おいらか」を本性としようと努力を始める。なお、『源氏物語』で「おいらか」と評される回数の多い女性は紫の上と女三の宮。紫の上は意図的おいらか、女三の宮は無意図的おいらかの典型と言える。

五十九

一「読み給ふべけれ」は、底本「よみたまへけれ」、それ以外の諸本「よみ給へけれ」。諸本の本文は「給ふ」の送り仮名「ふ」を省略した形で、底本の本文は、書写の際、その「給」を仮名に開き、「ふ」を付け忘れたものである。つまり現存伝本の本文で敬語「給」を付けないものは無い。天皇が紫式部に尊敬の敬語を使用することを不審として、諸注「読みたるべけれ」と校訂するが、取らない。この箇所の文意は下の左衛門の内侍の言葉に直結しており、諸注はその箇所にも校訂を施し本文を改変して解釈しているが、本書ではそちらも取らなかった。なお、諸注が両校訂の参考とする『花鳥余情』引用箇所は、誤記が多く校訂の根拠にしがたい。本書では、この箇所の「読む」を「（書紀を）読んで説き聞かせる」の意と考える（工藤重矩氏「紫式部日記の『日本紀をこそ読みたまふべけれ』について」『紫式部の方法』による）。この「読む」は、同じ五十九節最終段落の「まことにかう読ませ給ひ」と呼応してもいる。一条天皇は、紫式部の本格的な漢文素養に感服し、女性が務めるなどあり得ない公的行事としての日本紀講筵《こうえん》講師役を、冗談として口にしたことになる。敬語「給ふ」を使ったのは、舌を巻いた意と冗談の意の表現で、「実際には有り得ぬこと」の意も含む（「日本紀を読むべし」では本気で命じたようにも受け取れる）。紫式部にとっては天皇が自己に使った敬語だから忝《かたじけな》いが、「本気で命ずるはずはないが」という意を含んでいるので、落とせなかったものだろう。左衛門の内侍は天皇のこの言葉尻をとらえ「日本紀の御局（日本書紀を講義する女房）」と言いふらしたものと解釈する。補注二参照。

二「才がある」の本文は、底本「さえかある」・諸本「さえある」の二種のみ。これは天皇の言葉「才あるべし」を一歩断定へと進めただけで悪口でない。諸注は「さえかる（才がる）」と本文を改変し、素養を鼻にかけている意の悪口とする。だが「さえかる」という本文は現存伝本中に存在しないので、取らない。本書では、紫式部が悪口と感じたのは「才がある」ではなく「日本紀の御局《みつぼね》」の方であると解釈する。第五十七節のように「おいらか」を標榜《ひょうぼう》し、

「我は」という自己顕示を悪しきものとする紫式部にとっては、百官の前での講師役などというあだ名を言いふらされることは、非常に心外だったはずである（山本淳子「『紫式部日記』消息体の主張―漢詩文素養をめぐって―」『紫式部日記の新研究』）。

三　為時のような考え方は当時の通念であったと考えられる。『栄華物語』巻三には、中宮定子の母高階貴子が、結婚よりも宮仕えを勧める父の薫陶を受け「女なれど真字などいとよく書きければ（天皇が彼女を）内侍になさせ給ひて」と官途を得、後に摂関家嫡子道隆《みちたか》の北の方となった逸話が記されるが、これがことさらに記されたこと自体が、漢学が通常の女子教育ではなかったことを示している。なお、惟規と紫式部の年齢関係については惟規を兄とする説もあるが、紫式部が年上であったからこそ為時が「男子ならば有能な長男として期待できたのに」と失望の念を強くしたと見て、弟と考える。

四　消息体の執筆年次は、第五十五節で大江匡衡《まさひら》が注9のように「丹波の守」と書かれていることから、匡衡が丹波の守となった寛弘七年三月三十日（『御堂関白記』同日）以降のこと。また全体の論調から、一条天皇が崩御した寛弘八年よりは前に書かれたものと考えられる。

五　「新楽府」は、その序文に「君の為、臣の為、民の為、物の為、事の為にして作る。文の為にして作らざるなり」とあるように、優れて儒教的作品群であり、同じ『白氏文集』でも一条朝の貴族層から一般に愛好された「長恨歌」や閑適詩などの風流韻事的な漢詩文とは性格を異にする。だが一条天皇は漢詩に「新楽府」のような風諭を求めた（『本朝麗藻』所収御製）。紫式部は、天皇の詩の理解者である具平親王家とのつながりから天皇の嗜好を知っており、それに合わせたテキストを中宮に勧めたものと考えられる（山本淳子「彰子の学び―『紫式部日記』「新楽府」進講の意味―」『国語国文』８６９）。

六十二

一　年次は不明。十一日の月と「後夜」開催時刻との関係から、記事は十一日のことではないとの説もある。年月日についての有力な説としては、寛弘五年五月二十二日の土御門殿法華三十講結願日（最終日）というもの（萩谷朴氏『紫式部日記全注釈』）がある。紫式部は事実としてこの三十講中の五月五日に大納言の君・小少将の君と和歌を読み交わしており、『紫式部集』古本系統の巻末には、「日記歌」と題して、その記録からの後人による抜き書きが収められる。これらから寛弘五年夏の「中宮土御門殿滞在記」を想定する説もある（原田敦子氏『紫式部日記　紫式部集論考』）。

二　典拠は「新楽府」の第四「海漫漫」。題注に「仙を求むるを戒むる也」とあり、天子が神仙や仙薬を求めることを戒めた詩。詩中第十五句に、方士が蓬莱《ほうらい》の島を探して大海に漕《こ》ぎだしたものの見つからず、同行した少年少女が舟の中で老いてしまったことを「童男丱女《どうだんかんじょ》舟中に老ゆ」とする。紫式部は、舟には躍起になって乗ったものの、中で自分の年を思い気後れしている様子の正光《まさみつ》を、この句に重ねたもの。また注21で斉信が吟じた「徐福文成誑誕《きょうたん》多し」は、紫式部が依った句に次ぐ第十六句である。なお「海漫漫」は、寛弘五年十一月五節場面の第四十四節でも、紫式部の趣向の典拠と考えられた。また「新楽府」は、第五十九節で紫式部が中宮に進講したテキストでもある。「新楽府」が儒教道徳による徳政のための文学を標榜していることと合わせ、本作品における「新楽府」強調には一定の意図があるとも推測される。

六十三

「局に寝たる」などの表現でなく「渡殿に寝たる」と記されていることは、この時期渡殿が紫式部の常の寝場所でなかったことを推測させる。したがって本エピソードの舞台は、紫式部が渡殿を常の局とした土御門殿ではなかった可能性がある。ただ、エピソードの時期が土御門殿に移動した当日や、移動から間もない頃であったならば、こうした表現もあり得る。なお、紫式部は『尊卑分脈』では「御堂関白道長妾云々」と注記される。このエピソードが同注記の直接の根拠であるとの証拠はないが、贈答が文暦二（一二三五）年成立の『新勅撰集』「恋歌五・一〇一九・二〇」に作者名「法成寺入道前摂政太政大臣」（道長）と「紫式部」として入ることが、二人の関係に対する憶測を促したことは確かであろう。

六十八

一 「さるかたに人教へつべく」は、諸注、中務の命婦が敦良《あつなが》親王の乳母《めのと》であることから、乳母として親王を教育するのに似つかわしく、と解釈される。だが「さるかた」を乳母という方面と限定すると、「人」は親王にあたるので「教へつべく」には「教へ奉るべく」のように謙譲の敬語を要するのではないかと思われる。一例として『栄華物語』巻三十六は、後冷泉《ごれいぜい》天皇に対する弁乳母(紫式部女、大弐三位)の教育について「おほしたて慣はし申し給へりける」と表している。そこでここでは、「さるかたに人教へつべく」の「さるかたに」は儀式などで立派に任務を果たすこと、「人」を女房と考えて、自ら手本となって女房を教え導く才覚を言っていると解釈してみた。

二 「顕証《けそう》」は顕《あら》わではっきりしていること、際立って著しいことの意。顕証ならば過失が端からちらりと見えただけでも指摘すべきだが、今回はそれには当たらないという論理。諸注では、敦良親王五十日の祝いが際立った行事(晴れの場・公式行事)ではなかったので、失策も見逃してよいということと解されるが、この祝いは准公的史料『日本紀略』や他家の記録『権記』にも記されており、天皇の家族内の行事とはいえ、やはり中宮女房にとって晴れの場であったと考えられる。そこでここでは「顕証」を、場の性格についてではなく過失の明らかさについて言うものと解釈した。今回の件は本人たちに落ち度があった訳ではなく、明々白々な過失ではないので、細かく言い立てるべきでないと紫式部が主張していると考える。

六十九

一　「事了はりて御入の後、右府御前の物を見る間、御窪器物と盛りたる鶴の間の物を取らんと欲し、折敷を打ちこほせり。衆人奇奇とする事極まり無し。鶴を取るべきに非ず、何ぞ物を打ち覆さんや。無心また無心」（『御堂関白記』同日）。天皇入御のあと、その美しい御膳の飾り物を取ろうとして、折敷を壊し、衆人からも道長からも呆《あき》れられている。顕光の酒の場での醜態は常のことで、第三十二節（敦成親王の五十日儀）にも記されている。

二　この笛が「歯二つ」の号を持つこと、贈られた笛は横笛・笙《しょう》の笛・新羅笛の計三管であることから、本文が「笛　歯二つ」と校訂されることが多いが、取らなかった。「笛」の下の本文は、現存伝本すべてと絵詞で「二」か「ふたつ」。紫式部自身による本文ではなく、後人による注記が入り込んだものと考えられる。「歯二つ」は、『枕草子』「無名といふ琵琶」に天皇御前の楽器の名として記されており、『江談抄』三にも「高名の横笛なり」と記される。源博雅が朱雀門《すざくもん》の前で入手したとも、僧浄蔵が笛の腕前により朱雀門の鬼から与えられたとも言われる伝説的名器。また、一条天皇は笛の名手として知られた（『続本朝往生伝』）。

紫式部日記　現代語訳

（《　》内は後人による注記）

一　出産の秋、到来～中宮の姿

秋の気配が立ちそめるにつれ、ここ土御門殿《つちみかどどの》のたたずまいは、えもいわれず趣を深めている。池の畔《ほとり》の樹の枝々、遣水《やりみず》の岸辺の草むらが、それぞれ見渡す限りに色づいて、秋はおおかた空も鮮やかだ。それら自然に引きたてられて、不断の御読経の声々がいっそう胸にしみいる。やがて涼しい夜風の気配に、いつもの絶えせぬせせらぎの音、その響きは夜通し聞こえ続けて、風か水かの別もつかない。

中宮様にも、お付きの女房たちがとりとめもない雑談をするのをお聞きになりながら、出産間近でさぞかしお体も大儀に違いないのに、それをさりげなく隠していらっしゃる。そのご様子などの、今更言うまでもないことではあるけれど、辛《つら》い人生の癒しには、求めてでもこのような方にこそお仕えするべきなのだと、私は日頃の思いとはうって変わって、たとえようもなくすべてを忘れてしまう。それもまた、不思議なことなのだが。

まだ夜明けに間のある時刻の月は雲に紛れ、木蔭《こかげ》は濃い闇なのに、

「御格子を開けたいわね」

「係の女官はこんな時刻まで控えていないでしょう」

「女蔵人《くろうど》、お上げなさい」

などと女房たちが言い合ううちに、「後夜」開始の鉦《かね》を打ち鳴らして、五壇の御修法定刻の祈禱《きとう》が始まった。我も我もとはりあげた伴僧たちの声々が遠く近く耳に響く様は、ものものしく厳かだ。

観音院の僧正が東の対から二十人の伴僧を引き連れて、中宮様御加持のためにこちらへやってくる足音、渡り廊下の板がどどどと踏み鳴らされる響きまでが、他の何事とも違う気配を帯びている。

いっぽう修法の終わった僧たちが、法住寺《ほうじじゅうじ》の座主は馬場の御殿、浄土寺《じょうどじ》の僧都はご文庫などへ、揃いの浄衣姿で格式ある唐橋を渡っては庭の木々の間に消えてゆく。その間も、姿は闇の中で見通せないのについつい見送られる思いで、胸がいっぱいになる。斉祇阿闍《あじゃ》梨《り》も、大威徳明王を敬って小さく腰をかがめている。

やがて女房達が参上して、夜も明けた。

二　朝霧の中の贈答～道長の威風

渡殿の戸口の局《つぼね》から外を眺めていると、うっすらと霧がかかった朝方、露もまだ落ちない時刻だと言うのに、殿が庭を歩かれ、随身をお呼びになって遣水のごみを払わせていらっしゃる。透渡殿《すきわたどの》の南側にあってまさに花盛りとなっていた女郎花《おみなえし》を、殿は一枝折り取らせて、（私が身を隠している）几帳《きちょう》の上から差し出してお見せになった、そのお姿のなんとご立派なこと、ひるがえって私の寝ぼけ顔はいかにと身にしみて感じられたので、

「さあこの花。どうだ、返事が遅くてはよくあるまい」

とおっしゃるのにかこつけて、奥の硯《すずり》の傍にいざり寄った。

「今を盛りの女郎花。秋の露が花をこんなにきれいにしたのですね。これを見るにつけても、露の恵みを受けられず、美しくはなれなかったわが姿が恥ずかしく思われます」

「おう、すばやい」

殿は微笑まれて、硯を局の外へ御所望になった。

「白露はどこにでも降りる。その恵みに分け隔てなどありはしまい。女郎花は、自分の美しくあろうとする心によって染まっているのだ。（お前も心がけ次第ではなかなかのものだよ）」

三　しめやかなる夕暮れ〜若き頼通の雅

静かな夕暮れに、宰相の君と二人話をしているところへ、殿の三位の君《後の宇治殿》がいらっしゃって、簾《すだれ》の端を持ち上げると、局の上がり口に腰をおかけになる。お年の割にたいそう大人っぽく深みのある様子で、

「女性はやはり、気立てが一番だが、それが難しいと見える」

などと恋の話をしっとりと語っていらっしゃる雰囲気、人は「子供っぽい」と侮って申しているがそれこそ誤りだと、襟を正したいほどの気持ちで見てしまう。くだけない程度の頃合いで、

「多かる野辺に（美人が大勢の所に長居したら、好色だと噂されてしまいますから）」

と口ずさんで座を立たれた姿といったら、物語でほめそやされている男君もかくや、という心地が致しましたこと。

こうしたささいなことで、後になってふと思い出される出来事もあり、いっぽうその折は素敵だったことで、過ぎてしまえば忘れ去ることもあるというのは、どうしたことか。

四　八月〜待機する貴顕たち

播磨《はりま》の守《かみ》が碁の負けわざをした日、私はちょっと退出していて、贈り物の御盤の趣向は後で拝見した。飾り足も格式高く細工して、盤上にかたどった浜辺の水には葦手でこう書き混ぜてある。

「紀《き》の国《くに》のしららの浜で拾うというこの碁石こそ、君が代の長きと共に、やがて成長して巌《いわお》となることでしょう。…今上天皇の故父帝の碁合せでも詠まれたという長久の石ですから」

扇もその頃は、女房達は洒落《しゃれ》たのを持っていた。

八月二十日過ぎからは、上達部《かんだちめ》や殿上人たちのしかるべき面々は皆大方泊まりこみで、渡殿の上、対の簀子《すのこ》などで皆うたた寝をしては、手すさびに楽器を奏でて夜を明かす。琴・笛の音などはたどたどしい若者たちの、読経比べや今様歌なども、場所柄好趣向だった。宮の大夫《斉信《ただのぶ》》・左の宰相の中将《経房《つねふさ》》・兵衛の督《かみ》・美濃の少将《済政《なりまさ》》などの(錚々たる)面々で演奏なさる夜もある。だが改まっての演奏会は、殿にお考えがあるのだろう、おさせにならない。

お暇《いとま》をもらって年来自宅に戻っていた女房達が、ご無沙汰《ぶさた》から気を取り直しては参集する様子が騒がしくて、その頃は落ち着いた雰囲気ではなかった。

五　八月二十六日～若宮乳母の美しさ

二十六日、中宮様は薫物《たきもの》の調合を終えられ、女房達にもお配りになる。（調合の際）香を丸める作業にあたっていた女房達は、頂こうと大勢集まった。

御前から局に下がる道すがら、宰相の君の局の戸口を覗《のぞ》いてみると、ちょうどお昼寝なさっているところだった。萩や紫苑《しおん》など色とりどりの衣を中に着て、濃き色でつやつやの打ち衣を上に羽織り、顔はすっぽり埋もれさせていて、硯の箱を枕に臥《ふ》されて、小さく覗いた額のあたりがとても可愛くて若々しい。絵に描いた立派な御姫様という感じなので、彼女が被っていた衣を引き除《の》けて、

「物語の女君という感じでいらっしゃるわ」

と言うと、宰相の君は目を開けて、

「ひどいなさりかたね。寝ている人を前触れもなく起こすなんて」

そう言って少し起こされたお顔がぽっと染まっていらっしゃる所など、整って素敵でございましたわ。

いつでも素晴らしい方の、場面が場面だけにいつもに増して魅力的という次第だったこと。

六　九月九日朝〜中宮の母倫子の気遣い

九月九日、菊の着せ綿を、女房の兵部さんが持ってきて、

「これ、殿の奥様から、格別に。『この綿で、うんとすっきり老化をお拭《ふ》き取りなさいませ』とおっしゃって」

といういことなので、

「せっかくの菊の露、私はほんの少し若返る程度に触れておいて、後は花の持ち主、奥様にみなお譲りしますわ。どうぞ千年も若返って下さいませ」

そう詠んでお返ししようとしたが、歌のできた時には、

「奥様は向こうにお帰りになってしまいました」

ということで、歌は詠んだが役に立たないので、贈るのもやめにした。

七　九月九日夜～兆し

その夕暮れ時、御前に上がると、空に月がきれいにかかる頃で、端近く御簾《みす》の下から裳《も》の裾などがこぼれ出るほどの場所場所に、小少将の君や大納言の君などがお控えになっている。中宮様は、先日の練香を取り出して、火取りでどんな香りかお試しになる。私たちはお庭の景色の素敵なこと、蔦《つた》の色づきが待ち遠しいことなどを口々にお聞かせしていたが、中宮様がいつもよりお苦しげなご様子でいらっしゃるので、ざわめく気持ちで奥の間へ入った。御加持なども差し上げる場所だ。だがやがて人が呼ぶので私は局《つぼね》に下がって、ほんのちょっと横になるだけと思ったのだが、そのまま寝入ってしまった。夜中頃からお屋敷が騒がしくなりがやがやと声がする。

八　九月十日～御産始まる

十日の、まだ明け切らぬうちに、お部屋は模様替えとなる。中宮様は白い御帳台にお移りになる。殿を始めお坊ちゃん方や四位・五位の官人たちが、わいわい言って御帳台の白い帳を掛け、敷物を持って右往左往する様子ときたら、たいそう騒々しい。

中宮様は日がな一日たいそう不安げに、起きたり横になったりして過ごされた。周囲は、中宮様に憑《つ》いた物の怪《もののけ》どもをかり出して囮《おとり》の「よりまし」に移す作業で、際限もなく声高に騒ぎたてている。数ヶ月来大勢控えている邸内の僧たちはもちろん、山々、寺々を尋ね回って、修験者という修験者が一人残らず参集している。(その皆が加持するのだから、)三世《みよ》の仏もいかに飛び回って邪霊退治をなさっていらっしゃるかと、想像される。また陰《おん》陽師《みょうじ》も、それと名乗って世にある限りを召し集めたのだもの、祓《はら》いに耳を傾けぬ神は八百《やお》万《よろず》の神にひと柱としてあるまいと見受けられる。寺院に誦経《ずきょう》を頼みにやる使いが一日中慌ただしく発せられ、そうこうするうちその夜も明けた。

御帳台の東側には内裏の女房たちが参集して控えている。西には中宮様からの物の怪がのりうつった「よりまし」たち。御屏風《みびょうぶ》を一双ぐるりと立てて一人一人の周りを囲み、出入り口には几帳を置き、それぞれの験者が担当となって祓いの声をはり上げている。南には高僧たちが重なり合うように座し、霊験あらたかな不動明王の生き姿をも現さんばかりに、頼んだり、恨んだり、もう皆すっかり声が嗄《か》れている、その祈禱《きとう》の大音声が聞こえる。そして北には、廂側《ひさしがわ》の襖障子《ふすましょうじ》と御帳台との間の本当に狭い空間に、後で数えたところ何と四十人余りが座っていた。少しの身動きもならず、のぼせて何もわかりやしない。こうした混雑のため、今頃になって自宅から参上した女房たちなどは、せっかく来たのに逆に中に入れてもらえない始末だ。着ている装束の裳の端や衣の袖がどこに行ったのかもわからない。しかるべき年かさの女房たちは（中宮様への思いも厚く）、声を殺して泣き惑う。

九　九月十一日未明～大事を見守る人々

十一日の暁に、御帳台の北側の襖障子を二間分取り払って、中宮様は北廂《きたびさし》にお移りになる。あいにく御簾なども かけられないので、目隠しに御几帳を幾重にも立てて、その中でお過ごしになる。僧正、定澄僧都、法務僧都などが参って御加持して差し上げる。院源僧都が、殿が昨日お書きになった願文におごそかな言葉を書き加えてつらつら読み上げる、その言葉がしみじみと尊く、心強いことこの上ない。加えて殿が念仏なさる口調が頼もしくて、ここまでなさっているのだもの、どんな難産でもまさかとは思いながら、どうにも胸がいっぱいになって皆涙を抑えられない。「縁起でもない」「こんなに泣いちゃだめ」などお互いに言い合いながら、やはりこらえきれず泣いてしまうのだった。

大人数で混み合っては中宮様の御気分もお苦しかろうということで、殿は女房たちを御帳台の北側から南側や東廂に分散させられ、産所の二間にはしかるべき者だけが控える。奥様、讃岐《さぬき》の宰相の君、内蔵《くら》の命婦。御几帳の中には、ほかに仁和寺《にんなじ》の僧都の君と三井寺《みいでら》の内供《ないぐ》の君も呼び入れた。殿があれやこれやとどなるように指図なさる大声にかき消されて、まるで僧も声を発していないかのようだ。

産所の次の間に控えていたのは、大納言の君、小少将の君、宮の内侍《ないし》、弁の内侍、中務《なかつかさ》の君、大輔《たいふ》の命婦、大式部さん、この方は殿の宣旨《せんじ》役よ。中宮様に長年お仕えしている方ばかりで、この大事に気を揉《も》む様子も当然至極な所へもって、私も、まだお仕えし慣れるほどの勤務年数でもないながら「これは唯《ただ》ごとではない」と心ひそかに感じていた。

また、その後ろ側の母屋《もや》の際《きわ》に立てた几帳の外には、（中宮様の妹君）内侍の督《かん》の君様の中務の乳母《めのと》・その妹の姫君の少納言の乳母・末の妹の姫君の小式部の乳母などが割り込んで来て、御帳台二基の後ろの細い空間は人も通れない。

あちこち行き来したり、そわそわと体を動かしたりする人々は、その顔なども誰だか分からない。殿のお坊ちゃん方・宰相の中将《兼隆《かねたか》》・四位の少将《雅道《まさみち》》などはもちろん、左の宰相の中将《経房《つねふさ》》・中宮の大夫など、普段はそう親しくない方々までが、事あるごとに几帳の上から覗き込み、その度に私たちは涙に腫《は》れた目を見られてしまう。だがその恥ずかしさなど全く意識の外だ。頭には邪気払いの散米が雪のように降りかかるし、ぺしゃんこになった装束はどんなにみっともなかったろうかと、後になって笑いがこみ上げる。

十　九月十一日午の刻～男子誕生

中宮様の頭頂部の御髪を削いで御受戒させて差し上げる時には、目の前が真っ暗になったような気持ちで、思いもよらない事態に「これはどうしたことか」と胸が詰まった。が、中宮様は無事ご出産なさった。とはいえ後産《あとざん》がまだという間、あれだけ広い母屋・南の廂・高欄のあたりまでひしめいた僧たちも俗人たちも、もう一度どよめいて額を床にすりつける。

母屋の東面にいる女房たちは殿上人と入り混じったようになっていて、小中将の君が左の頭中将と顔を見合せてぼうっとしていた様子など、後から持ち出して皆で笑う。彼女はお化粧なども手を抜かない上品な人で、この日も夜明け前にメイクアップしたのだけれど、やがて顔は泣き腫れ、おしろいも涙に濡れて所々はげてしまって、驚いたことに彼女だと分からなかった。宰相の君の面変わりされた様子などときたら、実にめったにないことでございました。まして私などどんなだったか。しかしその際に目撃した人の有様を、お互いには覚えていないというのがね、よかったこと。

さあ今ご出産なさるという時に、中宮様からよりましたちに移された物の怪が悔しがってあげる、叫び声だの何などのおぞましいこと。源《げん》の蔵人《くろうど》が調達したよりましには心誉阿《しんよあ》闍梨《じゃり》、兵衛《ひょうえ》の蔵人のよりましにはそうそという人、右近の蔵人のよりましには法住寺の律師、宮の内侍の調伏場にはちそう阿闍梨を担当としたところ、阿闍梨が物の怪に引きずり倒されてたいそう気の毒だったので、加勢に念覚阿闍梨を呼んで大声で祈禱する。阿闍梨の験力が弱いのではない、中宮様の物の怪が恐ろしく強力なのだ。宰相の君が呼んだ祈禱係には叡効《えいこう》をつけたが、一晩中大声で祈り明かして声も嗄れてしまった。ここでは「中宮様の物の怪よ、乗り移れ」と召し集めたよりましたちも、物の怪がちっとも移らないので、ひどく怒鳴られた。

午《うま》の刻に、空が晴れ朝日がぱっと差したような気がした。ご出産は安産でいらっしゃった。その嬉しさの比類なさ、加えて男子でまでいらっしゃった歓喜ときたら、とても並み一通などであるものか。昨日は日がな気が気でなく、今朝は秋の霧のような涙にむせんでいた女房などは三々五々その場を離れ休息を取る。中宮様の御前には、こんな折に適任のベテラン女房たちが控える。

十一　九月十一日午後～それぞれの思い

殿も奥様も向こうへお移りになって、数ヶ月来泊まり込みで御修法や読経に当たっていた者たちや、また昨日今日召されて参集した僧たちへの、布施をお配りになる。医師や陰陽師などそれぞれの術で効を奏した者にも褒美を取らせる。内々では予《あらかじ》め、御湯殿の儀式等の準備を進めていらっしゃるのだろう。

女房たちの局《つぼね》では、どこも皆いかにも大きな衣装袋や包みをいくつも抱えて右往左往している。唐衣《からぎぬ》の刺繡《ししゅう》、裳《も》には紐飾《ひもかざ》りや螺鈿《らでん》刺繡など、とんでもないほど豪華に仕立てて、それをしっかり隠し込み、「扇を持って来ないわね」など言い合っては化粧や身支度を整える。

いつものように渡殿の局から見やると、妻戸の前に中宮の大夫や東宮の大夫などを始め諸々の公卿《くぎょう》がたも大勢控えていらっしゃる。そこへ殿がお出ましになり、ここ数日埋もれていた遣水《やりみず》の掃除を指図なさる。人々のご機嫌は上々の様子だ。たとえ内心に悩みを抱えている人でも、今だけはこの場の空気に気が紛れてしまいそうだ。中でも中宮の大夫は、ことさら得意満面に微笑んでいらっしゃるわけでもないが、人一倍嬉しい心の内が自然に表情に表れるのも無理はない。右の宰相の中将は権中納言とふざけながら対屋の簀子《すのこ》に座っていらっしゃる。

やがて内裏から皇子の御しるしの御佩刀《みはかし》を持って来た。その使いの頭の中将頼定《よりさだ》だが、今日は朝廷が伊勢神宮に恒例の奉幣使《ほうべいし》を送る日で、（土御門邸で御産の穢《けが》れに触れた彼はその支障となるので）昇殿はできまいから、（殿は彼に指示して）そんな時に取る策として、庭上に立ったままで母子ともに御安泰との奏上をおさせになった。（その頼定が折り返し御佩刀の使いとなったので）褒美の品などを取らせたというが、私はその件は見ていない。

宮様の臍《へそ》の緒をお切りする係は殿の奥様。御乳付の係は橘《たちばな》の三位徳子《とくこ》。御乳母はもとから仕えて気がおけず心根の良い人をということで、大左衛門《おおざえもん》さんがお務めする。彼女は備中《びっちゅう》の守道時《かみみちとき》の朝臣《あそん》の娘で、蔵人の弁の妻だ。

十二　九月十一日酉の刻〜御湯殿の儀

御湯殿の儀式は酉《とり》の刻（午後六時前後）とか。灯《とも》りを点《あか》して、中宮職の下級職員が、六位・七位の緑衣の上に規定の白衣を着込んで、お湯をご用意する。その桶や桶を据えた台なども皆、布で白い覆いがしてある。織部の正親光《かみちかみつ》と中宮職の侍長仲信《なかのぶ》が、二人で舁《か》いて桶を御簾《みす》の下までお運びする。水係二人、きよい子の命婦と播磨が取り次いでお湯をうめる毎に、それを女房二人、大木工《おおもく》と馬が御瓮《ほとぎ》に汲み渡す。十六杯汲んで、余ったらその分は浴槽に入れる。作業に当たる女房たちは薄物の表着《うわぎ》に縑《かとり》の裳と唐衣、髪には釵子《さいし》を挿して、白い元結いをしている。髪結い栄えがして素敵だ。若宮様に産湯を使わせて差し上げる役は宰相の君、お迎え湯役は大納言の君《源廉子》。腰回りに白い絹を巻いた湯巻き姿で、いつもと違い、特別な雰囲気でなかなかいい。

若宮様は殿が抱っこしてお差し上げになり、御佩刀は小少将の君、虎の頭は宮の内侍《ないし》が手にして御先導する。宮の内侍の唐衣は松ぼっくりの模様、裳は海浦《かいふ》を織り出して、白一色とはいえ定番の大海の摺《す》り模様をかたどっている。裳の腰当て部と後ろに流れる引き腰は羅で、唐草を刺繡している。小少将の君はその部分に、秋の草むらや蝶・鳥などを銀細工で作り、きらめかせている。（宮の内侍のような）織物の裳は身分制限があって、自分の意のままに着ることはできないので、腰当てと引き腰の部分だけをいつもと違えたと見える。

殿のお坊ちゃん方お二人、源少将《雅通》などが、散米を投げては大声を上げ、我こそは大きな音を出して邪気を祓《はら》おうと、競争で騒ぐ。浄土寺の僧都がお湯の加持にあたっていらっしゃるのだが、剃髪の頭にも目にも散米が当たりそうなので扇をかざし、若い女房に笑われる。

漢籍を朗読する博士、蔵人《くろうど》の弁広業《ひろなり》が前庭の高欄の下に立って、『史記』の一巻を朗読する。鳴弦の係は二十人。五位の者が十人、六位が十人で、二列にずらりと並んで立っている。

夕べの御湯殿、といっても（「朝の御湯殿」にあたる第一回からして夜に始まっているので）ほんの形ばかりだが、引き続きご奉仕する。儀式は同じ。漢籍をお読みする博士だけは交代したようだ。今回は伊勢の守致時《むねとき》の博士だとか。読むのはいつもの『孝経』だろう。また、大江挙周《おおえのたかちか》は『史記』文帝の巻を読むということだった。（書を読む役はこの三人が）七日の間、交代交代だ。

十三　白く輝く御前

何もかも一点の曇りもなく真っ白な御前で、女房の容姿や顔色までくっきりと顕《あら》わにされているのを見渡すと、美しい白描画に黒々と髪を生やしたように見える。私はひどく落ち着かず恥ずかしい気がするので、昼はほとんど顔を出さない。自室にいてのんびりと、東の対の局から御前に参上する女房たちを見ると、禁色を許された人はそろって織物の唐衣、同じ織物の袿《うちき》などで、逆に整然としすぎて思い思いの趣向も見て取れない。また禁色を許されない人も、少し年配の人は、見られて恥ずかしいことはできぬとばかりに、ただものでない三重・五重の袿に、表着は織物、地模様のない唐衣をしゃちこばって着こんでいる。重ね袿には綾や薄物を着ている人もいる。

扇などは、外見はごてごてと飾り立てないで、なんとなく風情が漂う感じにしている。漢詩や和歌の気のきいた一節をさらりと書き流したりなどして、まるで申し合わせたようではあるものの、それぞれの言葉は女房銘々の趣向だ。ただ、そう思ってはいたものの、自分と同じ年齢層の人が書いている佳句が素敵に思え、互いに見かわしている。女房の心遣いのいずれ劣らぬ様子がはっきりと見て取れる。

（装束にしても同様で、白一色だが）裳・唐衣の刺繡はして当たり前のこと、他にも袖口に銀の縁取りをし、裳の縫い目には銀の糸を伏せ組のようにして見せ、銀箔《ぎんぱく》を飾りにして綾の地模様に貼り、数々の扇の様子などときたら、ただ雪深い山を月の明るい中で見渡したという感じできらきらと眼を射て、どこがどこと見やることもできず、まるで鏡を掛けたようだ。

十四　九月十三日～三日の産養

若宮様がお誕生三日目におなりになった夜は、中宮職が、大夫を筆頭に産養を催してさしあげる。（大夫である）右衛門の督《かみ》はお食事の関係。沈《じん》で作った御膳や銀のお皿などを調進したが、私は詳しくは見ていない。（権大夫の）源中納言、（権亮の）藤宰相が調進するのは、若宮様のお衣装やおくるみ、衣筥《ころもばこ》の折立・入帷子《いれかたびら》・包み・覆い・下机など。どの産養でも同じ決まりごとで、同じ白一色ではあるが、その作り方には用意した担当者それぞれの心遣いが見てとれて、趣向を尽くしている。（亮の）近江の守高雅《かみたかまさ》は、その他全般的なことでご奉仕しているのだろう。

東の対の西の廂《ひさし》は上達部《かんだちめ》の席とし、北を上座に二列で、南の廂に殿上人、その席は西が上座だ。白い綾張の御屏風《みびょうぶ》を、母屋《もや》の御簾に添えて、その外側にずらりと並べてある。

十五　九月十五日～五日の産養・下々に満ちる慶び

お誕生五日目の夜は、道長様主催の産養。

十五夜の月が曇りなく輝く中、邸内の池の汀《みぎわ》ではかがり火を木の下に灯《とも》し、下々の者どものための軽食がずらりと並べてある。身分の低い者たちが何かさえずりあっているが、その様子もいかにも晴れがましげだ。朝廷から派遣された主殿寮の役人たちも松明《たいまつ》を手に怠りなく並び、庭はまるで昼のよう。その光の中、ここかしこの岩の陰や樹の根元に、客の公卿《くぎょう》の随身などが腰を下ろしては群れている。そんな者たちまでが口々に話していることといったら、こんな世の光のような親王様がお生まれになるのを陰ながら心待ちにしていたがようやくかなった、などということのようで、訳も無く微笑み心地よげだ。まして御殿の中の人々は、何ほどの数にも入らぬ五位程度の者までも、何となく会釈して行き来するなど忙しげに振舞って、よいご時世に出くわしたという顔をしている。

十六　五日の産養～御膳の用意

お食事を差し上げるということで、女房八人が、白一色に装って髪を結いあげ白い元結を結び、白い御盤を手に列をなして参上する。今宵のお給仕役は宮の内侍。実に堂々として水際立った姿に、肩あたりで一房切りそろえた髪は元結で引き立てられていつも以上に好ましく、扇の端からちらりと覗《のぞ》く横顔など、本当に端整でしたこと。

髪を結い上げた女房は、源式部《加賀《かが》の守《かみ》重文の女《むすめ》》・小左衛門《こざえもん》《故備中の守道時《みちとき》の女》・小兵衛《こひょうえ》《左京《さきょう》の大夫明理《あきまさ》の女》・大輔《伊勢の祭主輔親《すけちか》の女》・大馬《左衛門の大夫頼信《よりのぶ》の女》・小馬《左衛門の佐道順《すけみちのぶ》の女》・小兵部《こひょうぶ》《蔵人庶政《なかちか》の女》・小木工《こもく》《木工允《もくのじょう》平のぶよしとかいったと聞く人の女だ》

見た目のいい若女房ばかりで、向かい合ってずらりと居並んだ光景は、実に見ごたえがございましたわ。通常は御膳を差し上げる作業上こうした髪型に整えるものだけれど、今回はこんな晴れがましい折だからと、それにふさわしい女房をお選びになったところが、「つらい」「ひどい」と嫌がって泣いたりする始末、見ていて縁起が悪いとまで存じましたわ。

御帳台の東側、柱間二間ほどに三十人余り居並んだ女房たちの様子ときたら、実に見事なものだった。

飾り御膳は采女《うねめ》らがお運びする。会場の戸口の方に、御湯殿との境界の御屛風に重ねて、さらに御屛風を南向きに立て、そこに据えた白い棚一対にお運びして置いてある。夜が更けるにつれくまなく照らす月光のもと、采女・水司《もいとり》・御髪上げたち、また殿司《とのもり》・掃司《かんもり》の女官で顔も知らないのがいる。闈司《みかどづかさ》などのような者だろう、貧相な装束に身を包み化粧をしては、簪《かんざし》を蕀《とげ》のように挿して正装風に整え、寝殿の東側の廊、渡り廊下の戸口まですき間もなく座って混雑しているので、人が通ることもできない。

十七　五日の産養～御前のありさま

中宮様への御食事を運び終わって女房たちは御簾《みす》のもとに座っている。灯の光のなか明々と見わたされる中でも、大式部さんの裳《も》と唐衣《からぎぬ》の、同柄で揃えた小塩山の小松原の刺《し》繍《しゅう》がとても素敵だ。大式部は陸奥《みちのくに》の守の妻、道長様付き女房の中の宣旨《せんじ》役だ。大輔の命婦は、唐衣は装飾なしでまとめ、裳のほうに銀泥でもって見事に鮮やかに大海の柄を刷り出しているのが、派手ではないがいい感じだ。弁の内侍の、裳に銀の州浜を刷って鶴を立ててあるのは斬新だ。裳の刺繍も松の枝にして、飾りの鶴と長寿を競わせているのはよく考えたものだ。少将さんの装束の、これらの人たちより見劣りする銀箔のことを、女房たちはつつきあってこそこそ言っている。この少将さんという人は信濃《しなの》の守佐光《すけみつ》の妹で、道長様付きの古株だ。

その夜の中宮様御前の様子を誰かに見せたくてしようがなかったので、私は夜居の僧が控えているところの御屏風を押しあけて「この世にこんなに素敵なことはまたとご覧になれないでしょう」と申してしまいました。すると僧は御本尊をそっちのけで「いやもったいない、もったいない」と手をすり合わせて喜んでおりました。

公卿がたは座を立って渡殿の上に移られる。殿を筆頭に双六《すごろく》をなさるのだ。「お上」が賞品に「紙」を賭けて争うなんて、まことにいけませんこと。

和歌の趣向がある。

「女房、杯を取らす。飲んで一首詠め」

と言われた時にはどう答えようと、めいめい考えては口々に唱える。（私の考えた作はこれだ）

「月の光に加え、皇子様という新しい光までが加わった杯ですから、今日の望月のすばらしさのまま皆さまが保ち続け、千代もめぐり続けることでございましょう。」

「四条の大納言に応対する時には、和歌はもちろんだけれど声の出し方にも要注意よ」

などささやき合っているうちに、いろいろ趣向が盛り沢山で夜が更けてしまったせいだろうか、特にお酒を注ぎ歌を所望されることもないまま、大納言はお帰りになってしまった。

この日の引き出物は、公卿方には女装束に若宮様の御衣《おんぞ》と襁褓《むつき》を添えたものらしい。殿上人には、四位には袷《あわせ》がひとかさねと袴《はかま》。五位には袿《うちき》ひとかさね。六位には袴一着と見えた。

十八　九月十六日～舟遊び

次の夜、月がとてもきれいだし、季節まで風流な折柄、若い女房達は池で舟に乗って遊ぶ。装束が色とりどりの時よりも、同じように装っている方が、姿や髪の具合がはっきり見て取れる。小大輔・源式部・宮木の侍従・五節の弁・右近・小兵衛・小衛門《こえもん》・馬・やすらひ・伊勢人など端近にいた女房を、左の宰相の中将と殿の中将の君が誘い出され、右の宰相の中将《兼隆》に棹《さお》を操らせて舟にお乗せになる。一部はお誘いをすり抜けて御殿に残ったものの、さすがに羨《うらや》ましいのだろう、めいめい外を見やっている。真っ白な庭に、月の光があかあかと照らしだす女房たちの姿も、素敵な雰囲気だ。

そこへ知らせが入り「北の陣に車が沢山やってきました」というのは、内裏女房たちのことだった。藤三位を筆頭に、侍従の命婦・藤少将の命婦・馬の命婦・左近の命婦・筑前《ちくぜん》の命婦・少輔の命婦・近江の命婦などと伺いました。細かいところまで見知ってはいない人々なので、間違いもあるかもしれませんわ。

舟にいた女房たちも大慌てで御殿の中に入った。殿がお出ましになり、御満悦の御様子で内裏女房たちを歓待して、おふざけになる。お土産は内裏女房たちの身分に応じてお贈りになる。

十九　九月十七日〜御帳台の彰子

お誕生七日目の夜は、朝廷御主催の産養《うぶやしない》。蔵人《くろうど》の少将《道雅《みちまさ》》を勅使にたてて、天皇からの贈り物の数々を書いた目録を柳箱に入れて献上した。中宮は一目《ひとめ》見てすぐにお返しになる。勧学院《かんがくいん》の学生らが行列をつくってやって来て、参上人名簿を献上する。これも中宮は一目見てお返しになる。参加の学生たちには褒美を賜るのだろう。今晩の儀式は特別に大掛かりで、盛大に騒ぎ立てている。

だが御帳台の中を覗きこめば、中宮様はこのように「国の母」と騒がれるような、押しも押されもしないご様子とはお見えにならない。少しご気分が悪そうで、面やつれしてお休みだ。その姿はいつもより弱々しく、若く、愛らしげだ。小さな灯《あか》りを帳台の中に掛けてあるので、それに照らされた肌色は美しく、底知れぬ透明感を漂わせ、髪の豊かさは床《とこ》姿の結髪ではいっそう目立つものなのだなあと感じられる。あらためて口にするのも今更のことですし、もう書き続けられませんわ。

大体のことは、先日と同じこと。上達部への禄《ろく》は、御簾の内側から、女装束に若宮様のお召し物などを添えて出す。殿上人用のは、蔵人の頭二人を始めとして、皆が近寄っては受け取ってゆく。朝廷からの禄は大袿・衾《ふすま》・腰差など、例によっていかにも公式通りと言うべきだ。若宮様に御乳付けをして差し上げた橘の三位への中宮様からの贈り物は、いつも通りの女装束に、織物の細長を添えて、銀の衣箱入り。包みなども全部白いのだろう。ほかにも包みを添えて、などと伺いました。詳しくは見ておりません。

お誕生八日目、人々は色とりどりに装束を着替えた。

二十　九月十九日〜九日の産養

お誕生九日目の夜は、東宮の権大夫が産養の奉仕をなさる。献上の御膳やお祝いの品々は、白い御厨子《みずし》棚一対にお運びして置いてある。この方式はたいそう他になく斬新だ。銀の御衣箱が、海賦《かいぶ》模様を打ち出して中に蓬萊《ほうらい》を描くなどしているのはよくあることだが、それでも目新しく、細部まで整って素敵で、そんな点をいちいち取り上げては仔細《しさい》に描写しきれないのが残念だ。

今夜は、表面に朽木形の模様を刷った几帳という普段どおりの様子で、女房達は濃き色の光物を上に着ている。新鮮で上品で優美に見える。透けた唐衣のため、下の打衣のつやつやした輝きが部屋一面に広がって、また女房たちの姿もくっきりと浮かび上がって見えたことだ。

こまのおもとという人が、恥ずかしい目に遭った夜だ。

二十一　十月十余日まで～好々爺《こうこうや》道長

中宮様は十月十日過ぎまで御帳台からお出ましにならない。私たち女房は、その西側の御座所としてしつらわれた場所に、夜も昼も常駐する。

殿は、夜中でも未明にでもこちらへお上がりになっては、乳母《めのと》の懐を探られる。乳母はかわいそうに、ぐっすり寝入っている時など、訳もわからず寝ぼけて目を覚ましたりしている。生まれたばかりでまだ首も据わらずあぶなっかしい若宮様を、殿は心行くまで抱き上げかわいがっていらっしゃる。まあそれももっともだし、素晴らしいことだ。

ある時など、親王様が難儀な仕業をして殿にひっかけてしまわれた。殿は着ていた直衣《のうし》の紐《ひも》をほどき、几帳の後ろで女房にあぶらせなさる。

「ああ、この親王様のおしっこに濡れるとは、嬉しいことよの。この濡れた着物をあぶる、これこそ念願かなった心地じゃ」

そう言ってお喜びになる。

二十二　行幸前～沈む心

殿は中務の宮《具平親王《ともひら》》ご周辺のことにご関心を持たれ、私を親王家から目を掛けられた人物とお思いになってご相談になる。それにつけても本当に、心の内は溜まった思いでいっぱいだ。

行幸が近づき、殿は邸内をますます美しく飾り立てていらっしゃる。きれいな菊を探して根から掘り起こし、土御門殿の庭に移植されているのだ。白から紫へとりどりに色が変わっているのも、黄色一色で見事なのもある。植え方に趣向の見えるのもある。朝霧の絶え間に見えるその光景、本当に老いも退散しそうなのだが、なぜなのだろう、私はとてもそんな気分になれない。

もしも私がせいぜい世間並みのもの思いしか抱えていない人間だったなら、風流だの雅《みやび》だのと浮かれ若やいで、無常なこの世をもやり過ごしたことだろうに。だが現実の私はそうではない。素晴らしいことや素敵なことを見聞きするにつけても、ただ心を支配する思いばかりに強く引かされて、気が重く、つまらなく、溜息ばかりが募るのだ。それが本当に苦しい。

今はやはり、何とかして忘れてしまおう。悩んでも仕方がない。仏様の前、執着は罪深いことでもある。そう思って、夜が明ければため息をついて、水鳥たちが無心に遊び合っているのを見る。

のんきそうな水鳥を、水の上だけのよそ事などと見るものか。私もまた人から見れば、豪華な職場で浮かれ、地に足のつかない生活をしているように見えるのだから。でも本当のところは水鳥の身の上だって大変なはずだ。私もそう、憂いばかりの人生を過ごしているのだ。

水鳥も、外見はああして気にかかることも無く遊んでいると見えて、その実とても苦しいのだろう。今の私には、我が身に引きつけてそう感じられてしまうのだ。

小少将の君から手紙が来て、返事を書くうちに、時雨がさっと空をかき暗らしていった。手紙の使いは返事を急がせる。「空模様も私と同じ。心騒いでいるようよ」としたためて、我ながら腰折れの歌を書いたりしたと記憶している。

暗くなってから、もう一度手紙が届いた。濃い紫のぼかし染めの紙に、

私もずっと心を曇らせて空を眺めていましたの。すると、私の心と同じように雲の切れ間もない空から、雨が降り出しましたわ。空がどれだけ我慢していた時雨なのかしら。誰を思っての涙なのかしら。私の心はあなたを思って、涙を流しているの

ですけれど。
はて、私はさっき何を書いたのだったろう。それも思い出せぬままに送った返事はこうだ。
現実の空には雲の絶え間もありますわ。でもそれを見て物思いにふけっている私の
袖の方は、涙をぬぐい続けて乾く暇もありません。

二十三　十月十六日　行幸～天皇到着

行幸当日。殿は新調の船々を池の岸辺に寄せさせて御検分になる。船首に飾られた龍の頭や伝説の鳥「鷁《げき》」の首はまるで生きている姿を思わせるようで、際立った美麗さだ。

帝の御到来は辰《たつ》の刻（午前八時前後）ということで、女房たちはまだ日の出る前からお化粧して心積もりをしている。とはいえ公卿《くぎょう》がたの御席は西の対なので、私たちがいるこちら側（東の対）はいつもほど騒がしくはない。むしろ内侍の督《かん》の君さまの御座所の方で、女房たちの装束などもすばらしく整えなさったということだ。

夜明け前に局《つぼね》に小少将の君がいらっしゃった。私たちは一緒に髪を梳《す》いたりする。行事は大方予定より遅れるし、辰の刻などと言ってもお昼近くになるだろう。宮仕えの億劫《おっくう》な私たちはそんなふうに高をくくってぐずぐずしていた。

「私の扇はひどくありきたりなのよ。ほかのを人に頼んであるのだけれど、早く持って来て欲しいわ」

とのんびり待っていたところに鼓の音が聞こえ、帝の行列と気づいて慌てて参上する恰好《かっこう》悪さときたら。

帝の御輿《みこし》をお迎えする船楽が、本当に素敵だ。御輿が寝殿の階に寄せられる。それを見ていると、担ぎ手は(輿の柄を肩に担いだまま)階段を上って、(柄を簀子《すのこ》に置いた体勢で)突っ伏している。仕事柄当たり前のことながら、(体を二つ折りにした姿は)とても苦しそうだ。「何が違おう、私もあの担ぎ手と同じだ。女房という高級な仕事でも、この境遇なりに当然しなくてはならないことがあって、ちっとも安穏としていられないのだもの」と思いながら私は見ていた。

二十四　行幸～内侍の威風

中宮様の御帳台の西側に帝の玉座を設け、南の廂《ひさし》の東の間に御椅子を立ててある、その場所から柱一間分離れた東の端に、南北に御簾《みす》を掛け渡して仕切りとし、女房たちが控えている、その南の柱のもとから簾《すだれ》を少し引き上げて、内侍が二人登場する。その日の髪を結い上げ整った姿、まるで唐絵を見事に描いたようだ。

左衛門の内侍は神器の剣を持っている。青緑色の唐衣《からぎぬ》、裾に向かうにつれて濃く染められた裳《も》、領巾《ひれ》と裾帯は文様を浮き上がらせた綾織りのものを、櫨《はじ》色と白の段染めにしている。表着は菊の色目の五枚重ね、その下の掻練《かいねり》は紅。姿かたちといい雰囲気といい、ちょっとだけ扇から覗《のぞ》く横顔といい、華やかで綺麗だ。

弁の内侍が運ぶのは神器の勾玉《まがたま》。紅の掻練に葡萄《えび》染めの織物の表着を着て、裳と唐衣は左衛門の内侍と同じだ。とても小柄でかわいらしい感じの人で、控えめに少し遠慮しているのが、見ていてつらくなりそうだった。扇を始めとして、見たところ左衛門の内侍よりもセンスがいい。領巾は楝《おうち》色と白の段染め。それを夢のようにひらひらさせ、しゃんと背筋を伸ばして立った瞬間、彼女の有様は、「昔天から下ったとか言い伝えられる乙女子の姿もこんなふうだったのかしら」とまで思えた。

近衛《このえ》府所属の者たちが、いかにも行幸に似合いのいでたちで御輿のお世話などをするのが、堂々として恰好いい。頭の中将は神器の剣などを取り出して内侍に手渡す。

二十五　行幸～女房たちの装束

御簾の中を見渡すと、禁色を許された女房たちは、例によって禁色の青色・赤色の織物の唐衣に地摺《じずり》の裳、表着はおしなべて蘇芳色の織物だ。ただ、馬の中将一人は葡萄染を着ていました。表着の下のつやのある打衣は濃い紅葉淡い紅葉を混ぜ合わせたようで、その中の袿《うちき》はいつもの梔子《くちなし》の濃いもの薄いもの、紫苑《しおん》、裏地が青い菊といった取り合わせ、もしくは三枚重ねなど、思い思いだ。

唐衣に綾を許されていない女房は、年配者は例によって、無地の平絹で青色か蘇芳色の唐衣、皆が五重で、その重ね唐衣はすべて綾だ。大海模様を摺り出した裳の波の色は鮮やかにくっきりと、腰周りや引き腰には固紋織りを沢山あしらっている。袿は菊重ねの三枚か五枚、織物は着ていない。

いっぽう若い女房は、菊の五重の唐衣を思い思いに着用している。例えば上が白、中が蘇芳、下が青い袿、単衣《ひとえ》は青いものという配色もある。上が蘇芳で薄いのから段々に濃くし、間に白を混ぜているのも。どれも、配色の素敵なのばかりが気が利いて見える。

とんでもなく珍しく飾り立てた扇が見える。普段のくつろいだ折ならば、今ひとつ綺麗でない容姿もちらほらと見分けがつくけれど、このように一心不乱に化粧して欠点を取り繕い、人に負けじと仕立て上げた姿は、まるで素敵な女絵そっくりで、ざっと見渡しても、年齢の上下の違いや、髪が少し元気をなくしているか、若くてたっぷりしているか、ただそのあたりの見分けがつく程度だ。そうとなると、扇の上から覗く額の感じが、不思議にも人の容姿を上品にも下品にもするものらしい。このような中で抜きん出ていると見て取れるのこそ最高の美人なのだろう。

かねてより内裏女房で中宮様付きと兼職で仕えている五人は、一つ所に集まってご奉仕している。それは内侍が二人、命婦が二人、お給仕の方一人だ。帝に御膳を差し上げるということで、筑前と左京が髪を一束結い上げて、内侍が出入りする隅の柱もとから登場する。（先刻の内侍たちと比べると）こちらはまあまあの天女たちだ。左京は青色の無地に柳襲《やなぎがさ》ねをあしらった唐衣、筑前は五重の菊襲ねをあしらった唐衣で、裳はいつもの摺り裳だ。お給仕は橘の三位。青色の織物の唐衣に、唐綾で黄菊の色目の袿を表着にしているようだ。髪を一束結い上げている。柱に隠れてよくはみえなかった。

二十六　行幸～父子のご対面

殿が若宮様を抱っこして差し上げられて、帝の御前にお出まし申し上げる。帝がお抱き取りになる時、少し泣かれたお声がたいそういとけない。弁の宰相の君は若宮様の御佩刀《みはかし》を捧げ持って参上された。母屋の中戸の西側に殿の奥様がおいでになる、そちらへ若宮様がいらっしゃるようにおさせになる。

帝が外の御椅子のほうにお出ましになってから、宰相の君はこちらに戻ってきて「皆に丸見えで、決まりが悪かったわ」と本当に頬をほんのりそめていらっしゃったその顔が、端整で美しい。衣の色も他の女房よりいっそう着映えしておいでになる。

二十七　行幸〜新親王家の誉れ

日が暮れゆくままに、船楽が実に素晴らしく響き渡る。上達部《かんだちめ》は帝の御前にお控えになる。万歳楽・太平楽・賀殿《かてん》などという舞楽だ。退場の音楽に長慶子《ちょうげいし》の曲を演奏して、楽人たちを乗せた船が池の中島の向こう、南側の水路に回り込む時、遠くなるにつれて笛の音も鼓の音も、また松風も林の奥深く吹いてこれらが一体となり、本当に素晴らしい。

塵《ちり》一つなく掃除された遣水《やりみず》が気持ちよく流れ、夜風に池の水面が波立つ。肌寒さを感じる気温だというのに、帝は表着の下の袙《あこめ》をたった二枚しか着こんでいらっしゃらない。左京の命婦は自分が寒いものだから帝のお姿を気の毒がり、それを女房たちはこっそり笑っ

ている。筑前の命婦は、

「（帝のご生母の）故（東三条）院が御存命の時、この御殿への行幸は本当にしばしば行われたものでした。あの時、この時…」

などと思いだして言うのだが、それを相手にしたら縁起でもないことが起こりそうで、女房達は困ったことだと特段相手にせず、几帳を隔てて放っておく様子。もしも一言でも
「ああ、その折はどんなだったでしょうかしらね」

などと話に乗ってくる人がいたら、彼女は（思い出に浸って）涙をこぼしてしまいそうなのだ（せっかくの吉き日にそんなことをされては大変だ）。

帝の御前での管弦の演奏が始まって雰囲気が盛り上がったところへ、若宮様のお声がかわいらしく聞こえていらっしゃる。右大臣が、

「楽の万歳楽が、親王さまのお声にぴったり合って聞こえますな」

とおほめになる。左衛門の督《かみ》たちは、

「万歳、千秋」

と声を合わせて唱える。あるじの殿は、

「ああ、前にも行幸はあったが、どうしてあれしきのことを名誉と思っておったやら。こんなに願ってもない行幸もござったに」

と、泣き上戸になっていらっしゃる。行幸の誉は確かに今更言うまでもないことなのだけれど、それをこのように殿ご自身がはっきり自覚していらっしゃるということが素晴らしい。

殿は向こうにお出ましになる。帝は母屋にお入りになって、右大臣をお呼びになり、筆を執って（行幸褒美の加階の）書類を作らせる。中宮職や道長家の家司《けいし》たちはこぞって位を上げられた。（書類が出来上がると、帝は）頭の弁に命じてそれを読み上げさせるご様子だ。

若宮様は、この日あらためて新しい宮家として認められた。その御礼に、氏の公卿《くぎょう》たちは列をなして帝への拝舞をなさる。同じ藤原氏でも門流が別の方々は、列に加わられることもなかった。続いて親王さまの家司長官を兼務することがきまった右衛門の督、中宮職の大夫ですよ、それから中宮職の亮で位の上がった侍従の宰相など次々の人が、帝にお礼の拝舞をする。

帝が中宮様の御帳台にお入りになってまだ間もないのに、

「夜が更けました。お帰りの輿《こし》を用意します」

と大声で催促がかかり、帝はお帰りになってしまった。

二十八　十月十七日～後朝の文

翌朝、帝のお使いは朝霧も晴れぬ時刻にやってきた。私は寝過ごして見ずじまいになってしまった。今日初めて、親王様の髪を剃いでおさしあげになる。わざわざ行幸の後にと予定していたのだ。

また同日、親王家の家司、本職と兼務する別当や侍者などの職員が決まったという。前から聞いていなくて、残念なことがいっぱいだ。

ここ数日はお部屋の様子がいつもと違って簡略になっていたのだが、今朝はきちんと改まって、中宮様御前の雰囲気は実にこうあるべきという感じだ。殿も奥様も、数年来待ち遠しく思って見ていらっしゃったことがすっかり叶《かな》って、夜が明けると、お二人ともおいでになっては、親王様をかわいがっていらっしゃる。その栄花の輝かしさたるや、二つとない。

二十九　十月十七日夕刻～中宮の大夫ら、局を訪う

日が暮れて月がとてもきれいな頃、宮の亮がやってきた。女房に会って、昨日行幸の賞

で位が特進したお礼の挨拶を言上し中宮様に伝えてもらおうというのだろう。（とはいえ中宮様の御座所である寝殿は）妻戸の辺りもお湯殿の湯気に濡れ、女房のいる気配もなかったようで、私のいる渡殿の東端にある宮の内侍の局《つぼね》に立ち寄り、「こちらですか」と声をおかけになる。また宰相は中の間に近づいて、まだ掛金をさしていない格子の上側を押し上げて「いらっしゃいますか」などおっしゃるが、私は出ないでいた。だが中宮の大夫の「こちらですか」とおっしゃるのまで無視して隠れているというのも偉そうなので、ちょっとだけ返事などする。お二人は実に晴れ晴れとした御様子だ。（宮の亮は）「私への御返事はしないで、大夫を贔屓《ひいき》致した。道理は尤《もっと》もだがよくないぞ。こんな所で上司と部下の分け隔てをきっちり付けるものか？」とお咎《とが》めになる。「今日の尊さ」などいい声で歌う。

夜が更けるにしたがい、月光がたいそう明々と輝く。「格子の下側を取り外せ」と強くおっしゃるが、ひどく下々の場所に上達部様がいらっしゃるのも、こうした女房の局とはいいながら、やはりきまりが悪い。「若々しい人ならば身の程を弁《わきま》えぬように浅はかでも見逃されるのだろうけれど。何、私は戯れはしますまい」と思って外さなかった。

三十　十一月一日　五十日の祝い～若宮の御膳

敦成《あつひら》親王のお誕生五十日のお祝いは、十一月一日の日。例によって女房たちが飾り立てて参集した御前の光景たるや、まるで絵に描いた物合の場のようでございました。

中宮様の御帳台の東側の昼の御座の端に、北端の御障子から南の柱まで、御几帳を隙間なく立て尽くして一室とし、その南の方に御膳をお運びして並べてある。西寄りに大宮の御膳。いつもの沈の折敷、格別立派な台なのだろう。そちらのことは見ていない。お給仕は宰相の君讃岐、取り次ぐ女房も釵子《さいし》を付け元結を結ったりしている。若宮様のお給仕は大納言の君。こちらは東寄りにお運びして並べてある。小さな御台、幾枚ものお皿、お箸《はし》の台、州浜なども、雛遊《ひなあそ》びの道具そのもののように見える。御膳の会場の東の間の廂《ひさしみ》の御簾《す》を少し上げて、弁の内侍・中務の命婦・小中将の君など然《しか》るべき女房ばかりが、御膳を取り次いではお運びする。私は北側にいて、詳しくは拝見しておりません。

今宵、少輔の乳母《めのと》が禁色を許される。それで彼女は作法に合った正しい装束を着用している。若宮様をお抱き申し上げている。御帳台の中で殿の奥様がお抱き取り申されて、にじり出ていらっしゃる、灯火に浮かぶその御姿も雰囲気も、ことのほか素晴らしい。赤色の唐衣《からぎぬ》、地摺《じずり》の裳《も》で麗々しく装束を整えていらっしゃる所も、畏《おそ》れながら心からしみじみと見てしまう。大宮様は葡萄染《えびぞ》めの五重の御袿《うちき》に蘇芳の御小袿をお召しだ。若宮様へのお餅は道長さまが差し上げられる。

三十一　五十日の祝い～公卿ら合流

上達部《かんだちめ》の席はいつもどおり東の対の西側だ。もう二人の大臣も参列なさった。渡殿の上に参って、今度も酔い乱れて騒いでいらっしゃる。

折櫃物《おりびつもの》や籠物《こもの》など、殿のお宅の方からお世話係が続々と運び込んだ献上品が、欄干に沿ってずらりと陳列してある。庭の松明《たいまつ》の光では心もとないので、四位の少将などを呼び寄せて、脂燭《しそく》を灯させて、お客たちはそれを見る。内裏の台盤所に持って参らなくてはならないのだが、明日からは帝が御物忌ということで、今晩中にすべて急いで撤収しては運び去る。

中宮の大夫が中宮様のお席の御簾もとに参り、

「上達部を御前に召しましょう」

と申される。取り次いで女房が、

「ご了解なさいました」

と答えると、殿を始め上達部たちが皆参上なさる。階段の東側の間を上座に東の妻戸の前まで、位の順にお座りになる。女房たちは二重三重にずらりと居並んでいる。ちょうど御簾もとにいた女房が、それぞれの前の御簾にいざり寄って、それを巻き上げられる。

三十二　五十日の祝い〜酔い乱れる公卿たち

御簾があくと、大納言の君、宰相の君、小少将の君、宮の内侍…という具合に女房たちが集まって座っている。右大臣は早速上がりこみ、目隠しの几帳の布の綴《と》じ目を引きちぎって、散々の乱れようでいらっしゃる。「いい歳をして」と皆がつつき合っているとも知らず、女房の扇を取り上げるなど、ご無体なお戯ればかりだ。そこへ大夫が、杯を手に割って出る。「美濃《みの》山」を歌って管弦も一くさり、形ばかりだがなかなか上手だ。

その下座の東の柱もと、右大将が女房に近寄り、裾や袖口に覗《のぞ》く衣の枚数を数えていらっしゃる様子は、さすがに他の方と違う。お酒の場だし少しくらいいいだろう、私のことなど誰ともご存じないだろうしと思って、私は勇気を出して近づき、二言三言話しかけてみた。今風におしゃれな方よりもずっと、こちらを圧倒する雰囲気をお持ちとお見受けした。（芸の披露は苦手なご様子で、）杯の順番が近づくにつれそわそわしていらっしゃった。

が、よくある無難な「千歳万代」の祝い歌でやり過ごした。

左衛門の督《かみ》は「失礼。この辺りに若紫さんはお控えかな」と中を覗かれる。光源氏に似たような方もここにはお見えでないのに、まして私が紫の上だなんてとんでもない。そんな方はいらっしゃいませんことよ、と聞くだけは聞いたが応《こた》えないでおく。

「三位の亮《すけ》、酒を取らすぞ」

と殿に呼ばれて侍従の宰相が立ち上がる。とそこに父上の内大臣がいらっしゃったので、礼儀正しく下座に回って進み出られた。その様子を見て内大臣様は酔い泣きしていらっしゃる。隅の柱のもとでは権中納言が女房の兵部さんの袖を引っぱって、聞くに堪えない冗談を飛ばされているが、その大声にも殿は口を出されない。

三十三　五十日の祝い～道長の野心

今夜の皆様の酔い方では大変なことになりそうだと見て取って、私は宰相の君さんと申し合わせて、宴が終わるやいなや隠れてしまうつもりだった。ところが東廂には道長家のお坊ちゃま方や宰相の中将などが入り込んで騒々しい。そこで二人して中宮様の御帳台のうしろに身を潜めていたのだが、殿が目隠しを取り払われ、二人とも捕まえて、殿の前に座らせてしまわれた。

「和歌を一首ずつ詠め。そうしたら許してやろう」

とおっしゃる。何もできないし怖いしで、こう申し上げる。

今日の五十日《いか》の祝いに、さていかが数えおおせられましょう。八千歳余りも続くに違いない、末永い若様の御世を。

「ほお、見事に詠みおったな」

殿は二度ばかり口ずさまれると、すばやく返された。

鶴は千年の齢《よわい》を持つという。その寿命がもし我にあるならば、若君が千歳になるまでそのお年も数えとってやろうぞ。ともあれ、我は命の尽きるまで若君に尽くす覚悟だ。

あれほどお酔いなのに、殿にとって若君誕生はずっと念願でいらっしゃったことだから、本当にしみじみとうなずけるお歌だ。実際、殿がこのように盛り立てなさるからこそ、儀式だの祝いの品だのといったすべての飾りも輝きを増すのだ。私のように人の数にも入らぬ分際の脳裏にさえ、千代どころではあるまい若宮様のご将来が次々と思い浮かべられた。

三十四　五十日の祝い～倫子の不機嫌

「中宮様、お聞きですか？　うまく詠みましたぞ」

殿は会心の作と自慢なさって、

「中宮の父さんとして僕はなかなかのものだし、僕の娘として中宮はまずくなくていらっしゃる。母もまた、運が良かったと思って笑っておいでの様子。いい夫を持ったなあと思っていると見える」

そう冗談を申されるのも、たいそうお酔いになった勢いと見える。私はちょっと不安になったが、たいしたこともないので、中宮様はただご機嫌麗しくお聞きでいらっしゃる。だが奥様は聞くに堪えないと思われたのだろう、お部屋に引き揚げてしまったご様子だ。殿は、

「部屋まで送らないといって母上がご機嫌を悪くなさるからな」

と、大急ぎで中宮様の御帳台の中をくぐって後を追われる。

「中宮よ、失礼とお思いでしょう。が、親があればこそ子も尊ばれるのだぞ」

と呟《つぶや》かれるのを、女房たちは笑ってお送りする。

三十五　十一月上旬～御冊子作り

内裏に還御なさる時期も近づいたというのに、そのために女房たちがあれこれと気ぜわしい中、中宮様は御本作りをなさるという。そこで私は、夜が明けると真っ先に中宮様の御前に上がり、差し向かいでお仕えして作業にあたる。色とりどりの料紙を選び整え、物語の原稿を添えては、清書の依頼状と共にあちこちに配るのだ。そのいっぽうでは、清書の終わった分を綴じ集め整える。これを仕事にして、夜を明かし日を暮らす。

「いったいどんな子持ちが、この冷たい時季にこんなことをなさるのか」

殿はそうはおっしゃりながら、上質の薄様紙《うすようがみ》、筆、墨などを次々持参なさる。御硯《すずり》まで持参なさって、中宮様がそれらを私に下さると、勿体《もったい》ないと騒いで、

「お前というやつは、うわべは正装したように取り澄まして、その実こんな（ちゃっかりした）ことをしおる」

と殿はお責めになる。それでも、墨挟み・墨・筆などを下さった。

物語の原稿を自宅から取って来させて、局《つぼね》に隠してあったのだけれど、私が中宮様のお前にいる間に殿がこっそりいらっしゃり、家捜しなさって全部内侍の督様に差し上げてしまわれた。まずまずに書き換えたのは皆無くなって、（草稿はこうしてそっくり伝わって）

残念な評価を受けることになるのでしょうね。
若宮様はおしゃべりなどをなさる。帝が早く会いたいとお思いなのも、当然だこと。

三十六　十一月中旬～物思い

お庭の池に渡り鳥たちが日ごとに多くなってゆく。それを見ながら私は「中宮様が内裏にお帰りになる前に雪が降るといいのだけれど。この土御門邸のお庭の雪景色はどんなに素敵かしら」と思っていたのだが、ほんのちょっとお暇をいただいて自宅に帰ったら、二日ほどして何と初雪が降ってしまったではないか。（豪華なお邸とは比べ物にならないみすぼらしい自宅の木立を見るにつけても、私の気持ちはかき乱れて。

ここ幾年か、寂しさの中、涙に暮れて夜を明かし日を暮らし、花の色も鳥の声も、春秋にめぐる空の景色、月の光、霜雪（など自然の風景）を見ては、そんな季節になったのだとは分かるものの、心に思うのは「いったいこれからどうなってしまうのだろう」と、そのことばかり。将来の心細さはどうしようもなかった。

でも、取るにたりないものではあるけれど物語については、同じように感じ合える人とは心を割った手紙を交わし、少し疎遠な方にはつてを求めてでも声をかけた。私はただこの「物語」というものひとつを素材に様々の試行錯誤を繰り返しては、慰み事に寂しさを紛らわしていた。自分など世の中を生きる人の数には入らないとは分かっているが、（この小さな家の中で暮らし、気心の知れた仲間と付き合う限りにおいては）さしあたっては、恥ずかしいとかつらいとかいう思いを味わうことだけは免れていた。…ところが今、その気持ちを残らず思い知ることになった身の上の、何と憂わしいことだろう。

三十七　物思い～変わってしまった私

試しに物語を手に取って見たが、昔見たようには全く感じられず、私は茫然《ぼうぜん》とした。しみじみと心を触れ合わせ言葉を交わし合った友達あたりも、（私が女房勤めに出てしまった今となっては）私のことをどれほど恥知らずで浅はかなものと思い軽蔑《けいべつ》していることだろう。そんな邪推をするのも、宮仕えに出たこと同様に恥ずかしくて、こちらから連絡も取れない。

知人の中でも、奥ゆかしくあろうと心掛けている人は、宮仕えという大雑把な暮らしでは手紙など送れば他人に見られてしまうと警戒しているに違いないから、私は私で「そんな人がどうして私の心のありのままを深く理解してくれようか」という気になり、当然おもしろくない仲になって、絶交したわけではないけれど自然にやりとりが途絶えてしまった人も多い。

私があちらの御殿からこちらの内裏へと一つ所に落ち着かぬ暮らしになってしまったと思って、訪ねてくる人も滅多にない。まさにこの慣れ親しんだはずの家で、すべて些細《ささい》なことにつけても別世界に来た感が募り、私は溜息《ためいき》が出てならなかった。

こうなっては、ただ仕事上いつもそばにいて語り合い、多少とも心にとめて思ったり、こまやかに言葉を交わしたりする人たち、さしあたって自然に仲良く話せている女房仲間たちばかりが何だか慕わしく思えてくるのだけれど、それも我が心ながら現金なものだ。大納言の君の、夜ごと中宮様の御前すぐ近くに臥《ふ》してはいろいろ話して下さった様子が恋しい。やはり、私の心が宮仕えという世界に染まりきってしまったということなのだろうか。

御前では女房たちは、水鳥が水に浮かぶように装束にくるまって仮寝《かりね》いたしますわよね。そんな御前が恋しくて、独り寝する里の床に、鴨の羽根の霜にもまさる冷たさを感じていますの。

大納言の君のご返事は、

羽根の霜を払い合う友達のいない夜、真夜中に目覚めて、共に暮らした相手を恋しく思う鴛鴦《おしどり》。私も同じですわ。あなたがいらっしゃらないのをとても寂しく思っています。

歌だけでなく書き方もとても素敵で、よくできた御方だわと思いながら見る。

女房の皆さんもお手紙を下さり、

「中宮様が雪を御覧になって、折も折あなたが退出していることにね、たいそう失望していらっしゃいます」

とおっしゃる。殿の奥様のお手紙には、

「この里帰りは、私があなたを（しばらくゆっくりしなさいと）里にとどめたものだから、あなたは（私の言うことを聞いて）わざわざ急いでお暇をもらい、『すぐ戻って参ります』と言ったのも口ばかりで、長居しているのだと見ています」

そう書いて来られる。それで、私も冗談でも「すぐ戻ります」と申し上げたし、奥様もお手紙まで下さったことでもあるしで、恐縮に存じ上げて帰参した。

三十八　十一月十七日〜一条院内裏へ還御

中宮様が内裏にお帰りになるのは十一月十七日だ。戌《いぬ》の刻（午後八時前後）と聞いていたが、だんだん夜が更けてしまった。女房たちは三十人余り、正装のため皆髪を上げて並び、どの顔も見分けがつかない。内裏女房たちも十人余り、寝殿の母屋の東面や東廂に、私たちとは南廂の妻戸を隔てて待機している。

中宮様の御輿《みこし》には、お付きとして宮の宣旨が同乗する。糸毛の牛車には殿の奥様と、少輔の乳母《めのと》が若宮様を抱っこ申し上げて乗る。大納言の君と宰相の君が黄金造りの牛車に。次の車に小少将と宮の内侍。そして次の牛車に私が馬の中将と乗り込んだところ、彼女は「まずい人と乗った」という顔をするではないか。同車ぐらいでなんと大げさな、女房勤めとはこういうところが本当に不愉快だと思えてなりませんでした。殿司の侍従の君、弁の内侍、次の車に左衛門の内侍、殿の宣旨の式部…とそこまでは席次に従って乗り、後は例によって思い思いに乗車した。

（降りると）月が明々と照っていて、こんな中を（丸見えで歩かなくてはならないなんて）ひどいことだと思いながら行く足どりは、まるで宙を踏むようだ。馬の中将の君を先に行かせたところ、彼女はどこへ行くかもわからないようにたどたどしい様子、私の後ろ姿を見る人もきっと同じように見ているのだろうと思い知らされて恥ずかしい。

三十九　一条院内裏～何ばかりの里人か

細殿の三の口にもぐりこんで横になっていたところ、小少将の君もいらっしゃって、やはりこういうことはつらい、などお互い愚痴をこぼしつつ、寒さで硬くなった衣を横へ押しやり、綿入れの分厚いのを重ね着して、火取に火を掻《か》きいれて暖を取り、体も冷えきってしまったから仕方ないとは言えみっともない、と私たちは話していた。ところがそこへ、侍従の宰相や左の宰相の中将、公信《きんのぶ》の中将などが次々にお立ち寄りになる。こんな時にかえって煩わしい、とげっそりする。今晩はいないものと思われて済ませたいと思っているのに、ここにいると誰かにお聞きになったのだろう。（その様子を察してか、彼らも長居しようとはせず）

「明日早く出直して参りましょう。今晩は寒くて我慢できない、身も凍ります」

など当たり障りなく言って、こちらの陣の方から出て行く。それぞれに家路へと急ぐ様子に、ふと「家にはどれほどいい奥様がいるというのかしらね」という思いがわきつつ後ろ姿を見送ってしまった。いえ、私の境遇に引きつけてではございません。大方の夫婦一般のことや、小少将の君がとても上品でかわいいのに、男女のことを見にしみてつらいと思っていらっしゃるのを拝見してのことですわ。お父様の件をはじめ、人柄の良い割には、ご運がそれに全く見合わぬようですものね。

四十　十一月十八日〜還御の手土産

中宮様は、(殿から頂かれた) 昨夜の贈り物を、今朝になってじっくりと御覧になる。櫛箱《くしばこ》の中のお道具類は、言い尽くしようもなく、見ても見尽くしようもないほどだ。手箱が一対、一方には白い色紙を綴《つづ》った御本、古今集・後撰集・拾遺集。それらの作品は五冊に仕立てて、書き手は侍従の中納言と延幹《えんかん》と。それぞれ冊子一冊に歌集の巻四巻をあててお書かせになっている。表紙は羅。紐《ひも》は同じ羅を唐風の組紐にして、これらは懸け子の上段に入れてある。

下段には、能宣《よしのぶ》や元輔《もとすけ》のような、今昔の歌詠みたちの家集を書かせて入れてある。延幹と近澄の君が書いたのはしかるべき立派なものであって、一方こちらは中宮様がただ身近に置いてお使いになるのにふさわしく、見知らぬ書き手に作らせなさった御本で、いかにも新しい感覚で、趣もまた別物だ。

四十一　十一月二十日～五節の舞姫参入

五節の舞姫は、二十日に内裏に参入する。中宮様は、（舞姫調達役となった）侍従の宰相に舞姫の装束などを御下しになる。（同じく舞姫調達役となった）右の宰相の中将が、五節のために日蔭蔓《ひかげのかずら》の所望を申し出られたのを御下しになる、そのついでに、箱一対に薫物《たきもの》を入れて、造花、梅の花をつけて（おきばりあれと）挑発して差し上げた。

短期間で準備する例年よりも今年は（期間が長くて）張り合っているとの噂がある。それで、舞姫たちが、中宮様御座所の向かいにある東の対の立蔀《たてじとみ》に隙間も無くずらりと灯し《とも》た灯火の光の、昼よりも露わで恥ずかしげな中を歩いてやって来た様子には、私は驚きあきれ「何ともはや平然としたことと」と思うばかりだったが、他人事《ひとごと》とばかりは思えない。私だって、ただこのように殿上人と直に顔を合わせて差し向かって脂燭《しそく》を向けられはしないというだけではないか。舞姫の周りには幔幕《まんまく》を引きせきたてていくのだが、大体の様子は似たようなものと、皆見ているのだろう。そう思い出すにつけても即座に胸が詰まる。業遠《なりとお》の朝臣《あそん》のかしずきは、錦の唐衣《からぎぬ》が夜の闇にも紛れず新鮮に見える。着重ねて体はほとんどが装束ばかりとなり、身動きも容易でなさそうに見てとれる。殿上人は格別の配慮で世話に当たる。

こちら中宮様の御座所に帝もお出ましになって御覧になっている。殿もこっそりいらっしゃって遣《や》り戸の北のほうにいらっしゃるものだから、私たちは好き勝手にもできず気づまりだ。

中清《なかきよ》のかしずきは身長も同じほどに揃い、たいそう都会的で恰好《かっこう》いい様子が、他にひけをとらないと評される。右の宰相の中将のは、すべきことは皆整えてある。樋洗《ひすま》しの二人がきちんとしているのが鄙《ひな》びていると、見る者はほほ笑んだということだ。最後に藤宰相の一行は、思いなしかモダンで一味違う。かしずきは十人いる。（控室にあてられた）又《また》廂《ひさし》の御簾《みす》を下ろして、その下から（さりげなく）こぼれ出た装束の褄《つま》あれこれが、いかにも「完璧《かんぺき》に整えました」という顔で自慢しているのよりはずっと見所があって、灯火の明かりに照らされている。

四十二　十一月二十一日〜御前の試み

寅の日の朝、殿上人たちが中宮様に御挨拶に参る。恒例のことではあるが、ここ数ヶ月（土御門邸にいて）内裏離れしてしまったのだろうか、若い女房達は新鮮に感じている様子だ。とはいえ、まだ今日は（本番に着用する）摺《す》った衣も見えないのにね。

その夕刻、中宮様は東宮の亮《すけ》をお呼びになり、薫物《たきもの》を取らせる。いかにも大きな箱一つに、高く盛り上げてお入れになった。尾張守へは殿の奥様がおやりになったという。その夜は「御前の試み」とかいうことだ。中宮様は帝の御前にいらっしゃり御覧になる。若宮様が御一緒なので、うちまきを撒き大声をあげて魔《ま》除《よ》けをする。いつもの年とは違う感じがする。

私は億劫《おっくう》なので、しばらく休んでいて様子を見て参上しようと思って、中宮様の御座所にいた。すると小兵衛や小兵部なども炭櫃《すびつ》の傍にいて「とても狭くて、ろくに見えやしませんわ」など言っていた時、殿がいらっしゃって「どうしてこのように行事をやり過ごしておるのか。さあ、一緒に」とせきたてなさるので、しぶしぶ参上した。

舞姫たちはどんなにか苦しかろうと見えた。その時尾張守の舞姫が気分を悪くして退場してしまった、それは（目の前に起きたことだが、私の目には）とても現実の出来事ではないように映るのだった。行事が終わり中宮様は御退室になった。

この時期の君達《きんだち》は、五節控室の素敵なことばかりを噂している。「簾《すだれ》の端や帽額までが思い思いの趣向で、そこから出て見える頭の具合、立ち居振る舞いの雰囲気などまでが全く別物で、様々なんだよね」と、聞いていられない語りぶりだ。

四十三　十一月二十二日〜童女御覧

こんな年でなくてさえ、帝の「童女御覧」の日の童女《わらわ》の気持ちは決して平静でないだろうに、今年はましてどんなにどきどきしているだろうか。私は早く見たくてじれったくなっていたのだけれど、童女たちが並んで歩み出てくるのを見たらただもう胸がいっぱいになって、見ているのがつらくなってしまった。とはいえ、別にどこか特に贔屓《ひいき》の所があるわけでもないのにね。

担当者が我も我もとあれほど心を尽くして仕立てた童女だからか、目移りがして、私には甲乙がつけがたい。最新流行を知る人の目にならすぐわかるのだろうけれど。(私のようなものには) ただ、こんなにも明るい昼日中に、顔を隠す扇すらちゃんと持たされず、沢山の君達も交じる見物人の前で、もちろん童女は人に見られる立場だし覚悟もして来ているとは言いながら、負けん気もどれほど怖気《おじけ》づいているだろうかと、他人事ながら無性に心が痛んでしまって…本当に偏屈な私だこと。

丹波の守の出した童女の青白 橡《つるばみ》の汗衫《かざみ》を素敵と思って見ていたら、藤宰相の童女は同じ白橡の汗衫でも赤白橡を着せて、逆に下仕えの唐衣に青白橡というのが小憎らしいくらい素敵な感じだ。童女の顔かたちも、一方の丹波の守のはそう整っているとは見えない。

宰相の中将の童女はすらっと背が高くて髪がきれいだ。（だが）その妙に場慣れし過ぎた一人を見て、人々は「いかがなものか」と首をかしげていた。みな濃き色の衵《あこめ》で、表着の汗衫に思い思いのを着ている。汗衫は五重で、中で尾張の守だけは五重をただ葡萄《えび》染めだけに統一して着せている。かえって重々しく奥ゆかしい印象で、衵の色合いや艶なども引き立っている。下仕えで特に顔立ちの整った一人が、帝の御覧のために扇を外す段で、受け取ろうと介添えの六位蔵人《くろうど》が近づくや否や、自分で下ろしてさっと投げ渡したのは、こなれているとは言いながら、あまりに女性らしくない所作と見受けられた。

（こうして批評しているけれど）私たちに「あの子たちのように人前に出よ」との命令があったなら、やはり緊張して地に足もつかずまごつくばかりだろう。女房勤めにしても、我ながらこうまで人前に出ることになろうとは、思ってもみただろうか。だが、見る見る、しかも驚くほどに変わってしまうのが人の心というものだもの、これから後の私の厚顔無恥さ加減たるや、きっと女房に染まりに染まり、度を過ごして、顔などすっかりさらしても平気になるのだわ。自分自身の将来が次から次へと嫌な夢のように浮かんで、あってはならないことまで思いつき、ぞっとしてしまって、いつものことながら、華やかな儀式も私の目には入らないのだった。

四十四　五節〜左京の君いじめ

侍従の宰相の五節控室は、中宮様の御座所からすぐ目に入る所にある。庭の立蔀の上からは、評判の御簾の上の方も覗《のぞ》いて見える。人の話し声もほの聞こえる。

「あの女御のところで左京の馬っていった女房が、慣れた顔をして皆と一緒に控えていたよ」。宰相の中将が、その女房と昔見知った仲で、口に出される。それを聞いて、「この前の夜、あの理髪係として座っていた者たちのうち、東側にいたのが左京さ」。とは、源少将さんも顔見知りだったのだ。縁あってこれを小耳にはさんだ女房たちは、

「面白いじゃないの」

と口々に言っては、

―さあ知らん顔はできないわよね、昔いかにも奥ゆかしそうな顔をして勤め慣れた内裏に、理髪係ふぜいの姿で出てくるべきかしら、うまく隠れているつもりらしいけれど、こちらからはっきりご挨拶してやりましょう―

というわけで、御前に扇がたくさんございます中から、含みを込めて、ほかでもない蓬莱《ほうらい》の絵が描かれたのを選んだ。（漢詩に典拠があって）当然興趣があるのだが、あちらに分かったものか。その扇を硯箱《すずりばこ》の蓋《ふた》に広げて置いて、五節につきものの日蔭蔓《ひかげかずら》をその上に丸

めて、童女用の櫛《くし》を反りかえらせ白い物忌で両端を結えたものを添えた。

「少し女盛りを過ぎたお方だし、櫛の反り方がまだ足りんのじゃないか？」

君達が（意地悪にも）そうおっしゃる。そこで今流行の、両端がくっつくほど、恰好《かっこう》悪いまでに反り返ったスタイルにして、（これとは別に）お香の黒棒を円柱状に丸めてぞんざいに両端を切り、白い紙二枚に包んで立文の形にする。紙には大輔さんにこう書かせる。

あまたいる豊明節会の宮人の中でも自然に目に入るあなたの日蔭を見て、感服いたしましたわ…はっきりと目につく、今は日蔭の身のあなたを、哀れと思って拝見しましたことよ。

（事情をご存じない）中宮様が、

「同じことなら素敵に仕立てて扇なども沢山差し上げなさいな」

とおっしゃるが、

「仰々しいのは、今回の雰囲気には不似合いでしょう。もしことさらに中宮様から授けるということになりましたら、このように表立たないやり方はよくありませんし。これはほんの私ごとですから」

そう申し上げておいて、向こうが顔を知らないような局付《つぼねつ》きの者を遣わして、

「これ。中納言の君の御文です。弘徽殿《こきでん》の女御殿から左京の君に差し上げたいとのことで

す」

（作り事を）大声で言ってその場に置いた。引きとめられたらみっともないことになると思っていたが、走って帰ってきた。（その後ろで）女の声で、

「お使いはどこから入ってきたの？」

と問う声が聞こえた。すっかり女御様の手紙と信じ込んだらしい。

四十五　五節直後〜祭の後の寂しさ

何ほどの耳にとめることもなかった数日間ではあるが、五節も終わったと思う心で見る内裏の気配はにわかに寂しく、それで巳《み》の日の夜の雅楽総稽古《そうげいこ》は実に心が弾んだ。若々しい殿上人などはどんなに名残惜しく、心に穴が開いたような気持ちだろうか。

殿の高松のお坊ちゃまたちまでが、中宮様が今回内裏にお入りになった夜からは、女房の局への立ち入りを許されて、もうしょっちゅうお通りになってはうろうろなさるので、女房達は気恥ずかしく感じている様子だ。私はもう年なのをいいことに隠れている。坊ちゃまたちは五節を恋しいなどと特に思うでもなく、やすらい・小兵衛など（若い女房）や、その裳《も》の裾や汗衫《かざみ》にまつわりつきなさって、小鳥のようにピーチクパーチクさえずり戯れ

ていらっしゃると見える。

四十六　十一月二十八日～賀茂の臨時の祭

賀茂の臨時の祭の勅使は、殿の権の中将の君だ。当日は天皇の御物忌で内裏に出入りできないので、殿は前もって宿直《とのい》なさった。上達部《かんだちめ》も祭の舞人役のお坊ちゃまたちも内裏に泊まり込みされ、祭前夜は私たちの局がある細殿あたりも一晩中ざわざわしていた。

祭の当日早朝のこと、内大臣の御随身がこちらの殿の御随身に、物を渡して立ち去った。（見ると）先夜の箱の蓋に銀製の冊子箱が置いてある。中には鏡を押し込んで、他に沈製の櫛や銀の笄《こうがい》など、祭の勅使の君が鬢《びん》の毛を整えなさるように揃えてある。箱の蓋に装飾文字で書き込んであるのは、どうも左京の君に贈った日蔭《ひかげ》の歌への返歌らしい。だが文字が二つ落ち、おかしいことに内容が食い違っている模様だ。それは、あちらの大臣が（私たちが左京の君に贈った物を）中宮様からとお考えになって、このように仰々しくしてしまわれたのだと伺いました。つまらないおふざけを、気の毒にも仰々しく。

殿の奥様も内裏に参上なさり、行事を御覧になる。勅使の君が造花の藤を挿して、実にしっかりと大人びていらっしゃるのを、（乳母の）内蔵《くら》の命婦は、舞人に目もくれず、見つめては見つめては泣いていた。

当日は帝の御物忌なので（内裏に入れず）、一行は日付が変わった丑《うし》の刻に賀茂社から内裏にお帰りになる。そのため還立ちの御神楽《みかぐら》なども形ばかりだ。舞の名手の兼時《かねとき》が、去年までは実に似合いの様子だったのに、今年はひどく衰えた所作で、私にとっては見も知らぬ人のことではあるが、ああ（誰しも老いるのだ）と身につまされることばかりです。

四十七　十二月二十九日〜場違いの思い

（しばらく自宅に帰っていたが）師走の二十九日に出勤する。初めて中宮様の下に出仕したのもこの日の夜だったこと。あの時は実感もなく、夢か何かのように訳が分からなかったっけ。そう思い出すと、（今は）すっかり慣れてしまったというのも、嫌な自分だと思えてならない。

夜もずいぶん更けてしまった。中宮様が御物忌でいらっしゃるのでご挨拶にも上がれず、私は一人心細く横になった。前の女房たちが、

「内裏はやっぱり違うわね。家じゃ今頃は眠っている時刻なのに、本当に寝付けやしないほど（殿方の）靴音がひっきりなしだこと」

そうエロチックな言い方で話すのが耳に入る。

歳は暮れ、私の人生は更けてゆく。また一つ老いるのだ。（それに比べてこの宮廷の華やかさ）吹きすさぶ風の音を聞けば、心の中には自分など場違いの用無しだという思いが募るばかりだ。

私は思わず、そう独りごちてしまった。

四十八　十二月三十日～盗賊事件

大晦日《おおみそか》の夜、鬼やらいの行事がずいぶん早く終わってしまったので、私は局でお歯黒つけなどちょっとした身づくろいをしてくつろいでいた。弁の内侍さんがやって来て、少し話すと横になられた。女蔵人の内匠《たくみ》は長押《なげし》の下座に座って、あてきが縫う仕立物の重ねひねりを教えるなど静かに過ごしていた、その時だ。中宮様のお部屋のほうで、物凄《ものすご》い叫び声がする。私は弁の内侍さんを起こしたが、すぐには起きてくれない。人が泣きわめく声が聞こえて、凶々《まがまが》しくて訳が分からない。火事かとも思ったが、そうではない。

「内匠の君、さあさあ」

と私は無理やり彼女を先に立てて、

「何はともあれ、中宮様がお部屋にいらっしゃる。まず御前にあがってご様子を確認いたしましょう」

乱暴に内侍をたたき起こすと、三人してぶるぶる震えつつ、宙を踏むような有様でそちらに行ってみた。と、裸の女性が二人、うずくまっている。靫負《ゆげい》と小兵部だ。こういうことだったのだ。そう見てとるとますます身の毛がよだつ。

宮中台所係の男たちも皆出払い、中宮様の警備係も瀧口の警備係も、鬼やらいが終わるとすぐ皆帰宅してしまったことだ。手を叩き声をあげるが、応《こた》える者もいない。配膳室の刀自《とじ》を呼び出して、

「殿上の間に『兵部の丞《じょう》』という蔵人がいる、その人を呼んで、呼んで!」

と、はしたなさも忘れて上下のけじめもなく直接命じてしまった。刀自は探したが、退出したという。(弟ときたら肝心な時に)恨めしいことこの上ない。(やがて)式部の丞の資《すけ》業《なり》が駆けつけて、あちこちの灯火を一人で点《つ》けて回る。(明かりの中で見ると)女房たちには茫然《ぼうぜん》として顔を見合わせているのもいる。天皇から中宮様へのお見舞いの使いが来る。

…本当に恐ろしいことでございました。

中宮様は蔵の中の装束を取り出させて、裸の二人に下さる。正月用の装束は盗られなかったので、二人とも(翌日は)何事もなかったかのような顔で仕えていたけれど、私には

あの裸姿が目に焼き付いている。「恐ろしい、でもなんだか可笑《おか》しい」だがそれは口に出さない。

四十九　寛弘六年正月〜女房たちの正月装束

正月一日。（夕べの事件でもちきりで）忌み言葉を気にしてなどいられない。この日は坎日《かんにち》で日柄が悪いので、若宮様の戴餅《いただきもちい》の行事は中止になった。そして三日に、（中宮様と若宮様は）清涼殿におあがりになる。

今年の御薬（お屠蘇《とそ》）の儀の給仕役は、大納言の君。装束は、元日は紅の掻練《かいねり》に葡萄染《えびぞ》めの表着《うわぎ》、唐衣《からぎぬ》は赤色で、摺《す》り模様の裳《も》。二日は紅梅の織物の表着で、掻練は濃き色、青色の唐衣、色とりどりの摺り模様の裳。三日は、表着は唐綾の桜重ね、唐衣は蘇芳色の織物。掻練は濃き色を着る日は紅を裏地に、表地に紅を着る日は裏地に濃き色をなど、通例どおりだ。袿《うちき》は、重ね色目が萌黄《もえぎ》・蘇芳・山吹の濃き・薄き・紅梅・薄色など、通常の色のを一度に六枚ほどで色とりどりに。表着とはとてもよく似合っています。

宰相の君が御佩刀《みはかし》を手にして、殿が親王様を抱っこ申し上げていらっしゃるのに続いて参上なさる。紅の三重五重・三重五重と混ぜては、同じ紅の光沢のあるもの七重に単衣《ひとえ》を縫い重ね、それを交ぜて、上に同じ紅の固紋の五重、袿は葡萄染めの浮き紋で堅樹の紋様を織り出した物、縫い方まで気が利いている。三重重ねの裳、赤色の唐衣には菱の紋様を織り出して、技法も実に中国風だ。髪などもいつもに増して整えてとてもいい感じで、雰囲気も立ち居振る舞いも洗練されて素敵だ。身長は丁度良い程の高さ、肉付きはふっくらした人で、容貌《ようぼう》は実に整っており、華やかな美しさがいかにも魅力的だ。

大納言の君は、とても小ぢんまりとした、どちらかと言えば小さいと言うべき方の人で、色白で可愛い感じ、丸くふくよかで、見た目はたいそう背が高く、髪は身長より三寸ほど長いが、その毛先の感じ、生え際の感じなど、すべて比べものがないほど端整で愛らしい。顔だちもとても上品で、物腰など可愛げがあってしとやかだ。

宣旨の君は小柄な人で、たいそう細身ですらりとし、髪は一筋の乱れもない美しさ、毛先は装束の裾より一尺ほど長く引いていらっしゃる。とても威厳のある方で、どこまでも上品な様子をなさっている。どこかからすっと歩み出ていらっしゃったりすると、息が詰まりついあれこれ気を使ってしまう。上品な方とはまさにこうなのだろうと、御気性につけてもちょっとお話なさるにつけてもそう感じられる。

五十　消息体～女房たちの横顔

このついでに女房たちの姿形をお話ししてお聞かせしたら、それはおしゃべりが過ぎることになりましょうか。いま現在の同僚のことを？（いいえ）いつも顔を突き合わせている人のことは厄介ですもの。それに、「これはちょっとね…」などと、少しでも欠点のある人のことは、触れないでおきましょう。

宰相の君は…あ、北野《きたの》の三位の娘さんのほうですよ、ふっくらしてとても整った容姿に利発そうな顔立ちをした人で、初対面よりも見慣れるにしたがってどんどん印象がよくなり、上品で洗練されていて、口元には高貴な雰囲気も艶っぽい雰囲気も漂っています。立ち居振る舞いなどは実に人目を引く美しさで、華やかにお見えになります。性格もたいそう感じがよく、可愛らしい一方でこちらを気おくれさせるような品の良いところが備わっています。

小少将の君は、どこがそうとは言えませんが何となく上品で優雅で、春二月のしだれ柳のような風情です。姿形はとても可愛い感じで、ものごしは奥ゆかしく、気立てなども自分でこうと心に決めることができないほど控え目で、人付き合いをひどく恥ずかしがり、こちらが見ていられないほど子供っぽくていらっしゃいます。もしも意地悪な人で邪険にしたり悪口を言ったりする人がいたら、そのままくよくよ考え込んではかなくなってしまいそうな、かよわくてどうしようもない所がおありなのが、あまりにも気にかかる印象です。

宮の内侍は、これまた本当に小綺麗《ぎれい》な方ですよ。背丈はちょうど良いくらいで、御前に控えている雰囲気も姿も実に堂々として、今ふうの感じです。均整がとれて、とりたててどこがしゃれているとも見えないのですが、とても小綺麗にすらりとしているのです。鼻筋の通った顔立ちで、頭の恰好《かっこう》、髪の生え際と肌の色あいのコントラストや、肌そのものの白さは人並み以上です。頭の恰好、前髪、額の具合は「ああ小綺麗なこと」というほどにはんなりと愛らしくて、気立ても素のままで十分感じよく、どこから見ても気がかりな点はちっともない、すべて「こうあるべき」と、女房のお手本にしたい人柄です。わざと気取ったり優雅さをちらつかせたりするところはありません。

式部さんは、その妹です。ちょっとふっくらし過ぎなくらい太った方で、色白にほんのりと紅がさして、顔がとても端整なんですよ。髪もそれはきちんとして、長くはないのでしょうね、御前にお仕えの時は付け髪を足しています。ふくよかな容姿はとても素敵でしたよ。目元や額ぎわがほんとうに小綺麗で、にっこり微笑むと愛嬌《あいきょう》たっぷりです。

五十一　若女房たちと女房の資質

中宮様付きの若い女房たちの中で綺麗《きれい》だと思われるのは、小大輔や源式部など。大輔は小柄な人で、外見はたいへん今ふうの様子で、髪が美しく、もとは本当に豊かで背丈より一尺以上長かったのだけれど、今は抜けて分量も少なくなっています。顔も理知的で、「ああ素敵な人だわ」という感じに見えますの。外見で直すべきところはありません。

源式部は、身長はほどよく高くて顔立ちが端整で、見れば見るほど素敵です。かわいい感じでどこかしらすっきりさわやかな、お嬢さま風の雰囲気を備えています。小兵衛・少《しよう》弐《に》などもとても小綺麗ですわ。

この方々のことは、殿上人はさすがに見逃しませんね。誰でもうっかりしているとすっかり知れ渡ってしまうのが内裏です。でも（中宮様付きの他の女房達は）人目のない時でも用心しているので、目に立たないでいるのですわ。

宮木の侍従こそ、本当に整って素敵な雰囲気だった女房。とても小さく細身でまだ童でいさせたい様子なのに、自分から老けこんで髪を切り、お仕事を辞めてしまったのです。髪が袿より少し長くて、裾を鮮やかに切り揃えた姿で中宮様の御前に参上したのが最後でしたわ。顔もとても美しかった。

五節の弁という女房がおります。故平中納言惟仲《これなか》様が養女として大切にお育てになっていると、以前にお聴きした人。絵にかいたような顔をして額がとても広い方で、まなじりを引いた切れ長の目、顔も「ここはちょっとどうか」と（欠点に）見える点が無く、色白で、手元も手首の覗《のぞ》く腕もとても素敵な感じで、髪は、初めて会いました春には背丈より一尺以上長くてたっぷりに見えたのが、不思議に分け取ったように抜けて、（とはいえ）裾もさすがに細くはならず、長さは背丈より少し余っているようにお見受けいたします。

小馬という女房は、髪がとても長うございます。昔はいい若女房、今は頑固に自宅に引きこもっているそうですわ。

こんなふうに外見をあれこれ言ってきましたけれど、性格というと、これが本当に難しいものですわね。それも人それぞれ、ひどくまずい人もいません。また、抜群に素敵で、落ち着いていて、才覚も教養も、風情も、仕事の能力も…などというと、全部兼ね備えるのはまず難しいですわよね。十人十色、どの方のどの点を善しとすべきか、迷うことばかりですわ。あらまあ、本当に偉そうな口ぶりですこと。

五十二　中宮女房たちのハンディと問題点〜もっと風情を

大斎院選子様の所に中将の君という女房がいると伺いましたが、ちょっとつてがあって、この方が人に送った手紙をある人がこっそり手に入れて、見せて下さったのです。もう本当に思わせぶりで、我こそは世の中で唯一ものの趣を理解する深い心の持ち主、誰とも比べ物になるまい、すべて世の人は思慮の「思」も「慮」も無いとでも思っているようでございました。

見ておりますうちに、何だかむしゃくしゃしてきて、「他人事《ひとごと》だがむかむかする」などと下々の者が言うように、憎らしく存じてしまいましたわ。いくら手紙でも「素敵な和歌などは、わが院選子さま以外にお分かりになる方など誰がいようか。世に素敵な女房が登場するとしたら、それを見抜けるのはわが院だけ」などという調子ですのよ。

なるほど選子さまはご立派ですからそれももっともでしょうけれど、自分の属する女房集団のことをそれほど自慢するのなら、（その割には）斎院がたから詠み出された和歌に名歌らしきものも特にございませんわよね。ただまあ、とても素敵で趣深くていらっしゃる所のようではありますね。でも仕えている女房を比べて張り合う分には、私が彰子女房がたで拝見している方々にあちらが勝っているとは、必ずしも言えませんけれど。

(そもそもあちらは)しょっちゅうやって来ては様子を見る人がいるわけでもありません。私なども、風情あふれる夕月夜、趣ある有明、桜のついで、時鳥《ほととぎす》を訪ねてのお出かけ先ということで参りましたけれど、斎院様はたいそうご趣味がよろしく、御住いは世間とは別世界でおごそかです。また雑事に気を取られることもありません。中宮様が帝の御前にお上がりになったり、殿がいらっしゃったりお泊りになったりするような、ばたばたする折もなくきちんとして、おのずとそうした興趣あふれる場所になってしまっているのですもの、そこで風情を尽くす限りにおいては、何のあさはかな言い過ごしをいたしましょうか。

私のように埋もれ木を折ってさらに土に埋めたような引っ込み思案な人間でも、もしあの院にお仕えしたならば、そこで知らぬ男に応対し言葉を交わすことになったとしても「誰からも軽薄だと評判をたてられることはない」と思えますもの、勇気を出して、ひとりでに素敵に振る舞えることでございましょうね。ましてや若い中宮女房で、容色にも年齢にも引け目を感じないような人などが、それぞれ本気になって恋の雰囲気を漂わせたり、歌を詠もうと風情を見せたりすれば、斎院がたの女房たちにそう引けはとらないと存じますわ。

でも、(中宮様がたの場所は)内裏あたりで、男性にとっても日頃見慣れ(特に面白味も刺激もない所)、競い合う女御や后もいらっしゃらず、その御殿の御方・あの細殿の御方と数え挙げるようなライバルさんもなく、張り合うこともないので男も女も安心しきっているのです。

中宮様は御気性として色ごとを軽薄とお考えでいらっしゃいますから、その中で少しでも欠点なき女房たらんと心掛けている人は、おいそれと人前には出て参りません。もちろんその一方に、気の置けない、恥ずかしがりもせずあれこれの評判も厭《いと》わない人で、ちょっと違ったことを言う人もいないことはありません。そして（男性がたときたら）ただそんな女房の気安さゆえに足を運んで話しこんでいったりするのですもの、結局「中宮女房は引っ込んでばかりだ」、もしくは「思慮が無い」などと噂しているようでございますね。（これらの状況を踏まえますと）上﨟《じょうろう》・中﨟あたりがあまりにも奥に引っ込んでお嬢さんめかしてばかりなのだと存じます。そんな仕え方ばかりしていては、中宮様のために、ご大層なお飾りではないのですから、見苦しいとも拝察いたします。

こうしたことを、こんな風に（お話しして）よく知っているようでございますけれど、（いえいえ）女房はみな十人十色で、そんなに優劣もございません。あちらが良ければこちらがまずい、一長一短のようにお見受けいたしますわ。とはいえ、若い人でさえ重々しくしようと真面目に振る舞っている中で上﨟や中﨟女房が見苦しくふざけているのもおかしなことでしょうし（無理は言えますまい）。私はただ全体として、ここまで殺風景なのはどうか、もう少し趣があってほしいという思いで拝見しているのでございます。

五十三　消極性の原因

それというのも、中宮様は非の打ち所もなく上品で奥ゆかしくていらっしゃるのですが、あまりにもご自分を抑えられすぎるご気性で「何も口出しするまい」「たとえ口出ししたからといって、安心して仕事を任せることができ、こちらが恥をかかずにすむような女房など滅多にいないものだ」そう考えて抑える習慣が身についていらっしゃるのです。

まあ実際、大切な場面などでやらずもがなのことをしでかすのは、何もしないでいるのよりもまずいですものね。（かつて実際に）ちゃんとしたわきまえもないくせに同僚内で我が物顔に振る舞っていた女房がいて、大切な折に何だかおかしなことを言い出してしまったのを、中宮様はその頃まだお歳も本当にお小さくていらっしゃったので、聞きながら「これほど見苦しいことはない」と骨身にしみてお感じになったということです。それで（でしゃばって失敗するよりは）ただ大過なくやりすごすのだけが安心できることとお考えのご様子、子供子供したお嬢さん（である中宮女房）はみな、中宮様のこうした価値観にはぴったりだったので、こうした在り方が習いになってしまったのだと、私は承知しております。

今は中宮様も、だんだん大人びて来られるにしたがって、後宮のあるべき姿、女房たちの気性の長所や短所、出すぎたところや不足なところも全部見抜いていらっしゃいます。またこの後宮のことを、殿上人も誰彼も新鮮味を感じなくなり「特に素敵でもない」と思ったり囁《ささや》いたりしているらしいことも、みなご存じです。

だからといって（内裏は仕事場ですから）風流一辺倒にもできないし、（急にやりかたを変えて）一歩まちがえばひどく軽々しい事も出てきかねないので、（お嬢様女房たちは）風情も無く引っ込んでいる、中宮様には「もっとこうしてほしい」というお気持ちがあり、時にはそれを口に出しておっしゃりもするのだけれど、上﨟女房たちの消極的な習慣はおいそれとは直らないのです。（加えて）この頃の若い男性ときたら自分というものが無く場の空気に倣うばかりで、中宮様がたにいる間はみな堅物です。それが斎院などのようなところでは、月をも見、花をも愛《め》で、風流一辺倒のことをしたいと自然に思い、口にもするのでしょうね。朝晩出入りして見飽きた内裏には「ちょっとした会話を小耳に挟んで気の利いた反応をするとか、風流な言葉をかけられて面目ある返答ができる女房はなあ、実に少なくなったものよ」などと言っているようでございます。わたくしは昔のことを見ておりませんから、そんなこと本当かどうか存じませんけれどね。

五十四　消極性の実害

来訪者たちが中宮御所に立ち寄り、それにちょっと応《こた》えるというだけのことで、女房たちが常々面倒をしでかしているとすれば、困ったことです。(応対とは) 本当にきちんと行ってしかるべきことなのです。(しかしそれができていない状況、) これを「女房としてきちんとした心遣いは実現困難だ」と言うのでございましょう。(今の上臈女房たちのように) お高くとまって引っ込んでいるのが、どうして必ずや思慮あるやり方といえるでしょう。また女房たるもの、どうしてだらしなくふらふらでしゃばるべきでしょう。適切な頃合いで、その時その時の状況に応じて心を配る、きっとそれが難しいのですね。

第一に、中宮の大夫が参上なさって、女房を通じて中宮様に伝えさせなくてはならないことがあった時、実に頼りない子供のような上臈たちときたら、応対に出て大夫と顔を合わせなさることが容易でないのです。また、(何とかして) 応対に出られても、何一つはきはきとお話しになることができないご様子。言葉が足りないわけでもないでしょうし、心が及ばないわけでもないのでしょうが、気後れする、恥ずかしいと思うからついつい失敗してしまう。それは嫌だ、(言い間違うくらいなら) 一言も声を聞かれたくないと思って、そこにいるというかすかな気配すら見せまいとしているのでしょう。

ほかのところの女房たちはそんなではないと聞いております。いったん女房を仕事としてしまえば、たとえどんなに血筋の高貴なお嬢様でも、皆世間のやり方に随《したが》うということなのに、（こちらでは皆さん）ただ姫君のままのご様子でいらっしゃる。大納言（中宮の大夫）は下﨟女房が応対に出るのを不愉快と感じていらっしゃるので、ちゃんとした女房たちが自宅に戻っていたり、局《つぼね》にいても手が離せなかったりする時には、結局応対する人がいなくてお帰りになってしまうこともあると聞きます。

その他の公卿《くぎょう》で、ちょくちょく中宮様のところに参られ伝言もお申し上げになる方々は、いきおいめいめいご贔屓《ひいき》の女房と、それぞれに気心の知れた仲になっては、やりとりされています。ですからその人がいないとあてがはずれた気になり帰ってゆかれる。こうした人たちが、事に触れてこの中宮がたを「引っ込みすぎだ」と批判するのも、無理ありません。

斎院あたりの女房もこの点を見下しているのでしょう。とはいえ、自分のところは最高だ、他の女房は何を見る目もあるまい、聴く耳も持っていまいなどと愚弄《ぐろう》するのは、これまた筋の通らないお話です。すべて何ごとにつけても、人を非難するのはたやすく、自ら心遣いするのは難しいこと。それを忘れて、まず自分はかしこぶり、人をけなし、世間を批判する、そこに人としての品格の程が現れているではありませんか。

本当にお目にかけたい手紙でしたわ。人が隠しておいたのを、別のある方が取り出してこっそり見せてくれたのですが、すぐにまた持っていってしまわれましたので、御覧に入れられなくて残念ですこと。

五十五　才女批評～和泉式部と赤染衛門

（手紙といえば、）和泉式部《いずみしきぶ》という人こそ素敵な手紙を書き交わしたようですね。ただ和泉には、ちょっと感心できない点があるのですが、それでも日常で手紙を走り書きする即興の中に文才がある人で、何気ない言葉も香気を放つのが見えるようでございますね。歌は、本当にお見事だこと。和歌の知識や理論は、本格派歌人の風格でこそございませんが、口をついて出る言葉言葉の中に必ずはっと目にとまる一言が添えられています。とはいえ、彼女が人の詠んだ歌を批判したり批評したりしているものは、「いやそこまで頭でわかってはいますまい。思わず知らず口から歌があふれ出るのでしょう」と見えるタイプでございますね。「頭の下がるような歌人だわ」とは私は存じません。

丹波の守の奥様のことを、中宮様や殿の辺りでは「匡衡衛門《まさひら》」なんてあだ名で呼んでいるんですよ。この方は特にやんごとなき権威とされてはいませんが、まことにいかにも本格派で、歌人だからといって事あるごとに詠み散らしたりはしませんけれど、私の耳に入っている限りは、ちょっとした機会に詠んだものもそれこそ「頭の下がる」詠みぶりでございますね。

（これに比べれば世の中の）ややもすれば腰折れ歌どころか「腰の離れんばかり」の下手な歌を詠んで、何ともいえぬ風流めかしをしているだけのくせに、「自分は偉い」と思っている人など、憎らしいと同時におかわいそうとも思えてしまうことですわ。

五十六　才女批評～清少納言・そして自己

清少納言《せいしょうなごん》ときたら、得意顔でとんでもない人だったようでございますね。あそこまで利巧ぶって漢字を書き散らしていますけれど、その学識の程度も、よく見ればまだまだ足りない点だらけです。

彼女のように、好んで人と違っていたいとばかり思っている人は、（最初は新鮮味があっても）やがて必ず見劣りし、行く末はただ異様なばかりになってしまうものです。（例えば清少納言の場合のように）風流を気取り切った人は、（人と違っていようとするあまり）たいそう寒々として風流にほど遠いような折にまでも「ああ」と感動し「素敵」と思う事を見逃しませんから、そうこうするうち、自然に（一般の感じ方からかけ離れてしまって）的外れで中身のない様相を呈することでございましょう。その中身が無くなってしまった人の成れの果ては、どうして良いものでございましょう。

このように（申してまいりました）あれやこれやにつけて、何一つ思い当たる取り柄もなく生きて参りました人間で、そのうえ特に将来の希望もない私こそ、慰めにするものもございません。が、自分を寒々とした心で生きる身とだけは、せめて思わずにおりましょう。そんな心がまだ失せないのでしょうか、もの思いが募る秋の夜も（ありますが、そんな時にも）、「もしも端近に出てぼんやり外を眺めていたりすれば、まるで『月が昔は褒めてくれた』とばかりに若い頃の自分を再現するようで（お笑止で）ございましょう、世の人の忌み嫌うという月光の害も必ず降りかかってくるでしょう」と憚《はばか》られて少し奥に退き、それでもやはり内心には、次から次へと尽きせぬ思いが続くのです。

風の涼しい夕暮れ、人には耳障りな、自分一人のための琴を掻《か》き鳴らしては、「憂いに暮れる人が住むような家と思って見ていたら、ちょうどその時、嘆きを添える琴の音が聞こえてきた」という古歌のように聞きとる人がいやしないか、縁起でもないと存じますとは、それこそ愚かしくもあり哀れでもございますこと。

そんな訳で、みすぼらしく黒ずみ煤《すす》けた部屋には、箏《そう》の琴や和琴を、調律したまま、気をつけて「雨が降る日には琴柱《ことじ》を倒しなさい」などとも申さぬうちに塵《ちり》が積もった状態で、厨子《ずし》に寄せかけてあるのです。琵琶も、その厨子と柱の間に首を指し込んだ恰好《かっこう》で、左右に立ててございます。

大きな厨子一対に隙間もなく積み上げてございますもの、一つには古い歌や物語で、何とも言いようがないほどひどく虫の巣になり果てたもの、虫が気色悪く走り回るので、開いて見る者もおりません。その片側には、漢籍。きちんと重ね置いた夫も亡くなってしまってからは、手を触れる人も特におりません。それらを、どうしようもなく寂しさを持て余す時などに、一つ二つ引き出して見ておりますと、そんな私のことを、家の女房が集まって、

「奥様はこうでいらっしゃるから、ご運が拙《つたな》いのよ。どうして女が漢文の本なんか読むのだか。昔は（漢字で書いたものは）経を読むのでさえ、人が止めさせたものよ」

そう陰口を言うのです。それを聞くにつけましても「縁起担ぎした人が、その後長寿だったなんて次第、見たためしがない」と言いたくてなりませんが、主人として配慮がないようですしね。事実また、（運の拙さは女房の言う）そのとおりでもあります。

五十七　人付き合いの極意～「おいらか」への自己陶冶

何事も、人によってそれぞれです。自信に満ちて輝かしく意気揚々と見える人もいます。（それに対して）何につけても心寂しい私が、気が晴れないからといって昔の手紙などをひっぱり出してきたり、信心一辺倒にまくしたてて数珠をじゃらじゃら鳴らしたりなどは、人にたいそう不愉快な印象を与えることだと存じますし、致しません。そんな自分の思い通りにして当たり前のことまで、私は自分の使用人である女房の目を憚り、心を思って慎んでしまうのです。

（自宅ですらこうなのですから）まして同僚女房の中にあっては、言いたいこともございますけれど、つい「いやいや」と思われて抑えてしまいます。分かってくれない人には言っても何の得にもならないでしょう。また人をけなして「我こそは」という顔をしている人の前では、煩わしくて口をきくのもうっとうしくなります。（それにしても）そういう方の中にも特に万事に秀でた人とは滅多にいないものです。皆ただ自分のこれと決めた価値基準に従って、人をだめと決めつけるようですね。

そんな方が、心ならずも同じ場にいる私の顔を見て「紫式部は立派な私を前にして引け目を感じている」と思い込み、それでも仕方なく顔を突き合わせて一緒にいることだってあります。それは「今以上何だかんだとまでけなされたくない」という気持ちからで、引け目を感じているのではないけれど面倒に思って、私はぼけて何にも分からない人物に完全になりきっておりました。すると、

「あなたがこんな人だとは、思ってもいませんでしたわ。（私たち、あなたが来ると聞いて）『ひどく気取っていて、相手を威圧し、近づきにくくてよそよそしげで、物語好きで由緒ありげに見せ、何かというと歌を詠み、人を人とも思わず、憎らしい顔で見下す人に違いないわ』と、みんなで言ったり思ったりしては、あなたのことを毛嫌いしていたの。それが会ってみたら、不思議なほどおっとりしていて、別人じゃないかと思ったわよ」。

そう皆が言うのです。私は（今度こそ）自分を恥じました。「人からこんな風に『おっとりさん』などと見下されてしまった」とは存じました。が、（考え方を切り替え）「これこそ私の本性（という自分にしよう）」と思って修練を続けました。するとその姿に中宮様も、

「あなたと心を割っておつきあいできるとは思っていませんでしたけれど、不思議なことに、ほかの方々よりずっと仲良くなってしまいましたこと」

折に触れ、そんな声をかけてくださったりもするのです。

（こうした努力を積んで）一癖あり、優雅な御様子で、つい気兼ねに存じてしまうよう

な上臈《じょうろう》の方々からも、不快と思われずちゃんと見ていただけるようにしたいものです。

五十八　すべて人はおいらかに～自律こそ処世の鍵

雰囲気良く、すべて女房は人当たり穏やかに、少し心構えに余裕を持ち、落ち着いているのを基本としてこそ、教養も風情も魅力となるし、安心して見ていられるものです。或《ある》いは一見色っぽく浮ついていたとしても、本性の人柄が素直で、傍から見ていられないことさえしなければ、毛嫌いはされますまい。

「我こそは」と変に振る舞う習慣がつき、態度が大仰になってしまった人は、日常の起居につけて、見る方も自然に特別な目で見てしまいます。ですからその女房には注目が集まります。注目が集まれば必ずや、物を言う言葉の中にも、こちらへやって来て座る動作、向こうへ立って行く後ろ姿にも、本当に必ずや欠点が見出《みいだ》されるものでございます。まして、言うことが多少食い違うようになってしまった人と、人のことをけなし見下す人とは、壁に耳あり障子に目ありであら探しされるものでございます。（いっぽう）相手に癖のない限りにおいては、つまらない噂が流れたとしても何とかして本人の耳には入れまいと包み隠し、かりそめであろうと情けをかけてやりたい気持ちになるものです。

自らわざと嫌なことをしかける人は、（別の機会に）その人がうっかりまずいことをしでかした際にも、嘲笑《あざわら》うのに躊躇《ちゅうちょ》なんか感じません。とても心のきれいな人なら、自分を誰かが嫌っても、なお自分からは相手を思いやり面倒をみるかもしれませんが、普通はなかなかそうもできません。慈悲深くていらっしゃる仏様でさえ、仏法僧の三宝をけなす罪を、浅いとお説きでしょうか、そんなことは聞いたことがありません。まして況《いわん》や、こんな濁りきった俗世の人間ですもの、自分を堪えがたい目にあわせる人のことはやはり堪えがたくしか感じられません（そんな相手に寛容になどなれるものですか）。（ただ）そんな人に対して、言い勝とうとひどい言葉を投げつけたり、差し向かいで険悪な眼でにらみ合ったりする（ような表立った対決姿勢をとる）のと、そうでなくて心に秘め、うわべは穏便にすますのと、その違いにこそ心の品格が見て取れるというものでございます。

五十九　漢才の用い方

左衛門の内侍という人がいます。妙なことに、私をひどく目の敵にしていて、それにつけてもこちらには身に覚えのない不愉快な悪口が、私の耳にも沢山聞こえて参りました。

帝が、源氏の物語を女房に朗読させてお聞きになりながら、

「この作者は公に日本書紀を読み説いて下さらなくちゃならないな。いや実に漢文の素養がある様子だ」

そうおっしゃったのをそのまま鵜《う》呑《の》みにして、「たいそう素養があるのよ」と殿上人たちにいいふらし、私に「日本書紀講師女房様」などとあだ名をつけたんですよ。全く笑止千万でございますわ。家の女房の前ですらやりたいこともせず慎んでおりますのに、そんな日本書紀講筵《こうえん》などで素養をひけらかすものですか。

うちの式部の丞と申します者が、まだ子供で漢籍を朗読しておりました時、私はいつもそれを聞いては、弟は暗唱するのに時間がかかったり忘れてしまったりいたしました所も、不思議なほどすらすら分かったのです。ですから学問熱心だった父は、

「残念だな。お前が息子でないのが、私の運の悪さだよ」

といつもお嘆きでしたわ。

ところが、やがて誰かが「男ですら、漢文の素養を鼻にかけた人はどうでしょうかねえ。皆ぱっとしないばかりとお見受けしますよ」と言うのを聞きとめてからというもの、私は「一」という字の横棒すら引いておりません。本当に不調法であきれたものなのでございます。

昔読んだ漢籍などというものには目もくれないようになっておりましたところに、さらに左衛門の内侍のこんな悪口のことを聞いたものですから、「人様もこのうわさを伝え聞いて、どれだけ私を毛嫌いすることだろう」と、気が引けて仕方がありません。御前の屏《びょう》風《ぶ》の上に書いた漢文すら読めない顔をしておりました。

だというのに、中宮様は私に御前で『白氏文集』の所々を読ませたりなさるのです。中宮様は漢文方面のことを知りたげでいらっしゃると、私は拝察致しました。そこでうんとこっそりと、他の女房がお仕えしていない合間合間に、おととし（寛弘五年）の夏ごろから、「楽府」という（『白氏文集』中の）漢詩二巻を、拙《つたな》いながら御進講させていただいております。私はそれを隠しております。中宮様も隠していらっしゃったのですが、殿も帝も気配をお察しになって、殿は漢籍を美しくお書かせになって中宮様に献上されました。（帝のお言葉は冗談でしたが）本当にこのように中宮様が私に漢文を読み説かせていらっしゃるなどということは、例の口うるさい内侍には聞こえていないのでしょうね。知ったらどんなにこきおろすことでございましょう、何事につけても世の中は、噂が飛び交い憂《ゆう》鬱《うつ》なものでございますわねえ。

六十　出家の念願

ねえ、今はもう私は、縁起の悪い言葉を慎んだり致しませんわ。人がああ言おうとこう言おうと、ただ阿弥陀《あみだ》仏にすがって、一心にお経を学びましょう。世の中の面倒なことは何一つちっとも気にならないようになってしまいましたから、修行尼になるのにぐずぐずしなくてはならないこともございません。（とはいえ）ただまっしぐらに世を捨てても、往生の雲に乗るまでの間の迷いやためらいはね、あるかもしれません。それで躊躇しているのです。

歳もまた出家に似合いの年頃になって参ります。これからはひどく耄碌《もうろく》して、それに眼が霞んで御経も読まず、気持ちも緩みがちになってきますでしょうから、信心深い方のまねのようでございますが、今はとにかくこうした方面のことを考えております。それも罪業深い私ですから、また必ずしも叶《かな》いますまい。前世の拙さが思い知らされることばかり多くて、何につけても悲しく存じます。

六十一　御文にえ書き続け侍らぬことを～消息体跋文

お手紙には縷々《るる》書けないことですが、良いことも悪いことも、世の中にある出来事、私自身の辛《つら》さも、残らず申し上げておきたかったのですよ。感心できない人のことを思い浮かべながら書いたのですが、いくらそうとしても、こんなにひどい書き方をしなくてはならない道理がございますかしらね。

でも、あなたも寂しさをもてあましておいででしょう？　同じように寂しさをもてあましている私の気持ちをお察し下さいな。そしてまた、あなたの思われることを、私のこんな無駄話ばかりではないにしても、書いてくださいな。読ませていただきます。

万が一にでもこれが人の目に触れたら大変なことになるでしょう。聞き耳をたてている人も多いですからね。このごろ、使い古しの紙はみな破ったり焼いたりしてなくしてしまいましたし、春にお雛様《ひなさま》ごっこの家などを作るのに使ってからは、人様からの手紙も手元にございません。「新しい紙に、ことさらに構えた形では書くまい」と存じますので、（結局ご覧のように）みすぼらしい体裁となりました。でもこれはこれで決して良くない方法ではないのですよ。わざとこうしたのです。

ご覧になったらすぐ御返し下さいね。自分でも読めないくらい乱筆の所々や、脱字もございましょう。そのあたりはいやはや、お見逃しくださいませ。

このように世間の人の噂ばかり気にしながら結局文を閉じるのですものね、まだまだこの世を生きる自分が可愛い私なのですわ。我ながらどうしようというのでございましょうね。

六十二　年月日不明記事～法要・舟楽・漢詩の素養

十一日の暁に、中宮様は御堂にいらっしゃる。お車には殿の奥様が同乗され、女房達は舟に乗って池の向こう岸に渡った。私はそれより遅れて、夕刻にあがった。ちょうど散華配りをしている所で、延暦寺《えんりゃくじ》と三井寺の作法をそのままに大懺悔《さんげ》を行う。白印塔など沢山絵に描いて皆さんお楽しみだ。

上達部《かんだちめ》の大半は御帰りになり、少しだけが残っていらっしゃる。後夜の勤行の担当僧が、教化の朗唱を、方法は皆思い思いにだが、内容は二十人が全員、中宮様がこのようにすばらしくいらっしゃることの功徳を歌い合っていて、言葉に詰まって笑われることもたびたびだ。

法要が終わると殿上人は舟に乗って皆次々池に漕《こ》ぎ出し、船上から管弦を演奏する。御堂の東の端、北向きに押し開けた戸の前で、池に降りられるように作り付けた階段の欄干に手を置いて、中宮の大夫が座っていらっしゃる。殿がしばらく中宮様のところに上がられる間、宰相の君などが大夫のお相手をして言葉を交わされるが、中宮様の御前なので砕け過ぎない心遣い、御簾《みす》の内の宰相の君も外の中宮の大夫も風情ある塩梅《あんばい》だ。

月が雲間から朧《おぼろ》に顔を出し、若々しい君達が今様歌を歌う声も、ちゃんと舟に乗りおおせたので（得意になり）若く素敵に聞こえるのだが、そんな中に大蔵卿が躍起になって交って、さすがに歌声まで一緒に張り上げるのも憚《はばか》られるのか、隠れるように身を縮めていらっしゃる。その後ろ姿が可笑《おか》しく見えるので、御堂の御簾の中の女房たちも忍び笑いを漏らす。

「舟の中で老いを嘆いているのかしら」

そう言った私の言葉がお耳に入ったのだろうか、大夫が、

「徐福・文成、誑誕《きょうたん》多し」

と朗詠なさる声も姿も、素晴らしく今風で華やかに見える。

「池の浮き草」

と歌って笛などを吹き添えている、暁方の風の気配までが特別だ。ちょっとしたことでも、時と所によりけりだこと。

六十三　年月日不明記事～源氏の物語と訪問者

源氏の物語が中宮様の御前に置かれているのに、殿が目をお留めになって、いつものよもやま話が始まったついでに、梅の下に敷かれていた紙にこうお書きになった。

梅の実は酸っぱくて美味と知られるから、枝を折らずに見逃すものはいない。さて『源氏物語』作者のおまえは「好き者」と評判だ。口説かずに素通りする男はおるまいと思うが、どうかな？

私に下さるので、

「梅はまだ人に折られておりませんのに、誰が酸い実を食べて口を鳴らしたのでしょうか。さて、私には殿方の経験などまだございませんのに、どなたが『好き者だ』などと噂を立てていらっしゃるのでしょうかしら？

心外ですわ。」

と申し上げた。

渡殿で寝ていた夜、誰か戸を叩く人がいる。その物音を聞きながらも、おそろしさに声も出さず、私は夜を明かした。その翌朝（届いた歌は）、戸を叩く音と似た鳴き声で水鶏はコンコン鳴くけれど、私はそれ以上に泣きながら、あなたの戸口を一晩中たたきあぐねていたのですよ。

（私の）返事は

この戸一つを、ただ事ではないというほどの叩き方でしたけれど、本当はほんの「とばかり」、つかの間の出来心でしょう？　そんな水鶏さんですもの、戸を開けたらどんなに後悔することになっていたやら。

六十四　寛弘七年正月〜二親王の戴餅

今年正月三日まで、宮たちが御戴餅《いただきもちい》の儀式のため毎日清涼殿におあがりになる御供として、中宮の上﨟《じょうろう》女房たちも皆参上する。左衛門の督《かみ》が宮たちを抱っこ申し上げられて、殿がお餅を受け取り、帝にお差し上げになる。二間の東の戸に向かった所で、帝が宮たちの頭上に、お餅を頂かせて差し上げられるのだ。昇殿され、また退去なさる儀式は、見ごたえのあるものだ。中宮様は御参上なさらない。

六十五　正月三が日～中宮御薬の儀と臨時客

今年の元旦、中宮の御薬（お屠蘇《とそ》）の儀の御給仕役は宰相の君。例によって装束の色合いが一人だけ特別で、とても素敵だ。御薬の蔵人《くろうど》役は内匠《たくみ》と兵庫《ひょうご》がお務めする。髪上げした姿など、御給仕役はたいそう目立ってお見えになる。しようがないことに、御薬の女官役程度のことで、文屋《ふや》女史が利口ぶり才ありげに振る舞っていた。（三日に）膏薬《とうやく》のお下がりを配ったのは、恒例のことだ。

二日、中宮大饗は中止となり、代りにお年始の臨時客を、寝殿の東廂の障子などを取り払って大きく開け放ち、例に従って催した。いらっしゃった上達部は、傅《ふ》の大納言・右大将・中宮の大夫・四条の大納言・権中納言・侍従の中納言・左衛門の督・有国《ありくに》の宰相・大蔵卿・左兵衛の督・源宰相、この方々は向い合ってお座りになった。また源中納言・右衛門の督・左右の宰相の中将は、長押の下で殿上人の席の上座にお着きになった。

殿が若宮様を抱っこして差し上げられてお出ましになり、若宮様たちにお客様方へのいつもの御挨拶を言わせて差し上げて、御可愛がりでいらっしゃる。（弟宮を抱っこしていた）奥様に、

「弟宮様を抱っこ致そう」

と殿がおっしゃると、兄宮がそれにたいそう焼きもちを焼かれて「ああん」とむずかる。殿が可愛くお感じになって何か申されるので、右大将などはおもしろがって囃《はや》したて申される。

六十六　正月二日〜殿上の子の日の宴

一同清涼殿に参られ、そこでは帝が殿上の間にお出ましになって、子の日の宴と管弦の御遊《ぎよゆう》が催された。殿は（お戻りになったが）例によって酔っていらっしゃる。面倒だと思って隠れていたところ「どうしてお前の父さんは、帝御前での演奏会に呼んだのに、仕事もせずさっさと帰ってしまったのだ。偏屈だぞ」など絡んでこられる。「許してもらえるように、歌を一つ詠め。親の代わりに。今日は初子の日だぞ、さあ詠め詠め」とお責め立てになる。そう言われて詠んだりしたらどんなに弁《わきま》えのない疵《きず》になろうか。（そう思い私は答えずにいた）

そんなにお酔いでもない御様子で、殿はたいそうお顔の色もつやつやと、大殿油の灯火に照らし出されたお姿は華やかで理想そのものにも見え、

「何年も、中宮が本来の中宮らしからぬ様子でただ一人いらっしゃるのを寂しく拝見して

いたのに、こうしてうるさいまでに、左に右に若宮様たちを見させていただけるとは、嬉しいことよ」

そう言って、お休みになっている若宮様たちを、帳を引き開けては拝見なさる。

「野辺に小松のなかりせば」

殿はふとそう口ずさまれる。私の新しい歌なんかよりも、まさに時宜を得た殿の御様子で、素晴らしいと感動させて下さる。

翌日の夕方頃、初春で早くも霞んでいる空を、建て並べた軒が隙間もないものだからただ渡殿の上のあたりに小さく見ながら、中務の乳母と一緒に、夕べの殿の御言葉をご賞賛申し上げる。この命婦こそ、物事を弁え才覚ある女房でございます。

六十七　正月十五日〜敦良親王五十日の祝いの早朝

私はちょっと自宅に帰って、二の宮の五十日のお祝いは正月十五日なので、その夜明け前に参上したが、小少将の君はすっかり夜が明けて間が悪い時刻になってから参上なさった。

私たちは例によって同室に起居している。二人の局《つぼね》を一つに合わせて、どちらかが自宅に下がっている間もそこで暮らす。いちどきにお仕えする時は几帳だけを仕切りに立てている。殿は御笑いになる。

「互いに相手の知らぬ男が逢瀬《おうせ》にやって来たらどうする？」

など、（冗談にせよ）聞いていられない調子で。でも、私たちは二人とも、そんなふうに秘密で恋人を作るような水臭いことはないから安心よ。

六十八　敦良親王五十日～輝く帝・后

私たちは日が高くなってから中宮様の御前に参上する。小少将の君のお召し物は桜襲《がさ》ねの織物の袿《うちき》の上に赤色の唐衣《からぎぬ》、いつもの白地に摺《す》り模様のついた裳《も》。私は紅梅の袿に萌黄《もえぎ》の表着《うわぎ》、柳の唐衣、裳の摺り模様など流行を取り入れていて、小少将の君と取り替えたほうがよいくらい若作りだ。

内裏の女房が十七人、中宮様のお席の方に参っている。弟宮様のお食事係は橘の三位。お膳を取り次ぐ係は、廂《ひさし》の間の端に小大輔と源式部、母屋の内に小少将。

天皇・皇后は、御帳台の中にお二人ともお入りになっている。朝日が輝き合うようで、まぶしいほどご立派なお二人だ。帝はくつろいだ直衣《のうし》と小口袴《こぐちばかま》をお召しになり、中宮様はいつもどおりの紅の単衣《ひとえ》に紅梅・萌黄・柳・山吹重ねの袿、その上に葡萄染《えびぞ》めの織物の表着を重ね、さらに上には模様も色も目新しい、柳重ねで上白の小袿をお召しだ。むこうはひどく丸見えなので、私はこちらの御帳台の裏側にそっと体を滑り込ませ、そこを居場所にしていた。中務の乳母《めのと》が宮様を抱っこ申し上げて、二基の御帳台の間を南に抜けて会場へとお連れする。容姿は上品で、背丈のそう高くない方だ。ただゆったりと、またきちんとしていて、そうした方面で女房達を教え導いてくれそうな知性的な雰囲気をたたえている。装束は葡萄染めの織物の袿、無地の青色の表着に、桜重ねの唐衣を着ている。

当日の女房たちの装束は、どれもみな美麗を尽くしたものだった。だが、たまたま袖口の色あわせが良くない人が御膳を取り次いだというので、「大勢の公卿《くぎょう》や殿上人がたの前に（あんな）袖口を差し出し、衆目を浴びるはめになって」と、後になって宰相の君さんは悔しく思われたようだ。

とはいえ、（私の目には）そう悪くもございませんでしたわ。ただ色のめりはりに欠けていただけです。小大輔は紅の袿一枚の上に紅梅襲ねの袿を濃淡とりまぜて五枚重ねている。唐衣は桜。源式部は、濃き色の袿を重ねた上にさらに紅梅襲ねの綾を着ていたと見受けられました。唐衣の素材が織物でないのが良くないと？　それは無理なこと。（織物は天皇のお許しがおりた人でないと着られないのだから。）過失であること明明白白の場合は、それがちらりとでも目に入れば、見逃すことなく指摘なさるべきだけれど、（今の場合）素材のよしあしは取り沙汰《ざた》すべきではない。

六十九　敦良親王五十日～盛大な宴

宮様のお口にお餅を含ませて差し上げ健康と長寿を祈られる儀式が終わると、御膳を下げて宴会の始まりだ。廂の御簾《みす》が巻き上げられると同時に、内裏女房たちは御帳台の西側の昼の御座に移動し、身を押し重ねるようにずらりと居並んだ。橘の三位を始め典侍たちも大勢参上している。

いっぽう中宮様つき女房たちは、若い人は長押の下座、上臈たちは東の廂の、南の障子をはずして御簾をかけた辺りに座る。母屋の上、御帳台と東廂の間のほんの狭いところに大納言の君と小少将の君が座っていらっしゃる。私は二人を追ってそこに入れてもらい、祝宴を眺めた。

帝は平敷の御座につかれ、前に御膳が並べられている。お料理も飾りつけも素晴らしく、言葉で語りつくせない。南の簀子《すのこ》に、北向きに、西側を上座にして（着座するのは）上達部たち。左大臣・右大臣・内大臣、東宮の傅、中宮の大夫、四条の大納言、それより下座は拝見できませんでした。

管弦が演奏される。（演奏にあたる）殿上人はこの対の東南に当たる廊に控える。地下の者は（例によって南庭と）場所が決まっている。景斉《かげまさ》朝臣・惟風《これかぜ》朝臣・行義《ゆきよし》・遠理《とおまさ》などの人々だ。御殿の上では四条の大納言が拍子を取り、頭の弁が琵琶、琴は□、左の宰相の中将が笙《しょう》だとか。双調で「あな尊」次に「蓆田《むしろだ》」「この殿」などを歌う。管弦だけの曲では「迦陵頻《かりょうびん》」の破と急を演奏する。庭の座でも調子を取る笛を吹く。歌のとき拍子を打ち間違えて叱られたのは伊勢の守だった。

右大臣が「和琴が実に素晴らしい」などとほめそやされる。おふざけのご様子のあげくに大変な失態をしでかされてお気の毒、見ているほうまでひやっとしましたわ。

（殿から帝への）贈り物は笛、（当代随一の名器）「歯二つ」。箱に入れて、とお見受けしました。

解説（付　主要登場人物紹介・系図・年表）

I 『紫式部日記』を読むにあたって

筆者の揺れと成長

『紫式部日記』は、女房であることを強く意識した筆者によって書かれている。筆者の紫式部は、後宮女房という存在が、政治権力の中枢に関わっていかに重要な役割を担うものであるかを、はっきりと自覚している。それは摂関制の先端を担うキサキを支え、彩る女たちである。だがいっぽうでその生き方が、父や夫に守られて自邸の奥に生きるいわゆる「里の女」とは遠く異質なものであることをも、認識している。女房は一所に落ち着くことなく、露《あら》わに見られ、異性と渡り合わなくてはならない。二つの意識の間で紫式部はとまどい、しかしやがて女房として成長してゆく。

女房が主家のためにその繁栄の様を記しとどめた記録を、総じて「女房日記」と言う。『紫式部日記』は、主人彰子の皇子出産とそれに続く祝い事を記事の中心に置く点、「女房日記」の性格を多分に有している。だが、その書き手である紫式部は、必ずしも常に心の底から女房であるとは限らなかった。ある時は女房の目で、またある時は女房になりきれない者の目で、彼女は記している。このことが『紫式部日記』に、「女房日記」とは異質の奥行きを与えている。『紫式部日記』を読み味わうためには、まずこうした筆者の状態を理解し、その心の過程に寄り添うことが必要だろう。

貴族社会の情報

もう一つ、この日記を読むために欠かせないのは、紫式部を含めた登場人物たちの、日記記事時点に至るまでの家の歴史、個々の経歴、現時点での地位・階級・人間関係といった情報である。『紫式部日記』には、紫式部以外に、呼び名が明記されるだけでも総勢一四〇人余りの人物が登場する。「詳しく見知らぬ人々なれば、ひがごとも侍らむかし」と記される箇所もあるので、彼らのすべてについて紫式部が熟知していた訳ではない。だが大方の人々については、筆者は詳細な情報を背景にしてその人を記しているのである。

例えば寛弘五（一〇〇八）年大晦日《おおみそか》の記事、内裏に盗賊が入り、紫式部は自らの弟である兵部《ひょうぶ》の丞藤原惟規《じょうふじわらののぶのり》を呼ぶ。だが惟規は帰宅していて既に殿上の間にはおらず、一人駆け付けたのは式部の丞、藤原資業《すけなり》であった。読者はこう記されただけで、紫式部および惟規の父親である藤原為時《ためとき》と、資業の父親である有国《ありくに》との関係に思い至らなくてはならない。二人は、時期は少しずれるが、同じくかつて菅原文時《すがわらのふみとき》を師とし、文章道《もんじょうどう》に学んだ文人だった。しかし二人の官人としての歩みは対照的だった。為時は、祖父は中納言ながら父の代から受領《ずりょう》に没落した家柄、本人の気性は偏屈に近く、官人としては低迷したとしか言えない。いっぽう有国は、下級貴族の家から、文人として培った能力と優れた処世術によって参議にまで達した。そうした父たちの遺伝子をそのまま受け継いだような息子たちの有りようを、為時の娘であり惟規の姉である紫式部の身になって見つめて初めて、彼女の「つらきこと限りなし」と歯嚙《が》みする思いが理解されるのだ。

敦成《あつひら》親王の誕生当日に、御乳付けを橘《たちばな》の三位《さんみ》、御乳母を大左衛門《おおさえもん》のおもとが務め、御湯殿の儀で漢籍を読む役を蔵人《くろうど》の弁広業《べんひろなり》が務めたとの記事も同様だ。橘の三位は一条《いちじょう》天皇の乳母を務め、その功績によって女性ながら従三位の位を得て、隠然とした力を持つ典侍《ないしのすけ》。加えて有国の現在の妻、先出の資業の実母なのである。大左衛門のおもとは彼女と同じ橘氏出身で、広業の妻である。そして広業は、有国の前妻の息子である。ここには女房として実力と運でのしあがり、その力で一族をも引き上げようとする内裏女房橘の三位と、彼女と緊密な関係を結ぶことで貴族社会でのよりよい地位を家族ぐるみ得ようとする、有国の息子夫婦がいる。そしてもちろんその後ろには、有国の存在がある。

平安官人社会は、家族を含めても狭い。こうした情報は、おそらく詳細に至るまで、同時代人ならば多くが共有したものであったろう。本書は現代の読者に少しでもこれらの情報を提供するために、巻末に主要登場人物紹介を設けたが、同時代読者が普通に持つ情報にさえ、とても及ばないはずだ。紫式部は、そうした情報を前提として、人々の名前と一々の行動を記しているのである。

謎の多い日記

『紫式部日記』は、未解明の部分の多い作品とされてきた。一つ一つは後述するが、記録が寛弘六（一〇〇九）年正月に至った時、不意に文体が変わって現れる、評論か手紙のような部分（いわゆる「消息体部分」）は一体何なのか、その後に付される年次不明の記録や寛弘七（一〇一〇）年正月の記録は何なのか。そもそもこれは、まとまった一つの作品なのか、そうではないのか。また、『紫式部日記』が書こうとした主題についても、長い間議論が続けられてきた。主家の繁栄を記し置こうとしたのか、自分の内心を文章に刻もうとしたのかという問題である。

しかしともあれ、今私たちの前にある『紫式部日記』は、すべての部分が基本的に紫式部の手による文章であることは動かない。そしてそれが、読む者に強く訴えかけたいという意志に貫かれていることも、読めば感じ取れる事実である。熱い思いを込めて紫式部は記したのだ。『紫式部日記』の謎を解き明かすには、まずはその最も単純なことを出発点とするしかない。

II 『紫式部日記』まで

紫式部が前提とした情報は、有国一家についてそうであったように、ほとんどが明記されない。皆が知っていることだから記すまでもないか、あるいは記すことが憚《はばか》られるということが理由であろう。その最たるものが、藤原道長《みちなが》が権力の座に就くまでの経緯、そして一条天皇の最初の中宮であり、最愛の妻であった故定子の記憶である。

異常な即位

一条天皇は寛和二（九八六）年、七歳の幼帝として即位した。あまりに幼いが、それは前帝花山《かざん》天皇が突然内裏から失踪《しっそう》し、出家・退位してしまったためである。実はこの事件は、時の右大臣にして一条天皇の外祖父にあたる藤原兼家《かねいえ》が画策した陰謀だった。

摂関制の当時、藤原氏の上級貴族は競って娘を天皇に入内《じゅだい》させ、生まれた皇子を皇位につけて、外戚《がいせき》として摂政または関白の役職に就き、権力を得ることを願った。そしてその最高の手本は、遠く清和《せいわ》天皇の時代、貞観《じょうがん》八（八六六）年に最初の人臣摂政となった藤原良房《よしふさ》だった。清和天皇は天安二（八五八）年の即位時まだ九歳の幼帝だったため、政務にあたる後見を必要とした。外祖父の良房はその任を務め、天皇の成人後もひきつづき全権を委《ゆだ》ねられたのだ。関白が天皇の補佐役であるのに対して、摂政は天皇の代理として政治を執行する最重要職である。孫を幼帝とし、その外祖父摂政となれば、天皇家に生まれなかった者でも天皇同様の権力を手に入れることができる。良房は藤原一門にそのことを知らしめた。

だが彼に倣うには、まず自らが娘を持つこと、娘と天皇の年回りが合うこと、娘が天皇に入内して子どもを産むこと、その子が男子であること、天皇に即位すること、そしてその時に自分が健在であることという、幾多の偶然を必要とする。良房以来、外祖父摂政になった者はいなかった。摂政はいたが、天皇の祖父ではなかった。それを兼家は、陰謀という強引な手段によって成し遂げ、良房以来実に百二十年ぶりに、外祖父摂政という絶大な権力の座に就いたのだった。

一族内の政争

兼家が正暦《しょうりゃく》元（九九〇）年に病気で出家すると、以後は彼の息子たちが権力をめぐって競う時代となった。兼家と正妻格時姫《ときひめ》との間の長男道隆《みちたか》・二男道兼《みちかね》・末子道長である。

最初に頂点に立ったのは長男の道隆である。天皇はこの年正月に元服し、道隆の娘、定子が女御となっていた。道隆は、引退した兼家を継ぐ形で一旦《いったん》は関白となったが、やがて摂政に替えられた。天皇が成人しているにも拘《かか》わらず摂政を立てて政治を委ねたことには、岳父である道隆への信頼と、定子への寵愛《ちょうあい》がうかがわれる。加えて定子はこの年十月、他に誰もキサキがいない中で、早々と中宮に立てられた。七月に祖父兼家が亡くなり、その喪中であることを押しての冊立だった。もちろん道隆が主導したことだろうが、天皇の定子への寵愛なくしてはあり得ない。道隆は正暦四（九九三）年、天皇が十四歳の四月まで摂政を続け、その後は関白となった。清少納言はこの年、定子への宮仕えを始めたと考えられている。『枕草子』に描かれる、少年天皇と三歳年上の中宮、二人を囲む中関白家《なかのかんぱくけ》という和やかな日々が、しばらくは続いた。

しかし道隆は、持病である飲水病の悪化に苦しんでいた。長徳元（九九五）年、自らの死を見越して、彼は本妻腹長男伊周《これちか》の関白擁立を目論んだ。伊周は定子の兄で、わずか二十二歳ながら父の威光で内大臣の職に就いていた。天皇は道隆の願いを一部だけ受け入れ、道隆の病の間に限って、伊周に内覧を任せるとの勅を下した。内覧とは、天皇に奏上される文書と天皇から下される文書のすべてに予《あらかじ》め目を通す業務で、関白の職掌の中核をなすものである。

だが四月十日に道隆が死ぬと、伊周の優先権は消失し、次期関白の座が本格的に争われる状況となった。候補は伊周と、道隆同腹兄弟の二男で三十五歳の道兼であった。天皇は半月以上迷った末、四月二十七日、道兼に関白の詔を下した。道兼は喜び、五月二日に慶賀（御礼言上）のため内裏に参上した。だがその時、彼は既に折から流行中の疫病にかかっており、五月八日には亡くなってしまった。慶賀からわずか足かけ七日間の関白だったので、世は彼を「七日関白」と呼んだ（『公卿補任』）。

この状況に至って、権力争いは伊周と、道隆の末弟で三十歳の道長との一騎打ちとなった。五月十一日に一条天皇が選んだのは道長だった。その背後には、一条天皇に対して義兄という関係を利用して密着する伊周を嫌い、自らと親しい弟を推す、天皇の母 東三条《ひがしさんじょう》院《いん》詮子の存在があったと言われる（『大鏡』道長）。道長は、伊周の内大臣職より二階級も劣る権大納言から躍進し、内覧を任されて六月には右大臣となった。道長は平安貴族の中では最もよく知られている人物で、最初から栄華が約束されていたかのような印象を抱かせる。だが実は、末子という不利な状況から、兄たちの死を受け、姉の応援を得て頂点に至った、強運の人だった。

長徳の政変

いっぽう伊周は、この一度の挫折《ざせつ》で、あらぬ方向に奔《はし》ってしまう。翌長徳二（九九六）年正月十六日、弟の隆家《たかいえ》を語らって前帝花山法皇を襲撃したのである。動機は、『栄華物語』が記すことによれば、女性問題だった。出家後も性的に放埒《ほうらつ》な花山院が伊周の恋人に言い寄ったというのだが、それは全くの思い違いであった。院の相手は、伊周の恋人の妹だったのだ。なお、この時花山院に言い寄られていたという故太政大臣藤原為光《ためみつ》の四女は、寛弘五（一〇〇八）年に院が崩御して後、道長の妾《しょう》となっている（『栄華物語』巻八）。

一条天皇は事件の起きた長徳二年、十七歳。道兼の死後は関白をおかず、帝自らが判断を下す親政を執っていた。伊周らの処分に、天皇は迷った。彼らは定子の兄と弟、自らも親しんだ義理の兄弟である。だが迷ううち彼らの余罪が発覚した。天皇の母である東三条院詮子を呪詛《じゅそ》したとの罪、そして天皇家以外に催してはならない秘法である太元帥法《たいげんのほう》を密《ひそ》かに行ったとの罪である。偶然とはいえ、花山院への襲撃も合わせて、これらはみな天皇家を標的にし、その権威を踏みにじる行為であった。天皇は伊周と隆家を流罪と決めた。特に伊周は国家転覆罪並みの、大宰権帥《だざいのごんのそち》に降格させての流罪であった。この「長徳の政変」によって中関白家は没落した。政変の悲劇の中で、定子は折しも初めての子どもを懐妊中だったが、衝動的に出家してしまった。

再登場する定子

定子は天皇のただ一人のキサキだったので、定子が去れば天皇は独身となる。彼のもとにすかさず娘を入内させたのが、本作品には内大臣として登場する藤原公季《きんすえ》と、右大臣として登場する顕光《あきみつ》であった。ところが天皇は、定子に心を残していた。翌長徳三（九九七）年四月、伊周と隆家を恩赦とすると、六月には定子を中宮職の施設である職御曹司《しきのみぞうし》に迎え取り、復縁させた。定子は出家していたが、定子周辺の人々は「実は出家していなかった」と言い繕った。『紫式部日記』に右大将として登場する藤原実資《さねすけ》は、これを日記に書きとめ「太《はなは》だ希有《けう》の事（ありえないこと）」と一蹴《いっしゅう》、復縁については「天下甘心せず」と批判している（『小右記』同年六月二十二日）。

天皇と定子に再び愛情の日々が訪れた。しかしそれは貴族社会の白眼視の中のものであった。加えて天皇は、まだ後を継ぐべき男子がいないという問題を抱えていた。長徳四（九九八）年、顕光の娘である女御元子が出産したが、異常出産であった。これを受けて、天皇は定子に男子出産を期待しない訳にいかなくなった。翌長保元（九九九）年、定子は懐妊し、再び政治の荒波に揉《も》まれることになった。

彰子の入内

それには、道長と彰子が大きく関わる。永延二（九八八）年生まれの彰子は、それまではまだ幼く、キサキとしてのレースに参戦できなかった。しかしこの長保元年二月、ようやく裳着《もぎ》を終え、大人の女性となっていた。そこへ来ての、定子懐妊の事実であった。道長は彰子の年内入内を視野に入れつつ、定子に圧力を加えた。その中には、出産に向けて定子が里下がりする当日、故意に公卿《くぎょう》たちを宇治《うじ》の別荘に招き、定子の行啓に奉仕させないようにしむけるということもあった（『小右記』同年八月九日）。

彰子は十一月一日に内裏に入った。そして定子は、それからたった六日後の十一月七日に、天皇の第一皇子、敦康《あつやす》親王を産んだ。おりしも彰子が女御の称号を受け、初めて天皇と夫婦になる当日であった。道長は盛大な祝宴を催し、藤原氏出身の公卿全員に出席を求めた。いっぽう定子の男子出産に対しては、『小右記』(同日)は「世云はく『横川の皮仙』と」と記している。「横川の皮仙」とは、鹿皮の衣を着て型破りな宗教活動を行った僧行円《ぎょうえん》のあだ名だが、ここでは定子への評である。出家のくせに出家らしくないということだ。定子の一度の出家は、それだけキサキとしての正当性を損なうことであった。

一条天皇は、彰子を尊重した。だが『栄華物語』(巻六)は、天皇の彰子への気持ちは娘に対する種類のものであったと記している。彰子の背後には道長がおり、道長は貴族をまとめる筆頭であって、天皇の政治上の片腕だった。天皇にとって定子は愛情の対象であったが、彰子は政治的存在であった。これは、翌長保二(一〇〇〇)年二月二十五日、彰子が中宮となるに至って、ますます鮮明となった。一条天皇の中宮は定子であり、中宮とはその天皇の第一のキサキの称号なので、一人の天皇に唯一ひとりであるのが当然である。しかし道長の要請を受け、天皇は前代未聞の一帝二后冊立に踏み切った。中宮の名を二つに分け、定子は中宮の正式呼称である皇后、彰子は中宮となった。

定子崩御

だが、こうした緊張状態は長くは続かなかった。同年十二月十六日早朝、第三子を出産した直後に、定子が崩御したからである。この事実は貴族社会に衝撃を与えた。自らが迫害に加担してきた罪悪感もあってか、当時の蔵人頭で『紫式部日記』には侍従の中納言として登場する藤原行成《ゆきなり》や、当時の参議で『紫式部日記』には源中納言として登場する源《みなもとの》俊賢《としかた》が同情の意を示した。それればかりか、若年層には定子の四十九日に合わせ、連れだって出家する者まで現れた。道長の妻である源倫子の甥《おい》で道長の養子となっていた権中将源《みなもとの》成信《なりのぶ》と、右大臣顕光の子である藤原重家《しげいえ》である。道長と顕光は二人のいる三井寺に急いだが、後の祭りだった。

定子を喪った一条天皇は、永く心の空洞を抱えることとなった。『栄華物語』（巻八）は、彼が定子の末妹である御匣殿《みくしげどの》を寵愛《ちょうあい》したと記す。彼女が姉の遺言に従い敦康親王を養育していたことがきっかけであったという。おそらくは、彼女を身代わりにしてまでも定子を求めたのだろう。道長はこれを聞くや敦康親王を彰子のもとに引き取り、彰子と天皇の関係を促そうとした。これには将来彰子が男子を産まず、敦康が即位する事態に備えて、自ら養祖父の立場を確保しておこうという目論見もあった。しかし天皇は御匣殿を愛し続け、彼女は懐妊した。だが長保四（一〇〇二）年六月に、出産に至らず亡くなった（『権記』同月三日）。

その後、一条後宮の動きは途絶えた。後宮には彰子のほかに、公季の娘である弘徽殿《こきでん》の女御義子、顕光の娘である承香殿《じようきようでん》の女御元子、また長徳四年に入内した、故関白道兼と内裏女房で兼家の異母妹である藤三位《とうさんみ》繁子との間の娘、暗部屋の女御尊子がいたが、皆彰子の敵ではなかった。しかし彰子は一度も懐妊せず、月日が流れた。

道長の動き

　こうした中で、寛弘二（一〇〇五）年または三（一〇〇六）年の年末、十二月二十九日に彰子のもとに初出仕したのが、紫式部であった。ここには、道長か、またはその妻で彰子の母である源倫子による、彰子後宮てこ入れ策とでも言うべき意志が働いていたと考えられる。

『紫式部日記』を見ると、彰子に仕える女房は三種類に分類できる。一つは女房を多く輩出する中・下級官人層の出身で、女房勤めに慣れ実務に長《た》けている女房である。母の代からの累代の女房であったり、主家を渡り歩いたりという、女房層に一般的に見られるキャリア形成をしており、女房層女房と呼ぶことができよう。例えば、妹の「式部のおもと」と共に彰子に仕える「宮の内侍《ないし》」橘良芸子が、この典型である。次は零落女房とでもいうべき人々で、父が亡くなり、あるいは家が没落するなどして女房に身をやつす者である。倫子の姪《めい》である「大納言《だいなごん》の君」「小少将《こしようしよう》の君」が典型である。最後は才芸女房であり、和歌など文芸の才能により抜擢《ばつてき》されて、妻や娘という立場から女房に転身するものである。

紫式部を典型とする。

宮の内侍が中宮女房内の「内侍」という役職を与えられているように、一般貴族や後宮や内裏の女房として、最も頼りになり実務をこなせるのは、女房層女房である。が、『栄華物語』（巻六）によれば、道長は彰子を入内《じゆだい》させるに当たり、「四位、五位のむすめといへど」育ちの悪いものは雇わず、「もの清らかに、成り出で良き」を中心に女房を選んだという。貴種の母を持つ彰子の後宮を、女房の出自・品格という点でも差別化しようとしたのだろう。だが、『紫式部日記』消息体に紫式部が記すことによれば、そうしたお嬢様女房は応対一つできず、貴族社会には不人気であったようである。道長と倫子は、そのような沈滞ムードを打破し後宮に違う風を入れるべく、才芸女房の雇用に舵《かじ》を切ったのではないか。紫式部に続き寛弘五年には伊勢大輔《いせのたいふ》、同六年には和泉式部《いずみしきぶ》が出仕することとなった。なお、彰子周辺の女房歌人としては、『紫式部日記』の三才女批評にも登場する赤染《あかぞめ》衛門《えもん》がいたが、彼女は基本的に倫子の女房で、源 雅信《みなもとのまさのぶ》時代から土御門《つちみかど》邸に上がり、徐々に歌才を顕《あら》わした女房層女房である。

故定子後宮は知性に満ち、天皇や貴族たちに愛された。才芸の女房には、それを手本とし乗り越えるべきという期待が、道長や倫子から寄せられただろう。あるいはそれは、才芸の女房たち自身が、無言の内に感じていたことだったろう。しかし一方で、彼女らを迎え入れる実務女房および出自・品格女房にとって、才芸の女房は未知の異分子であった。紫式部は、彰子後宮が初めて抜擢した才芸女房と思われる。そのため出仕当初、彼女は一人で二重の重圧を受けることとなった。加えて、後述する個人的な事情により、紫式部はこれら主家の期待や同僚女房の警戒心自体察知できないような心の状態にあった。紫式部が女房としての自覚に至るには、二、三年を要したようである。

寛弘五（一〇〇八）年春、伊勢大輔が出仕した時、奈良興福寺から桜が献上された。桜の取り入れ役を仰せつかったのは紫式部だったが、彼女はそれを伊勢大輔に譲った。伊勢大輔はこの機会を得て「いにしへの奈良の都の八重桜今日九重に匂ひぬるかな」と詠み、主家の前で歌人の実力を発揮することができた（『伊勢大輔集』）。この頃には紫式部は、才能で抜擢された自分たちに期待されているものを理解し、後輩に場を与えるほどに、周りが見えるようになっていたのである。

彰子への女房補強のいっぽうで、道長は寛弘四（一〇〇七）年八月、金峯山《きんぷせん》への参詣《さんけい》を挙行した。これは閏《うるう》五月十七日から長精進を行うという大規模なもので、息子頼通《よりみち》や源中納言俊賢らも同行した。八月十一日、登頂して最初に道長が参拝したのは、本堂の蔵王権現ではなく「小守（子守）三所」であった（『御堂関白記』同日）。道長は口にしないが、これは明らかに彰子の子宝を祈る参詣だったと言ってよい。

道長の参詣は、神仏の利益を乞うというよりも、一条天皇に直接働きかけるデモンストレーションであった。天皇は道長に配慮したのだろう、彰子はこの年末、入内から八年を経て初めて懐妊した。『栄華物語』（巻八）によれば、彰子の体の状態に注意を払い懐妊を最初に言い当てたのは一条天皇であった。天皇は、彰子が恥ずかしがって止めたにも拘《かか》わらず、自らそれを道長に報告したという。その記事が事実であるかはさておき、『栄華物語』が言わんとするのは、一条天皇にとって彰子が、この時点においてもやはり「道長の娘」だったということである。

寛弘五年秋以前

彰子には出産を待つ日々が訪れた。以後の動向に関しては貴族らの日記に加え、『御産部類記』「後一条天皇」が数種類の記録を収集し、詳しく書きとどめる。彰子の懐妊はしばらく伏せられたが、四月十三日には懐妊五ヵ月で里下がりとなり、世の知るところとなった。彰子を迎えた土御門殿では、恒例の法華三十講を例年よりことのほか盛大に催行した。ところがその直後の五月二十五日、正月来病気にかかっていた一条天皇の二女、媄子が亡くなった。定子が命と引き換えに遺して逝ったわずか九歳の娘の死に、一条天皇は激しい衝撃を受けた。翌月十四日に彰子が懐妊七ヵ月を押して再び内裏に還ったのは、天皇の傷心を慮《おもんぱか》った道長が勧めたことと考えられている。

彰子は一カ月余り内裏に滞在し、七月十六日に土御門殿に戻った。既に懐妊八カ月、季節は秋に入り、邸宅の自然は出産の季節の到来を囁《ささや》いていた。『紫式部日記』冒頭「秋のけはひ入り立つままに、土御門殿のありさま、いはむかたなくをかし」は、こうして幕を開ける。

以上記したことは、同時代の貴族社会が共有した、ごく普通の記憶である。公卿・殿上人層・その家族はもちろん、下級官人層に至るまで、道長の道程についても、その陰で悲劇的な人生を閉じた故定子についても、知らない者などいなかったろう。紫式部はこれら一条朝の歴史を受けて、しかしおそらくその画期となるに違いない、彰子の男子出産に立ち会い、それを記録しているのである。

日記の見据える「今」

なお、この日記にはこの年彰子が晴れて敦成親王を産んだこと、翌年には第二子敦良《あつなが》親王が産まれたことが記されている。日記が執筆されたのは、寛弘七（一〇一〇）年の夏から秋の頃と考えられている。この時期は、一条天皇の後継者となるべき次期東宮の座が問われ始めた頃であった。正月に第一皇子敦康の伯父《おじ》である伊周が亡くなり、敦康がその有力な後ろ盾を喪《うしな》ったからである。また道長は、外祖父摂政となるためには、敦成を幼年の間に即位させなくてはならなかった。だがそれには一条天皇の譲位、現東宮居貞《いやさだ》親王（三条天皇)の即位と治世、そして譲位という手続きを要する。一条天皇には早く退位してもらい、その際には敦康ではなく敦成を東宮と決め、三条帝の世は短期で切り上げる。道長がそれを望んでいることは、貴族社会にいる者ならば誰もが読める状態だった。

史実としては、この日記が執筆された寛弘七年の翌年、寛弘八（一〇一一）年の一条天皇崩御によって、事態はすべて道長の目論見どおりに動くことになる。天皇は後継に敦康を望んだが、藤原行成に説得されて折れ、三十二歳の生涯を終えた。三条天皇の時代は五年で終わり、晴れて道長は、孫の敦成、即位して後一条天皇の外祖父摂政となる。だがその事実を、この日記は知らない。もちろん、道長が彰子に次いで娘の妍子・威子を中宮に立て「この世をばわが世とぞ思ふ望月の欠けたることも無しと思へば（『小右記』寛仁二年十月十六日）」と詠んだことも知らない。

『栄華物語』は結果を見届けた目で記されているが、『紫式部日記』は現在進行形の歴史を見つめている。それも道長が王手を決める直前の、緊張に満ちた状態において執筆がなされている。そこから察しても、『紫式部日記』は高い政治性を持つ作品であるといえよう。

Ⅲ　紫式部について

紫式部自身についての情報も、『紫式部日記』を読むためには欠かせない。自家の歴史やその時その時の暮らし向きなどは、彼女の性格や物の見方に大きく関わっていると考えられるからである。また、『紫式部日記』には作者が我が人生の苦しさに思いを致す場面があるが、その苦が何に由来するのかは、日記自体の文面には明記されない。彼女の人生遍歴を知ることは、そうした箇所を理解するための直接の材料にもなり得るのである。

家系

紫式部は藤原為時の娘で、母は藤原為信女《ためのぶのむすめ》である（巻末系図参照）。為時は藤原冬嗣《ふゆつぐ》の子の良門《よしかど》流、母は同じく冬嗣の子の長良《ながら》流で、藤原北家の一角をなす。しかし藤原氏の主流は、良門・長良の兄弟である良房《よしふさ》に継がれた。『紫式部日記』に登場する藤原氏の公卿《くぎょう》たちは、藤原有国《ありくに》以外は全員がこの良房流である。とはいえ紫式部の家も、曾祖父《そうそふ》の代までは公卿として繁栄した。

父方から見てゆこう。曾祖父藤原兼輔は醍醐天皇の時代に公卿となり、天皇に娘の桑子を入内させた。彼の和歌「人の親の心は闇にあらねども子を思ふ道に惑ひぬるかな（『後《ご》撰《せん》集』雑一・一一〇二）」は、『大和物語』では、彼が桑子を心配して帝に奉った歌とされている。彼は承平三（九三三）年まで生き、極官は中納言右衛門督《うえもんのかみ》であった。

また、父為時の母方の祖父で、紫式部にとって曾祖父に当たる人に、藤原定方《さだかた》がいる。彼は姉の胤子が宇多天皇女御で、醍醐天皇の母だった。定方は甥《おい》である醍醐天皇の時代に栄え、延長二（九二四）年には右大臣に至った。なおその時左大臣だったのは、藤原道長の曾祖父忠平《ただひら》である。

兼輔と定方はきわめて仲が良く、紀貫之《きのつらゆき》や凡河内躬恒《おおしこうちのみつね》、清少納言の曾祖父（一説に祖父）である清原深養父らをかわるがわる自邸に招き、和歌や管弦を楽しむなど、当時の文化の世界のパトロン的存在だった。そうした折の和歌は『後撰集』にも収められている。勅撰集に曾祖父らの晴れがましい様子を確認することができるのは、紫式部にとって誇りであったろう。『紫式部日記』消息体であれだけ清少納言を貶《おとし》められるのは、こうした父祖同士の関係も関わっているに違いない。同じ『後撰集』には、兼輔の子で紫式部の祖父である雅正《まさただ》の和歌も収められている。だが雅正は生涯受領《ずりよう》にとどまり、従五位下に終わった。

為時は、『尊卑分脈』によれば雅正と定方女の間に生まれた三男である。長兄は為頼《ためより》、次兄は為長《ためなが》で、三人とも受領階級に属した。しかし三人ともに『拾遺集』や『後拾遺集』に歌の採られる歌人であった。特に為頼には家集『為頼集』があり、その方面では円融《えんゆう》天皇時代の関白頼忠《よりただ》とも近い関係であったことが窺《うかが》われる。彼は長徳四（九九八）年に亡くなったが、紫式部にも影響を与えたと考えられる。

このように、紫式部の家は和歌の家ということができる。しかし為時は、文章道《もんじょうどう》を志し、文人となった。そこには妻の祖父、紫式部にとっては母方の曾祖父に当たる藤原文範《ふみのり》の影響があったのではないか。文範は文章道の出身で、少内記や蔵人式部の丞《じょう》から身を立て、村上《むらかみ》天皇の康保四（九六七）年に参議に至った。実直で有能な官吏で、一条天皇の永延二（九八八）年、従二位中納言を最後に第一線から引退したようだが、長徳二（九九六）年三月までは存命であった。この時紫式部は推定二十歳前後である。曾祖父たちの余光は高い自負を胸に抱かせ、いっぽうで祖父の代からの零落を痛感させただろう。

少女時代

紫式部の生まれた年は、不明である。手掛かりは『紫式部日記』消息体末尾ごろに「いたうこれより老いほれて、はた目暗うて経よまず」とあることで、これを執筆した寛弘七（一〇一〇）年頃に、近い将来の老眼を覚悟する年齢だったと推測される。極めて大雑把な推定と言わざるを得ないが、九七〇年・九七三年・九七四年・九七五年・九七八年という生年の諸説はほぼここを出発点とする。

紫式部の本名もまた不明である。「紫式部」とは彰子に出仕した後の女房名で、それも当初は「藤式部」と呼ばれていたことが『栄華物語』(巻九・十)から知られる。だが『栄華物語』は、『紫式部日記』に取材した寛弘五年の敦成親王五日の産養記事(巻八)では「むらさき」と記しているので、「紫式部」という呼び名は早くにできていたと思われる。応徳三(一〇八六)年に完成した『後拾遺集』には作者名「紫式部」として三首の和歌が採られており、この頃には通り名の「紫式部」の方が一般化していたことになる。

なお「紫式部」の「式部」の部分は、父為時が花山天皇の時代に「式部の丞」であったことによる。紫式部の彰子への出仕はその時から二十年以上を経ており、余りに時が隔っていることから、紫式部には父の式部の丞時代に出仕経験があり、「式部」という女房名はその時からのものだとする説もある。だが、女房名に用いられる近親者の官職は、必ずしも出仕現在のものとは限らない。和泉式部の「和泉」は夫の橘道貞《たちばなのみちさだ》が和泉の守だったことによるが、それは彰子への出仕の十年前の官職である。またその出仕の時、和泉式部と道貞との関係は既に破綻《はたん》していた。しかし和泉式部は、おそらくは自分の意志で、「和泉」の名を望んだのである。とすれば紫式部の「式部」についても、彼女が父の颯爽《さっそう》としていた時期を懐かしんで「式部」という女房名を望み、その名が認められたと考えるのが自然である。何より、『紫式部日記』で紫式部は女房生活に相当な違和感を示している。それは若い時期に外で仕事をした経験がある人のものではない。

紫式部の少女時代・娘時代については、『紫式部日記』および自撰家集『紫式部集』が数少ない資料となる。どちらにも全く母に関する記事が見えないことから、母とは紫式部が幼い頃に死別したか、離別したものと推測される。同母の姉がいたが、『紫式部集』によれば紫式部の娘時代に亡くなった。紫式部は、妹を亡くすという似た境遇の友と文通し、互いを姉妹と呼んで悲しみを癒《いや》し合った。

いっぽう『紫式部日記』には同母弟の惟規とのエピソードが書きとめられている。弟が漢籍を素読・暗唱する傍らでそれを聞いていて、紫式部のほうが「あやしきまでぞさとく」習得してしまったという思い出話である。門前の小僧さながらであるが、父は「お前が男子でないのが私の不運だ」と嘆いたという。当時漢学は、男性にとっては官人世界での出世の手掛かりになり得たが、結婚し「里の女」として生きる女性にとっては疎遠なものだった。父は紫式部の将来像として、そうした人生しか想像しなかったのである。とはいえこの時期、紫式部は家庭において、『史記』や『白氏文集』など漢籍を心から楽しみ、おそらくはそれに没頭する日々を送ったはずである。紫式部の漢学素養は実に豊かであるばかりか、知識教養という程度を超えて、彼女の物の見方や考え方そのものの土台になっている。それは、後年彼女が書くことになる『源氏物語』から透かし見られることだ。

為時は、大学に学び文章生となり、播磨《はりま》の権少掾《ごんのしょうじょう》の職を得た（『類聚符宣抄』）。文章生が学業を終えると諸国掾に推薦任官される制度（文章生外国）があったのである。その後永観二（九八四）年、花山天皇のもとで蔵人式部の丞の職を得る。花山天皇は母の懐子も祖父の伊尹《これまさ》も既に亡くし、外戚《がいせき》といえば叔父《おじ》の義懐ひとりであった。時の関白頼忠は天皇に冷やかで、右大臣兼家は自らの孫である東宮の即位を虎視眈々《こしたんたん》と狙っていた。このように公卿たちの協力が得られぬ中で、大学寮出身の有能の者に実務担当のチャンスが回って来たのである。為時は自らを遅咲きの桜に重ね「遅れても咲くべき花は咲きにけり身を限りとも思ひけるかな」と詠んで喜んだ（『後拾遺集』春下・一四七）。だが花山朝は二年で終わり、彼はその後十年間、散位《さんい》を余儀なくされた。散位とは、官人として位階はあるが官職を持たない者である。京にいれば一応全員が散位寮に属して交代勤務する形になっているが、これといった仕事は無く、臨時で行事等に召され奉仕する程度である。当然収入は少ない。紫式部は父のこうした状況を目の当たりにしながら娘時代を送った。

彼が浮上したのは長徳二年、折しも伊周《これちか》たちが花山法王襲撃事件を起こした直後の正月二十五日であった。為時はこの日の県召除目《あがためしじもく》で、当初淡路《あわじ》の守《かみ》に任ぜられた（長徳二年大間書）。だが二十八日、道長により、彼は俄《にわ》かに大国越前《えちぜん》の守《かみ》に替えられた（『日本紀略』）。『今昔物語集』（巻二十四の三十）は、為時が申し文を作って奉り、その中の「苦学の寒夜紅涙襟を霑《うるほ》し　除目の後朝蒼天眼に在り」との句が道長を感動させたという。北陸道は中国大陸に面し、早くから菅原道真《すがわらのみちざね》(加賀《かが》の権守《ごんのかみ》)や源順《みなもとのしたごう》(能登《のと》の守《かみ》)など文章道出身者の補される所であった。

紫式部は為時と共に都を離れ、越前に下向することになった。友と別れ、故郷を離れたのは六月のことと考えられている。長徳の政変が巻き起こり、定子が髪を切ったのは五月である。昨日の中宮が今日は孤独な尼に堕《お》ちる人生の無常を、紫式部は一人の娘として感じていたことだろう。

結婚

『紫式部集』によれば、紫式部には、下向先の越前まで恋文を送ってくる男がいた。花山天皇時代、六位蔵人として為時と同僚だった、藤原宣孝《のぶたか》である。彼は紫式部の曾祖父《そうそふ》である右大臣藤原定方の直系の曾孫で、紫式部とはまたいとこの関係に当たる。父の為輔は公卿《くぎょう》で、寛和二(九八六)年権中納言にまで至って亡くなった。母は参議藤原守義女、宣孝とその兄弟たちは受領だったが、姉妹は参議藤原佐理《すけまさ》に嫁いでいる。また、彼の妻の一人は中納言藤原朝成女で、彼女と宣孝の間の子である隆佐《たかすけ》も、後に後冷泉《ごれいぜい》天皇の康平二(一〇五九)年、七十五歳で従三位に叙せられ公卿の一員になった。このように宣孝の周辺には、過去・宣孝現在・そして未来にわたって公卿が多い。為時とは違い、彼の一族は処世に長《た》けていたのである。宣孝自身は正五位下右衛門権佐兼山城《やましろ》の守が極位極官だったが、それは壮年で亡くなったためであろう。

彼は目端の利く男で、行動力もあった。『枕草子』「あはれなるもの」に書きとめられているエピソードは有名である。道長も参詣《さんけい》した吉野山金峯山は、誰もが浄衣《じょうえ》姿で行くと決まっている。だが宣孝は「人と同じ浄衣姿では大した御利益もあるまい」と、自らは紫の指貫《さしぬき》に山吹の衣、同行の長男にも摺《す》り模様の水干などを着させて参詣し、人々を驚かせた。ところがまさにその甲斐《かい》あってか、二ヵ月後には筑前の守に任官できたという。宣孝が筑前の守になったのは事実で、正暦元（九九〇）年のことである。なお、参詣に同行した長男隆光は『枕草子』勘物に「長保元年（九九九）年六月蔵人、年二九」と記される。実際に彼が蔵人になったのは長保三（一〇〇一）年六月二十日（『権記』）だが、いずれにせよ彼は九七〇年代初めの生まれとなり、紫式部と同年代、或いは年上である可能性もある。つまり宣孝は、紫式部の父と言ってもよいほどの年配だったのだ。恋が進展した長徳三（九九七）年、紫式部は二十代半ば、宣孝は四十代半ばか五十がらみで、十分に大人の恋と言えた。

宣孝は楽しい男だった。春先の恋文には「春は解くるもの」という謎々を書いてきたりした。何が解けるのか？　氷や雪、そして冷たい女の心である。「春だもの、君は私を好きになるさ」というのが謎々の意味だ。いっぽう女性関係も盛んで、紫式部と同時期に近江《おうみ》の守の娘にも言い寄っているとの噂があったという。『尊卑分脈』によれば、紫式部以外に少なくとも三人の妻がいた。おそらく裕福でもあったのだろう。

紫式部はこの年秋ごろに帰京したと考えられる。都では定子が天皇に復縁され、批判の的となっていた頃である。結婚は翌年であろう。なお紫式部は本妻ではなく、妾《しょう》（本妻以外の妻）の一人だったので、結婚は終始宣孝が彼女を訪《おとな》う妻問婚の形であった。やがて娘が生まれ、紫式部は妻そして母としての日々を生きた。

夫の死

だが、幸福は長く続かなかった。長保三（一〇〇一）年四月二十五日、宣孝が亡くなったのである。彼はその二ヵ月前まで記録に名前が見える（『権記』同年二月五日）ので、長く臥《ふ》せっていた訳ではない。紫式部にとっては唐突な、夫との死別であったに違いない。加えて妾という立場でもある。死に目にあう、ということもできなかっただろう。『紫式部日記』によれば、彼女はその後幾つかの季節を、喪失感だけを抱えて呆然《ぼうぜん》と過ごすことになる。

『紫式部集』の和歌は、夫との死別を境に一変し、人生の深淵《しんえん》を見つめ、逃れられぬ運命を嘆くものとなる。彼女は夫の人生を「露と争ふ世」と詠んでそのはかなさを悼み、自分のことは「この世を憂しと厭ふ」と言い捨てた。「世」とは命や人生、また世間や世界を意味する言葉だが、そこに共通するのは、〈人を取り囲む、変えようのない現実〉ということである。そして、そうした「世」に束縛されるのが、人の「身」である。人は「身」として「世」に阻まれ生きるしかない。ただ死ぬまでの時間を過ごすだけの「消えぬ間の身」なのだ。夫の死によって、紫式部はそのことに気づかされたのである。

ところが、やがて紫式部は、「身」ではないもう一つの自分を発見する。それは「心」である。ある時気がつくと、思い通りにならない人生という「身」は変わらないのに、悲嘆の程度が以前ほどではなくなっていた。

数ならぬ心に身をばまかせねど身に従ふは心なりけり（『紫式部集』五十五）

「心」は「身」という現実に従い、順応してくれるものなのだ。だがやがて紫式部は、心というものの、現実を超えた働きにも目を向けるようになる。

心だにいかなる身にか適ふらむ思ひしれども思ひしられず（『紫式部集』五十六）

自分の心はどんな現実にも合わないものだと、何度も思い知るのである。

現実に適応しない心なら、その居場所は虚構にしかない。こうして紫式部は、寡婦であり母である「身」とは別の所に自分の心のありかを見つけるようになる。友人を介して物語に触れ、少しずつ前向きに生き始める様は『紫式部日記』に記されている。

出仕

家にいて書き始めた初期の『源氏物語』が、短期間で人気を博したのだろう。紫式部は寛弘二（一〇〇五）年か三年の年末には、彰子の女房として出仕することになった。ここには、道長か、あるいは紫式部にとってまたいとこである彰子の母源倫子の要請があったと考えられる。前述のように、道長は知的女房によって彰子後宮を彩り、いまだに懐妊を見ない彰子と天皇の仲を促したいと考えていた。彼は最高権力者で、父為時の越前の守補任の際の恩人でもある。女房勤めの資質も意欲もない紫式部だったが、拒むことはできなかったはずだ。

だが紫式部の内心は、居所が後宮に変わろうとも、常に「身の憂さ」に囚《とら》われていた。いっぽうで、紫式部を迎える彰子付き女房たちは、見も知らぬ才女を警戒していた。自分の殻に閉じこもる紫式部と、偏見によって彼女を毛嫌いする女房たちとはそりがあうはずもなく、紫式部はすぐに家に帰って、そのまま蟄居《ちっきょ》することになった。不出仕は五ヵ月以上に及んだ。復職はそれからなので、初出仕が寛弘二年末であったとしても、『紫式部日記』記事の寛弘五年秋までに、紫式部には実質二年余の経験しかないことになる。

女房の世界は、主家に住み込み、主人への客に応対し、様々な儀式での役をこなす、「里の女」とは全く異質のものである。特に紫式部が激しい拒否感を抱いたのは、不特定多数の人に姿を晒《さら》すことや、男性関係が華やかになりがちなことだった。だが、『紫式部日記』によれば、寛弘五年の紫式部には大納言の君や小少将の君という職場仲間がいた。この年五月の土御門邸法華講で彼女たちと交わした和歌が、『紫式部集』古本系付載の「日記歌」なる後人作資料に載せられている。それによれば紫式部は華やかな法事を目の当たりにしつつ「思ふこと少なくは、をかしうもありぬべき折かな」と我が物思いの丈に涙ぐみ、大納言の君は「かがり火にまばゆきまでも憂き我が身かな」と詠み返し、翌朝には小少将の君も「なべて世の憂きに泣かるるあやめ草」と詠んでいる。出自や身分は違え、誰しもがそれぞれに苦を抱えて生きているということに、紫式部は思いを致しただろう。

彰子という人

紫式部は出仕によって、『源氏物語』の舞台である宮廷生活の実際に触れ、物語を書き続ける上での経済的支援も受けることができるようになった。だが最大の利点は、言葉を交わすことはもちろん会ったこともなかった様々な階層の人々に会い、貴賤《きせん》を問わぬ人間洞察を深めたことだろう。中でも彰子という人との出会いで得たものは大きかったはずだ。彰子は道長という最高権力者の娘、今上天皇の中宮という貴人である。だがその生涯は、少なくともこれまではただ家の栄華のためにあった。十二歳で入内《じゅだい》させられ、しかし夫にはもとからの最愛の妻、定子がいた。定子が亡くなると夫はその妹を愛し、彰子を振り向きはしなかった。彰子は十四歳から定子の遺児敦康の養母となったが、自身が懐妊することはなかった。おそらく道長のデモンストレーションという政治的理由の御蔭《おかげ》でようやく懐妊となったが、今度は男子を産まなくてはならない。彰子こそが苦を抱え、逃れられぬ「世」を生きる人であった。

だが、彰子は紫式部に乞うて自ら漢文を学び、一条天皇の心に寄り添おうとした。晴れて男子を産み内裏に戻る際には、彼のために『源氏物語』の新本を作って持ち帰った。自分の力で少しずつ人生を切り拓《ひら》く彰子の手伝いができることは、紫式部の喜びであったろう。

彰子は寛弘五年と六年に年子で二人の男子を産んだ。寛弘七年正月十五日には二男敦良親王の誕生五十日の儀が催された。『紫式部日記』巻末記事のその場面には、彰子と天皇の並ぶ様が「朝日の光りあひて、まばゆきまで恥づかしげなる御前なり」と記されている。この年の夏か秋、紫式部は『紫式部日記』を執筆し、彰子後宮を盛りたてる気概を示した。

一条朝以降

寛弘八（一〇一一）年五月、一条天皇は病に倒れ、六月二十二日に三十二歳の若さで崩御した。後継は彰子が産んだ敦成親王と決まった。紫式部は彰子と共に内裏を去った。

ありし世は夢に見なして涙さへとまらぬ宿ぞ悲しかりける（『栄華物語』巻九）

その折のこの歌は、まるで中宮に成り代わってその心を詠むかのようである。

この年二月一日、為時は越後の守に補任され、その地に赴いていた。紫式部の弟惟規は従五位下に叙されていたが、都での仕事を辞し、老父を労《いた》わって彼の地に下った。だが彼自身が病にかかり、越後で亡くなってしまった。

紫式部は、長和二（一〇一三）年五月二十五日の『小右記』に皇太后彰子に仕え応対する女房「越後守為時女」として見えるので、この時までは彰子や貴族に信頼されつつ働いていたことが確かである。だが為時が長和三年六月に任期途中で越後の守を辞退して都に帰り（『小右記』六月十七日）、やがて長和五（一〇一六）年四月二十九日には出家してしまった（同、五月一日）ことから、紫式部も彼の越後下向中に亡くなったのだと解する説もある。それに従えば、紫式部は長和三年六月十七日以前に、四十歳前後で没したことになる。しかし『小右記』寛仁三（一〇一九）年正月五日に実資《さねすけ》とその養子資平《すけひら》が太皇太后彰子のもとで会った女房に、長和二年五月二十五日の「為時女」と面影の通じる書き方がされており、これを紫式部と見る説もある。そうとすれば、紫式部は彰子の長男敦成が後一条天皇となり、その弟敦良が皇太弟となって、天下第一の国母となった彰子の姿を見ることができたことになる。

筆者は、紫式部はやがて宮仕えから身を引き、晩年を静かな思いで過ごしたと考えている。古本系『紫式部集』の巻末歌がその心境を窺《うかが》わせるからである。

ふればかく憂さのみまさる世を知らで荒れたる庭に積もる初雪（『紫式部集』一一三）

いづくとも身をやるかたの知られねば憂しと見つつも永らふるかな（『紫式部集』一一四）

『紫式部日記』にも描かれる「憂さ」は生涯消えることがなかった。だがそれを抱えつつ、やがて憂さを受け入れ、憂さと共に生きる境地に、紫式部は達したのである。

なお、紫式部は『尊卑分脈』に「御堂関白道長妾云々」と、伝聞の形ながら道長との関係を記される。『紫式部日記』年次不明記事の贈答に端を発する風聞と思われるが、「妾」の根拠は不明である。二人が情事を持った可能性はあろうが、その関係が『栄華物語』等他資料に言及されていないことを見れば、「妾」や「召し人」などといった継続的関係には相当しない、ほんのかりそめのものだったのではないか。ただ、それが当事者の心にもたらす意味はまた別である。『紫式部日記』での道長妻倫子の微妙な描き方、『源氏物語』での召し人たちの丁寧な描き方と共に、今後熟考すべき問題であろう。

Ⅳ　『紫式部日記』の構成と成立

『紫式部日記』は次の四つの部分から構成される。
A　前半記録体部分　寛弘五年秋から寛弘六年正月三日までの詳細な記録。彰子の出産から内裏還御、内裏の諸行事や女房の日常を記す。
B　消息体部分「このついでに」に始まる手紙文体部分。彰子後宮の現状を批評し、女房はどうあるべきかを模索して、最後は挨拶《あいさつ》文で閉じる。
C　年次不明部分　年月日を明記されない、二、三の断片的エピソード。中宮の御堂詣《もう》で、源氏物語に関わる道長との和歌贈答、深夜に局《つぼね》を訪《おとな》われての贈答。
D　後半記録体部分　寛弘七年元日から正月十五日までの記録。Aに似た詳細な記録文体。彰子の第二子敦良親王誕生五十日の華やかな場面で終わる。
　また『紫式部日記』には、次のような外部資料がある。
①『栄華物語』（巻八）　寛弘五年の記述にあたり『紫式部日記』から記事を取捨選択、文面を書き換え、独自の付加を施して記事を作成している。ほぼそのまま引用することもある。
②『紫式部集』「日記歌」　古本系諸本の巻末に付加された後人作資料。『紫式部日記』を

参照し、家集に採られていない歌を抜き出し、詠歌事情を詞書《ことばがき》として書き添えたものと考えられる。

③藤原定家の『明月記』（貞永二年三月二十日）式子内親王筆月次絵のことを記し、五月の絵について「五月 紫式部日記暁景気」と注記する。

③の『明月記』に従えば、紫式部日記には五月の暁の場面があったことになる。だが現行『紫式部日記』には、五月の記事が見当たらない。ところが前章で触れたように、②の「日記歌」には確かに寛弘五年五月土御門邸法華講でのものとして、紫式部が物思いに沈み、大納言の君や小少将の君と人生の憂さについて交わした贈答が収められている。うち小少将の君と紫式部の贈答は、詞書に「五月五日、もろともに眺め明かして、明うなれば入りぬ」とあって、暁の詠歌である。いっぽう①の『栄華物語』（巻八）にも同じ寛弘五年五月法華講の記事があり、そこには「日記歌」や『紫式部集』定家本系所収当該歌の詞書と重なる特徴的な表現が、複数見受けられる。これら外部資料によると、『紫式部日記』には現行の冒頭以前に少なくとも同年五月の場面があり、それが脱落して今の形となったことになる（首欠説）。しかし、現行冒頭「秋のけはひ入り立つままに」以下の一節は、いかにも一つの作品の冒頭として完成度が高く、これ以外の冒頭があったとは考えにくい。

このように『紫式部日記』は、外部資料からは現行冒頭以前の首部を持ち、内部徴証からはそれが無かったと推測される矛盾を抱えている。また内容的にも、道長・彰子という主家を賛美する公的で明るい内容と、自らの憂いを見つめる私的で暗い内容とが混在している。この問題は、長く『紫式部日記』研究の争点であった。だが次のように考えれば、説明が付くのではないか。

・『紫式部日記』は、当初献上本が制作され、その後それを書き改めた私家本が制作された。

・献上本は、主家から命ぜられて、主家を主役に彰子の敦成親王出産という晴事を綴《つづ》る女房日記で、現行の冒頭を冒頭としていた。献上本は完成すると道長あるいは中宮に献上され、世に流布しなかった。

・私家本は、献上本の写しに紫式部が大幅に手を加えて作成した、私的な書き物である。Aの中で紫式部の個人的な憂いが描かれる「憂愁叙述」部分やB～Dは、この際に付加された。寛弘五年五月法華講の場面も「憂愁叙述」の典型的な一つであり、この際に書き加えられて、現行冒頭以前の位置に置かれた。

・私家本はやがて流布し、『栄華物語』「日記歌」『明月記』は私家本に拠《よ》っている。

・私家本の首部は、転写が繰り返される中で脱落し、いかにも冒頭にふさわしい献上本冒頭が冒頭とされた。これが現行の『紫式部日記』である。

経験の浅い紫式部が、前半記録体に記されるようなこと細かな事実を見、またメモするには、主家から取材が許可されなくてはならない。才芸の女房として雇われた紫式部は、通常の業務に加えて主家のために晴儀の記録を作成する任務を、特別に与えられたのだろう。ところで紫式部は前半記録体の中で、『源氏物語』の御冊子が作られた際、自分が書いた完成原稿はすべて手元から失《う》せ、いっぽう草稿がまとまって流出してしまったと記し、無念さを顕《あら》わにしている。献上本『紫式部日記』においては、その轍《てつ》を踏まぬよう、自分のための写しを取っていたに違いない。それをもとに、大きく作り変えて誕生したのが、現行『紫式部日記』の原形だったと考える。

現行形態でさえ文学作品としての統一感に欠ける『紫式部日記』だが、これに首部が付いた私家本原形は、さらにまとまらない印象を呈するものだっただろう。だがそれは作者の意思が、この書き物を文学的に完成させるよりも、第一に情報として役立つものにすることを優先したためと考える。その「情報」ということの意味については、次項で述べる。本の制作には高価な紙を必要としたはずだが、この作品には「いとやつれたる」形で反古《ほご》を使ったことが消息体末の挨拶文に記されており、そこからも、執筆がごく私的な営みであったことが窺われる。なお、公的な性格を持つ献上本が、献上先の貴さゆえに流布せず、私家本のほうが広まるのは、古典籍の世界でしばしば見受けられることである。

V 『紫式部日記』の世界

A 前半記録体部分

この部分には、彰子と道長を主人として賛美するまなざしが露《あら》わである。緊張感に満ちた冒頭部分は、中宮を迎えたこの土御門邸で、庭の木々の梢《こずえ》や遣水《やりみず》の畔《ほとり》の叢《くさむら》といった言わば「道長支配空間」の自然のみならず、「おほかたの空」という天までもが、出産の季節の到来を知らせていると記す。それに引き立てられて、道長が揃えた僧たちの不断の御読経が感動を募らせる。まさに天人一体となって、彰子の男子出産を盛りたて、祈るのである。

冒頭から出産までは、最初に中宮彰子を登場させ、その後は道長、頼通、敦成親王の乳母となる女房宰相《さいしょう》の君、そして彰子の母源倫子と、主要な家族の一人一人にスポットライトを当てるようにエピソードを連ねてゆくことからも、明らかな構成意識が窺える。献上本『紫式部日記』の姿を多分に残す部分であろう。主家を主役に、この家にとって一大晴事となった親王誕生劇を、女房の目で書いてゆこうという気概が、端々に感じられるのである。

そのことは例えば、道長と早朝、女郎花《おみなえし》の和歌を交わした場面での表現にも見て取れる。この贈答は『紫式部集』にも載るが、そこでは状況は次のように記される。

朝霧のをかしきほどに、御前の花ども色々に乱れたる中に、女郎花いと盛りに見ゆ。折しも、殿出でて御覧ず。一枝折らせ給ひて、几帳のかみより『これ、ただに返すな』とて賜はせたり

女郎花さかりの色を見るからに露の分きける身こそ知らるれ

と書き付けたるを、いと疾《と》く

白露は分きてもおかじ女郎花心からにや色の染むらむ　（『紫式部集』六十九・七十）

色々の花が咲き乱れる中で、道長は美女を意味する女郎花の花をことさらに選び、差し出す。しかも「これ、ただに返すな」とは、恋の誘いかけを袖《そで》にするなということだ。「もう女盛りを過ぎた私、殿のお相手はできませんわ」と紫式部が詠めば、道長は「いと疾く」詠み返す。「女郎花は自分の意志で美しく染まっている。お前も心がけ次第ではなかなかのものだよ」。多分に色ごとめいた香りが、家集には漂うのである。

ところがその同じ素材を、『紫式部日記』は全く違うやりとりとして描く。

渡殿の戸口の局に見出だせば、ほのうちきりたる朝の露もまだ落ちぬに、殿ありかせ給ひて、御随身召して遣水払はせ給ふ。橋の南なる女郎花のいみじう盛りなるを、

一枝折らせ給ひて、几帳の上よりさし覗かせ給へる御さまの、いと恥づかしげなるに、我が朝顔の思ひ知らるれば、「これ。遅くてはわろからむ」とのたまはするにことつけて、硯のもとに寄りぬ。

女郎花盛りの色を見るからに露の分きける身こそ知らるれ

「あな、疾」と微笑みて、硯召し出づ。

白露は分きても置かじ女郎花心からにや色の染むらむ

ここには、家集に見えなかった随身の姿が書かれている。随身は、警護のため勅命により特に与えられる武官だが、道長はそれを私的に従者として使い、遣水の掃除などをさせているのである。その威容。紫式部は強い引け目を感じるが、それも家集には書かれなかったことだ。いっぽう花については、女郎花以外の花があったことが削られている。道長の言葉は紫式部に詠歌の早さを要求するもので、女房としての力を試している。したがって歌の意味も「女郎花に比べるとわが姿が恥ずかしく思えます」となる。或いは「露」に漢語「露恵」の意を匂わせて「この邸宅の女郎花のように、道長さまの恩恵を被りたく存じます」との意もあるのかもしれない。道長は自分が早く詠むのではなく「あな、疾」と、紫式部の詠歌の早さを評価する。そして「恩恵に分け隔てはない。お前も自らの意志で頑張りなさい」と励ます。道長はあくまでも、紫式部にとっては仰ぎ見る主家の長とされている。家集と『紫式部日記』のどちらが事実かについては不明だが、こうした書き分けが明確かつ意識的に行われていることは重要である。

だが、同じく主人であるとはいえ、彰子に対する紫式部のまなざしは道長に対するものとは違う。彰子は最初の登場場面で次のように描かれる。

御前にも、近う候ふ人々はかなき物語するを聞こしめしつつ、悩ましうおはしますべかめるを、さりげなくもて隠させ給へる御有様などの、いとさらなることなれど、憂き世の慰めには、かかる御前をこそ尋ね参るべかりけれと、現し心をばひきたがへ、たとしへなくよろづ忘らるるも、かつはあやし。

彰子が身重のつらさをさりげなく隠す姿に、紫式部は「つらい人生の癒しには、求めてでもこのような方にこそお仕えするべきなのだ」と感動し、日頃の思いとはうって変わって、すべてを忘れたという。その自分を不思議だと冷静にとらえる目もありながら、確かにひとときを癒《いや》されたのである。それは彰子への崇敬が、権力関係ではなく人としての共感だからである。「女房日記」は基本的に、主家に従う女房が主家を賛美する姿勢を執ると考えられるが、紫式部の彰子へのまなざしには、主を仰ぐというよりも人として寄り添う一面がある。敦成親王を出産後、七日の産養《うぶやしない》をよそに御帳台《みちょうだい》で休む彰子を描写する場面もそうだ。重圧の中で大役を果たした彰子の、痛々しい程の健気《けなげ》さを、紫式部は見届けている。

いっぽうで、女房たちや公卿《くぎょう》・殿上人を見つめる目は、すぐれて女房的である。例えば盛大な五日の産養で、彰子付き女房たちは、女房少将のおもとが装束に付けた銀箔《ぎんぱく》の貧相さを見て、突《つつ》き合って非難したという。これは美的な非難ではなく、「殿の古人なり」と付記されるような道長家女房の古株にしては、この晴事への配慮が足りないと非難しているのである。

また、親王誕生五十日の祝で、紫式部は酔い乱れる公卿たちの姿を、順に見渡すように記している。その姿はといえば、政務でしばしば「至愚のまた至愚」と言われた右大臣藤原顕光は、几帳《きちょう》の綻《ほころ》びを断ち切り女房に戯れるまさに至愚の姿、彰子の中宮冊立以来中宮職に勤め続け、彰子を出世の梯子《はしご》とすがる中宮の大夫《だいぶ》斉信《ただのぶ》は、乱れた場を収めて祝の席を成功させようという抜け目ない官吏の姿、『小右記』に窺《うかが》われるように万事に細かい実資は実資で、女房の華美を疑い装束の枚数を数える姿と、すべてが彼らの最も彼らしい瞬間を切り取ったものであって、見事としか言いようがない。

女房とは、主家に密着した存在である。物理的に主家の内部、御簾《みす》の中にまで入り込み、主家と生活を共にするという在り方から、自然に彼女たちは、主家に関する情報を、微細に至るまで知ることになる。女房同士の横のつながりもある。また彼女たちが女性であり、女房であるという気安さから、貴顕の男たちも女房には素顔を覗《のぞ》かせる。朝霧の中から現れる道長、御帳台の中で眠る彰子、それぞれの女房たちが装束に込めた配慮、公卿たちが酔って晒《さら》した素顔。これらはすべて、紫式部が女房であるからこそ書けたことである。紫式部は、男性官人の行事日記、貴族の古記録を意識しつつ、それらとは全く違った「女房だからこそ、ここまで見、ここまで書けた」という作品に挑戦しているようだ。

いっぽうこの部分には、紫式部が自分の心の苦しみについて記した「憂愁叙述」と呼ばれる箇所が、所々ある。例えば行幸前、美しい菊の園を見つつ「思ひかけたりし心の引くかたのみ強くて」鬱々《うつうつ》とし、自分を水面下でもがく水鳥に重ねる箇所。あるいは行幸で、天皇の出御という大切な時に、天皇よりもその輿《こし》を背負う駕輿丁《かよちょう》に目が行き、自分も同じだと思う場面。または、十一月中旬、楽しみにしていた初雪を土御門殿でなくみすぼらしい我が家で見ることになり、落胆と共に自分の変化に驚く場面などである。これらの多くは、私家本への書き換えの際に加えられたものと考える。それは、書き換えの動機がこれであったと推測されるからである。

零落貴族出身の自尊心と引け目、夫の死以来抱き続けた無常観と厭世《えんせい》感、女房世界への嫌悪感。そうした私的な鬱屈にとらわれ、ややもすれば仕事中も目の前のことから意識がずれて、違うことを考え出す。憂愁叙述に記される紫式部の姿は、個人紫式部の内面記録として非常に貴重である。おそらくはそれらは、紫式部自身にとっても拙《つたな》いながらかけがえのない記憶であったに違いない。だが見方を変えれば、それは女房としてプロ意識に欠ける、未成熟な姿ということになる。ところがそうした彼女が、消息体や後半記録体においては、内面の懊悩《おうのう》を抱えつつもそれを表に出さず主家の為に用務を果たす、成熟した女房に変貌《へんぼう》している。

内面の苦と、女房としての成長。私的書き換えは、自分のこの魂の足跡を記しとどめ伝えたいという理由から為《な》されたと考える。私家本『紫式部日記』とは、つまるところ女房紫式部の打ち明け話であった。この観点から見ると、雑然とした寄せ集めに見えた構成は俄《にわ》かに一貫性を持つのである。

B　消息体部分

この部分は、前半記録体とは明らかに文体もスタンスも違うが、文脈としては全く連続している。従来「このついでに」が消息体の開始となされているが、それは便宜的なことで、記録と無関係な女房批評は、実際には「このついでに」の直前、宣旨の君の記事から既に始まっている。記録体で、主家の晴事というテーマでは敦成親王誕生関係の諸事を、自分の成長記録というテーマでは寛弘五年大晦《おおみそか》日の盗賊事件を記し終え、筆は自然に批評へと移ったのだろう。

消息体部分で紫式部が記すことは、一貫して「女房たるもの、いかにあるべきか」ということである。まず彰子女房から数人を紹介、その容姿や性格を見渡してゆく。とりあえずの結論は、女房は「心ばせ」こそ得がたいものだということ、「心重く、かどゆゑも、よしも、うしろやすさも」すべて兼ね備えることが理想だということである。この「落ち着き・才覚教養・風情・仕事能力」という価値基準は一見どの後宮にも共通するかのようだが、「今めかしさ」や「気ぢかさ」で親しまれた定子後宮とは異なる。紫式部は、彰子女房は普遍的美質を持つ正統派であるべきと考えているようである。

次に、斎院《さいいん》女房 中将《ちゅうじょう》の君の手紙の話題を持ちだすが、それは彰子後宮が情趣に欠けることを俎上《そじょう》に載せるためだった。確かに後宮は斎院に比べ環境的に劣るが、そうした外部要因だけではなく、女房たち自身に問題があると紫式部は指摘する。上臈《じょうろう》女房たちのお嬢様意識が過剰な消極性につながり、日常業務への実害さえ引き起こしているというのである。かしこまりの言葉「侍り」を連発しながら、「いとかく情なからずもがな」、もっと風情をと紫式部は主張する。女房として周りが見えてきた紫式部は、女房がどれほど重要な責務を負う、政治的存在であるかを知っている。敦康親王と敦成親王の後継争いは目前に迫っている。貴族たちは敦成東宮を歓迎するに違いないが、彰子後宮の不人気や、貴族たちの定子への追憶は良くない材料なのである。

手紙の話題から、次は三才女批評となる。どのような才女こそが望ましいのか。結論は最初から用意されている。女房批評で得た結論の路線に沿った、作品も生きかたも重々しく本格的で思慮ある才女である。和泉式部は大歌人だが、天才肌の印象と醜聞により、ここでは賞賛が控えられ、赤染衛門こそがその良妻ぶりも合わせて評価される。清少納言への舌鋒《ぜっぽう》の鋭さは、『枕草子』を丸ごと否定したいかのごとくである。紫式部には、清少納言が定子文化を代表し、その追憶を今なお支え続けていることへの危機感があったのだろう。私的には、紫式部自身の骨肉とも言える漢詩文素養を単なるアクセサリーのように扱われ、許せないと感じたということもあったのかもしれない。

次には自身を俎上に載せ、自分がいかに人の目を憚《はばか》り、抑制的に生きているかを縷々《るる》述べる。「我こそは」と思い上がって他人を批判する同僚の前で、煩わしさを避けるために「惚《ほ》け痴《し》れ」を演じていたら、皆から「かうは推しはからざりき」「あやしきまでおいらか」と驚き称賛されて、それならばと「おいらか」を本性にするべく自己陶冶《とうや》、結果として彰子の信頼を得たという。

ここに来て、この文章は誰を読者と想定しているのかが、ようやくほの見えてくる。「消息体」には他見をはばかる話題が多いが、この箇所こそは、決して同僚には見せられないものである。そのようなことをすれば、その瞬間に、紫式部は自己の標榜《ひょうぼう》する「おいらか」とは正逆の存在になってしまう。つまり、彰子後宮改革の気炎も、彰子を盛り立てる気概も、そのまま同僚に向かって放つものではないのである。ここに書かれた紫式部のすべてを受容し、そして決して漏らさないと紫式部が信頼する人、そのごく限られた相手だけに対して、この文章は綴《つづ》られたのだ。

紫式部は記している。「すべて女房は人当たり穏やかに、少し心構えに余裕を持ち、落ち着いているのを基本としてこそ、教養も風情も魅力となるし、安心して見ていられるものです」。こうした教えで誰を導こうとしているのだろうか。既に萩谷朴《はぎたにぼく》氏、田渕句美子《たぶちくみこ》氏らから指摘があるように、消息体の読者として最も適《かな》わしいのは、娘の賢子である。消息体が執筆された頃、賢子は十歳を少し超えている。近い将来彰子の女房となり、母と同じ道を歩むことは見えている。そのための、母から子への実用的・具体的な指南書と考えれば、内容の露骨さにも、くどいと感じられるほどに熱のこもった口調にも合点がゆく。

紫式部が最後に綴るのは、自己の漢詩文素養についてである。たまたま身についてしまった、だが世間では女性にそぐわないとされる教養。それを活《い》かすにはどうすればよいのか。決してひけらかしてはならない。あくまで秘して、だが彰子に求められれば、『白氏文集』で最も儒学的なテキスト「新楽府」を進講する。それは第一に、彰子に一条天皇の世界を垣間《かいま》見せるという配慮から行った進講だったが、結果的には、皇后に儒学の教養を与えるということにもなった。紫式部は漢文素養を、自らが考える最も望ましい方法で活かしたと言える。

消息体末の挨拶《あいさつ》文には次のようにある。「御文にえ書き続け侍らぬことを、よきもあしきも、世にあること身の上の憂へにても、残らず聞こえさせおかまほしう侍るぞかし」。手紙に書けないこととあるからには、消息体はやはり、実際の手紙が紛れ込んだもの(竄《ざん》入《にゅう》)ではない。改まった教導の論であり、意図的に書き込んだものである。また筆者はこの部分を、私家本の事実上の跋《ばつ》文《ぶん》と考えている。ここに記されるとおり、良いことも悪いことも含め、彰子後宮世界の出来事、紫式部自身の辛《つら》さ、それらを見つめ、我が「世」と「身」そして「心」の情報を漏らさず娘に伝えることが、私家本制作の目的だった。それは自ずと、人生苦を抱えながらの、女房としての成長の足跡を辿《たど》ることとなった。

C　年次不明部分

「十一日の暁」に始まる中宮御堂詣《もう》での記事と、「源氏の物語、御前にあるを」に始まる、源氏物語にまつわる道長との贈答、さらに「渡殿に寝たる夜」に始まる、深夜に局《つぼね》の戸を叩《たた》いた人物との贈答から成る。これらは年次が示されないことから「断片記事」とも呼ばれるが、三つの記事は無関係ではなく同質性を持つ。それは、紫式部がいかにも女房らしい風流をしおおせているということである。

最初の記事では、月夜の舟遊びを見ての独り言がそれである。大蔵卿藤原正光《まさみつ》の、若者に交じって舟に乗り込んだものの、年齢に気が引けて身を縮めている様子を目にして、紫式部は思わず「舟のうちにや老をばかこつらむ」と漏らしてしまった。それは『白氏文集』「新楽府」の一首「海漫漫」の内容を典拠としており、それに気づいた中宮の大夫藤原斉信は、すかさずその次の一節「徐福文成誑誕多し」を朗詠したという。女房と貴顕との間の、漢詩文素養に基づいた格調高い応酬で、『枕草子』を彷彿《ほうふつ》とさせる。それも紫式部は、決して素養をひけらかしたのではなく、独り言のように言った言葉を斉信に聞きつけられており、これは節度ある風流であった。

第二と第三は一連のものともされる。時の最高権力者道長から和歌で『源氏物語』作者のおまえは「好き者」と評判だ、口説かずに素通りする男はおるまい」とからかわれて、紫式部は「私には殿方の経験などまだございませんのに、どなたが『好き者だ』などと噂を立てていらっしゃるのでしょうかしら?」と上手にかわす。また夜に局の戸を叩かれ、その時は「おそろしさに音もせで明かした」が、翌朝送られた歌には返歌を贈り「ただ事ではないというほどの叩き方でしたけれど、本当はほんの『とばかり』、つかの間の出来心でしょう?」と切り返す。この個所は、紫式部と藤原道長との情事の有無という文脈で取りざたされることが多いが、『紫式部日記』の記事の主眼はそれではなく、あくまで和歌、しかも贈答を中心としている。『源氏物語』を軽く扱われ自身は「好き者」とからかわれて「めざましう」心外な思いであろうとも、夜中に侵入されかかり「おそろしさ」に身を硬くしようとも、言葉つまり知性によって丁々発止のコミュニケーションを持ちえたことを、一つの手柄として記しているのである。このようにここでの紫式部は、教養においても色事をめぐっても、貴顕男性にとって会話に手ごたえのある女房である。紫式部は消息体で女房生活指南を記して、男性貴族たちの「気の利いた会話のできる女房が少なくなった」という言葉に反発し、「彰子後宮にもっと風流を」と主張した。年次不明記事は、自身におけるその体験実例集である。事例なので時間軸から切り離して、消息体の直後にまとめ置いたのだろう。時間的には前半記録体に入るものもあるのかもしれないが、女房として迷い悩む自分を記した前半記録体には、貴顕と堂々と渡り合う姿はそぐわない。

D　後半記録体部分

寛弘七年正月、紫式部はすっかりプロ女房になっている。この部分は、自身の今の到達を記し置いたものであろう。前半記録体の寛弘五年の行幸では、小少将の君と共に油断していて帝の到着に遅刻寸前となった紫式部だったが、この部分の敦良親王誕生五十日の儀では、暁から参上して準備に当たっている。親友の小少将の君は進歩なく遅い参上で、しかし二人の仲はむつまじい。他人の不行き届きを非難せず、自分は一人で粛々と、するべきことをする。紫式部は度量の広い女房になっている。

また、この五十日の儀で御膳の取り入れ役に当たった女房たちの、「袖ぐちのあはひ」がよくなかったと、後になって宰相の君が残念がった。それに対しては、「織物ならぬをわろしとにや。それあながちのこと」と、禁色である織物の着用は無理だと反論している。面と向かって言ったのではあるまいが、紫式部は自分の見識を持てるようになっている。かつて前半記録体の寛弘五年十一月の五節で、同僚たちの勢いに押されて左京の君いじめに加担してしまった彼女とは、もう違う。

さらに、正月二日、殿上の遊楽から帰った道長から「歌一つ仕うまつれ」と言われたときの対応にも、変化が見られる。かつて前半記録体の寛弘五年十一月一日、紫式部は同じように道長に詰め寄られ、「いとわびしく怖ろしければ」即座に詠んだ。だが今回の紫式部は「うちいでむに、いとかたはならむ」と、自分から詠まないという慎みを見せている。それによって、道長の「年ごろ宮のすさまじげにて、ひとところおはしますを、さうざうしく見奉りしに、かくむつかしきまで、左右に見奉るこそ嬉しけれ」という本音の感懐を引き出し、さらに彼が「野辺に小松のなかりせば」という時宜に適《かな》った古歌の一節を口ずさむ機会を導いたのである。なおこの時の道長へのまなざしには、前半記録体の硬直的上下関係からは数段こなれた、心情的寄り添いが見られる。男子を二人あげた彰子を安堵《あんど》の目で見つめ、来るべき東宮争いを、口に出しはしないが心に置きつつ、主家の晴儀を記して『紫式部日記』は幕を閉じる。

最後に、この作品の読者と想定される、紫式部の娘大弐三位について簡単に触れておきたい。

大弐三位賢子

大弐三位藤原賢子は紫式部と夫藤原宣孝との間に、長保元（九九九）年か二年に誕生した。長保三年に父を亡くし、その数年後に母が中宮彰子付き女房として出仕、やがてそれなりの重きを占めるに至って、娘の彼女が将来宮仕えして女房となる道筋はついたと考えられる。下級貴族出身で累代の女房層女房、また『源氏物語』作者紫式部の娘としてである。

彼女には私家集『藤三位集』があり、そこには彰子に出仕した後の、貴公子たちとの恋の贈答も収められている。相手は、例えば藤原定頼（九九五〜一〇四五）。「このわたりに若紫やさぶらふ」と紫式部に声をかけたと『紫式部日記』に記される藤原公任《きんとう》の息子である。出会いは定頼の蔵人頭時代の寛仁元（一〇一七）年から四年頃とおぼしい。また倫子の異母兄大納言源時中の七男朝任（九八九〜一〇三四）とは、彼の頭中将時代、寛仁三（一〇一九）年から治安三（一〇二三）年頃に、情熱的な恋歌を交わした。また『後拾遺集』の大弐三位歌（恋四・七九二）詞書《ことばがき》に「堀川右大臣のもとにつかはしける」とあることからは、道長と源明子との間の長男頼宗（九九三〜一〇六五）とも関係があったと知られる。『紫式部日記』には「高松の小君達」と一括して記され、彰子付き若女房にじゃれる姿を書きとめられた貴公子たちの一人である。

賢子に大きなチャンスが訪れたのは、藤原兼隆の子を産んだ時であった。兼隆は、道長の兄で世に七日関白と呼ばれた道兼の息子である。父の死後道長を頼り、『紫式部日記』の寛弘五（一〇〇八）年には二十四歳で、「右の宰相の中将」の呼称で何度も登場する。万寿二（一〇二五）年、時の東宮敦良親王に第一皇子親仁親王が誕生した。産んだのは道長の娘で彰子の末の実妹、嬉子である。だが嬉子は出産前にかかった赤裳瘡《あかもがさ》で衰弱していたためか、二日後に死亡（『日本紀略』）、さらに乳母に決まっていた女房も赤裳瘡にかかり辞退して、急遽《きゆうきよ》賢子が代わりの乳母に抜擢《ばつてき》されたのだった。『栄華物語』（巻二十六）には「大宮（彰子）の御方の紫式部が女の越後弁（賢子）、左衛門督（藤原兼隆）の御子生みたる、それぞ仕うまつりける」とある。ここに「左衛門督の妻」とは無いことに注意したい。当時正二位中納言の兼隆と彰子付き女房賢子との関係は、結婚とは呼べないものだった。だが、貴顕との恋は女房の誉れである。賢子はそうして得た子によって、願ってもない飛躍の機会を手に入れたのだった。

親仁親王は長暦元（一〇三七）年に立太子した。時に東宮権大進となったのが高階成《たかしなのなり》章《あきら》（九九〇～一〇五八）で、この出会いにより賢子は彼の妻となった。年齢は四十に近くなっていたはずであるが、長暦二（一〇三八）年には男子為家《ためいえ》を産んでいる。この歩みは、一条天皇の乳母橘の三位徳子と藤原有国を彷彿とさせる。徳子も懐仁《やすひと》親王（一条天皇）の乳母となってから有国と結婚し、資業を産んだのだった。

やがて親仁親王は即位して後冷泉天皇となり、賢子は従三位典侍の官位を得た。後冷泉天皇の治世下で、天喜二（一〇五四）年、夫の成章は受領《ずりょう》として最高の大宰大弐に補せられ、翌年には従三位を与えられて末席ながら公卿《くぎょう》の一員となった。その夫婦共々の到達も、徳子・有国夫婦と同じである。

賢子はただ一回の偶然で成功したのではなかった。生まれて数日で母を喪《うしな》った後冷泉天皇に愛情を注ぎ、こまやかに導いたことは『栄華物語』（巻三十六）にも記される。後冷泉治世の優美な文化を褒める次の一節である。

内の御心いとをかしう、なよびかにおはしまし、人をすさめさせ給はず、めでたくおはします。折々には御遊び、月の夜、花の折過ぐさせ給はず、をかしき御時なり。弁の乳母（賢子）をかしうおはする人にて、おほしたて慣はし申し給へりけるにや。

（天皇の御気性は実に風流、もの柔らかで、人をお遠ざけにならず、立派でいらっしゃる。折々には管弦の御遊を開かれ、月の夜、花の折を見逃さない、風流な治世である。弁の乳母が風流な人でいらっしゃって、天皇をそのように育てつけ申し上げたからだろうか。）

女房の力が、一時代の文化度を高めることもある。賢子はそう『栄華物語』に認められたのだ。没年は不詳。永保二（一〇八二）年までは存命であったと知られる（『為房卿記』同年三月十三日）。女房の手本のような人生だったと言えよう。

なお、『栄華物語』正編は長元二年から六年（一〇二九～一〇三三）頃の成立と考えられている。紫式部亡き後、私家本『紫式部日記』が賢子の管理下にあったと仮定して、その最初の流出は、賢子が東宮第一皇子の乳母として地位を確立する時代と重なることになる。『栄華物語』正編の作者（あるいは編者）は、赤染衛門が擬されているように、道長家をよく知る人物であったことは間違いなく、賢子とは近い立場にあったと推測される。賢子は、作者に乞われて母の日記を貸したのではないか。その際「消息体」以下を切り離し、前半記録体のみを渡したということもあり得る。『栄華物語』に引用される『紫式部日記』は、寛弘五年分のみである。

Ⅵ　諸本

現存する『紫式部日記』の伝本は、すべてが近世以降のものである。写本は長く邦高《くにたか》親王筆本系の一系統しか発見されず、またこの系統は本文内に十箇所に及ぶ脱落箇所を持っていた。だがその後、脱落箇所が二箇所の写本、松平文庫本が発見され、さらに松平本と同系統の本文を持ちさらにすぐれた黒川本（宮内庁書陵部蔵、黒川真道旧蔵、近世筆）が発見された。黒川本の発見はかつてない善本を掘り当てたものといえ、昭和四十六年の小学館古典文学全集以来、すべての注釈書が、この黒川本を底本として用いている。

一方、近世の版本に「群書類従」所収『紫式部日記』、また『紫式部日記』の古注釈である壺井《つぼい》義知《よしとも》の『紫式部日記傍注』（享保四年）、清水《しみず》宣昭《のりあき》の『紫式部日記註釈』（文政十三年）、足立《あだち》稲直《いなお》の『紫式部日記解』（文政二年）がある。これらに掲載される本文は、先行する版本や写本との校合により各著者が整えたものだが、流布本文として貴重である。

また、より古い本文としては『紫式部日記絵巻』に付された「絵詞（伝藤原良経筆）」があり、絵巻が作られた十三世紀の本文状況を知らせてくれる。だが、残念なことにすべての場面が網羅されたものではない。他には、鎌倉時代写の「紫式部日記切」二葉（京都文化博物館・萩谷朴氏蔵）が存在する。

なお、このように『紫式部日記』は、伝本が極めて新しいものに限られ作者の時代から遠いという事情から、従来本文への信頼度が比較的低く、注釈が困難な際には校訂の手が加えられることが多かった。その際には、読解の都合を優先して、写本・版本のいずれにも見えない本文へと校訂することもあった。しかし、本書ではできるだけそうした操作を排し、伝承される本文を尊重した。そのため、新しい読解を試みることになった箇所もいくつかある。

こうした伝本事情には、想定した現行『紫式部日記』の私的性格や、献上本と私家本という二段階成立も関係するのではないか。二段階成立論は仮説の域を出ないが、いつか献上本『紫式部日記』が発見されることを夢想せずにいられない。

主要登場人物紹介

凡例

一　一条天皇は諡号、女房は女房名、僧は僧名、それ以外は姓名を本見出し項目とした。

一　本見出し項目の下に、本文内呼称とその登場節番号を、登場の順に挙げた。

一　本文内呼称はカラ見出しとして上げ→で本見出し項目に送った。

一　見出し項目は五十音順（現代仮名遣い）によった。なお、女性名は仮に音読みしている。

赤染衛門《あかぞめえもん》　丹波の守の北の方55　匡衡衛門55

源倫子・中宮彰子の女房。歌人。天徳年間（九五七〜六一）の生まれか。長久二（一〇四一）年までは生存。もと源雅信邸に出仕。倫子の兄源時叙や大江為基（匡衡のいとこ）との恋を経験しつつ、大江匡衡と結婚。男子に挙周、女子に歌人である江侍従らがいる。夫や家族への気づかいは『赤染衛門集』に多々窺える。『栄華物語』正編作者とも言われる。中古三十六歌仙。寛弘七年五十歳超か。

敦良《あつなが》親王　宮たち64・66　いと宮65・68　二の宮67・　宮68

一〇〇九〜四五。後朱雀天皇。在位一〇三六〜四五。一条天皇の三男、母中宮彰子の第二子。寛仁元（一〇一七）年、同母兄である後一条天皇の即位翌年に、東宮だった敦明親王（三条天皇皇子）が辞退、皇太弟となった。即位は長元九（一〇三六）年。道長女で彰子の末妹である嬉子との間に後冷泉天皇、三条天皇皇女禎子内親王との間に後三条天皇。后妃は他に頼通養女（敦康親王女）嫄子、教通女生子、頼宗女延子。寛弘七年一歳。

敦成親王《あつひら》　宮12・21・28・30　若宮26・27・30・35・38・42・49・65　宮たち64・66　呼称無し65

一〇〇八〜三六。後一条天皇。在位一〇一六〜三六。一条天皇の二男、母中宮彰子にとっては第一子。藤原道長の外孫として、男子誕生・即位の期待を背負って生まれる。長和五（一〇一六）年九歳で即位、同年道長を、翌年より頼通を摂政とする。寛仁二（一〇一八）年元服、彰子の妹で天皇より九歳年長の威子が入内。生涯キサキは威子のみで、二内親王を得て二十九歳で崩御。寛弘五年一歳。

有国の宰相　**→藤原有国**

あるじのおほい殿　**→藤原道長**

和泉　**→和泉式部**

和泉式部《いずみしきぶ》　和泉式部55　和泉55

彰子の女房。歌人。九七八?〜?。万寿四（一〇二七）年までは生存。父は大江雅致、母は平保衡女で朱雀天皇皇女昌子内親王の女房である介内侍。最初橘道貞と結婚し、小式部内侍を産む。長保年間より歌人として頭角を顕わし、『拾遺集』に一首入集。長保三（一〇〇一）年頃より為尊親王と恋、翌年為尊親王が没して後は、長保五（一〇〇三）年より敦道親王と恋。翌年正月には親王と本妻との仲を破綻させるに至った経緯が『和泉式部日記』に記される。敦道との間に男子岩倉宮永覚。敦道が寛弘四（一〇〇七）年に没して後、同六年四月より彰子に出仕か。長和年間（一〇一二〜一六）に藤原保昌と結婚。『後拾遺集』では全歌人中一位の入集数を誇る。『和泉式部集』『和泉式部続集』がある。『和泉式部日記』は本人作との説が有力。赤染衛門・清少納言・伊勢大輔らと詠み交わした歌も残る。中古三十六歌仙。寛弘七年三十歳超か。

伊勢の守致時の博士　→**中原致時**

伊《い》勢大輔《せのたいふ》　大輔16・51　大輔のおもと44　小大輔18・51・68

彰子の女房。生没年未詳。曾祖父大中臣頼基と祖父能宣は三十六歌仙、父輔親と伊勢大輔は中古三十六歌仙、娘の康資王母も歌人という累代の歌人。彰子には寛弘五年頃から出仕。

一条《いちじょう》天皇　うへ26・27・41・48・64・66・68・69　うち28・35・59　うちの上59　帝68　呼称無し27

九八〇〜一〇一一。在位九八六〜一〇一一。父は円融天皇、母は藤原道長の同母姉である詮子。寛和二(九八六)年、七歳で即位。長じるにつれ政治能力を発揮し親政を進めたが、公卿との協調を常に重んじた。しかし長徳の政変(九九六)で一旦出家した定子を翌年復縁させ、その死後も定子の遺児である長男敦康親王の立太子を望み続けるなど、家族愛の面では私意を見せた。漢詩をよくして好文の天皇と呼ばれ、儒学的文学観を持っていた。横笛の名手でもある。寛弘五年二十九歳。

いと宮　→**敦良親王**

いま二ところの大臣　→**藤原公季**・→**藤原顕光**

院　→**選子内親王**

うへ　→**一条天皇**・→**源倫子**

右大将　→**藤原実資**

うち・うちの上　→**一条天皇**

内の大殿・内の大臣・内の大臣殿　→**藤原公季**

馬《うま》の中将・馬の中将の君　馬の中将25・38　馬の中将の君38

彰子の女房。藤原相尹女、母は源高明四女とされる。相尹は兼家の異母弟遠量の男。また相尹の妹は道長の兄である道兼の妻となり兼隆を産んでいるので、馬の中将は兼隆のいとこ。『栄華物語』（巻十五）では寛仁三（一〇一九）年の道長出家後の土御門殿の寂寥を歌に詠んでいる。

右衛門の督　→**藤原斉信**・→**藤原懐平**

叡効《えいこう》　叡効10

九六五～一〇二一。天台僧。播磨国出身。延暦寺で修行（『僧綱補任』）、後に権律師に至る。寛弘五年四十四歳。

近江の守たかまさ　→**源高雅**

大江挙周《おおえのたかちか》　挙周12

?～一〇四六。大江匡衡の二男。寛弘三（一〇〇六）年蔵人式部丞。敦成親王家家司。日記記事以後は敦成親王に近侍し、東宮時代は東宮学士、即位後は後一条天皇侍読を務めて、文章博士。極宮は式部権大輔。江家の学統をよく守った。

大江匡衡《おおえのまさひら》　丹波の守55

九五二～一〇一二。重代の漢学の家を継ぎ、文章博士、寛弘七（一〇一〇）年式部大輔に至る。赤染衛門の夫。受領としても尾張・丹波の守を務める。漢学の才をもって、朝務のみならず上流貴族の代作・子弟への教授・公私詩会に活躍。赤染衛門の内助の功については『赤染衛門集』・『袋草子』等にうかがえる。漢詩集『江吏部集』、家集『匡衡集』。中古三十六歌仙。寛弘七年五十九歳。

大蔵卿　→**藤原正光**

大左《おおさ》**衛**《え》**門**《もん》**のおもと**　大左衛門のおもと11

道長家または彰子の女房。本文に「備中の守宗時の朝臣のむすめ」。が、別出の女房「小左衛門」の注（第16節）に「故備中の守道ときが女」とあり、大左衛門関係本文の「宗時」は「道時」の誤で、大左衛門は小左衛門の姉と考えられる。道時は和泉式部の夫だった橘道貞の兄で、橘の三位徳子のいとこ。夫は橘の三位の夫である藤原有国と前妻との間の子、藤原広業。

大式部《おおしきぶ》・大式部のおもと　大式部のおもと9・17　大式部17　殿の宣旨式部38

道長の女房で「宣旨」を務める。出自未詳。宣旨とは本来天皇からの宣旨（勅命）を伝える役で、一つの女房集団中の最高職。夫は陸奥の守藤原済家で、敦成親王家司となっている。

大宮　**→藤原彰子**

大宮の大夫　**→藤原斉信**

大臣　**→藤原公季**

御前　**→藤原彰子**

親　**→藤原為時**

尾張・尾張の守　**→藤原中清**

御てて　**→藤原為時**

景斉の朝臣　**→藤原景斉**

后　**→藤原彰子**

君　**→小少将・小少将の君**

君達　**→藤原頼通・→藤原教通**

公信の中将　**→藤原公信**

内蔵《くら》の命婦《みょうぶ》　内蔵の命婦9・46

彰子の弟教通の乳母（『栄華物語』巻十）。大中臣輔親の妻（『権記』寛弘七年二月十八日）。助産のベテランで、彰子姉妹が御産の時は必ず立ち会った（『栄華物語』巻二十五）とされる。

蔵人の少将 →**藤原道雅**

蔵人の弁・蔵人の弁広業→**藤原広業**

源宰相 →**源頼定**

源式部《げんしきぶ》 源式部16・18・51・68

彰子の女房。『紫式部日記絵詞』には「加賀の守しけのふが女」とある。それに従い源重文女とすれば、歌人源信明の孫となる。父重文は長保元（九九九）年七月に没、従五位下。重文の兄に、道長の乳母子で、越前の守を紫式部の父為時に譲らされ、失意の内に没した（『今昔物語集』巻二十四の三十・『古事談』一）という源國盛がいる。

源少将 →**源雅通**

源中納言 →**源俊賢**

故院 →**藤原詮子**

小《こ》馬《うま》 小馬16・51

彰子の女房。高階道順女。父の高階道順は中関白藤原道隆の室である高階貴子の兄弟。長徳の政変では伊周らに同座したとされ、淡路権守に左遷された。

小《こ》左《ざ》衛《え》門《もん》 小左衛門16

彰子の女房。同じ彰子の女房大左衛門のおもとの妹。本文後人注に「故備中の守道ときが女」とある。橘道時女。橘道時は、和泉式部の元夫である橘道貞の兄。

小《こ》式部《しきぶ》の乳母《めのと》 小式部の乳母9

道長女で彰子の末妹である嬉子（一〇〇七～二五）の乳母。出自未詳。夫は藤原泰通で、紫式部の夫宣孝の甥。「中務の君（源隆子）」との間に泰憲（一〇〇七～八一）を儲けた人でもある。中務の君は敦良親王の乳母となったので、泰通は二人の妻にほぼ同時期に子どもを産ませ、二人がそれぞれ乳母になって育てた子が、東宮とその妃となったことになる。

小少将《こしょうしょう》・小少将の君　小少将の君7・9・12・22・32・39・67・69　少将の君12・23・50　小少将38・68　君68

彰子の女房。実父は彰子の母源倫子の同母兄弟である時通で、その出家後、おじ扶義の養女となったものか。同じく彰子の女房である大納言の君とは実の姉妹。紫式部の親友的存在。早逝したらしく、哀傷が『紫式部集』に載る。

五《ご》節《せち》の弁　五節の弁18・51

彰子の女房。平惟仲の養女。惟仲は『続本朝往生伝』で一条朝九卿の一人とされる実務官僚。正暦の頃（九九〇～九九五）藤三位繁子と結婚、寛弘二（一〇〇五）年没。

小大輔　**→伊勢大輔**

小中将《こちゅうじょう》の君　小中将の君10・30

彰子の女房。『栄華物語』巻七で詮子女房から定子遺児媄子の乳母となった「中将の命婦（中将の乳母とも）」と同一人か。ならば媄子の寛弘五年五月の死亡後、彰子付き女房となったか。

小《こ》兵衛《ひょうえ》　小兵衛16・18・42・45・51

彰子の女房。左京大夫源明理女。明理は権大納言重光の子で、姉妹が藤原伊周室（道雅母）。長徳の政変（九九六）に連坐して一時昇殿を禁じられ、翌年復帰を果たすも、中流貴族に終わった。

小《こ》兵部《ひょうぶ》　小兵部16・42・48

彰子の女房。藤原庶政《ちかただ》女。『紫式部日記絵詞』が「ちかただが女」とするのに従う。父の庶政は従四位下美濃の守で、紫式部母とは父同士が兄弟であるいとこ。小兵部と紫式部はまたいとこ。

惟風の朝臣 →**藤原惟風**

権中納言 →**藤原隆家**

斎院 →**選子内親王**

斎院わたりの人 →**中将の君**

宰相 →**藤原実成**

宰相《さいしょう》の君（北野の三位の） 宰相の君50

彰子の女房。父は藤原師輔の七男遠度《とおのり》。遠度は「北野三位」と呼ばれ（『小右記』）、永延元（九八七）年に従三位非参議となったが翌々年出家し没。

宰相《さいしょう》の君 宰相の君3・10・12・26・32・33・38・49・62・65・68 弁の宰相の君5・26 讃岐の宰相の君9 宰相の君讃岐30

彰子の女房で、敦成親王の乳母。本名は藤原豊子。大江清通の妻で、定経の母。父は道長の異母兄道綱。道綱が宰相（参議）であった正暦二（九九一）年から長徳二（九九六）年の間に、入内前の彰子に仕え始め、女房名が付けられたか。夫の清通は長保二（一〇〇〇）年中宮大進、寛弘八（一〇一一）年にも中宮亮。またしばしば道長家の行事に奉仕するなど、夫婦で彰子・道長家に仕えた。『紫式部日記』後は、敦成親王の即位（後一条天皇）をうけて典侍・従三位に昇進。

宰相の君讃岐 →**宰相の君**

宰相の中将 →**藤原兼隆**

左《さ》衛《い》門《も》の内侍《ないし》　左衛門の内侍24・38・59　内侍24・25・59

内裏女房・彰子の女房。内侍司の三等官である掌侍で、氏は橘氏。寛弘七（一〇一〇）年閏二月二十七日、掌侍を辞した（『権記』）。

左衛門の督　**→藤原公任・→藤原頼通**

左京《さきょう》・左京の命婦《みょうぶ》　左京25　命婦25　左京の命婦27

内裏女房・彰子の女房。『赤染衛門集』に「一条院に候ひし左京の命婦、和泉の守の妻にて下る」とあり、寛弘元年頃の和泉の守藤原脩政の妻と考えられている。脩成は紫式部の父方のいとこ。

讃岐の宰相の君　**→宰相の君**

左兵衛の督　**→藤原実成**

左右の宰相の中将　**→藤原兼隆・→源経房**

三位　**→橘の三位**

三位の亮　**→藤原実成**

四位の少将　**→源雅通**

式部《しきぶ》のおもと　式部のおもと50

彰子の女房で、同じ彰子女房宮の内侍の妹。中宮大進だった夫、橘忠範の上野の介就任に伴い寛弘二（一〇〇五）年に下向、同三年夫が亡くなり女房として復職したか。

式部の丞といふ人　**→藤原惟規**

式部の丞資業　**→藤原資業**

侍従の宰相　**→藤原実成**

侍従の中納言　**→藤原行成**

四条の大納言　**→藤原公任**

少将《しょうしょう》のおもと　少将のおもと17

道長の古参女房。彰子女房も兼職。寛弘二年信濃の守藤原佐光の妹。佐光は道長の姉東三条院詮子の判官代で、やがて道長二女妍子の中宮大進（『小右記』）。

少将の君　→小少将・小少将の君

少輔《しょう》の乳母《めのと》　少輔の乳母30・38

彰子の女房。敦成親王の乳母。『栄華物語』巻八に「讃岐の守大江清通が女、左衛門の佐源為善が妻」と紹介される。大江清通は同じく敦成親王の乳母「讃岐の宰相の君」の夫で、妻と女が二人ながら敦成親王の乳母になったことになる。いっぽう『栄華物語』が少輔の乳母の夫と記す源為善は、橘為義の誤記と見られる（『更級日記』勘物）。橘為義は、おばが一条天皇乳母の橘の三位。そのいとこ道時の女が彰子女房大左衛門のおもと・小左衛門姉妹である。

尋光《じんこう》　法住寺の律師10

九七一〜一〇三八。天台僧。太政大臣藤原為光男で、中宮の大夫斉信の弟。後に僧正に至る。寛弘五年三十八歳。

心誉《しんよ》阿《あ》闍梨《じゃり》　心誉阿闍梨10

九七一〜一〇二九。天台僧。右大臣藤原顕忠孫、藤原重輔男。『御産部類記』（後一条天皇）によれば『紫式部日記』冒頭部の五壇御修法では軍荼利明王の壇を担当。後に法成寺別当、権僧正に至る。寛弘五年三十八歳。

清少納言《せいしょうなごん》　清少納言56

皇后定子の女房。九六六？〜？。『後撰集』撰者清原元輔女。『古今集』歌人深養父は祖父（曾祖父とも）。正暦四（九九三）年頃より関白道隆女で時の中宮である定子に出仕、長徳の政変の際の蟄居が『枕草子』集中執筆の契機となった。定子崩御後も『枕草子』を書き続ける。晩年については落魄説話が多い（『無名草子』など）。『清少納言集』がある。

中古三十六歌仙。寛弘七年四十五歳前後。

選子内親王《せんし》 斎院52・53・54 院52
九六四〜一〇三五。村上天皇の第十皇女。母は藤原師輔女の安子。冷泉・円融天皇の同母妹。天延三（九七五）年に十二歳で賀茂斎院、以後円融朝から後一条朝まで五代、五十七年間にわたり斎院を務めた。通称「大斎院」。『大斎院前の御集』『大斎院御集』『発心和歌集』がある。寛弘七年四十七歳。

宣旨の君 **→宮の宣旨**

大将 **→藤原実資**

大納言 **→大納言の君・→藤原斉信**

大納言《だいなごん》の君 大納言の君7・9・12・30・32・37・49・69 大納言38
彰子の女房。『御産部類記』（後一条天皇）所載の「不知記B」九月十一日御湯殿儀記事に記される源扶義女廉子。だが『栄華物語』（巻八）によれば、彰子の母源倫子の同母兄弟である「くわがゆの弁（時通）」の娘。実父は時通で、父の出家後、おじ扶義の養女となったと思しい。『栄華物語』同記事では、源則理と結婚したが不本意にも破綻し、長保末から寛弘初年頃に彰子に出仕、やがて道長の寵愛をうけたという。同じく彰子の女房である小少将の君とは実姉妹で、源雅通は兄弟。

大夫 **→藤原斉信**

大輔・大輔のおもと **→伊勢大輔**

大輔《たいふ》の命婦《みょうぶ》 大輔の命婦9・17
源倫子・中宮彰子の女房。『栄華物語』（巻八）に、寛弘五年正月に道長に呼ばれて彰子の月経の状況を詳述したと記される。同巻勘物により、左大臣雅信と召人の間の娘で、母子代々倫子の家に仕えていると知られる。万寿三（一〇二六）年、彰子に従い出家（『左経記』)。寛弘五年四十歳代か。

平行義《たいらのゆきよし》　行義69

生没年未詳。従二位平親信(九四六~一〇一七)男。道長の家司か。楽才で知られ、『枕草子』「御仏名のまたの日」でも演奏。歌人の出羽弁は、いとこ。

高階業遠《たかしなのなりとお》　業遠41　東宮の亮42　丹波の守43

九六五~一〇一〇。従五位上衛門権佐高階敏忠男。道長に近く、『小右記』には「相親左府之人々」として記される。長保・寛弘年間、丹波守を重任。子には後に紫式部女である賢子と結婚する大宰大弐成章、また孫には菅原孝標妾で『更級日記』にも登場する上総大輔がいる。

挙周　→**大江挙周**

橘《たちばな》の三位《さんみ》　橘の三位11・19・25・68　三位69

内裏女房・彰子の女房で従三位典侍。播磨守橘仲遠女で、本名橘徳子。一条天皇の乳母。また藤原有国の妻で永延二(九八八)年に資業を産む。和泉式部の元夫橘道貞のいとこ。

丹波の守　→**高階業遠**・→**大江匡衡**

丹波の守の北の方　→**赤染衛門**

筑前・筑前《ちくぜん》の命婦《みょうぶ》　筑前の命婦18・27　筑前25　命婦25

内裏女房・彰子の女房。出自未詳。一条天皇母子に密着して伺候してきたベテラン女房と思しい。万寿三(一〇二六)年、彰子に従い出家(『左経記』)。

中宮　→**藤原彰子**

中宮の大夫　→**藤原斉信**

中将《ちゅうじょう》の君　中将の君52　斎院わたりの人54

大斎院選子の女房。父は従五位下斎院長官の源為理、母は大江雅致女で和泉式部の姉(『尊卑分脈』)。『後拾遺集』に、紫式部の弟である惟規から贈られた歌が載る。

使の君　→藤原教通

頭　→源道方・→源頼定

東宮の権の大夫　→藤原頼通

東宮の亮　→高階業遠

東宮の大夫　→藤原懐平

東宮の傅　→藤原道綱

藤宰相　→藤原実成

藤三位《とうさんみ》　藤三位18

内裏女房。本名は藤原繁子。藤原師輔女。当初姪で円融天皇女御の詮子に仕え(『栄華物語』巻三)、一条天皇の乳母となる(『大鏡』道兼)。甥の道兼と結婚、尊子を儲けたが、結婚は破綻した。一条天皇の即位後は典侍・従三位。のち尊子を一条天皇に入内させ、自らは平惟仲と再婚。夫と大宰府に下向したが、寛弘二(一〇〇五)年、惟仲は大宰府で死亡した。

頭の中将　→源頼定

頭の弁　→源道方

殿　→藤原道長

殿のうへ　→源倫子

殿の君達　→藤原頼通・→藤原教通

殿の権の中将の君　→藤原教通

殿の三位の君　→藤原頼通

殿の宣旨式部　→大式部・大式部のおもと

殿の中将の君　→藤原教通

遠理　→藤原遠理

具平親王《ともひら》　中務の宮22

九六四～一〇〇九。村上天皇第七皇子。母は荘子女王。妻は為平親王と源高明女を両親とする。娘の隆姫は頼通の妻、子の師房は頼通の猶子。後中書王と呼ばれた。紫式部の父など寒門の文人を自邸に招きしばしば詩会を開く。一条天皇の儒学的文学理念の理解者。

内侍　→**左衛門の内侍**・→**弁の内侍**

内侍の督・内侍の督の殿　→**藤原妍子**

中清　→**藤原中清**

中務《なかつかさ》の君　中務の君9　中務の命婦30　中務の乳母66・68　命婦66

彰子の女房。本名は源隆子。源致時女（『尊卑分脈』）。寛弘四（一〇〇七）年、藤原宣孝の甥である泰通との間に泰憲を産み、寛弘六年には彰子の二男敦良親王の乳母となる。親王が後朱雀天皇として即位した後、従三位を賜った。妍子の乳母である「中務の乳母」（第九節）とは別人。

中務の宮　→**具平親王**

中務の命婦・中務の乳母　→**中務の君**

中原致時《なかはらのむねとき》　伊勢の守致時の博士12

生没年未詳。実直な官人としての務めぶりが『小右記』に窺える（長徳元年三月十日）。寛弘五年、明経博士・伊勢の守従四位上。

業遠　→**高階業遠**

二の宮　→**敦良親王**

念覚阿《ねんがくあ》闍梨《じゃり》　念覚阿闍梨10

九六七〜一〇三〇。天台僧。園城寺に属する。大納言藤原済時（九四一〜九五）の子。東宮居貞親王の女御娍子の兄。後に権少僧都に至る。寛弘五年四十二歳。

母　→**源倫子**

左の大臣殿　→**藤原道長**

左の宰相の中将　→**源経房**

左の頭の中将　→**源頼定**

兵衛の督　→**源憲定**

兵部の丞といふ蔵人　→藤原惟規

藤原顕光《ふじわらのあきみつ》　右の大臣27・32　いま二ところの大臣31　右の大臣殿69

九四四〜一〇二一。藤原兼家の兄である兼通の長男。母は元平親王女。長寿を得たため、最後は左大臣にまで達した。しかしその官人としての無能は有名（『小右記』）。不運でもあり、死後は娘の延子と共に悪霊となったと噂され（『栄華物語』巻二十五）、「悪霊の左大臣殿」と呼ばれた（『大鏡』兼通）。寛弘五年六十五歳。

藤原有国《ふじわらのありくに》　有国の宰相65

九四三〜一〇一一。藤原冬嗣の兄、真夏系。父は正五位下豊前の守輔道、母は近江の守源守俊女（『尊卑分脈』）。もと在国と称する。文章道出身。貞元二（九七七）年、従五位下。石見の守・越後の守等を歴任、右大弁・勘解由長官を経て、永祚二（九九〇）年、一条天皇の蔵人頭。また同年従三位に叙せられ公卿の一員となる。文人には珍しく処世に長け、四十代半ばで一条天皇の乳母橘の三位と結婚。また道長家司となり、長保三（一〇〇一）年、参議。『本朝麗藻』等に詩、『本朝文粋』に序が収められる。藤原広業・資業の父。寛弘七年六十八歳。

藤原景斉《ふじわらのかげまさ》　景斉の朝臣69

?〜一〇二三。越前・大和など国司を歴任。長保三（一〇〇一）年には東三条院詮子四十賀で楽人を務めた（『権記』）。妻は藤原為雅女で紫式部の母のいとこ。

藤原兼隆《ふじわらのかねたか》　宰相の中将9・33・43・44　右の宰相の中将11・18・41　左右の宰相の中将65

九八五〜一〇五三。道長兄の関白道兼の二男。

母は藤原遠量女。父道兼は長徳元（九九五）年に疫病で没。時に兼隆は十一歳で、元服し従五位上となった直後。以後はもっぱら道長との縁故に頼り、長保四（一〇〇二）年非参議従三位で公卿に。同年より右中将。寛弘五年正月に参議。後年、紫式部の女賢子との間に女子を儲ける。なお母は父没後、藤原顕光と結婚している（『大鏡』道兼）。寛弘五年二十四歳。

藤原懐平《ふじわらのかねひら》　東宮の大夫11　右衛門の督65

九五三〜一〇一七。摂政太政大臣藤原実頼の孫で、参議斉敏の子。実資の同母兄。元の名を懐遠。寛弘五年参議正三位。長保五（一〇〇三）年より東宮権大夫、寛弘四（一〇〇七）年には大夫と東宮に仕え続けており、東宮居貞親王（三条天皇）派。道長との対立は三条天皇時代に鮮明となる。寛弘五年五十六歳。一説に和泉式部の父という（『中古歌仙三十六人伝』・『尊卑分脈』）。

藤原公季《ふじわらのきんすえ》　内の大臣殿69　いま一ところの大臣31　内の大臣32　大臣32・46　内の大殿46

九五七〜一〇二九。藤原師輔の十一男。兼家の二十八歳年下の異母弟。母は醍醐天皇の皇女康子内親王。天元四（九八一）年、二十五歳で従三位となり公卿に。長徳三（九九七）年、内大臣。治安元（一〇二一）年、太政大臣。正妻有明親王女との間に、『紫式部日記』に中宮権亮としてしばしば登場する実成・一条天皇女御義子らがいる。義子は長徳二（九九六）年に入内したが懐妊せず。寛弘五年五十二歳。

藤原公任《ふじわらのきんとう》　四条の大納言17・65・69　左衛門の督27・32

九六六〜一〇四一。関白頼忠の長男。母は代明親王の三女厳子女王。円融天皇の皇后遵子は姉。しかし一条天皇の世からは兼家とその子・孫に政治の主流が移り、公任は藤原斉信・行成・源俊賢と共に一条朝の四納言と称されつつ、遂に大臣に上らなかった。漢詩・和歌・管弦など文化面に秀で、『和漢朗詠集』『拾遺抄』、また有職書『北山抄』歌学書『新撰髄脳』など著作多数。寛弘五年には従二位中納言で皇太后宮（遵子）大夫・左衛門督。寛弘六年三月四日に権大納言に就任した。中古三十六歌仙。寛弘五年四十三歳。

藤原公信《ふじわらのきんのぶ》　公信の中将39

九七七〜一〇二六。太政大臣為光（九四二〜九九二）の六男。母は太政大臣伊尹女。父の没後、異母兄斉信の養子となる。長保四（一〇〇二）年蔵人。また寛弘五（一〇〇八）年より右近衛中将、敦成親王家家司。翌年には蔵人頭。極官は権中納言。寛弘五年三十二歳。

藤原妍子《ふじわらのけんし》　内侍の督9　内侍の督の殿23・35

九九四〜一〇二七。道長と源倫子の二女。彰子の妹。寛弘元（一〇〇四）年、十一歳で尚侍となる。寛弘七（一〇一〇）年、東宮時代の三条天皇に入内。敦明親王母の娍子と敵対した。寛弘八年、三条天皇女御。長和元（一〇一二）年には中宮。その翌年禎子内親王を出産、女子だったため道長を失望させた。万寿四年病没。彰子に比べ派手好きで、三条天皇時代は女性の装束文化の華美が頂点に達した。

藤原惟風《ふじわらのこれかぜ》　惟風の朝臣69

生没年未詳。尾張の守文信の男。文章生出身。衛門府・検非違使庁などに勤めつつ、長徳三年には道長家家司になっている。寛弘五年十月十七日、敦成親王家家司。妻は妍子の乳母の第九節「内侍の督の中務の乳母」。

藤原実資《ふじわらのさねすけ》　右大将32・65　大将32

九五七〜一〇四六。藤原斉敏の男。同母兄弟に高遠・懐平がいる。祖父である摂政太政大臣実頼の養子となり、小野宮流を継ぐ。円融・花山・一条天皇の蔵人頭を務め、一条朝の永祚元（九八九）年、三十三歳で参議となる。長和年間、彰子への伝言係として紫式部を頼りにし、彰子を「賢后」と賞賛したこともある（『小右記』）。寛弘五年五十二歳。

藤原実成《ふじわらのさねなり》　藤宰相14・41・43　宮の亮27・29　侍従の宰相27・32・39・41・44　宰相29　三位の亮32　左兵衛の督65

九七五〜一〇四四。太政大臣藤原公季の長男。母は醍醐皇子有明親王女。姉の義子が長徳二（九九六）年一条天皇に入内しているが、確たる寵愛の様子は見えない。永延二（九八八）年従五位下。蔵人頭を経て寛弘四（一〇〇七）年より中宮権亮。寛弘五年正月参議、三十四歳。

藤原彰子《ふじわらのしょうし》　御前1・35・44・7・8・9・10・19・21・31・34・37・38・40・41・42・47・48・52・53・62　宮25・27・34・44・46・48・52・53・54・55・59・62・65・66・68　大宮30・64　宮の御前34・57　中宮52　后68

九八八〜一〇七四。一条天皇の中宮。藤原道長と源倫子の長女。長保元（九九九）年十二歳で入内。後一条天皇と後朱雀天皇の母。この後の皇統はすべて彰子の血を継ぐ。息子・孫たちの時代には積極的に政治に介入、権力の一翼を担った。万寿三（一〇二六）年出家し「上東門院」となる。女房に紫式部・和泉式部・赤染衛門・伊勢大輔らを抱え、文化の後援者としての意味も大きい。『紫式部日記』はこうした権力的存在に変貌する前の彰子を内部から描いている。

藤原資業《ふじわらのすけなり》　式部の丞資業48

九八八～一〇七〇。藤原有国の七男。母は一条天皇の乳母である橘の三位徳子。父同様に文章道出身ながら官人としても処世術に長ける。寛弘五（一〇〇八）年正月に蔵人。勘解由長官、式部大輔等を経て寛徳二（一〇四五）年、従三位として公卿の座を得る。後拾遺集歌人。また『和漢兼作集』等に漢詩文。寛弘五年二十一歳。

藤原詮子《ふじわらのせんし》　故院27

九六二～一〇〇一。藤原兼家の二女。道隆・道兼・道長とは同母。天元元（九七八）年、円融天皇女御。寛和二（九八六）年、一子一条天皇の即位により皇太后。天皇に影響力を持ち、長徳元（九九五）年、兄道隆の死後、政権の後継問題においては、道長を強く推したという（『大鏡』道長）。正暦二（九九一）年、出家。女性として初めて院号「東三条院」を得た。

藤原隆家《ふじわらのたかいえ》　権中納言11・32・65

九七九～一〇四四。道長の長兄道隆の男。伊周・定子の同母弟。父の死の翌長徳二（九九六）年、伊周と共謀して花山法王襲撃事件を起こし、長徳の政変・中関白家没落の引き金を引いた。長徳四（九九八）年より公卿に復帰。定子没後も、一条天皇が退位するまでは定子の遺児で帝の長男である敦康親王を次期皇位継承者にと推し続けた。寛弘五年には従二位、三十歳。

宮の大夫4・9・11・31・54・62　右衛門の督14・27　大夫14・29・32・62　大宮の大夫27　大納言54　中宮の大夫65・69

藤原斉信《ふじわらのただのぶ》

九六七～一〇三五。太政大臣為光の二男。母は藤原敦敏女。花山天皇の時代、同母姉妹忯子が女御となり懐妊、しかし出産前に没して、一族も栄達の機会を失った。一条朝では蔵人頭などを務めた後、長徳二（九九六）年、伊周・隆家の左遷と入れ替わり参議となる。長保二（一〇〇〇）年二月彰子の中宮冊立と同時に中宮権大夫、同四年大夫。彰子担当官の長として、男子誕生に自らの栄達の望みをかける立場にあった。寛弘五年四十二歳。

藤原為時《ふじわらのためとき》　親59・66　御てて66

生没年未詳。紫式部と藤原惟規の父。中納言兼輔の孫、雅正の男。母は右大臣定方女。同母兄に為頼。文章生出身で師は菅原文時、同門に慶滋保胤ら。具平親王邸に出入りし藤原惟成ら詩友を得た。花山朝で蔵人式部丞。十年沈淪《ちんりん》した後長徳二（九九六）年、越前守となり紫式部を伴い下向。現地で滞在中の宋商羌世昌と詩を交わす（『本朝麗藻』）。寛弘八（一〇一一）年、越後守。長和五（一〇一六）年出家。寛仁二（一〇一八）年までは生存（『小右記』）。

藤原遠理《ふじわらのとおまさ》　遠理69

生没年未詳。長保年間雅楽頭を務め、篳篥の上手。道長の家司的存在。

藤原中清《ふじわらのなかきよ》　中清41　尾張42・43　尾張の守42

生没年未詳。藤原為雅男、母は道綱母の姉。従二位権中納言文範の孫で、紫式部の母のいとこ。受領を歴任。寛弘五（一〇〇八）年、尾張国郡司百姓から苛政を愁訴されている（『御堂関白記』）。

藤原惟規《ふじわらののぶのり》　兵部の丞といふ蔵人48　式部の丞といふ人59

?～一〇一一。藤原為時の息子。紫式部の同母弟。兄とする説もある。寛弘四（一〇〇七）年、年長たる理由で六位蔵人。寛弘八（一〇一一）年、従五位下となったが、父の越後守赴任により蔵人を辞して下向。彼の地で病み、死の床で恋人の斎宮の中将に歌を詠む（『後拾遺集』恋三）。『今昔物語集』巻三十一の二十八等に風流人として説話化される。家集『惟規集』がある。

藤原教通《ふじわらののりみち》　君達8　殿の君達9・12・33　殿の中将の君18　殿の権の中将の君46　使の君46

九九六～一〇七五。藤原道長の五男。母は源倫子で彰子・頼通の同母弟。寛弘三（一〇〇六）年、十一歳で元服と同時に正五位下。寛弘七（一〇一〇）年、十五歳で従三位となり公卿に入る。父の死後、政権をめぐって頼通と対立。治暦四（一〇六八）年、頼通の後を受けて七十三歳で関白となるが、時の後三条天皇とは外戚関係になく、時代はやがて院政へと動いた。寛弘五年十三歳。

藤原広業《ふじわらのひろなり》　蔵人の弁11　蔵人の弁広業12

九七七～一〇二八。藤原有国の男。母は周防守藤原義友女。父と同様、文人として出世。一条・三条・後朱雀三代の侍読（『尊卑分脈』）。寛弘五（一〇〇八）年十月に文章博士。寛仁四（一〇二〇）年参議に至る。寛弘五年三十二歳。

藤原正光《ふじわらのまさみつ》　大蔵卿62・65

九五七～一〇一四。関白藤原兼通の六男。母は左馬頭藤原有年女。顕光の異母弟。一条朝で蔵人頭を経て長保六（一〇〇四）年、参議となる。長徳四（九九八）年より長和三年に没するまで十六年間、大蔵卿を務めた。兼家・道長に近く、彰子の立后に伴い中宮亮に就く。女は道長の息子長家と結婚。もう一人の女は妍子女房となった。寛弘七年五十四歳。

藤原道綱《ふじわらのみちつな》　傅の大納言65　東宮の傅69

九五五～一〇二〇。藤原兼家の二男。母は藤原倫寧女で『蜻蛉日記』の作者。永延元（九八七）年、父の威光で従三位となり、公卿に。その後も異母弟道長の係累として地位を保ったが、能力に欠けた。彰子の女房、宰相の君の父。また男子に歌人の僧道命がいる。寛弘七年五十六歳。

殿2・4・8・9・11・12・15・17・18・21・26・27・28・30・31・32・41・42・46・49・52・55・59・62・63・64・65・66・67・呼称無し22・23・33・35　あるじのおほい殿27　まろ34　左の大臣殿69

藤原道長《ふじわらのみちなが》

九六六～一〇二七。摂政兼家の五男。母は摂津の守藤原仲正女時姫。同母の兄姉に関白道隆・同道兼・冷泉天皇女御超子・円融天皇女御の東三条院詮子がいる。永延元（九八七）年、非参議従三位。長徳元（九九五）年、二人の兄を含め公卿が相次いで病没したことにより、右大臣・内覧へと昇格。翌年、長徳の政変により中関白家が政界から脱落、道長は左大臣となり、その後は最高権力者の座を守る。一方一条天皇は政変で一旦出家離別した定子を復縁し、長保元（九九九）年十一月、長男敦康親王が誕生。彰子は同月入内し、翌年の定子崩御後は敦康を養母として養育し、道長も養祖父の立場となったものの、真の望みである実の男孫誕生には長く至らなかった。寛弘五（一〇〇八）年、彰子は初めて懐妊し、敦成親王を出産。この孫の長和五（一〇一六）年九歳での即位により、道長は悲願の摂政就任を果たした。翌年、摂政職を長男頼通に譲り、以後は隠然とした力を保つ。彰子を始め倫子との間の女四人をすべて入内させ、三人までを立后させるなど、平安中期摂関政治の典型にして無二の成功者。寛仁三（一〇一九）年出家。『栄華物語』がその成功から臨終に至る様を詳述する。日記『御堂関白記』があり、自筆本も一部伝存する。寛弘五年四十三歳。

藤原道雅《ふじわらのみちまさ》　蔵人の少将19

九九二～一〇五四。中宮定子の兄・伊周の子。母は権大納言源重光女。長徳の政変（九九六）により、五歳の時に父の中関白家が没落。寛弘四（一〇〇七）年十六歳で蔵人になったが、一条天皇が「故関白（道長長兄道隆）鍾愛の孫」ゆえと道長に説明した情実人事だった。寛弘七（一〇一〇）年正月に父の伊周が没。長和五（一〇一六）年非参議従三位として公卿になったが、その後一度の昇進もなく不遇の生涯を送った。「荒三位」と呼ばれる。寛弘五年十七歳。

藤原行成《ふじわらのゆきなり》　侍従の中納言40・65

九七二～一〇二七。祖父は兼家の兄で摂政太政大臣の藤原伊尹、父は義孝。母は中納言源保光女。行成は幼時に祖父と父を亡くし、母方祖父保光の庇護を受けた。長徳元（九九五）年、その保光も亡くなり絶望に瀕した時に、蔵人頭に抜擢された。以後は一条天皇の無二の側近となり、定子の遺児である敦康親王の家司別当。しかし道長にも近く、寛弘八（一〇一一）年、天皇の譲位に当たって、後継として敦康ではなく敦成を勧めた。藤原斉信・公任・源俊賢と共に、一条朝の四納言と呼ばれる。また、能書家で三蹟の一人。日記『権記』の記主。寛弘五年三十七歳。

藤原頼通《ふじわらのよりみち》　殿の三位の君3　君達8　殿の君達9・12・33　東宮の権の大夫20　左衛門の督64・65

九九二〜一〇七四。藤原道長の長男。母は源倫子。同母姉妹は、彰子が一条・妍子が三条・威子が後一条天皇の中宮。末妹嬉子も東宮時の後朱雀天皇に入内した。同母弟に教通。長保五（一〇〇三）年、十二歳で元服し正五位下。寛弘三（一〇〇六）年、十五歳で従三位非参議ながら公卿。彰子の産んだ後一条天皇の在位二年目である寛仁元（一〇一七）年、父から禅譲されて二十六歳で摂政となり、以後五十一年間、摂政・関白の座にあった。摂関としては、姉の彰子と協調し安定的政権を保った。文化的には、宇治平等院の建立、『類従歌合』編集企画、賀陽院水閣歌合など大規模な歌合の開催・後援が特筆すべきもの。伊勢大輔・赤染衛門・相模ら宮廷女房、能因ら和歌六人党など多数の歌人を擁する頼通歌壇を形成した。寛弘五年十七歳。

傅の大納言　→**藤原道綱**

弁の宰相の君　→**宰相の君**

弁の内侍《べんのないし》　弁の内侍9・17・24・30・38・48　内侍24・25・48

内裏女房で掌侍。彰子の女房も兼ねる。出自不明。上臈で実務のできる女房。『小右記』（長和二年二月十日）に「掌侍藤原□（欠）子 号弁」と記される人物と同一か。

法住寺の律師　→**尋光**

匡衡衛門　→**赤染衛門**

まろ　→**藤原道長**・→**源倫子**

帝　→**一条天皇**

右の宰相の中将　→**藤原兼隆**

右の大臣・右の大臣殿　→**藤原顕光**

源　高雅《みなもとのたかまさ》　近江の守たかまさ14

生没年未詳。寛弘五年の彰子の中宮亮。父は醍醐皇子有明親王の子、源守清。母は紀伊守藤原清正女（『尊卑分脈』）。中宮権亮藤原実成とはいとこの間柄。浄土寺の僧明救は、おじ。高雅は道長の家司。道長から「年来他心無く相従ふ者」と信頼された。

源　経房《みなもとのつねふさ》　左の宰相の中将4・9・18・39・69　左右の宰相の中将65

九六九～一〇二三。安和二（九六九）年、安和の変で失脚した源高明の四男。事件の時一歳。母が藤原師輔五女（愛宮）なので政治的命脈を保った。同母姉明子は道長の妻の高松殿。俊賢は異母兄。『枕草子』「殿などのおはしまさでのち」には、長徳の政変（九九六）後も定子・清少納言と親しかった様子を描かれる。寛弘二（一〇〇五）年、参議。寛弘五年四十歳。

源　俊賢《みなもとのとしかた》　源中納言14・65

九五九～一〇二七。安和二（九六九）年、安和の変で失脚した源高明の三男。母は藤原師輔三女。異母妹に源明子（道長室）、異母弟に経房。母の縁もあり天延三（九七五）年に従五位下、以後は藤原氏寄りの立場をとって順調に出世。蔵人頭を経て長徳元（九九五）年参議。藤原公任・斉信・行成とともに一条朝の四納言と称される。長保四（一〇〇二）年から彰子の中宮権大夫。寛弘五年、源氏一族中では官・位ともに最高の従二位権中納言、五十歳。

源済政《みなもとのなりまさ》　美濃の少将4

?～一〇四一。左大臣源雅信孫。倫子の異母兄である大納言時中の男子。母は参議藤原安親女。時中は彰子の初代中宮大夫。寛弘五年十月十七日敦成親王家家司（『御堂関白記』）。『枕草子』「里にまかでたるに」では、清少納言の親しい人物の一人とされる。

源憲定《みなもとののりさだ》　兵衛の督4

?～一〇一七。村上天皇の子為平親王の長男で、母は左大臣源高明女。頼定の同母兄。藤原氏への恭順を示し長徳二（九九六）年非参議従三位。その後亡くなるまで昇進しなかった。娘は後年彰子の女房として出仕。

源雅通《みなもとのまさみち》　四位の少将9・31　源少将12・44

?～一〇一七。倫子の同母兄時通の息子。母は但馬守源堯時女（『尊卑分脈』）。彰子の女房大納言の君・小少将の君の兄弟。永延元（九八七）年父が出家・死亡。その後は祖父雅信・叔母倫子の縁故で官位を重ねる。寛弘五年は従四位下右近衛少将。

源道方《みなもとのみちかた》　頭19　頭の弁27・69

九六九～一〇四四。左大臣源重信の五男。母は源高明女（『公卿補任』）とも、藤原師輔女とも（『尊卑文脈』）。彰子の母である源倫子の父方のいとこ。長徳元（九九五）年より蔵人、寛弘二（一〇〇五）年蔵人頭。寛弘九（一〇一二）年参議となる。極位極官は正二位権中納言民部卿。寛弘五年四十歳。

源頼定《みなもとのよりさだ》　左の頭の中将10　頭の中将11・24　頭19　源宰相65

九七七～一〇二〇。村上天皇の子為平親王の二男。母は源高明女。兄は憲定。寛弘二（一〇〇五）年蔵人頭。寛弘六（一〇〇九）年参議となる。美形で華やかな性格らしく、東宮（三条天皇）尚侍綏子と密通した（『大鏡』兼家）という。また一条天皇崩御後、その女御だった右大臣藤原顕光女元子と結婚した（『栄華物語』巻十一）。寛弘五年三十二歳。

殿のうへ 6・9・11・26・30・34・37・38・42・46・62　うへ 11・28・65　母34　まろ37

源倫子《みなもとのりんし》

九六四～一〇五三。左大臣源雅信女。母は藤原朝忠女穆子。『栄華物語』巻三によれば当初はキサキ候補として育てられたが二十四歳で兼家末男二十二歳の道長と結婚。その後は父系の血統と母系の財力により夫をもり立て、頼通・教通・彰子・妍子・威子・嬉子らを産むなど、道長を強力に援護。土御門殿は倫子が伝領したもの。寛弘五年十月十六日、一条天皇の土御門殿行幸に際し「里の女」として史上初の従一位となる。紫式部とはまたいとこ。寛弘五年四十五歳。

美濃の少将　→**源済政**

宮　→**藤原彰子**・→**敦良親王**・→**敦成親王**

宮たち　→**敦良親王**・→**敦成親王**

宮の御前　→**藤原彰子**

宮の亮　→**藤原実成**

宮《みや》**の宣旨**《せんじ》　宮の宣旨38　宣旨の君49

彰子の女房。本名は源陟子。前中書王兼明親王の子で正三位中納言の源伊陟の女。長徳元（九九五）年に父が没、彰子の入内の際、貴種から女房に召されたものと推測される。天皇の宣旨を取り次ぐ「宣旨」役を務める。彰子の立后宣旨の際からか。

宮の大夫　→**藤原斉信**

宮《みや》の内侍《ないし》　宮の内侍9・10・12・16・29・32・38・50

彰子の女房。本名は橘良芸子。もと東三条院詮子に弁命婦の名で仕え、彰子の立后の際彰子女房となり、中宮女房内での「内侍」の役を得た（『権記』長保二年二月二十五日）。同じ彰子女房式部のおもとの姉。

命婦　→左京・左京の命婦・→筑前の命婦・→中務の君

やすらひ　やすらひ18・45

彰子の童女。生没年・出自未詳。『栄華物語』巻八、寛弘五（一〇〇八）年正月記事にも登場。

行義　→平行義

靫負《ゆげい》　靫負48

彰子の女蔵人。出自未詳。寛弘五年十二月末日に内裏で強盗の被害に遭った。

若宮　→敦成親王

紫式部関係系図

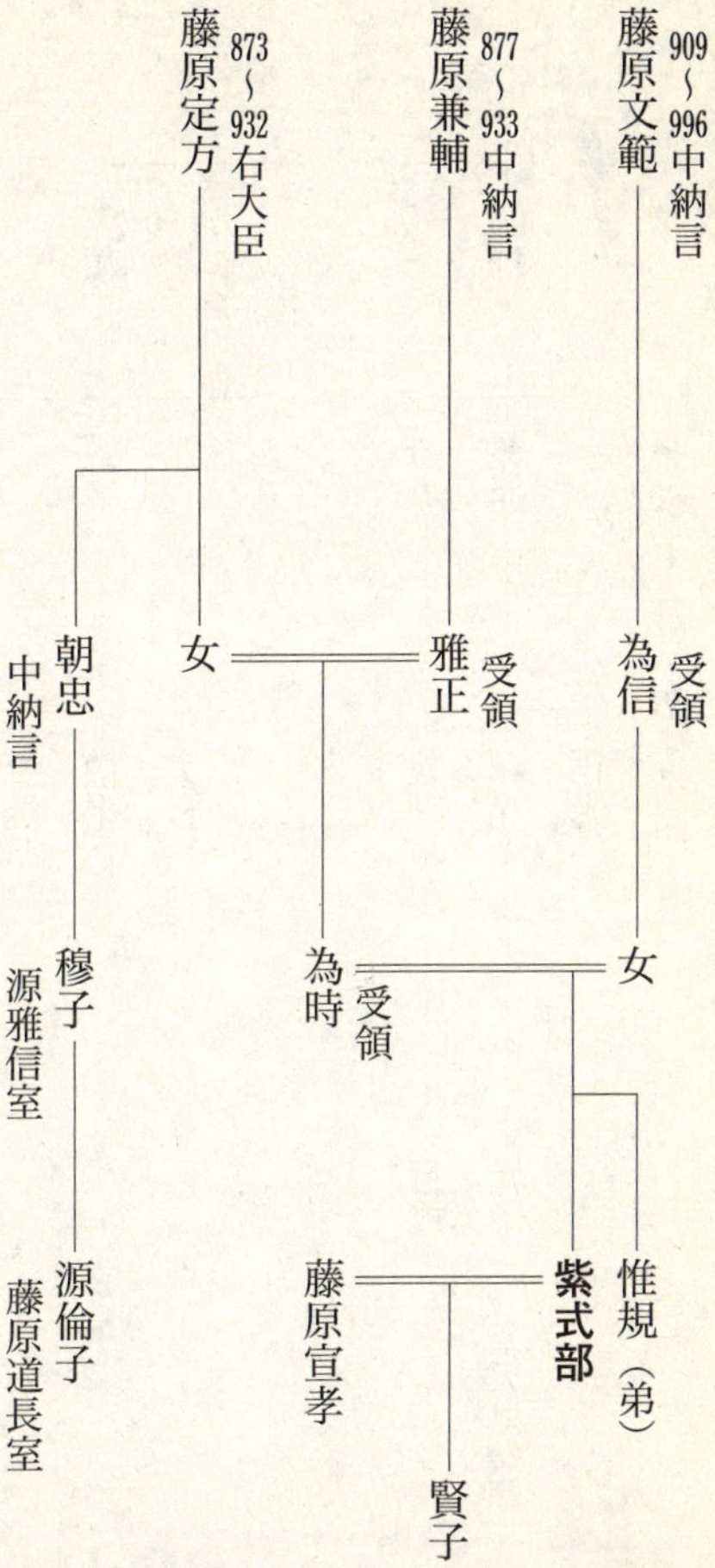
藤原文範 909～996 中納言
為信 受領
女
惟規（弟）
紫式部
藤原兼輔 877～933 中納言
雅正 受領
為時 受領
藤原宣孝
賢子
藤原定方 873～932 右大臣
女
朝忠 中納言
穆子 源雅信室
源倫子 藤原道長室

藤原氏関係系図

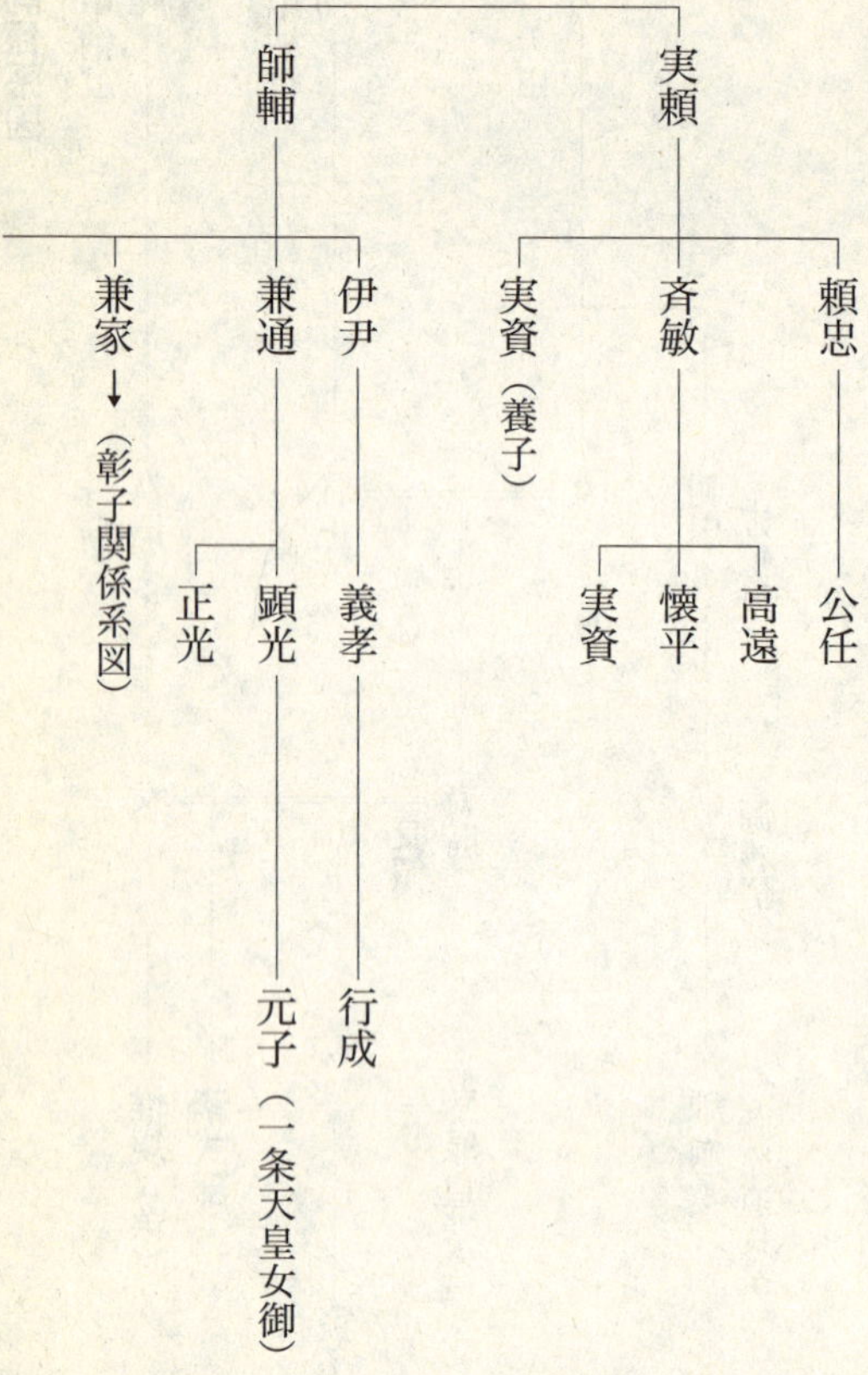
実頼
師輔
頼忠
公任
斉敏
高遠
懐平
実資
実資（養子）
伊尹
義孝
行成
兼通
顕光
元子（一条天皇女御）
正光
兼家
（彰子関係系図）

遠度―宰相の君（北野の三位の）

為光―斉信

　　　公信

遠量―相尹―馬の中将

公季―実成

　　　義子（一条天皇女御）

藤三位繁子

　　　＝尊子（一条天皇女御）

道兼

彰子関係系図

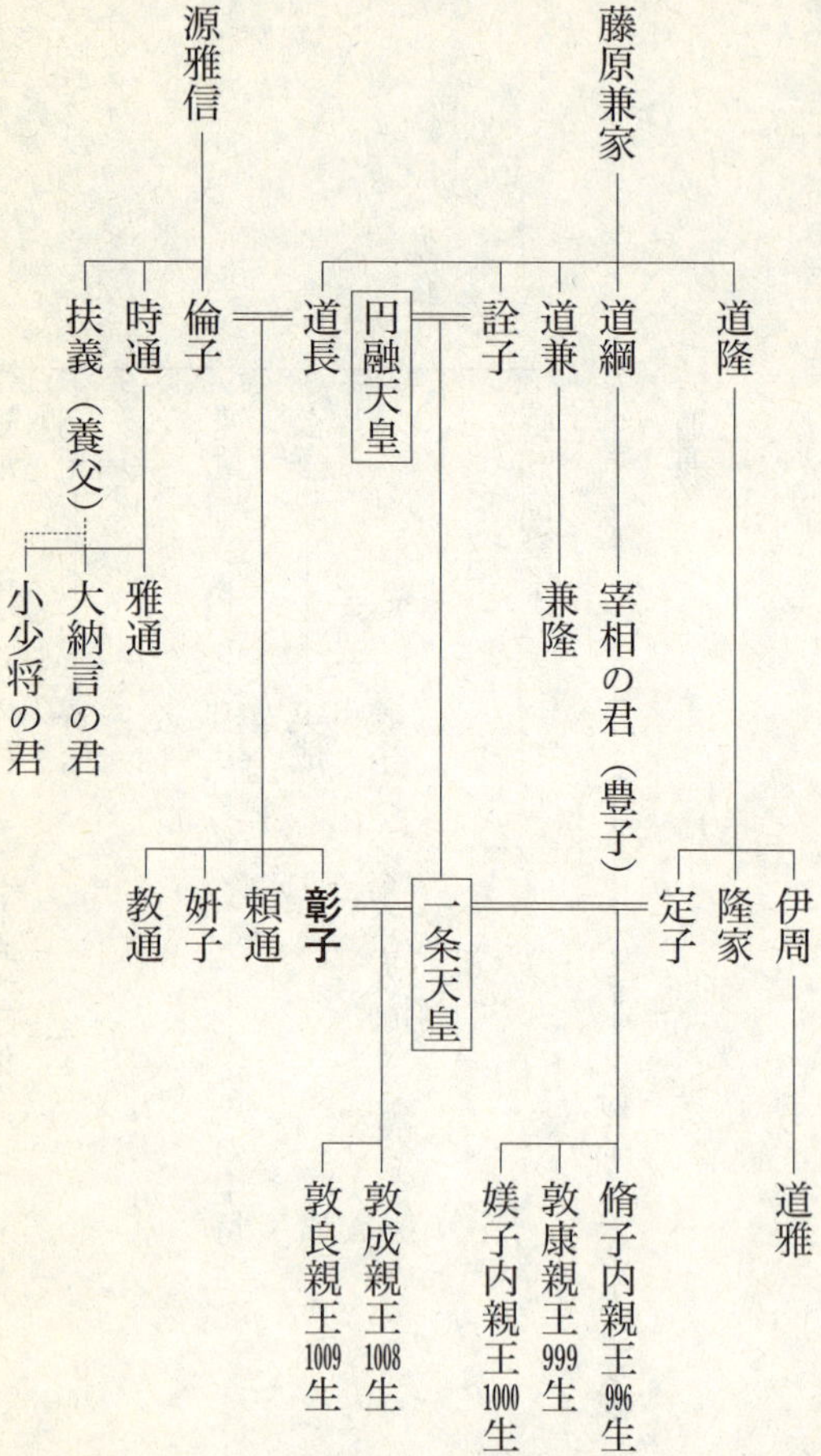
藤原兼家
道隆
道綱
道兼
詮子
円融天皇
道長
源雅信
倫子
時通
扶義（養父）
宰相の君（豊子）
兼隆
雅通
大納言の君
小少将の君
伊周
隆家
定子
一条天皇
彰子
頼通
妍子
教通
道雅
脩子内親王 996生
敦康親王 999生
媄子内親王 1000生
敦成親王 1008生
敦良親王 1009生

橘氏関係系図

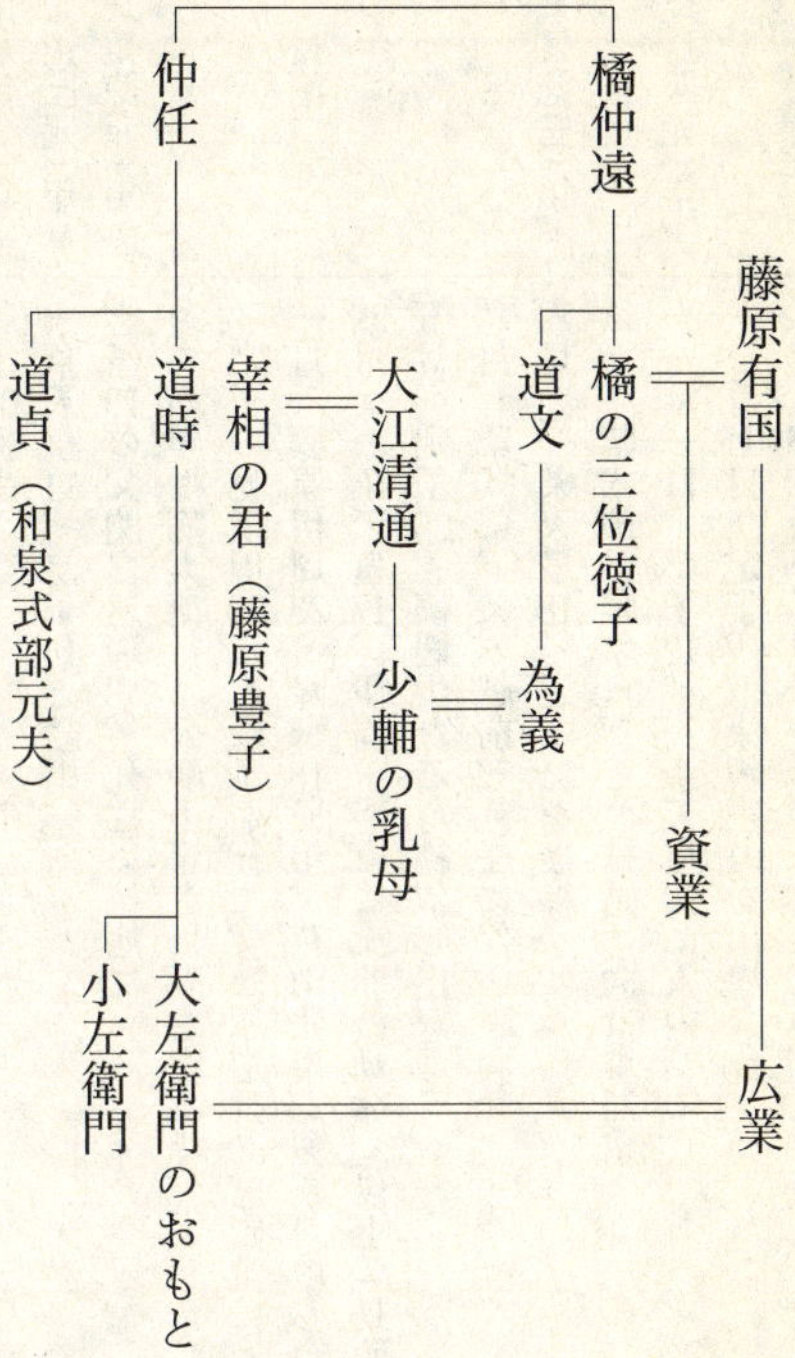
藤原有国
資業
広業
橘仲遠
橘の三位徳子
道文
為義
大江清通
少輔の乳母
宰相の君（藤原豊子）
仲任
道時
大左衛門のおもと
小左衛門
道貞（和泉式部元夫）

紫式部日記関係略年表（名前の下の算用数字は年齢。数字のない人物は生年不詳）

年	事項
九七〇年代中頃	紫式部誕生
九八八（永延二）年	彰子01誕生
九九〇（正暦元）年	一条天皇11、定子14と結婚
九九五（長徳元）年	定子19の父関白道隆43、死亡（持病） この年疫病大流行。公卿上席者に死亡相次ぐ 定子の兄伊周22との政争を経て、藤原道長30、内覧に
九九六（長徳二）年	一月　藤原伊周23・隆家18兄弟、花山法皇を襲撃。のち余罪も発覚 四月　一条天皇17、伊周・隆家に流罪の勅命（以上「長徳の政変」） 五月　定子20、懐妊中なるも絶望し出家 六月　紫式部、父の越前守赴任に伴い下向
九九七（長徳三）年	六月　一条天皇18、定子21を復縁 秋？　紫式部、藤原宣孝との結婚に向けて帰京
九九九（長保元）年	十一月一日　彰子12、一条天皇20に入内 十一月七日　定子、敦康親王01を出産 紫式部、この年以降一〇〇一年までの間に娘賢子を出産
一〇〇〇（長保二）年	二月　定子24を皇后とし、彰子13を女御から中宮とする（二后冊立）

一〇〇一(長保三)年	十二月　定子、二女を出産後崩御
一〇〇五・六(寛弘二・三)年	四月　紫式部の夫宣孝、死亡 この後一年ほどを経て『源氏物語』執筆開始 十二月　紫式部、彰子のもとに宮仕え開始 翌年五月まで自宅に引きこもり
一〇〇七(寛弘四)年	道長42、吉野山に参拝。彰子20の子宝祈願か
一〇〇八(寛弘五)年	彰子21、初めての懐妊。紫式部、お産記録係拝命か 夏以前　一条天皇29、『源氏物語』を読み評価 夏ごろ　彰子、紫式部を師に「新楽府」学習開始。以後継続 七月十六日　彰子、出産に向け土御門殿に退出。『紫式部日記』記事この時期から始まる 八月下旬　公卿・殿上人ら土御門殿に宿直開始 八月二十六日　彰子と女房たち、薫物調合 九月九日　重陽の節句。紫式部、彰子の母倫子45から菊の綿拝受 夜半、彰子の陣痛始まる 九月十日　彰子、出産用の白い帳台に入る 九月十一日　彰子、北廂の分娩場所に移動し、一条天皇の二男敦成親王01出産。御湯殿の儀 九月十三日　三日の産養（中宮職主催）

九月十五日　五日の産養（藤原道長43主催）
九月十七日　七日の産養（一条天皇主催）
九月十九日　九日の産養（彰子の弟、藤原頼通17主催）
十月十六日　一条天皇、土御門殿に行幸
十月十七日　敦成親王家家司人事決定
十一月一日　敦成親王五十日の儀
十一月上旬　彰子、紫式部を係として御冊子制作。『源氏物語』新本か
十一月十七日　彰子、内裏へ還啓
十一月二十日　五節始まる
十一月二十八日　賀茂臨時祭
十二月二十日　敦成親王百日の儀
十二月二十九日　紫式部、内裏へ帰参。初出仕時を回想
十二月三十日　追儺。中宮御所に盗賊

一〇〇九（寛弘六）年

正月三日　敦成親王02戴餅
二月　定子の兄伊周36ら、彰子22・敦成親王を呪詛し処分される
三月　為時、左少弁となる
六月　彰子、二度目の懐妊で土御門殿へ
十一月二十五日　彰子、一条天皇30の三男敦良親王01を出産
　この年和泉式部、彰子に出仕

一〇一〇(寛弘七)年	正月一日~三日　敦成03・敦良親王02戴餅 正月二日　中宮臨時客 正月十五日　敦良親王五十日の儀 ・(『紫式部日記』の内容ここまで) 正月二十八日　伊周37、死亡 　この年夏~秋『紫式部日記』執筆か
一〇一一(寛弘八)年	二月　為時、越後守に。紫式部の弟惟規、下向し客死 六月十三日　一条天皇32、三条天皇36に譲位。敦成親王04東宮に 六月二十二日　一条院、崩御
一〇一三(長和二)年	紫式部、彰子26に仕え続け貴族との応対などこなす
一〇一六(長和五)年	正月　敦成親王09、即位し後一条天皇となる。道長51、摂政に 四月　為時、出家
一〇一七(寛仁元)年	敦良親王09、東宮に
一〇一九(寛仁三)年	道長54、出家 (紫式部この年まで彰子に宮仕えか。以後の資料なし)
一〇二一(治安元)年	『更級日記』作者、憧れていた「源氏の五十余巻」をおばから譲られる

紫式部日記《むらさきしきぶにっき》

現代語訳付《げんだいごやくつ》き

紫式部《むらさきしきぶ》

山本淳子《やまもとじゅんこ》=訳注

角川文庫 16417

平成二十二年八月二十五日　初版発行

発行者—山下直久
発行所—株式会社角川学芸出版
東京都文京区本郷五—二十四—五
電話・編集（〇三）三八一七—八九二二
〒一一三—〇〇三三
発売元—株式会社角川グループパブリッシング
東京都千代田区富士見二—十三—三
電話・営業（〇三）三二三八—八五二一
〒一〇二—八一七七
http://www.kadokawa.co.jp
印刷所—暁印刷　製本所—BBC
装幀者—杉浦康平

定価はカバーに明記してあります。

SP A-205-1 ISBN978-4-04-400106-3 C0195